R. Daniel Roth
Heimat

AF237319

R. Daniel Roth

Heimat

Roman

Druck: Libri Plureos GmbH, Friedensallee 273,
22763 Hamburg

Bibliografische Information der Deutschen Nationalbibliothek:
Die Deutsche Nationalbibliothek verzeichnet diese
Publikation
in der Deutschen Nationalbibliografie; detaillierte
bibliografische Daten sind im Internet über
http://dnb.dnb.de abrufbar.

5. überarbeitete Auflage

Verlag: BoD · Books on Demand GmbH,
Überseering 33, 22297 Hamburg,
bod@bod.de

Umschlaggestaltung: R. Daniel Roth

ISBN: 978-3-7557-7271-2

an meinen Vater,
für meine Mutter

„Sprechen und Denken sind eins."

Karl Kraus

Erster Teil

Spucke im Kopf

1.

Ich bin der Heinrich Hofer.

Der Hanswurst. Der Trottel. Der Dorfdepp. Und ich war schon tot, als ich geboren wurde.

Dabei hatte es gar nicht so übel angefangen. Ich bin nämlich an einem Sonntag geboren. Einem Sonntag im August, der mich und die letzte Sommerhitze ausbrütete.

Das war aber auch schon alles.

Vermutlich habe ich das bereits geahnt, als mich meine Mutter in die Welt zu pressen versuchte. Denn ich wehrte mich so gut ich konnte. Und meine Mutter hatte viel Mühe damit. Als ich schließlich doch herausschlüpfte, war ich tot. Jedenfalls glaubte das meine Mutter. Und sie war recht traurig, wo doch nun die ganze Plackerei umsonst gewesen sein sollte. Selbst mein Vater muss betroffen dreingeschaut haben, will man den Aussagen meiner Omi Glauben schenken.

„Nein!" soll meine Omi gerufen und meiner Mutter den Schweiß von der Stirn gewischt haben, „der Junge ist doch ein Sonntagskind!"

Dann hat sie mich an meinen verschrumpelten Winzlingsfüßen gepackt. Mich abwechselnd in kaltes und heißes Wasser getaucht. Und mir unaufhörlich Klapse auf den Po verabreicht. Worauf nun auch sie sich Schweiß von ihrer Stirn wischen musste.

„Der Teufel scheißt immer auf denselben Haufen", soll mein Vater geknurrt und kopfschüttelnd das Schlafzimmer verlassen haben. Erzählte mir meine Omi später. Und tief in mir drinnen habe ich gespürt, dass von irgendwoher viel Unerfreuliches auf den Lebensweg meines Vaters gefallen sein musste. Und ich mit zu diesem Unerfreulichen gehörte.

Dass mein Vater sich gerne in Sprichwörtern ausdrückte und sich nicht darum scherte, ob sie so, wie er sie verwendete stimmten, habe ich freilich erst viel später herausgefunden. Er benutzte sie, wie sie ihm gerade in den Kram passten.

11

„Der Junge ist ein Sonntagskind! Und damit basta!" rief meine Omi noch einmal und klatschte mit beiden Händen auf den Nachttisch. Immerhin sei sie zu diesem Anlass eigens aus Holzing angereist.

Die Hebamme, nach der mein Vater bereits beim Einsetzen der Wehen geschickt hatte, war immer noch nicht da. War jetzt auch nicht mehr vonnöten. Flirrende Hitze erfüllte das Schlafzimmer. Kein Lüftchen erfrischte meine Mutter. Die zurückgefallen mit nassen strähnigen Haaren in den dampfenden Kissen lag. Und in unregelmäßigen Atemzügen vor sich hin stöhnte.

Sollte das Ergebnis dieser Qualen so kläglich gewesen sein?

Meine Omi jedoch war fest entschlossen, mich in diese Welt hinein zu prügeln.

Als ich es nicht mehr aushielt, mich weiter tot zu stellen, und zu strampeln und zu brüllen anfing, atmete meine Omi auf. So laut, dass es auch mein Vater, der vor der Tür stand, hörte. Und wieder hereinkam. Noch einmal seinen Kopf schüttelte. Und einen misstrauischen Blick auf seinen Sprössling warf. Der schon bei seiner Geburt aus der Reihe tanzen musste. Und den er nun für diese Welt gefügig zu machen gedachte. Die er für die seine hielt. Und in der ich mich nach seinen Vorgaben zu verhalten habe. Wie ich später erfahren durfte.

Ich spürte schon damals, dass ich am falschen Tag zur falschen Zeit in einem Zug abgesetzt worden war, der in die falsche Richtung fuhr. Oder wie ein Baum, der an einen Ort gepflanzt wurde, an dem er nicht gedeihen konnte. Mit dem Unterschied, dass ich mich von dem mir zugedachten Ort würde wegbewegen können. Aber das wusste ich damals noch nicht.

Sie sei freilich wenig einladend gewesen, diese Welt, in der ich nun angekommen war, gab meine Omi zu. Es sei nicht der richtige Zeitpunkt gewesen, die Welt zu betreten. Die damals in Trümmern lag. Und nach Krieg roch. Und der richtige Ort war es schon gar nicht.

Aber mich hat natürlich keiner gefragt.

Doch nun hatte mich meine Omi lebendig geschlagen. Und so laut ich auch brüllte und mit meinen Beinchen und Ärmchen ruderte: es war zu spät. Ich konnte nicht mehr dorthin zurück, von wo ich gekommen war.

Dann kam der Dünzl, unser Rossknecht, mit seinem Pferdefuhrwerk auf unseren Hof gefahren. Er war der Erste, der meinem Vater zu seinem Stammhalter gratulierte. Sogar seine Pfeife habe er aus dem Mund genommen. Sagte meine Omi. So ergriffen war er von diesem Häufchen Leben, das sich in dieses trostlose Kaff verirrt hatte.

Die Augusthitze lastete schwer auf dem niederbayrischen Dorf. Mein ganzes Leben sollte mich die Sommerhitze an diese unguten Momente erinnern. Es herrschte jene pralle Stille, die alles, was lebt, zu Boden drückt. Die Katzen verkrochen sich unter Bänken und Maschinen. Wampo, unser Hofhund, vergaß sein Bellen und igelte sich in seiner Hütte ein. Selbst die Bäume duckten sich unter die kochende Stille. Das Vieh auf den baumlosen Weiden litt am meisten. Die Schweine pressten sich nah an die Stallwand. Die Kühe versuchten vergeblich, sich so zu stellen, dass sie einander Schatten gäben. Und aus der Ferne drang das Geräusch eines vereinzelten Traktors durchs offene Schlafzimmerfenster. Der Raglkofer war immer noch auf den Feldern. Weiß der Teufel, was er gegen Ende August dort draußen zu tun hatte.

Als der Dünzl hereinkam, hörte ich auf zu schreien. Und nun trauten sich auch die Arbeiter herein, die vor der Schlafzimmertür gewartet hatten. Meine Omi schaukelte mich summend hin und her. Und ich wurde an viele Münder gedrückt.

In der Hoffnung, es würden keine weiteren Münder auf mir herumschmatzen, fing ich gleich nochmal zu schreien an. Und meine Omi legte mich neben meine Mutter zurück. Die kaum Kraft hatte, mich an ihre Brust zu betten.

Doch schon wurde ich neuerlich von ihr weggezerrt. Von Mund zu Mund weitergereicht. Bis ich von all den Küssen vollkommen besabbert war.

Sie fuhren mit ihren Zeigefingern über meine Nase, die noch ein Näschen war. Sie sagten ‚duuutz, dutz, dutz‘. Und ich spürte, dass sie nicht mich mit dem meinten, an dem sie sich zu schaffen machten. Das konnten sie auch gar nicht. Denn der, an dem sie herumfummelten, und den meine Omi mit beherzten Klapsen ins Leben gelockt hatte, war nicht ich. Jedenfalls nicht alles von mir. Und ich bin sicher, dass ich schon damals tief innerlich spürte, dass das Wesentliche von mir nicht mit herausgekommen war.

Nach und nach war das ganze Dorf angetreten, um den Sprössling des neuen Gutsverwalters in Augenschein zu nehmen. Und ihn scheinheilig zu betätscheln. Denn tatsächlich befürchteten sie, dass sich mit diesem neuen Leben einer dazugesellte, der nicht dazugehörte. Das wollten sie auf gar keinen Fall. Denn wenn sie sich auch im Gewohnten langweilten, so war es ihnen doch immerhin vertraut. Alles Fremde und Neue würde einen bedrohlichen Einbruch in das bedeuten, worin sie sich seit Generationen anödeten.

Jetzt kam auch der Raglkofer durch unser Hoftor gedonnert. Berichtete meine Omi. Er ließ den Lanz noch ein paar Mal aufbellen. Drosselte die Dieselzufuhr solange, bis der Eintakter würgende Geräusche von sich gab. Und endlich stillhielt. Zwischen Garage und Pferdestall traf er auf den Dünzl. Der in ausladenden Bewegungen schaumigen Schweiß von den glänzenden Leibern der massigen Belgier wischte. Der Raglkofer hätte gern einen Bogen um den Dünzl gemacht. Er wusste, dass dessen Tage als Rossknecht auf unserem Hof gezählt waren. Denn schon bald würde es einen weiteren Traktor geben. Noch einen. Und noch einen. Dann brauchte mein Vater keinen Rossknecht mehr.

Doch der Dünzl hatte den Raglkofer schon gesehen.

„Der neie Verwoita hot wos Kloans kriagt!" rief er ihm zu. Ohne die Pfeife aus dem Mund zu nehmen.

Der Raglkofer habe nur blöd gegrinst. Und ohne Umschweife den Hof verlassen. Sagte meine Omi. Von der neuen Existenz auf unserem Hof habe er nichts wissen wollen.

Mein Vater war Verwalter auf dem gräflichen Gut von Lapping. Das etwas abgesondert am östlichen Dorfrand lag. Ein typischer bayrischer Vierkanthof, der von Scheune, Ställen, Geräteschuppen und Wohnhaus umschlossen war. Und mein Vater war sehr stolz auf seinen Hof. Der nicht seiner war. Er war auch stolz darauf, bei einem richtigen Grafen zu arbeiten. Obwohl ihm das kein Glück brachte. Aber das wusste er damals noch nicht.

Lapping ist die größte von drei gottverlassenen niederbayrischen Ortschaften, die sich in eine ausladende Donauschleife schmiegen. Eine schmale Straße durchschneidet riesige Weizenfelder, führt westlich nach Wimling und östlich nach Niederkattlhofen, dem Gemeindesitz der drei Dörfer.

In unsere drei Dörfer hineinzufinden ist einfach. Wieder herauszukommen beinahe unmöglich.

In unregelmäßigen Abständen fallen die Jugendlichen der Dörfer übereinander her. Verprügeln sich so lange, bis ein Dorf die Oberhand gewinnt. Der so entstandene Burgfriede ist jedoch trügerisch. Schon nach kurzer Zeit fängt es in den unterdrückten Dörfern wieder zu gären an. Und sie fallen neuerlich übereinander her.

Das war immer so. Und wird immer so bleiben.

Da jedes unserer drei Dörfer einen anderen Dialekt sprach, gab es keine wirkliche Verständigung zwischen den Wimlingern, Niederkattlhofenern und Lappingern. Und auch später, als die Dörfer längst zu einem großen Dorf zusammengewachsen waren, und ihre Dialekte ineinander verschmolzen, taten sie weiter so, als verstünden sie sich nicht.

Die Leute unserer drei Dörfer hatten sich ohnehin nichts zu sagen. Gingen sich aus dem Weg, wo sie nur konnten. Nur sonntags, in der Kirche von Niederkattlhofen, standen sie heuchlerisch dem Altar zugewandt. Starrten auf den Mund vom Pfarrer Wandlinger. Aus dem Worte kamen, die sie nicht verstanden. Und auch gar nicht verstehen wollten.

Die Leute in unserem Dorf mochten meinen Vater nicht. Weil er ein Ausländer war. Für sie war jeder ein Ausländer, der nicht in Lapping geboren wurde. Ein Zugereister. Einer, der nicht dazugehörte. Ein Fremdkörper. Sie verstanden nicht, was er sagte. Begriffen nicht, was er tat. Und nun stellten sie voller Groll fest, dass noch ein weiterer Fremdkörper hinzugekommen war.

Vielleicht hofften sie ja insgeheim, mich mit ihren scheinheiligen Liebkosungen zu ersticken.

Ich schrie so lange, bis sie endlich gingen. Dann drapierte mich meine Omi wieder an die Brust meiner Mutter. Wo mich weiche Geborgenheit empfing. Doch von all dem Gedrängel und Gesabber hatte ich Durst bekommen. Als ich mich jedoch noch näher an meine Mutter herankuschelte, um mir ihre Milch zu erlutschen, wartete bereits die nächste unangenehme Überraschung auf mich. So sehr ich auch saugte. Da kam nichts. Ihre Brustwarzen blieben trocken. Meine Mutter war von den vorangegangenen Jahren ihrer Flucht so ausgemergelt, dass sie keinen Tropfen Milch für mich hatte.

Leider hatten auch unsere Kühe ihre Milchproduktion eingestellt. Als wollten sie sich für die vernachlässigte Fütterung während der letzten Kriegsjahre an uns rächen. Da war nichts zu machen. Mein Durst blieb ungestillt. Und ich fing wieder zu schreien an.

Glücklicherweise donnerten fast täglich amerikanische Armeeautos durch unsere drei Dörfer. Die Amerikaner warfen Kaugummis, Trockenmilch und Zigaretten aus den offenen Autofenstern. Lachten und gaben breiige Laute von sich. Über die Zigaretten freute sich meine Mutter besonders. Doch da mein Vater nicht duldete, dass sie rauchte, versteckte sie sie schnell in ihrem Kittel. Legte nur die Trockenmilchpäckchen vor ihn hin. Worauf mein Vater wieder mal nicht wusste, was er dazu sagen sollte. Und vermutlich gar nicht begriff, warum meine Mutter die Trockenmilch so feierlich vor ihm aufbaute.

Ich erinnere mich nicht, ob mir die Trockenmilch der Amerikaner geschmeckt hat. Aber ein starkes Gefühl der Dankbarkeit hat sich in mir festgesetzt. Für die Amerikaner. Es hielt auch an, als mich mein Onkel Hans Jahre später darüber belehrte, dass die Amerikaner sich stets ungefragt ins Weltgeschehen einmischten. Und Dank für etwas einforderten, das man nicht wirklich von ihnen gewollt hatte.

Dass mich ihre Trockenmilch vorm Verhungern gerettet hat, ließ der Onkel nicht gelten. Wahrscheinlich hat seine Mutter seinerzeit ausreichend Milch für ihn gehabt. Oder die Kühe seines Vaters.

2.

Es waren vor allem Schläge, die meine Kinderjahre begleiteten. Schläge. Schmerz. Wut. Und Scham.

Es begann schon im Kindergarten, wo Mater Graziana ihre Schläge mit Kommentaren begleitete. Kommentare, die ich nicht verstand. Erst später fand ich heraus, dass sie den Rosenkranz herunterleierte, während sie uns verprügelte.

Wenn sie mit uns ,fertig war', wie sie es nannte, sperrte sie sie uns in einen Saal. Der so schwarz war, dass man nichts erkennen konnte. Auch nicht, wenn sich die Augen daran gewöhnt hatten. Und sie ließ uns viel Zeit, um uns daran zu gewöhnen. Die Dielen knarrten und ächzten in die schwarze Stille. Von Mäusen, die sie wohl von unten her zerfraßen. Der Schmerz tobte auf meinem Hintern. Die Finsternis brauste in meinem Kopf.

Und als ich zu beten versuchte, wusste ich nicht, an wen ich mein Gebet richten sollte. Denn Mater Graziana behauptete, es gäbe nur einen Gott. Und auch meine Mutter sagte, dass es nur einen Gott gäbe. Ein Gott, der für alle da ist. Wenn er aber für alle da ist, ist er auch für Mater Graziana da. Wie konnte ich mich diesem Gott anvertrauen?

Die Finsternis nahm kein Ende.

Manchmal dachte ich, sie würde überhaupt nie mehr aufhören. Und doch hätte ich nicht sagen können, was ich mehr fürchtete: die Finsternis oder Mater Grazianas herannahende Schritte. Die ich schon von weitem am klappernden Tritt ihrer Holzpantoffeln erkannte. Bis sich die Tür öffnete. Und sie in einem Rechteck grellen Lichts erschien. Wie von einem Heiligenschein umgeben.

Ihre Augen blitzten über ihren gefältelten Lippen. Und sie sah aus wie eine Elster. Mit ihrem wächsernen Gesicht und der schwarzweißen Flügelhaube drum herum.

Während ihrer ‚Erziehungsmaßnahmen‘, wie sie es nannte, brabbelte sie im immer gleichen Singsang die immer gleichen Sätze. Die sich zu keinem Ganzen fügten. Sich wie ein Refrain anhörten, zu dem das zugehörige Lied fehlte. Ein zusammenhangloser Mix aus ‚bösen Buben‘, ‚schlimmen Mädchen‘ und ‚Avemaria‘.

Je mehr wir sie anflehten, desto lauter sang sie. Ließ ihren Stock niedersausen, bis sie den angemessenen Rhythmus für ihre Litaneien gefunden hatte.

„Avemariavolldergnade, ich bring euch noch Manieren bei, derHerristmitdir, du bistgebenedeitunterdenWeibern, ihr missrat‘ne Brut, unddieFruchtdeinesLeibesJesuAmen.“

Wie seinerzeit bei den Sklaven. Dachte ich später, als ich mich an Mater Grazianas Erziehungsrituale zurückerinnern sollte. Nur dass es die Sklaven selbst waren, die ihre eintönigen Melodien über ihre geschundenen Körper und gedemütigten Seelen sangen. Während es im Kindergarten die Peinigerin war, die sang. Und wir unseren Schmerz herausschrien, ohne eine tröstende Melodie in uns vorzufinden.

Irgendwann bekreuzigte sich Mater Graziana. Hob ihre Augen erschöpft zum Kruzifix. Das in der Zimmerecke hing. Und von wo aus Gott ihr Tun zu billigen schien. Dann rieb sie ihre Hände an den Seiten ihrer schwarzen Kutte ab. Als hätte sie sich an uns beschmutzt. Ließ ihre blitzenden Augen über uns wandern. Und zog den Nächsten am Ohrläppchen in den pechschwarzen Saal.

Wenn ich zu Hause aus der Badewanne stieg, versuchte meine Mutter von den Striemen auf meinem Hintern wegzusehen, weil sie sie für die hielt, die mein Vater mir zufügte. Niemals würde sie mir geglaubt haben, dass es die süßlich auf sie einredende Ordensschwester war, die uns erbarmungslos mit ihrem Stock traktierte.

Und Stock und Kochlöffel waren auch für meinen Vater wie das Zepter eines Königs. Freilich erkannte er nicht, dass er damit allenfalls über meinen Hintern regierte. Und nicht merkte, dass der, über den er zu herrschen glaubte, sich seinem Zugriff entzog.

Er meine es gut mit mir. Und wolle nur das Beste für mich. Versicherte mir meine Mutter immer wieder. Und ich fragte mich, warum er mich beschämen und mir Schmerz zufügen musste, um zu beweisen, dass er es gut mit mir meinte und nur mein Bestes wollte.

Ich fragte mich auch, ob er nicht merkte, dass seine Schläge nicht die von ihm gewünschte Veränderung herbeiführten. Erst als ich eines Tages unser Brotmesser mit solcher Wucht vor ihm in den Linoleumboden rammte, dass es bis zum Schaft dort steckenblieb, schien ihm zu dämmern, dass er seine Macht, über mich verloren hatte. Die er niemals hatte.

Aber bis dahin war es noch ein weiter Weg.

3.

Es gab nur wenige Aussagen meines Vaters, die nicht mit ‚man muss‘ oder ‚man darf nicht‘ begannen.

Diese Satzanfänge waren wie große rollende Steine, die sich vor meine Ohren schoben. Und alles was dann folgte, nicht mehr in sie eindringen ließen.

Ich musste alles. Und durfte nichts. Das war seine Philosophie.

Ich durfte nicht spielen, wenn die anderen spielten. Und am Sonntag musste ich mit ihm und meiner Mutter nach Drebelsberg fahren. Stundenlang in Schaufenster auf langweilige Anzüge glotzen. Die alle gleich aussahen. Und die er sich sowieso nicht leisten konnte.

Wenn ich mit dem Dünzl zusammen auf dem Pferdewagen sitzen wollte, was sich als sehnlichster Wunsch durch die ersten Jahre meiner Kindheit zog, schüttelte mein Vater seinen Kopf. Weder begründete er seine Verbote. Noch erklärte er seine Befehle. Was er sagte, hatte befolgt zu werden. Auch das, was er nicht sagte. Und nur andeutete oder durch sein Schweigen befahl.

Daran änderte sich auch nichts, als sich zwei weitere Leben zu unserer Familie gesellten. Zwar weitete mein Vater nun seine Moralpredigten auf meine Schwester und auf meinen Bruder aus. Hielt auch für sie sein Zepter bereit. Denn auch sie konnten ihm nichts recht machen. Vor allem aber war ich es, der ihn immer und immer wieder enttäuschte. Weil ich nun mal so war, wie ich war. Und nicht so, wie er war. Oder wie er sich vorgestellt oder gewünscht hatte.

Dabei war das ja gar nicht möglich. Weil ich ja ich war. Und nicht einmal das. Sondern nur die Hülle dessen, der sich darin verbarg und gar nicht zum Vorschein kam. Den nicht einmal ich zu fassen bekam. Es hatte keinen Sinn, ihm das zu erklären. So was verstand mein Vater nicht.

Ich, zum Beispiel, habe mir nie vorgestellt, dass er anders sein könnte. So wie er war, war er nun mal. Ob mir das passte oder nicht. Und freilich passte es mir meistens nicht.

Alles komme nur davon, dass mein Vater nicht rauche und nicht trinke. Behauptete meine Omi. Und goss sich ein Gläschen Likör ein. Deshalb sei er so griesgrämig. Und so rechthaberisch. Leute, die keine Laster haben, sagte sie, seien pingelig, stur und streng. Wie mein Vater eben.

Und natürlich hatte er mit allem Recht, was er an uns auszusetzen hatte. Sagte meine Omi und zwinkerte mir zu. „Vater hat recht." Das sei ein Naturgesetz in unserer Familie. Und an Naturgesetzen rüttele man nicht.

Da mein Vater sie zu Weihnachten nicht bei uns in Lapping duldete, wusste sie nicht, dass mein Vater sich immerhin am Heiligen Abend 'mal einen genehmigte', wie er es nannte. Sie wusste auch nicht, dass er an diesem Abend eine dicke Zigarre qualmte. Obwohl er meiner Mutter das Rauchen missgönnte.

Tatsächlich hatte die Heiligabendzigarre einen guten Einfluss auf meinen Vater. Kaum blies er bläuliche Wölkchen vor sich hin, war er plötzlich ein anderer. Er redete dann sogar mit meiner Mutter. Mit jedem Gläschen Likör wurde er fröhlicher. Denn bei dem ‚einen' blieb es nicht. Er lachte sogar. Pfiff seine Landfunkmelodien laut vor sich hin. Und tanzte dazu. Mit sich selbst. Übersah, wie meine Mutter erwartungsvoll auf dem Stuhl hin und her rutschte.

Wenn er die Flasche mit dem ‚Danziger Goldwasser' wieder zuschraubte, schüttelte er sie noch einmal. Hielt sie gegen die Glühbirne und ich sah, wie winzige Goldblättchen in der Flüssigkeit herumwirbelten. Dann verschwand die viereckige Flasche in seinem Schreibtisch und ich wusste, sie würde erst in einem Jahr wieder herausgeholt werden. Und noch während der süßliche Zigarrenqualm über dem Christbaum waberte, entluden sich schon wieder die ersten ‚Man muss'- und ‚man darf nicht'-Sätze über unsere ausgepackten Geschenke. Da ließen wir sie achtlos liegen, um der zu erwartenden üblichen Standpauke zu entgehen. Die wir inmitten des weihnachtlichen Familienfriedens noch unerträglicher als sonst empfunden hätten. Bereits am ersten Weihnachtsfeiertag begann er ohnehin wieder, an uns herumzunörgeln. Was wir auch taten, es passte meinem Vater nicht.

4.

Ich bin sicher, mein Vater wäre ein anderer geworden, hätte es ihn nicht nach Lapping verschlagen.

Es gibt wohl Orte, in denen sich die Wut der ganzen Menschheit verdichtet. Und niemand, der an einem solchen Ort lebt, kann sich dieser Wut entziehen. Sie ist wie eine ansteckende Krankheit, eine Seuche. Die jeden erfasst, der mit ihr in Berührung kommt. Sie kriecht tief in einen hinein. Und lässt einen nie wieder los.

Lapping war jedenfalls so ein Ort.

Hier hatte mein Vater von Anfang an keine Chance. Und ich auch nicht.

Die in Lapping schwelende Wut erfasste auch die Dorfbewohner von Wimling. Ging dann auf Niederkattlhofen über. Bis schließlich alle unsere drei Dörfer voller Wut waren. Sie entlud sich vom Stärkeren, zum weniger Starken, zu den Schwächeren hin. Nur die Allerschwächsten, die niemanden mehr fanden, an denen sie ihre Wut auslassen konnten, fraßen sie in sich hinein. Wo sie weiterkochte.

Die Wut kochte in Mater Graziana. Und im Hauptlehrer Kager, der zu geeigneter Zeit die Erziehungsmaßnahmen meines Vaters vertiefen sollte. Sie kochte in unserem Stier. Und in unserem Eber. Und ganz besonders in unserem Hofhund Wampo.

Unser Wampo, und es fällt mir heute noch schwer, ihn ‚unser‘ zu nennen, war eine Mischung aus einem deutschen Schäferhund und einem Wolfshund. Behauptete mein Vater. Schon wenn Wampo mich roch, fing er wild zu kläffen an. Raste wie besessen an den Holzlatten seines Käfigs entlang. Fletschte seine bräunlich fleckigen Zähne. Am ganzen Körper zitternd, schlich ich an seinem Zaun vorbei in den Garten. Um Kohlrabi, Blumenkohl, Petersilie oder Karotten zu holen. Starrte, wie gelähmt vor Angst, in seine rötlich funkelnden Knopfaugen. Dann knurrte er. Und es lief mir eiskalt den Rücken hinunter. Das klang anders als bei anderen Hunden.

Kam ich dann vollbeladen mit Gemüse wieder an ihm vorbei, verschluckte er sich an seinem eigenen Bellen. Wirbelte in einem wilden Veitstanz um seine eigene Achse. Verbiss sich in die Zaunlatten. Und ich wusste, dass er mich damit meinte.

Trotzdem schickte mich mein Vater immer wieder in den Garten zum Gemüseholen.

„Der Wampo kann nichts dafür, Heini!" versuchte mich meine Mutter zu beschwichtigen, „dieser dämliche Rammelhuber ist schuld! Ich weiß, mein Junge, du hast dem Wampo nichts getan. Doch der Wampo ist ein Hund. Er begreift das nicht."

Der Rammelhuber war unser Stallknecht. Er hatte sich um unsere Kühe zu kümmern. Die natürlich dem Herrn Grafen gehörten. Der Rammelhuber schlug den Wampo. Mit einer Eisenstange. Und fütterte ihn mit blutigem Fleisch. Deutete dann mit dem Finger auf mich. Worauf der Wampo voller Wut auf mich losstürzte, bis der Rammelhuber an seiner Leine zerrte, den Wampo in letzter Sekunde von mir zurückriss. Und scheppernd lachte.

Einmal wurde der Wampo so wild, dass er die Zaunlatten durchbiss. Und aus seinem Laufstall freikam. Die Lappinger flüchteten in ihre Häuser. Verriegelten sich. Und trauten sich nicht mehr auf die Straße. Denn der Rammelhuber war an dem Tag gerade in Drebelsberg. Und nur auf ihn hörte der Wampo. Weil er ihn schlug. Und mit blutigem Fleisch fütterte. Keiner der Lappinger verließ sein Haus. Auch die nicht, die zur Arbeit in die Fabrik nach Puckling mussten. Sie verbarrikadierten sich in ihren Stuben. Und die Straßen von Lapping gehörten unserem Wampo ganz allein.

Einen ganzen Tag und eine halbe Nacht lang ist er mit seinem unheimlichen Bellen durch die Dorfstraßen gerannt. Gegen die Haustüren angesprungen. Und selbst die, die immer so ein großes Mundwerk hatten, sind mucksmäuschenstill hinter ihren Türen gehockt. Und haben den Wampo wüten lassen. Bis er von seinem Gebell ganz heiser war.

Ein Pfiff vom Rammelhuber genügte. Und der Wampo hörte auf zu kläffen. Lief mit wedelndem Schwanz auf ihn zu. Als hätte er sich im Handumdrehen von einer Bestie in ein Schoßhündchen verwandelt. Auch als ich am nächsten Tag in den Garten musste, bellte der Wampo nicht. Lag mit heraushängender Zunge vor seiner Hütte. So fertig war er von seinem erbosten Herumrasen im Dorf. Knurrte nicht einmal, als ihn der Rammelhuber an die Kette legte. Damit mein Vater die zerbissenen Zaunlatten an seinem Laufstall ersetzen konnte.

Eines Tages aber ist der Wampo so wütend geworden, dass er selbst unseren Schweizer angeknurrt und ihn ins Bein gebissen hat. Als der Wampo das viele Blut gesehen hat, das aus dem Bein von unserem Schweizer herausgelaufen ist, hat er gleich noch mal reingebissen. Und wie unser Schweizer dann vor Schmerz und Wut gebrüllt und der Wampo gejault und gebellt hat, ist das schon ein recht schauriges Duett gewesen.

Von da an musste ich keine Angst mehr vor unserm Wampo haben. Denn der Tierarzt, der ein Freund von unserem Schweizer war, ist noch am selben Tag mit seinem Jagdgewehr zu uns auf den Hof gekommen. Und hat den Wampo erschossen.

Das war dann schon seltsam. Als er weg war, der Wampo, hat er mir plötzlich gefehlt. Obwohl ich immer so viel Angst vor ihm gehabt hatte.

5.

Die Wut, die über unseren drei Dörfern schwebte, steckte sogar in den Gewittern. Die mit unheimlichem Donnergrollen heranrollten. Sich zu entfernen schienen. Krachend wieder zurückkehrten. Und dann stundenlang über unseren Dörfern kreisten.

Am schlimmsten war es nachts. Wenn die Blitze direkt auf meine Bettdecke zielten. Und es so hell in unserem Schlafzimmer wurde, als würde der Spengler Hösl mit seinem Schweißbrenner drin arbeiten. Ich wusste natürlich, dass der Spengler Hösl nicht mitten in der Nacht in unserem Schlafzimmer schweißte. Und verkroch mich unter der zentnerschweren Bettdecke. Bis ich zu ersticken drohte.

„Hab' keine Angst, Heini!" Sagte meine Mutter. „Das Gewitter ist erst dann direkt über uns, wenn Blitz und Donner zusammenfallen. Du musst zählen, nach dem Blitz. Wenn du bis zehn zählen kannst, bis es donnert, ist das Gewitter noch zehn Kilometer weit weg."

Aber das beruhigte mich nicht. Auch nicht, wenn ich nach einem Blitz bis fünfundzwanzig zählen konnte, bevor der Donner loskrachte. Das Gewitter also erst im fernen Drebelsberg tobte. Ich verkroch mich trotzdem unter der Bettdecke. Damit mich nicht womöglich doch ein verirrter Blitz erreichte. Schon wenn riesige Wolkenballen über dem Vierfichtenbuckel zusammenkrachten, begann ich zu zittern. Obwohl ich wusste, dass der Donner nicht gefährlich war. Und die Blitze noch weit weg waren.

In einem der Sommer umkreisten ständig blauorangene Wolkenwände unsere drei Dörfer. Die Luft war so stickig und spannungsgeladen, dass die Lappinger kaum noch ihre Häuser verließen, wenn sie nicht mussten. Meine Mutter stöhnte. Und sehnte sich erlösenden Regen herbei. Während mein Vater, wie jedes Jahr, um seine Ernte bangte. Die gar nicht die seine war. Während vom Bayrischen Wald unaufhörlich dumpfer Donner von den Bergen zu uns herüberhallte.

„Es wird Hagel geben. Und die ganze Ernte verwüsten," unkte mein Vater.

Doch die Gewitter blieben an den Berggipfeln hängen. Die Sonne brannte sich weiterhin durch den schlierigen Himmel. Und ich war froh, dass die Gewitter ihre Wut an den Drebelsberger Bergen ausließen. Nur meine Mutter klagte weiterhin über die unerträgliche Schwüle. Verschloss sich im Badezimmer. Nutzte die Gelegenheit, dort heimlich zu rauchen.

Doch plötzlich hatte eines der Gewitter einen unerwarteten Schlenker zu unseren Dörfern hin gemacht. Am helllichten Tag wurde es schwarz. Die Luft blieb stehen. Die Bäume vor unserem Küchenfenster erstarrten. Tonnenschwer drückte der Wolkenhimmel auf Lapping herunter. Die Luft knisterte. Angespannte Stille füllte unsere Küche. Sogar mein Vater vergaß, seine mittägliche Moralpredigt anzustimmen. Wir rührten lustlos in unseren Suppen herum. Selbst die Schmeißfliegen hatten ihr Gesumme eingestellt. Klebten träge an den Tellerrändern.

Dann geschah alles gleichzeitig.

Eine Flammensäule schoss aus dem dunklen Himmel auf uns zu. Ein Knall zerriss die Stille. Es krachte. Polterte. Als löste sich der Himmel über uns auf. Und fiele in seinen einzelnen Bestandteilen auf Lapping und unseren Hof herab. Aber der Himmel fiel nicht herunter. Stattdessen kehrte die bewegungslose Stille wieder zurück. Noch immer war kein Tropfen Regen gefallen.

Dann krachte es wieder. Diesmal war es die Küchentür. Mein Vater, der aufgesprungen, dann aber wie angewurzelt neben dem Esstisch stehen geblieben war, hatte die Küche verlassen. Meine Mutter, die jetzt rot im Gesicht wurde, schrie meinem Vater hinterher „Wie sollen die Kinder begreifen, dass sie die Tür vorsichtig zuzumachen haben, wenn..." und brach mitten im Satz ab.

Eine gewaltige Lichtkugel platzte vor unserem Küchenfenster. Gleichzeitig ging ein Beben durch unser Haus. Die Teller vor uns machten ein Hüpfer. Und in ihnen die Suppenlöffel. Die Suppenspritzer auf den Küchentisch katapultierten. Meine Schwester und ich rannten auf meine Mutter zu. Versteckten uns unter ihrer Schürze. Von dort aus vernahm ich gedämpft das schauerliche Quieken der Schweine.

„Jetzt hat's eingeschlagen," flüsterte meine Mutter.

„Ein Nachzügler," kommentierte meine Omi, die sich geweigert hatte, sich bei dem herannahenden Unwetter nach Holzing zurückfahren zu lassen, „in ihnen ballt sich

nochmal die gesamte Kraft, die seine Vorgänger nicht los-
werden konnten."

Und während ich noch über diese Nachzügler sinnierte,
schoss ein weiterer Nachzügler auf unseren Hof herunter.
Gleichzeitig gab es einen noch lauteren Knall. Der das Geschirr in unserem Küchenschrank zum Scheppern brachte.

Die Schweine fingen wieder an zu quieken. Ich kroch
unter der Schürze hervor. Und sah, dass meine Mutter nun
weiß im Gesicht war.

„Der Schweinestall brennt!" schrie sie.

Dann kam Wind auf. Jähe Böen rissen kleine Flämm-
chen von den Flammen. Und schleuderten sie auf das
Hühnerhaus zu. Das auch sofort Feuer fing. Und nun
ebenfalls lichterloh brannte. Aufgeregtes Gackern gesellte
sich zum Quieken der Schweine.

Immer heftiger zerrte und schob der Wind an den
Flammen. Die riesengroß anwuchsen. Und auf unser
Wohnhaus herüber züngelten. Meine Schwester schrie und
krallte sich an meiner Mutter fest. Weitere Blitze schossen
auf uns herunter. Zerbarsten in schepperndem Krachen.

Das Gewitter konnte gar nicht genug kriegen. Den ganzen Tag und die ganze Nacht kreise es um unsere drei
Dörfer. Zum Schluss hat der Blitz auch noch beim Nädler
eingeschlagen. Auch bei ihm brannten Stadel und Ställe ab.
Die meisten Tiere konnten sich retten. Liefen noch tage-
lang verwirrt im Dorf herum.

6.

Kurz nachdem die Ställe wiederaufgebaut worden waren, brannte unser Hof schon wieder. Diesmal war es der
Weidinger, aus dem die Wut herausbrach. Das behaupteten jedenfalls die Kriminaler. Die die Brandursache herauszufinden hatten.

Mitten in der Nacht weckte mich meine Mutter.

„Heini, steh auf! Es brennt."

Mehr sagte sie nicht. Und sie sagte es, als fände draußen ein Feuerwerk statt. Das wir nicht versäumen sollten.

Das Bett meines Bruders war bereits leer. Auch das meiner Schwester. Und obwohl ich vermutlich längst zu schwer für sie war, hob meine Mutter mich aus den Kissen. Trug mich im Schlafanzug die Treppen hinunter.

Im Flur war das Fenster zum Hof zersprungen. Die Haustür stand offen. Gelbrötliche Flammen leckten in unseren Hausgang.

„Feuer!" stammelte ich, „viel Feuer!"

„Ja, Feuer," bestätigte meine Mutter, „viel Feuer."

Als sie die Tür öffnete, schlug mir brodelnde Hitze entgegen. Meine Mutter presste mich fest an sich. Stieß mit dem Fuß die Eingangstür zu. Rannte in den Hausgang zurück. Durch die Waschküche. Dem Hinterausgang zu. Und ich spürte, wie ihr Herz an meine Schläfen donnerte.

Auch zur Waschküche wehten bereits die Flammen herein.

Meine Mutter drückte mich so fest an sich, dass es wehtat. Und ich hörte, wie sie vor sich hin flüsterte. Verstand aber nicht, was sie sagte. Ihre Stimme wurde immer flehender.

„Mmmit wwem redest dudu, Mammi?"

„Mit Gott." Sagte sie. „Mit Gott, mein Junge."

Ich presste Spucke durch meine Lippen. Besabberte ihren Arm, mit dem sie mich hielt. Bis sie eine Hand auf meine Lippen legte.

Ich verstand nicht, was sie zu Gott sagte. Und was er mit diesem Feuer um uns herum zu tun hatte. Hoffte nur, dass es nicht derselbe Gott war, zu dem Mater Graziana betete. Und ich fragte mich, ob es denn auch einen Gott gab, der für mich zuständig war.

Meine Mutter riss das Badezimmerfenster auf. Setzte mich auf dem Fensterbrett ab. Und sprang ins Freie. Ich schrie laut auf. Ich wollte natürlich nicht allein auf dem Badefensterbrett liegen bleiben. Doch sie zog mich bereits wieder an sich. Rannte mit mir an der Rückseite unseres

Wohnhauses entlang. Und ich spürte wie ihr Herz gegen meine Schläfen schlug.

Auch hinter dem Haus war es sehr heiß. Obwohl hier noch keine Flammen zu sehen waren. Die Kühe brüllten, wie ich so nie brüllen gehört hatte. Und ich zupfte am Arm meiner Mutter und deutete nach oben.

„Mammi, ssso vviele Sterne aam Himmel!"

„Daas sind keiine Sterne," sagte sie, „daas sind keiine Sterne, Heini."

Sie sagte es, als sänge sie den Messegesängen vom Pfarrer Wandlinger hinterher.

Als eine riesige Feuergarbe aus dem Kuhstalldach schoss, begriff ich, dass nicht nur unser Hof, sondern der ganze Himmel brannte. Und in diesem Moment musste ich an eine Predigt vom Pfarrer Wandlinger denken. Und ich rief:

„Ist das der Weltuntergang, Mammi?"

Meine Mutter antwortete nicht. Sie drückte mich nur noch fester an sich. Und lief weiter. Musste immer wieder ausweichen. Weil glühende Strohfetzen herunter rieselten.

Beinahe wäre sie mit dem Weidinger zusammengestoßen. Der nichts und niemanden wahrzunehmen schien. Nur einfach in den Misthaufen glotzte. Und sich nicht von der Stelle rührte.

Brennende Kühe hüpften in wilden Bocksprüngen um ihn herum. Warfen sich in den Mist. Wälzten sich in den Flammen. Und brüllten schauerlich.

Der Weidinger stand nur da. Mit hochgezogenen Schultern. Eingezogenem Kopf. Und schaute finster in den dampfenden Mist hinein.

Die Hühner flatterten aufgeregt auf die Rücken der Schweine. Gackerten wie aufgezogen. Die Schweine, wiederum, versuchten die Hühner abzuschütteln, hoppelten in alle Richtungen. Rollten sich auf der aufgewühlten Erde. Quiekten und kreischten.

Es herrschte ein ziemliches Durcheinander.

Ich sah den brennenden Strohfetzen nach, die über uns hinweg geweht wurden, als meine Mutter abrupt stehen blieb. Jetzt hatte auch sie den Weidinger entdeckt. Wie er mit rußverschmiertem Gesicht im Misthaufen stand. Seine Augen blitzten wie glühende Kohlestückchen.

Das war nicht der Weidinger, wurde mir plötzlich klar. Das war er. Von dem mein Vater sprach als ich geboren wurde. Er, der angeblich immer auf den größten Haufen scheißt. Und ich barg meinen Kopf unter das Kinn meiner Mutter.

„Schau mal, Mami! Der Teufel!"

Meine Mutter packte erschrocken mein Gesicht und hob es zu sich hoch.

„Das ist der Weidinger, Heini! Erkennst du ihn denn nicht?"

Natürlich erkannte ich ihn. Den Weidinger. Wie er dort in der stinkenden Glut stand. Gleichzeitig aber sah ich auch ihn zum ersten Mal. Den Teufel. Wie er aus dem Weidinger herausgrinste. Und als plötzlich auch der Misthaufen zu brennen anfing, wusste ich, dass der Teufel direkt aus der Hölle hochgekommen war. Und sich im Weidinger versteckt hatte.

Ich sah die roten und gelben Flammen, die überall aus den Türen und Fenstern herausschossen. Durch meine vom vielen Rauch verschleierten Augen sahen sie noch größer und noch unheimlicher aus. Und ich war froh, als die weiche Hand meiner Mutter sich auf meine Stirn legte. Und meine Augen verdeckte.

Endlich lief meine Mutter weiter.

Die Katzen miauten und jaulten. Und weil sie ständig zwischen ihren Füßen hin und her wuselten, stolperte meine Mutter. Und ihr Kinn schlug gegen mein Nasenbein.

Auf einmal rasten einige Kühe auf uns zu. Ich versuchte mich an der Brust meiner Mutter unsichtbar zu machen. Drückte meine Lider fest zu. Denn ich wusste, wo die Kühe waren, musste auch der Stier sein. Er musste jeden Augenblick auftauchen. Und uns über den Haufen rennen.

Der Stier kam nicht. Aber die Kühe hätten uns mit Sicherheit niedergetrampelt, wenn wir nicht von zwei starken Händen an die Hauswand gezerrt worden wären. Die Kühe rannten laut muhend in Bocksprüngen an uns vorüber. Und ich erschrak, als ich den Weidinger nun direkt vor mir sah. Wie er meine Mutter an die Stallwand drückte. Hinter uns brodelte und zischte der Misthaufen. Wie der Schlund der Hölle, der uns zu verschlingen drohte. Auch meine Mutter schien jetzt zu erkennen, wer sich im Weidinger versteckt hatte. Sie riss sich von ihm los. Floh mit mir ins Dorf hinein. Und der Teufel im Weidinger lachte scheppernd hinter uns her. Erst viel später begriff ich, dass uns der Weidinger davor gerettet hatte, von den wild herumrasenden Kühen zertrampelt zu werden.

Meine Mutter trug mich zur Dorfwirtschaft. Wo auch schon meine Schwester und mein Bruder auf Handtüchern auf dem Fußboden lagen. Und ich verstand nicht, warum sie uns ausgerechnet in die Dorfwirtschaft trug. Gegen die mein Vater stets wetterte. Sie eine Lasterhöhle nannte. Und sich weigerte, auch nur einen Fuß hineinzusetzen.

Mein Bruder weinte leise in sich hinein. Meine Schwester versuchte, ihn zu beruhigen. Und wie immer im unpassendsten Augenblick, fing meine Nase zu bluten an. Das Blut schoss aus dem rechten Nasenloch. Verzweifelt suchte ich nach einem Taschentuch. Unaufhörlich lief es hellrot aus mir heraus. Bis mein ganzes Gesicht besudelt war. Und mein Schlafanzug. Weil ich nichts anderes fand, stopfte ich mir den Zipfel einer Tischdecke, die säuberlich gefaltet über einem der Stühle hing, ins blutende Nasenloch. Aber das nützte nichts. Das Blut quoll an den Stoffrändern vorbei. Tropfte auf meine Füße. Und auf den Dielenboden des Gastraums.

Noch immer saß meine Schwester über meinen Bruder gebeugt. Der immer weiter weinte. Auch meine Nase blutete immer weiter. Und ich befürchtete, dass solange Blut aus mir herauslaufen würde, bis nichts mehr davon in mir drin war.

Entlang der Wände türmten sich übereinander und ineinander gestellte Stühle und Tische. Als habe man eine leere Fläche für die Tanzenden schaffen wollen. Die nur noch darauf warteten, dass die Musik begänne. Nach und nach polterten alle Arbeiter von unserem Hof in die Gaststube. Aber sie sahen nicht aus, als wollten sie tanzen. Wie sie in rußbedeckten und schwitzenden Gesichtern durcheinanderredeten. Und die Musik fing auch nicht zu spielen an. Stattdessen redeten alle hektisch aufeinander ein.

Irgendwann eilte meine Mutter auf mich zu. Umschlang mit beiden Händen meinen Kopf. Und mein Nasenbluten hörte auf. Während sie in meinem Gesicht herumwischte, murmelte sie die ganze Zeit vor sich hin. Ich vermutete, dass sie wieder mit Gott sprach. Dann legte sie mich auf eine kratzige Wolldecke. Neben meinen immer noch schluchzenden Bruder. Meine Schwester war vor Erschöpfung inzwischen eingeschlafen.

Mein Kopf fühlte sich dumpf und hohl an. Vielleicht war er schon ausgeblutet. Dachte ich.

„Schlaft jetzt, Kinder!" befahl meine Mutter.

Jetzt kam auch noch der Raglkofer in den Gastraum gestolpert. Und alle die anderen Arbeiter. Und sie trampelten solange auf dem alten Holzboden herum, bis mein Bruder, der endlich eingeschlafen war, wieder aufwachte und wieder zu weinen anfing. In meinem Kopf vermischten sich das Weinen meines Bruders, das Stampfen der Arbeiter und ihre aufgeregten Stimmen zu einem Geräuschbrei, der sich wie ein Karussell um mich herumdrehte. Bis ich kotzen musste.

„Schlaft endlich, Kinder! Schlaft!" schrie jetzt auch noch meine Mutter, nachdem sie meine Kotze mit einer der zusammengefalteten Tischdecken aufgewischt hatte.

Wie sollte man in dieser Unruhe schlafen? fragte ich mich, musste aber dann doch irgendwann eingeschlafen sein.

Am nächsten Tag durften wir wieder in unsere Betten zurück. Aber schon ein paar Tage später weckte uns meine

Mutter wieder mitten in der Nacht. Diesmal brannten die Geräteschuppen. Auch das Hühnerhaus und der Schweinestall standen ein weiteres Mal in Flammen. Meine Mutter schleppte uns bis ans andere Ende des Dorfes. Ins Haus von unserem Schweinemeister. Weil die Lappinger Angst hatten, die Schnapsbrennerei, die zu unserem Hof gehörte und gegenüber der Wirtschaft lag, könnte auch noch Feuer fangen. Und explodieren. Dann würde ganz Lapping mit allen Lappingern in die Luft fliegen. Worum es nicht schade wäre, soll mein Vater gebrummt haben. Sagte meine Mutter.

Ich fragte mich, wo der Schweinemeister und seine Frau jetzt schliefen. Wo wir doch nun ihre Betten besetzten. Behielt meine Frage aber für mich. Denn ich war natürlich froh, dass es hier keine lodernden und zischenden Flammen gab. Es war auch nicht so heiß und stickig wie in der Dorfwirtschaft.

Drei Tage schliefen wir Kinder im Haus vom Schweinemeister. So lange, bis die Explosionsgefahr vorüber war. Erst später erfuhr ich, dass weder der Schweinemeister und seine Frau, noch meine Mutter und mein Vater und auch keiner der anderen Erwachsenen im Dorf in diesen drei Tagen geschlafen haben. Sie alle waren mit dem Löschen der um sich greifenden Brände beschäftigt. Damit das Feuer nicht auf unser Wohnhaus übergriffe. Und womöglich doch noch die Brennerei zum Explodieren brachte.

Und obwohl der Weidinger dann noch ein drittes Mal zündelte, blieben Brennerei und Wohnhaus vom Feuer verschont.

7.

Danach rätselten die Leute unserer drei Dörfer, wie der Gutshof gleich dreimal hintereinander Feuer fangen konnte. Blitze konnten ihn nicht entzündet haben. Denn es waren weit und breit keine Gewitter in Sicht gewesen.

Die Feuerwehren kamen bis von Puckling, Drebelsberg und Strutzing. Sogar von München kamen sie. So groß war das Feuer. Zwar durften wir nach ein paar Tagen wieder in unser Wohnhaus zurück. Und der Schweinemeister und seine Frau konnten wieder in ihren Betten schlafen. Aber überall auf dem Hof knisterte und zischte es noch. Und wenn Windböen darüber hinwegfegten, fingen die Flammen von neuem an, aufzulodern. Die Feuerwehren spritzten und spritzten.

Wochenlang stank ganz Lapping nach fauliger Asche, verbranntem Stroh und verkohlten Tierkadavern. Denn die meisten der gräflichen Tiere waren bei der Feuersbrunst umgekommen. Auch unsere Hühner, die mein Vater nach dem Blitzschlag neu erworben hatte, waren dem Feuer zum Opfer gefallen. Die wenigen Tiere, die sich retten konnten, hatten bei den Nachbarbauern Unterschlupf gefunden. Die haben das natürlich abgestritten. Und mein Vater musste neue Schweine, Kühe und Hühner für das gräfliche Gut erwerben. Und weil er gerade dabei war, Tiere einzukaufen, brachte er auch einen neuen Hofhund mit. Ließ sich auch von meinem Flehen nicht davon abhalten. Und nannte ihn wieder Wampo.

Glücklicherweise war Wampo Nummer Zwei ein friedlicher Hund, der niemanden etwas tat. Nur tagaus tagein gelangweilt vor sich hin bellte. Um dem Gequieke der Schweine, dem Brüllen der Kühe und dem Gackern der Hühner seinen Beitrag hinzuzufügen.

Für meinen Vater aber war es das Schlimmste, dass der sonst so ordentlich gejätete gräfliche Hof nun ein rauchender Schutthaufen war. Auch als die verbrannten Schweinekadaver und die durch die Hitze geplatzten Kuhkörper beseitigt worden waren, blieb der Gestank von verschmortem und verwesendem Fleisch. Durch das viele Spritzwasser hatten die Tierleichen zu faulen angefangen. Ganz Lapping roch danach. An windstillen Tagen war der Gestank kaum auszuhalten.

Auch dem Raglkofer ‚sein‘ neuer Lanz fiel dem ‚Großen Brand von Lapping‘ wie man ihn nannte, zum Opfer. Der Dünzl konnte zwar ‚seine“ Rösser noch rechtzeitig in Sicherheit bringen. Aber das hat mich genützt. Der Herr

Graf beauftragte meinen Vater, drei neue Traktoren zu erwerben. Und ein Rossknecht war nun nicht mehr nötig. Die Zeit der Rösser war vorbei.

Wir husteten die Nächte durch. Und tagsüber auch. Und weil alle im Dorf husteten, merkten weder mein Vater noch meine Mutter, dass wir Kinder mehr husteten als alle anderen. Erst als wir zu kotzen anfingen, ließ mein Vater den Dr. Vilber kommen. Der feststellte, dass wir alle drei Keuchhusten hatten. Wir husteten natürlich trotzdem weiter. Bis wir rot, blau und grün in den Gesichtern waren. Und wieder kotzen mussten. Als der Dr. Vilber, der Angst hatte, sich bei uns anzustecken, endlich auftauchte, hatten wir das Schlimmste überstanden. Und mein Vater schickte ihn mit seinen Medikamenten wieder nach Strutzing zurück. Als drei Tage später ein Brief vom Dr. Vilber bei uns ankam, in dem er die Hin- und Rückfahrt in Rechnung stellte, ließ mein Vater seinen Ärger natürlich wieder an mir aus.

Inzwischen rätselten die Kriminaler weiter, wer die drei Feuer im Gut von Lapping gelegt haben könnte. Und ob es sich denn überhaupt um Brandstiftung handele. Da der Weidinger ein dorfbekannter Zündler war, haben sie schließlich ihm die Brände in die Schuhe geschoben.

Doch so sehr sie ihn auch triezten, sie konnten den Weidinger zu keinem Geständnis überreden. Und weil er nur so dagesessen, vor sich hingestarrt, und kein Wort gesagt habe, hätten die Kriminaler einen Psychologen dazu geholt. Wurde im Dorf gemunkelt. Und als er auch im Beisein des Psychologen nichts zugeben wollte, hätten sich die Kriminaler selber zusammengereimt, was sie vom Weidinger hören wollten.

Mein Vater sagte nur: „Es ist ja klar, dass der Weidinger verdächtigt wird. Weil ihn keiner im Dorf leiden kann. Aber warum sollte ein Trottel wie er dreimal hintereinander den gleichen Hof anzünden?"

Irgendwann haben sich die Kriminaler und der Psychologe auf eine Aussage geeinigt. Die der Weidinger gar nicht gemacht habe. In der scharfen Kurve, die hinter unserem Stadel vorbeiführt, sei er vom Fahrrad gestürzt. Vermutlich sei er besoffen gewesen, zu schnell gefahren und ins Schleudern geraten. Tatsächlich fand man sein Fahrrad später, verbeult in den verkohlten Resten der Ernte.

Als er dann so vor dem gräflichen Stadel im Dreck lag, so spekulierten die Kriminaler weiter, habe den Weidinger eine wahnsinnige Wut gepackt. Und weil sonst nichts da gewesen sei, woran er seine Wut auslassen hätte können, und er zudem Streichhölzer in der Hosentasche gehabt habe, sei ihm unser Hof gerade recht gekommen. Er habe dann alle Streichhölzer auf einmal aus der Packung gezogen. Sie gleichzeitig angerissen. Und in unseren Stadel geworfen. Der kurz nach der Ernte mit Strohballen angefüllt war. Und sofort Feuer gefangen habe. Mit den mächtigen Flammenstößen sei seine Wut dann erst richtig aufgelodert. Und er habe es die beiden darauffolgenden Tage gleich nochmal probiert. Und nochmal. Bis er halt alles abgefackelt hatte.

Und weil der Psychologe und die Kriminaler schon gerade beim Zusammenreimen waren, behaupteten sie auch noch, dass der Weidinger schon lange einen Rochus auf meinen Vater gehabt und schon als Kind gern mit dem Feuer gespielt habe. Und sich nun der geeignete Anlass ergeben hatte, seiner Wut Ausdruck zu verleihen und sie in ein Vergnügen für ihn zu verwandeln.

Der Weidinger habe sich die ihm vorgelesene Aussage, die er gar nicht gemacht habe, ohne erkennbare Regung angehört. Und nichts dazu gesagt. Auch als sie einen richtigen Zündler aus ihm zu machen versuchten, dem es einen Mordsspaß bereite, alles anzuzünden, was ihm in den Weg komme, habe er hartnäckig geschwiegen. Worauf die Kriminaler nun richtig wütend geworden seien. Und ihm mit dem Zuchthaus gedroht hätten. Doch auch dann habe der Weidinger kein einziges Wort gesagt.

Nachdem alles abgebrannt war, kam der Herr Graf in seinem Geländewagen vorgefahren. Und hat sich seinen Hof angeschaut. Den es nun nicht mehr gab.

Wie er dann auf meinen Vater einredete. Und in seinem schicken Jagdanzug mit lässigen Gesten die abgebrannten Gebäude wieder auferstehen ließ, da hat mir mein Vater leidgetan. Denn der Herr Graf ist gleich darauf wieder in seinen Geländewagen gestiegen. Und davongebraust. Während mein Vater nun die Gebäude wiederaufbauen musste. Die der Herr Graf mit seinen Händen zusammengefuchtelt hatte.

Freilich hat auch mein Vater nichts selbst aufbauen müssen. Es waren die Maurer und Zimmerer, die für ihn und den Herrn Grafen schufteten. Als dann Monate später die brandneuen Gebäude um die Brennerei und das alte Wohnhaus fertiggestellt waren, fuhr der Herr Graf wieder vor. War sehr stolz auf seinen Hof. Der nun viel schöner und größer war als der alte. Er gestikulierte schnell noch ein paar Nebengebäude dazu. Deren Fertigstellung er natürlich wieder meinem Vater überließ. Der wiederum die Maurer und Zimmerer beauftragte.

Bevor der Herr Graf jedoch wieder in seinen Jeep stieg, kam er auf mich zu. Beugte sich zu mir herunter. Fragte mich, ob mir sein neuer Hof gefalle. Ich merkte natürlich, dass ihm meine Meinung wurscht war. Machte trotzdem meinen Mund auf. Doch es kam nur Spucke heraus. Der Herr Graf lächelte. Und noch ehe ich ihm sagen konnte, dass ich den alten Hof lieber mochte, mit seinen ergründlichen Gängen, knarrenden Geheimnissen und Nischen, in denen ich mich verstecken konnte, strich er mit seinen langen dünnen Fingern durch meine zerzausten Haare. Stieg dann gut gelaunt in seinen Wagen. Und sauste winkend durch das nagelneue Hoftor davon.

Und wieder mal munkelten die Leute. Die gute Laune vom Herrn Grafen machte sie stutzig. Da gehe etwas nicht mit rechten Dingen zu. Sagte mein Vater. Der Wiederaufbau des gräflichen Gutes musste ein Heidengeld gekostet haben.

Ja, was veranlasste den Herrn Grafen, der sich sonst immer nur knickrig verhielt, zu dieser fröhlichen Ausgelassenheit, fügte meine Mutter hinzu. Und sie sprachen von Auftragsarbeit, Absicht und anderen Sachen, die ich nicht verstand.

Der Weidinger war inzwischen ins Zuchthaus nach Strutzing eingeliefert worden. Obwohl der Psychologe dagegen gewesen war.

8.

Nach all dem Feuer, das auf unserem Hof gewütet hatte, kamen plötzlich keine Worte mehr aus mir heraus. Ich habe es nicht gleich bemerkt. Das heißt, bemerkt hab ich es schon. Ich hab's nur nicht bemerken wollen. Auch meine Mutter muss es bemerkt haben. Und ich glaube, auch sie wollte es nicht bemerken, dass die Buchstaben zwischen meinen Lippen plötzlich bremsten, als sie mich in der ersten Brandnacht in die Wirtschaft trug. Und als mir der Herr Graf so gut gelaunt über die Haare strich, kam nur noch Spucke aus meinem Mund. Als hielten sich die Worte aus Angst vor weiteren Flammen in meinem Mund versteckt.

Meinem Vater, der mir sowieso nicht zuhörte, fiel es zuerst gar nicht auf. Meine Mutter, die es irgendwann nicht mehr ignorieren konnte, meinte, es sei der Schrecken, der noch in mir stecke. Anfangs wartete sie noch geduldig, dass ich endlich sagte, was ich zu sagen wünschte. Aber freilich hatte sie nicht ewig Zeit, darauf zu warten, bis ich ihr enthüllt hatte, was ich mit allerlei Gesichtsverzerrungen ankündigte. Und dann doch nicht sagte. Irgendwann musste sie ja wieder in den Hühnerstall. In den Garten. Oder sonst wohin.

Schon nachdem der Blitz bei uns eingeschlagen hatte, fiel mir auf, dass das, was ich sagen wollte, nicht so recht aus mir herauskam. Und da sich niemand die Mühe machte, abzuwarten, was ich zu berichten hatte, fing ich an, meine Worte im Kopf zu bündeln. Um sie dann in ganzen Sätzen auf einmal herauszupressen. Leider geschah genau das Gegenteil. Die Sätze verkanteten sich zwischen meinen Lippen. Sprudelten stoßartig in ungeordneten Wortfetzen hervor. Jetzt, nach dem ‚Großen Brand von Lapping' blieben die Sätze ganz stecken. Es kam überhaupt nichts mehr aus mir heraus.

Irgendwann merkte es dann auch mein Vater.

„Was ist denn mit dem Heini los?" fragte er und schaute mich lange prüfend an.

Um meinen guten Willen zu zeigen sagte ich:

„W-w-w-w."

Mehr kam nicht aus mir heraus.

Meine Mundwinkel verzerrten sich. Ich spürte, wie sich Speichel zwischen meinen Lippen sammelte. Worte kamen keine.

Ich probierte es noch einmal.

„W-w-w-w-w."

Mein Vater schaute über mich hinweg zum Fenster hinaus. Es war eine vertrackte Situation. Da kamen einfach keine Worte. Ich hätte es ihm gerne erklärt. Aber es kam ja nichts aus mir heraus.

Auch die Lappinger wunderten sich, dass der Sohn vom Gutsverwalter plötzlich nichts mehr sagte. Sie sahen mich an, wie man eben einen ansieht, der nichts mehr sagt. Wandten sich kopfschüttelnd von mir. Sie konnten ja nicht wissen, dass es weiterhin Sätze in meinem Kopf gab. Die einfach nicht herauswollten. Ich sah ihnen an, dass sie dachten, ich dächte nichts, nur weil ich nichts sagte. Und wunderte mich nun meinerseits. Da sie mir den Eindruck vermittelten, dass sie zwar redeten, aber nichts dachten. Und ich suchte nach einer Taktik, sie von meinem ungesagten Innenleben zu überzeugen. Doch mir fiel keine ein. Also suchte ich ihre Augen mit meinen Blicken. In der Hoffnung, sie würden darin lesen, was zu sagen mir nicht möglich war. Sie aber starrten nur auf meinen verzerrten Mund. Beobachteten den Speichelfaden, der sich von meinen Lippen auf meinem Hals zu dehnte. Warteten mit unverhohlener Neugierde darauf, dass der Faden riss. Und die Spucke in meinen Hemdkragen rutschte.

Vermutlich wäre auch ich ein anderer geworden, wenn es meinen Vater nicht nach Lapping verschlagen hätte. Wenn der Blitz nicht eingeschlagen hätte. Und der Weidinger unseren Hof nicht angezündet hätte.

Vielleicht wäre ich der geworden, der ich werden wollte. Oder der, der ich hätte werden können. Vielleicht sogar der, der ich in Wirklichkeit bin.

So aber bin ich der Dorfdepp geworden.

Anfänglich überlegte ich noch, ob es nicht auch Vorteile habe, ein Trottel zu sein. So wie beim Hofnarren. Der sagen durfte, was die andern nicht sagen durften. Aber das war ja gerade der Punkt. Ich sagte nichts. Obwohl ich durfte. Und es sogar gewünscht wurde. Und letztlich war auch der Vorteil für den Hofnarren nur von kurzer Dauer. Erheiterte er seinen König nicht mehr, ließ dieser ihm den Kopf abschlagen.

Den Kopf hat mir keiner abgeschlagen. Immerhin. Das lag sicher daran, dass alle meinten, da sei sowieso nichts drin. Im Kopf von einem Deppen. Denn sonst würde er ja den Mund aufmachen. Und was sagen. Den Mund machte ich zwar auf. Aber da nichts herauskam außer Spucke, dachten die Leute, da sei eben nichts drin. In meinem Kopf. Außer Spucke. Was konnte man mit so einem Kopf schon anfangen? Ich konnte keinen Vorteil in meiner Deppenrolle erkennen.

9.

Das Wichtigste sei, dass man nicht aufgebe. Sagte mein Vater, der gern versuchte, alles auf einen Nenner zu bringen. Freilich schien er selbst nicht zu wissen, was das Wichtigste war. Denn bei ihm war immer das das

Wichtigste, was er gerade sagte. Obwohl noch kurz zuvor etwas völlig anderes für ihn das Wichtigste gewesen war.

Es sei vor allem wichtig, dass man das Richtige im Leben tue. Das nämlich, was er tat.

Das, zum Beispiel, sah ich ganz anders.

Und da ich es nicht sah, wie er es sah, nicht dachte, wie er dachte und nicht tat, was er tat, meckerte er tagein, tagaus an mir herum.

„Du bist nicht konsequent, Heini!" Sagte er. Zum Beispiel.

„Du musst nur den Mund aufmachen! Und nachdrücken. Dann kommen die Worte schon."

Und er machte es mir vor.

„Sooo!" rief er. Sperrte seinen Mund soweit auf, dass ich bis in seinen Rachen hinunterschauen konnte.

„Oder so! Siehst du!" Er formte ein O. Dann sagte er ‚Aaadam', ‚Aaarbeit' und ‚Aaamen'. Und die Worte tönten mühelos aus ihm heraus. Und weil ich ihn zufriedenstellen wollte, riss auch ich meinen Mund weit auf. Auch aus mir kam ein A heraus. Mein Vater strahlte. Leider folgten weder ‚dam' noch ‚rbeit'. Auch ein ‚men' wollte nicht aus mir herauskommen.

„Weiter, weiter! Du musst dich anstrengen, Heini! Du bist nicht konsequent genug! Aaadam! Aaarbeit! Aaaamen! Versuch's nochmal!"

Und ich bemühte mich weiter, meine A's zu ganzen Wörtern zu formen. Bis plötzlich wieder was anderes das Wichtigste war.

Nämlich konsequent zu sein. Und dass man wisse, was man wolle. Das vor allem sei das Wichtigste. Im Leben. Und dass man seine Pflicht tat. Zum Beispiel. Bescheiden zu sein, nicht haben zu wollen, was man wolle. Sondern zu nehmen, was man bekomme. Immer schön bescheiden sein und seine Pflicht tun. Damit bringe man es zu etwas. Im Leben.

Ich kam nicht klar mit all diesen Begriffen. Sie purzelten in meinem Kopf herum.

Was meinte er mit Bescheidenheit?

Was meinte er mit Pflicht?

Und überhaupt, was von all dem Wichtigen, das er aufgezählt hatte, war nun das Wichtigste, sozusagen das Allerwichtigste? Im Leben. Aber das wusste mein Vater wahrscheinlich selber nicht.

10.

Weil ich immer gerne geredet und auch stets viel zu sagen hatte, fiel es mir schwer, mit dieser unvertrauten Situation zurecht zu kommen.

Was ich auch sagen wollte, es blieb in mir stecken. Und die Leute winkten schon ab, wenn ich den Mund aufmachte. Das fand ich verwunderlich. Denn sie wussten ja noch nicht, was ich sagen wollte. Freilich konnten sie auch nicht wissen, dass weiterhin Worte in meinem Kopf produziert wurden. Die sich solange dort stapelten, bis sie sich in Spucke verwandelten. Und in dieser Form durch meine Lippen quollen. Ich verstand nicht, worüber sie lachten. Da ich doch noch gar nichts gesagt hatte. Bis ich irgendwann begriff, dass sie über mich lachten. Oder über den, den sie in mir sahen.

Tatsächlich gelang es mir hin und wieder, Worte und sogar Satzanfänge zusammenzubasteln. Da das jedoch einige Zeit in Anspruch nahm, und die Leute nicht warten wollten, bis sich ein Zusammenhang für sie eröffnete, gaben sie sich mit den Wortfetzen zufrieden. Verzichteten auf den Rest meines angefangenen Satzes. Und wandten sich von mir ab.

Die Jungen im Dorf dagegen erfreuten sich an meinen Grimassen. Es amüsierte sie, wenn ich, statt ihnen zu antworten, an einzelnen Silben hängenblieb und diese so lange wiederholte, bis ich mein Kinn besudelt hatte. Sie stellten immer neue Fragen. Ließen mich Worte nachsprechen. Die sie besonders erheiterten. Schüttelten sich vor Lachen über das, was ich nach zahlreichen Verrenkungen über meine Lippen katapultierte.

Und als ich dann in die Volksschule nach Niederkattlhofen kam, wurde ich zur Hauptattraktion für den Hauptlehrer Kager und seinen armseligen Unterricht.

Mein Vater wollte sich natürlich nicht damit abfinden, einen Depp zum Sohn zu haben. Und er schickte mich zu verschiedenen Ärzten. Die ihn einen Haufen Geld kosteten. Wie er mich stets wissen ließ. Geredet habe ich trotzdem nicht. Ja, anfangs habe ich es noch versucht. Dann gab ich es ganz auf. Wollte dann auch gar nichts mehr sagen.

Mein Vater redete selbst kaum. Außer wenn er seine mittäglichen Standpauken hielt. Oder wenn er von seiner Milch erzählte. Die er vor fünfunddreißig Jahren nicht ausgetrunken hatte. Damals als er von seinem Vater weggelaufen war. Der am Schwarzen Meer lebte. Eine Mutter erwähnte er nicht. Als hätte es keine Mutter in seinem Leben gegeben. Und wir erfuhren auch nie, warum er von seinem Vater weggelaufen war.

Das Ritual begann immer gleich.

„Was war nun mit deiner Milch?" fragte meine Mutter. Sie wusste es längst. Vielleicht meinte sie, ihm eine Freude zu machen, wenn sie ihr Interesse an der immer gleichen Geschichte zeigte. Vielleicht aber auch nur, um ihn zum Reden zu bewegen. Auch wenn er nicht sie damit meinte, wenn er die Geschichte erzählte. Denn mein Vater betete seine Milchgeschichte herunter, ohne einen von uns zu meinen. Wahrscheinlich hätte er sie den Kühen im Stall und den Schweinen auf der Weide, ja sogar unserem Hofhund erzählt, wenn sie ihn danach gefragt hätten.

Wenn er damit begann, legte er sich erstmal zurück. Nahm seine Nase zwischen Daumen und Zeigefinger. Glaubte uns damit auf die auf die Folter zu spannen. Aber wir kannten die Geschichte natürlich bis zur Genüge.

Während des Frühstücks sei er einfach aufgestanden. Und nicht mehr zurückgekommen. Begann er. Obwohl er seine Milch noch nicht ausgetrunken hatte. Und er erzählte es immer wieder. Dass er seinen Vater gebeten habe, die

Milch warmzustellen. Damit dieser keinen Verdacht schöpfte. Mehr habe er zu seinem Vater nicht gesagt. Nur, dass er die Milch für ihn warmstellen solle. Und auch sein Vater habe nichts gesagt. Freilich ist die Milch dann wohl doch kalt geworden. Denn mein Vater kehrte erst nach fünfunddreißig Jahren wieder zu seinem Vater zurück. Den er aber nur noch auf dem örtlichen Friedhof angetroffen hat. Genauer gesagt, bei seinem Begräbnis. Kaum war mein Vater vom Schwarzen Meer zurück, fing er wieder mit seiner Milch an. Die er vor fünfunddreißig Jahren nicht ausgetrunken hatte. Und die ihm sein Vater nun auch nicht mehr aufwärmen konnte.

Ich verstand nicht, was ihm an dieser Milch so wichtig war. Ich an seiner Stelle hätte sie ausgetrunken. Und wäre erst nach dem Frühstück davongelaufen. Dann hätte er seine lange Reise zumindest gestärkt angetreten. Oder es sich vielleicht nochmal anders überlegt. Und uns wäre diese Geschichte erspart geblieben. Die wir bis zum Abwinken über uns ergehen lassen mussten.

Aber mich hatte natürlich wieder keiner gefragt.

Als ich die Geschichte von der Milch zum ersten Mal hörte, spürte ich noch heftiges Mitleid mit meinem Vater. Dabei war es doch mein Großvater, der mit seiner Milch allein zurückgeblieben war. Und fünfunddreißig Jahre vergeblich auf meinen Vater gewartet hatte. Irgendwann konnte ich diese Milchgeschichte dann nicht mehr hören. Hielt mir innerlich die Ohren zu. Während meine Mutter gequält lächelte. Und die obligatorischen Fragen stellte. Um meinem Vater Stück für Stück seine Geschichte zu entlocken. Die keiner von uns mehr hören wollte.

Er erzählte sie dem Pfarrer Wandlinger, mit dem er samstags immer frühstückte. Am schlimmsten war es, wenn die Onkel und Tanten auf Besuch waren. Dann hörte mein Vater gar nicht mehr auf, von seiner Milch zu erzählen. Und die Onkel und Tanten, die diese Geschichte auch schon auswendig kannten, nickten ernst mit den Köpfen und brummten mit Grabesstimme:

„Fünfunddreißig Jahre, Johann! Ja, das ist eine lange Zeit für einen Vater, um einen Becher Milch warm zu halten."

Mein Vater hörte nicht hin. Erzählte weiter von seiner Milch. Während meine Mutter ihr Besteck neben dem Teller immer wieder neu ordnete. Und wir Kinder Schutzwälle aus Kartoffelbrei bauten. Um die dahinter lauernde Soße davon abzuhalten, über das Gemüse zu fließen. Die dann doch durchsickerte. An die Knackwurst drängte. Und den Blumenkohl bereits braun zu färben begann. Während mein Vater immer weiter redete. Und sich durch nichts von seiner Geschichte abhalten ließ. Nur an Heiligabend, wenn er sich einen genehmigte, verschonte er uns damit.

Ansonsten redete mein Vater kaum.

Es soll an einem sonnigen Februartag gewesen sein, als meine Mutter sich endlich aufraffte, ihren Mann über meinen bevorstehenden Eintritt in diese Welt in Kenntnis zu setzen. Schon als sie die ersten Bewegungen in ihrem Bauch wahrgenommen hatte, hatte sie sich seiner Schweigemauer anzunähern versuchte. Hinter der er sich verschanzte.

„Johann," soll sie an besagtem Februartag mit beherzter Stimme gesagt haben, „ich bekomme ein Kind."

Mein Vater habe sie auf eine Art angesehen, aus der sie nicht ersehen konnte, ob er über ihre Worte nachdachte. Oder durch sie hindurchsah.

„Von dir, Johann," habe meine Mutter mit Nachdruck hinzugefügt. Und erst im darauffolgenden Juni habe mein Vater aus heiterem Himmel nachgefragt.

„Was hast du gesagt, Frau?"

So schweigsam war mein Vater. Wenn er nicht gerade seine Tischpredigten hielt. Und keiner von uns sich erheben durfte. Bevor er nicht aufstand. Und wir aufzuessen hatte, was uns nicht schmeckte. Und nicht hören wollten, was er predigte.

Ihn zu unterbrechen oder gar zu widersprechen, war für uns nicht einmal denkbar.

Ich übte, meine Ohren abzuschalten. Oder stellte mir vor, ich hätte die Essensreste vom Teller in sie hineingestopft. Damit ich sie nicht essen und meinem Vater nicht mehr zuhören müsste.

Bevor er sich dann zu seinem Mittagsschnarchen auf der Küchencouch ausstreckte, baute er sich minutenlang vor dem Küchenfenster auf. Schaute über die Viehweiden hinweg. Und grübelte vor sich hin.

Überhaupt habe ich ihn nie verstanden. Meinen Vater. Weder seine Predigten. Die ich nicht zu entschlüsseln vermochte. Noch warum immer wieder was anderes für ihn das Wichtigste war. Und was das alles mit mir zu tun hatte.

Ich hatte immer den Eindruck, dass das wirklich Wichtigste für ihn sei, dass kein Gräselchen auf unserem stets säuberlich gekiesten Hof wuchs. Denn wenn sich auch nur ein winziges Hälmchen aus der gekiesten Fläche herauswagte, schritt er entschlossen darauf zu. Riss es mitsamt der Wurzel heraus. Als habe auch das arme Hälmchen seine Anordnungen wissentlich missachtet.

Ansonsten interessierten ihn nur die Viecher in ihren Ställen. Seine einzige Verbindung zur Außenwelt war der Landfunk. Der den Bauern Regeln nahezubringen versuchte, die sie schon seit Generationen aus dem Hundertjährigen Kalender kannten. Dem übrigen Weltgeschehen schenkte mein Vater keine Beachtung.

Wir durften nicht einmal husten, wenn der Landrat Sowieso dem Bauer Sowieso irgendwelche Ratschläge erteilte. Und die Zithermusik dazwischen dudelte. Während mein Vater angestrengt zur Küchendecke schaute. Als erhielte er von dort die Anweisungen, die er nach seinem Mittagsschlaf auf unsere Arbeiter übertrug.

Auch die Leute im Dorf verstanden meinen Vater nicht. Das lag auch daran, dass er Wörter benützte, die in den Dialekten unserer drei Dörfer nicht vorkamen. Wörter, die sich vielleicht nur in seinem Kopf befanden. Und die er vergeblich in den Sprachen unserer drei Dörfer unterzubringen versuchte.

Wörter wie ,ordentlich', ,Pflicht', ,fleißig', ,bescheiden'
und ,konsequent'. Seine Lieblingswörter waren ,vernünf-
tig' und ,anständig'.

So sollte ich, zum Beispiel, einen *vernünftigen* Beruf erlernen. Damit etwas *Anständiges* aus mir werde.

Vernünftige Berufe seien solche, mit denen man sein
Brot verdiene. Sagte er. Da kamen für ihn nicht viele in
Frage. Landwirt, zum Beispiel, war so ein Beruf. Bäcker ein
anderer. Oder Spengler. Schmied. Allenfalls Lehrer. Not-
falls auch Pfarrer. Das seien *vernünftige* Berufe. Sagte er. Mit
denen man bei *anständigen* Leuten in Ansehen und Achtung
stünde. Wobei letzteres für mich wohl nicht in Frage kam,
da wir den Glauben unserer Dörfer nicht teilten.

Freilich wurde ich den Verdacht nicht los, dass mein
Vater gar keinen vernünftigen Beruf für mich parat hatte.
Denn wäre ich Bäcker geworden, wäre ihm Spengler lieber
gewesen. Hätte ich mich für Lehrer entschieden, hätte er,
Glauben hin oder her, lieber einen Pfarrer aus mir gemacht. Und selbst wenn ich Lehrer und Pfarrer und vielleicht noch Bundeskanzler dazu geworden wäre, hätte er
gewollt, dass ich Papst geworden wäre. Was nun wirklich
kein vernünftiger Beruf ist.

11.

Mit meinen rhythmischen Bedürfnissen konnte mein
Vater gar nichts anfangen. Ich wusste ja selbst nicht, warum ich auf allem herumtrommelte, was mir in die Hände
kam. Mit der Gabel auf den Tellerrand. Mit dem Teller auf
die Tischplatte. Und wenn weder Gabel noch Teller zur
Verfügung standen, klöppelte ich mit Messern und Blei-
stiften gegen Gläser. Oder hämmerte mit meinen Finger-
knöcheln auf meinem Kopf oder sonst wo herum. Bis
mein Vater mit einem Trommelkonzert auf meinen Hintern antwortete. Was mich nicht abhielt, bei nächstbester
Gelegenheit neuerlich, auf was auch immer, herumzutrom-
meln.

„Ihr Sohn Heinrich versucht aus sich herauszuklopfen, was in ihm feststeckt," sagte der Psychologe. Den meine Mutter gegen den Willen meines Vaters herbestellt hatte, um seinen Rat einzuholen.

Ich hätte wohl eine ausgeprägte Neigung zum Rhythmus, fügte er hinzu, und wollte fünfzig Mark haben.

Worauf mein Vater seinen Geldbeutel aus der Gesäßtasche fingerte. Vor sich auf die Tischplatte legte. Und ihn mit beiden Händen festhielt.

Meine Mutter fand, dass der erhoffte Rat des Psychologen etwas dürftig ausgefallen sei. Fragte, was sie nun seiner Meinung nach, tun sollten.

„Sollen wir den Jungen vielleicht den ganzen Tag herumklopfen lassen? Bis alles Geschirr zerbrochen ist? Und wir alle irre geworden sind?" sagte sie, weil der Psychologe nichts sagte.

„Schenken Sie Ihrem Sohn eine Trommel," schlug der Psychologe vor, „dann bleibt zumindest Ihr Geschirr verschont."

Mein Vater räusperte sich. Zog seinen Geldbeutel näher an sich heran.

„Sehen Sie denn einen Zusammenhang zwischen diesem Geklopfe und Heinrichs Sprechen, Herr Doktor?"

„Ich fürchte, ich verstehe Sie nicht, Herr Hofer. Ich dachte, Ihr Sohn spricht nicht."

„Eben, Herr Doktor! Das ist es ja gerade! Wie ist sowas möglich? Von heute auf morgen! Er war so mitteilsam, unser Heini. Redete von morgens bis abends. Man konnte ihn gar nicht mehr zum Schweigen bringen. Sogar Theaterrollen hat er schon gesprochen! Und jetzt trommelt er nur noch herum."

Um meinen Vater nicht zu enttäuschen, öffnete ich meinen Mund, ließ ihn einige Sekunden offenstehen. Schloss ihn dann wieder.

„Sehen Sie selbst, Herr Doktor! Kein einziges Wort! Nur Spucke! Und dann dieses Getrommel! Es ist zum Verrücktwerden!"

„Viiielleiiicht," sagte der Psychologe, zog das Wort melodisch in die Länge und beugte sich leicht vor, „viiielleiiicht sollte ihr Sohn Schlagzeuger werden."

Er beobachtete aufmerksam, wie mein Vater seinen Geldbeutel hin und her schob.

„Vielleicht ist das *seine* Art, sich mitzuteilen? Im Urwald werden auf diese Weise Nachrichten weitergegeben, wie Sie sicher wissen, Frau Hofer."

„Verstehst du, Frau, was der Doktor meint?" fragte mein Vater.

Meine Mutter entriss ihm den Geldbeutel. Puhlte einen Fünfzigmarkschein aus dem Seitenfach, klatschte ihn vor den Psychologen auf die Tischplatte. Der Psychologe nickte. Erhob sich. Und beeilte sich aus unserer Küche zu kommen.

Ich bin kein Schlagzeuger geworden. So viel kann ich schon mal verraten. Obwohl mir der Psychologe Talent attestiert hatte. Ich bin auch nicht in den Urwald gegangen.

Den Kindern von Lapping war es egal, ob ich Schlagzeuger würde oder nicht. Aber sie waren froh, dass ich nicht in den Urwald ging. Sie hätten ja sonst ihren Dorfdeppen verloren. Der sie tagaus tagein vergnügte.

Sie nannten mich Heinischweini. Und forderten mich auf, „Vogelscheiße" und „Blutwurscht" zu sagen. Und ich sagte: „Vo-vo-voglschei-schei-scheisssse und B-bl-b-blu-blu-w-wu-wu-wwwwurscht."

Und sie kringelten sich vor Lachen.

Wenn ich mich weigerte, drohten sie, mir in den Hintern zu kicken. Und dann traten sie mich trotzdem.

Sie waren nicht anspruchsvoll. „Vogelscheiße" und „Blutwurscht" genügte ihnen. Ich habe nie herausgefunden, warum sie sich gerade an diesen beiden Wörtern so befeuerten. Und dabei feixten und johlten. Ich verstand auch nicht, warum ich mich immer wieder darauf einließ, mich damit abzumühen. Da sie mich ja so oder so in den Hintern traten. Auch wenn ich nichts sagte. Und gar nicht erst was zu sagen versuchte.

12.

Ich schien mich als Dorfdepp gut zu eignen. Denn auch die Wimlinger und Niederkattlhofener gaben sich mit mir zufrieden. Und suchten sich keinen eigenen.

Da jedes der Dörfer seinen eigenen Dialekt sprach, den man bereits im nächsten Dorf nicht mehr vollständig verstand, war es praktisch, einen gemeinsamen Dorfdepp zu haben, der nichts sagte. Und sie, die nicht in der Lage waren, miteinander zu kommunizieren, sozusagen auf einer höheren Ebene miteinander verband. Wie überall gab es auch in unseren drei Dörfern voneinander abgegrenzte Cliquen. Die sich immer wieder mal auflösten, umgestalteten. Oder neu bildeten. Mit anderen Rädelsführern. In neuer Hierarchie. Und natürlich nahm mich keine der Cliquen bei sich auf. Ich war das neutrale Bindeglied zwischen ihnen, dessen sie sich nach Belieben bedienten. Zur Dörfer übergreifenden Erheiterung.

Schon mein Name legte mich in meiner Deppenrolle fest. Und dabei war es doch nur ein Name. Den ich mir nicht selber ausgesucht hatte. Immer wieder versuchte ich mir einzureden, dass es gar nicht ich war, den sie hänselten. Und schon gar nicht der, der sich in mir verborgen hielt. Es war nur mein Name, der mich wie eine weitere Hülle umgab. Heinrich Hofer.

Aus Heinrich wurde Heini. Aus Heini Schweini. Und auch wenn unsere drei Dörfer Mühe hatten, sich untereinander zu verständigen, merkten sie schnell, dass Hofer in allen drei Dialekten gleich klang. Und sich auf Doofer reimte.

In der Volksschule begnügte sich der Hauptlehrer Kager, mich wieder und wieder meinen Namen aufsagen zu lassen. Das war für alle lustig. Vergeblich versuchte ich, den Anfangsbuchstaben den Rest meines Namens folgen zu lassen. Doch weiter als bis zu ‚Hei' und ‚Ho' kam ich nicht. Ich blies. Und hauchte. Und ächzte. Spuckte und besudelte mich. Und je mehr ich mich besudelte, desto mehr trieb mich der Hauptlehrer Kager zur Eile an. Als meinte er, auf so viel Flüssigkeit müssten die erbetenen Worte doch nun endlich herbei geschwommen kommen.

Er wolle nicht den ganzen Vormittag mit meinem Namen verplempern. Sagte er. Was ich einsah. Und mir noch mehr Mühe gab, meinen Körper durch rhythmisches Schütteln zum längst überfälligen Aussprechen meines Namens zu bewegen.

Doch der ‚nrich‘ und ‚fer‘ blieben hartnäckig in mir stecken. Was die üblichen Konsequenzen für mich nach sich zog.

Und dabei muss man nach dem ‚H‘ doch nur den Mund offenlassen. Und die restlichen Buchstaben nachschicken. Das weiß jeder. Auch meine Mitschüler wussten das. Deshalb lachten sie, bis sie aus den Bänken kullerten. Auch ich wusste es. Doch so sehr ich mich anstrengte, und je mehr der Hauptlehrer Kager drängte und mit dem Stock drohte, diese verdammten ‚Hei‘ und ‚Ho‘ wollten sich nicht mit den nachfolgenden ‚nrich und ‚fer‘ vereinigen.

Die Prozedur wiederholte sich jeden Tag aufs Neu. Denn der Hauptlehrer Kager bestand darauf, dass allmorgendlich unsere Namen aufgesagt wurden. Was auch geschah. Alle. Bis auf meinen. Der in meinem Mund festklemmte. Mein endlich herausgepresstes ‚Heihei‘ und ‚Hoho‘, beantworteten meine Mitschüler ihrerseits mit ‚Heihei‘ und ‚Hoho‘, nur dass sie weniger Mühe damit hatten. Die Mädchen kicherten scheu. Während die Jungen prusteten, bis sie Tränen in den Augen hatten. Und der Hauptlehrer Kager ließ sie gewähren.

Ich hasste ihn. Diesen Namen. Heinrich Hofer.

Und eines Tages stellte ich meine Bemühungen ein. Und weigerte mich, ihn auszusprechen. Innerlich, meine ich. Denn ich sprach ihn ja sowieso nicht aus. Ich sperrte nur weiterhin meinen Mund auf. Sagte ‚heihei‘ und ‚hoho‘, was mir später einen zusätzlichen Spitznamen einbringen sollte. Ich wusste, wie viel Vergnügen ich meinen Mitschülern damit bereitete. Wenn der Vormittag mit meinen vergeblichen Versuchen verstrich. Und sie keine Geschichtszahlen aufsagen mussten. Die sie nicht gelernt hatten. Und keine Rechenaufgaben vorweisen mussten. Die sie nicht gelöst hatten. Weil sie sich die Nachmittage damit vertrieben, ihren Dorfdepp in den Hintern zu treten.

Nach und nach wurde mir klar, dass es auch dem Hauptlehrer Kager gelegen kam, wenn die Unterrichtszeit mit meinem Namen verplempert wurde. Vermutlich wusste er die Geschichtszahlen, die er abfragte, selber nicht. Konnte auch die Rechenaufgaben nicht selber lösen, die er uns stellte. Und ließ mich nur deshalb immer wieder meinen Namen aufsagen, damit der Vormittag auf diese Weise vorüberging, und keiner von uns merkte, dass er nichts von dem wusste, was er bei uns abfragte.

Damit wir auch in den Pausen nicht darüber nachdachten, erklärte er uns, wie man auf „den Russen" zuzugehen habe, sollte er wieder mal angreifen. Was schon in allernächster Zeit zu befürchten sei. Denn der Krieg sei noch lange nicht vorbei. Ließ er uns wissen. Und schon gar nicht verloren. ‚Der Russe' halte sich heimtückisch hinter dem Eisernen Vorhang versteckt. Nachdem er uns ein Herzstück unseres Vaterlandes herausgeschnitten habe. Wie der Hauptlehrer Kager immer wieder hervorhob. Lauere aber nur auf eine Gelegenheit, über uns herzufallen. Auf die uns vorzubereiten er sich verpflichtet fühlte.

‚Der Russe" kam nicht. Und es blieb bei den Übungsmanövern auf dem Schulhof. Für die der Hauptlehrer Kager jede Schulpause ausnützte.

Die Manöver begannen, indem der Hauptlehrer auf uns zu raste, ‚Hurrääääh! Hurrääääh!' brüllte. Und uns nacheinander über den Haufen rannte. Keiner von uns traute sich, ihn daran zu erinnern, dass wir nicht ‚der Russe' waren. Und wir hatten auch nicht den Mut, gegen ihn anzurennen. Was ‚der Russe', wie er ihn uns beschrieb, bestimmt getan hätte. Und nicht nur ich fürchtete den Hauptlehrer Kager.

Er klopfte drohend mit dem Spanischen, wie er seinen Stock nannte, gegen seine karierte Knickerbockerhose. Wenn er ins Klassenzimmer trat. Und wir mussten „Guten Morgen, Herr Hauptlehrer!" sagen. Obwohl es gar keinen anderen Lehrer auf der Volksschule von Niederkattlhofen gab.

Nur einmal wagte es einer der größeren Schüler, ihm ein Bein zu stellen. Während er wieder mal gegen ‚den Russen' in uns anstürmte. Der Hauptlehrer stolperte. Purzelte über einige Schüler, die er zuvor umgerannt hatte. Stand wortlos auf. Klopfte sich den Staub von den Kleidern. Ging zurück ins Klassenzimmer. Und setzte nach der Pause seinen Unterricht fort, als sei nichts vorgefallen.

Nach dem Unterricht beeilte ich mich, wie immer, über die Felder auf unseren Hof zu gelangen. Da dieser jedoch zwei Kilometer von der Schule entfernt war, hatten meine Klassenkameraden viel Zeit, auf dem Nachhauseweg mit mir noch einmal ‚Russe' zu spielen. So wie es ihnen der Hauptlehrer Kager vorgemacht hatte. Sie riefen „Heini-Schweini". Und „Doofer Hofer". Warfen mich um. Was einfach war. Denn ich war zwar größer als sie alle. Aber spindeldürr. Und die Angst, die sich in mir eingenistet hatte, stahl mir den Rest meines verbliebenen Gleichgewichts.

Hatten sie mich umgeworfen, traten sie auf mir herum. Wenn ich liegen blieb, nannten sie mich einen Feigling. Und traten weiter. Bis meine Hose und Jacke voller schmutziger Fußabdrücke war. Raffte ich mich aber hoch, stießen sie mich erneut in den Straßengraben. Es waren zu viele. Und sie waren stärker als ich. Es hatte keinen Sinn, mich zu wehren. Ich versuchte, gleichzeitig aufzustehen und liegenzubleiben. Was mir natürlich nicht gelang.

Der Raglkofer Sepp, der Sohn von unserem Traktorfahrer, war der schlimmste von ihnen. Er hielt mich fest. Während die anderen auf mich eintraten. Er war es auch, der sich stets als erster meldete. Um mich festzuhalten.

Wenn mich der Hauptlehrer Kager auf das Pult presste. Um meinen Namen aus mir herauszuprügeln.

Ich hatte den Vorfall auf dem Pausenhof schon längst vergessen. Erst als schrille Schreie von der Schule über die Felder wehten, wusste ich, dass sich der Hauptlehrer Kager den Schüler, der ihm ein Bein gestellt hatte, vorgeknöpft hatte. Zur Sonderbehandlung. Wie er es nannte.

Das war mein Glück. Denn während meine Schulkameraden schadenfroh in das Schmerzgebrüll hineinhorchten, nutzte ich die Gelegenheit, mich aus dem Graben hochzurappeln. Und rannte auf unseren Gutshof zu.

Freilich versuchten sie, mich einzuholen. Warfen Steine und Runkelrüben hinter mir her. Doch ich war auf meinen zahlreichen Fluchten zu einem guten Läufer geworden. Erreichte vor ihnen den Zaun unserer Schweineweide. Und kletterte hinüber. Hier hinein würden sie mich nicht weiterverfolgen. Alle fürchteten sich vor unserem großen Eber. Auch ich. Natürlich. Aber das wussten sie nicht. Und ich hoffte, dass es auch der Eber nicht wusste. Ich stelzte mit geschlossenen Augen über die Weide. Und als ich vor unserer Haustür angelangt war und den Schmutz und die Blutflecken auf meiner Kleidung entdeckte, wusste ich, was mir nun bevorstand.

13.

Nachdem meine Mutter und der Dr. Vilber lange genug auf ihn eingeredet hatten, schickte mich mein Vater auf alle möglichen Kurse. Die mich zum Sprechen bewegen sollten.

Im ersten Kurs schlugen alle um sich. Stampften mit den Füßen auf. Klatschten sich auf die Oberschenkel. Rollten sich auf dem Boden. Hüpften im Kreis herum. Und pressten kehlige Laute aus sich heraus. Dabei ging es allen nur um das Eine. Worte aussprechen. Die in ihnen feststeckten.

Der Kurs dauerte eine Woche.

„Jetzt zeig mal, was man dir dort beigebracht hat!" sagte mein Vater, nachdem ich wieder in Lapping angekommen war. Er musterte mich misstrauisch. Nickte, als eintrat, was er vorausgesehen hatte. Denn statt der erhofften Worte bahnte sich wieder nur Spucke ihren Weg zwischen meinen Lippen. Und mein Vater wandte sich angewidert von mir ab. Und sagte zu meiner Mutter:

„Das hast du nun von deinen Kursen, Frau!"

Er klopfte mit der flachen Hand auf seine Gesäßtasche, in der stets sein speckiger Geldbeutel steckte.

„Was erwartest du, Johann? Ein Wunder? Wir müssen Geduld haben. Du hast gehört, was der Dr. Vilber gesagt hat. Der Junge ist traumatisiert. So etwas löst sich nicht von heute auf morgen. Und auch nicht in sieben Tagen. Gib ihm eine Chance! Oder willst du mitansehen, wie dein Sohn ein Leben lang als Trottel betrachtet wird, Johann?"

Mein Vater musterte mich von oben bis unten. Warf seinen Geldbeutel auf den Tisch. Und stampfte aus der Küche.

Im nächsten Kurs mussten wir bereitliegende Kissen anschreien. Uns dabei vorstellen, sie seien unsere Väter und Mütter. Es gelang mir nicht, meinen Vater oder meine Mutter in den Kissen zu erkennen. Verstand weder, warum ich sie anschreien sollte, noch warum plötzlich alle anfingen, wie wild auf die wehrlosen Kissen einzuschlagen. Weil ich aber dazugehören wollte, nahm auch ich mir eins der bunten Kissen vor. Schielte auf die anderen. Und trommelte mit meinen Fäusten so fest darauf herum, dass es auf und ab hüpfte. Was mir ein „sehr gut! So ist richtig, Heinrich!" vom Kursleiter einbrachte.

Ich gebe zu, es hat mir Spaß gemacht, auf das Kissen einzuschlagen. Aber auch nach diesem Kurs habe ich kein Wort aus mir herausgebracht.

Ganz unverständlich blieb mir der Kurs, in dem wir atmen lernen sollten. Ich atmete ja schon seit vielen Jahren. Fragte mich, was es da zu erlernen gäbe.

Man könne richtig und falsch atmen. Erklärte der Kursleiter, ein Prämonstratenser Mönch, der selbst beim mittäglichen Suppenschlürfen seine Zigarette nicht aus dem Mund nahm.

Was denn passiere, wenn man falsch atmete? Ob man dann ersticke? Fragte einer der Teilnehmer.

Nein, ersticken würde man deswegen nicht.

Dann sei es aber doch wurscht, wie man atmete.

Der Pater lachte. In meiner Erinnerung sehe ich ihn nur lachen und rauchen. Eine Woche lang versuchte er uns zu zeigen, wie man richtig atmete. Er hielt sich dabei ein Nasenloch zu. Atmete mit dem offenen ein. Drückte dann gegen das noch offene Nasenloch. Atmete mit zuvor zugehaltenen wieder aus. Und lachte. Bis auch wir lachten. Besonders lustig fanden es alle, als sich der Kursleiter auf meinen Bauch setzte und sich durch meinen Atem hochheben ließ. Was ich niemals für möglich gehalten hätte.

„Seht ihr, wieviel Kraft in eurem Atem steckt?" sagte er dann. Und schüttelte sich vor Lachen.

Bei einer anderen Übung sollten wir uns im Kreis zusammensetzen. Zehnmal tief ein und tief ausatmen. Und den Atem dann anhalten. Mit dem Ausatmen, so hoffte der Kursleiter vielleicht, würden die Worte aus mir herausfließen. Stattdessen verlor ich das Bewusstsein.

Als ich wieder bei mir ankam, wurde schon wieder eingeatmet. Der Kursleiter ermahnte mich, nicht zu tief einzuatmen und ließ mich eine Runde aussetzen. Beim nächsten Anhalten des Atems kippte ich jedoch wieder in diesen wattigen Nebel, der alles, was um mich herum war, auf sanfte Weise verschwinden ließ. Und nach dem dritten Versuch musste ich kotzen.

Auch in diesem Kurs begriff ich nicht, was das mit den in mir festhängenden Worten zu tun haben sollte.

Als ich wieder in unseren drei Dörfern ankam, sagte ich weiterhin ‚Heihei' und ‚Hoho', wenn ich Heinrich Hofer sagen musste. Es nützte nichts, wenn mein Vater mit der Faust auf den Küchentisch schlug, dass die Suppe über unsere Teller schwappte. Und mich zornig aufforderte, doch endlich zu sagen, was man von mir erwartete. Wenn ich schon von mir aus nichts zu sagen hätte.

Nachdem keiner der Kurse das gewünschte Ergebnis erbracht hatte, riet der Dr. Vilber, es noch mit einer Behandlung in einer HNO-Klinik zu versuchen. Sozusagen als letzte Möglichkeit, wie er sich ausdrückte. Und meine Eltern ließen mich in die Hals-Nasen-Ohren-Klinik von Erlenbach einweisen.

Erlenbach war über zweihundert Kilometer von Lapping entfernt. Und ich wusste, weder meine Mutter noch mein Vater noch sonst jemand von unseren drei Dörfern würde mich dort besuchen kommen. Aber ich wusste nicht, warum sich mit jedem Tag, den ich länger in Erlenbach bleiben musste, eine nie gekannte Sehnsucht nach Lapping in mir breit machte und mich schließlich ganz und gar ausfüllte. Sehnsucht nach meinem Vater, dem ich nichts recht machen konnte. Sehnsucht nach meiner Mutter, die nie Zeit hatte, wenn ich ihr etwas sagen wollte. Sogar nach den Lappinger Jungens, die mit Runkelrüben nach mir warfen, sehnte ich mich. Die Sehnsucht wurde so groß, dass ich Bauchschmerzen davon bekam. Und die Bauchschmerzen wurden schlimmer und schlimmer.

Als ich schließlich spürte, wie sich ein dringlicher Durchfall in meinen Eingeweiden anbahnte. Und wusste, dass ich die Toilettenräume der Abteilung, in der ich lag, nicht mehr erreichen würde. Kroch ich unter mein Bett. Zog meinen Koffer heraus. Entleerte meinen Darm in den Koffer. Und warf eine Decke darüber, damit der Gestank im Koffer bliebe. Nachts, als ich mich unbeobachtet wusste, trug ich den Koffer zur Toilette. Und wusch ihn über der Kloschüssel aus.

Leider waren auch noch Äpfel aus unserem Garten im Koffer. Die ich ebenfalls gründlich wusch. Niemals hätte ich es übers Herz gebracht, die von meiner Mutter für mich gepflückten Äpfel wegzuwerfen. Ich aß jeden einzelnen von ihnen auf, obwohl sie alle nach Scheiße schmeckten. Und ich sie wieder auskotzte. Seitdem habe ich nie wieder einen Apfel gegessen.

Wenn ich heute an die HNO-Klinik von Erlenbach zurückdenke, erinnere ich mich nur an alte Männer, die sich mit Schläuchen im Hals durch die Krankenhausgänge schleppten. An meinem Bett vorbeikamen und mich röchelnd fragten, warum ich eigentlich hier sei. Um dann grinsend abzuwinken, wenn ich Spucke statt Worte durch meine Lippen presste. Als wüssten sie, was ich nicht wusste. Und statt es auch mich wissen zu lassen, deuteten sie gewichtig auf die zahlreichen Tablettenschachteln auf dem Tischchen neben meinem Bett. Streichelten durch meine Haare. Und gaben gurgelnde Geräusche von sich. Das ist es vor allem, an das ich mich erinnere. Dieses unheimliche Gurgeln und Rasseln aus den Kehlen all dieser Männer. Und natürlich an die Äpfel. Die nach Scheiße schmeckten. An die erinnere ich mich vor allem.

Was dort für mein Stottern getan wurde, ist mir nie klar geworden. Die Tabletten hätte ich ja auch zu Hause einnehmen können. Abgesehen davon, haben sie sowie nichts genützt. Meine Worte hingen nach wie vor in mir fest.

Immerhin war mir die Erfahrung aus einem der Atemkurse behilflich, den Schlägen vom Hauptlehrer Kager zu entkommen.

Es war ein Freitag, als mich der Hauptlehrer wiedermal an seinen Katheder zitierte. Und ich erinnerte mich gerade noch rechtzeitig an das, was ich im Atemkurs gelernt hatte. Während ich langsam nach vorne ging, und der Hauptlehrer den Spanischen durch die Luft sirren ließ, atmete ich zehnmal tief ein und wieder aus. Hielt dann die Luft an. Drückte sie fest gegen meine Bauchdecke. Spürte, wie alles von mir wegzukippen begann. Und sank wieder in diesen wattigen Nebel. Der alles um mich herum verschwinden ließ. Als ich wieder ins Klassenzimmer zurückglitt, hatte ich keine Ahnung, wieviel Zeit dazwischen vergangen war. Sah nur das breite Gesicht vom Hauptlehrer aus weiter Ferne auf mich zu schweben. Eingerahmt von den Gesichtern meiner Mitschüler. Die mich anglotzten. Und ich freute mich, dass mein Atemtrick funktioniert hatte. Was immer in meiner innerlichen Abwesenheit geschehen sein mag. Der Hauptlehrer legte den Spanischen in die Schublade des Katheders zurück. Ob er ihn nun benutzt hatte oder nicht. Er schickte mich grummelnd nach Hause. Und ich freute mich, dass der letzte Kurs doch für etwas gut gewesen war.

Auf dem Heimweg schwebte mein Kopf, wie abgetrennt von meinem Körper, hinter mir her. Auf halbem Wege musste ich kotzen. Und kurz vor unserem Hoftor noch einmal. Eigenartigerweise sah ich alles schärfer und genauer als sonst. Mir schien, als würde ich plötzlich vieles begreifen, was sich meinem Verstehen bisher entzogen hatte. Im gleichen Augenblick zerfiel die Erkenntnis wieder, die sich gerade einen Weg zu mir gebahnt hatte. Und so ging es immer weiter. Ich meinte, etwas erkannt zu haben, mich an etwas zu erinnern, das tief in meinem Innern geruht hatte und nun an die Oberfläche schwappte. Doch kaum versuchte ich, den Gedanken oder die Erinnerung konkret werden zu lassen, löste sich alles wieder auf. Hinterließ eine Leere in meinem Kopf, in die sich Gedankenfetzen hineindrängten. Und gleich wieder zerfielen.

Meine Mutter sah mich erschrocken an, als ich am frühen Vormittag in der Haustür stand. Ich ließ mich von ihr ins Bett bringen. Schwebte noch eine Weile im gedanklichen Vakuum. Das mich in sich hineinsog. Und in der es keine Klassenkameraden und keinen Hauptlehrer Kager gab.

Als ich wieder aufwachte, roch es nach frischen Mohnsemmeln.

Schon Samstag? Dachte ich.

Ich hatte den ganzen Freitag und die darauffolgende Nacht durchgeträumt.

14.

Der Samstag auf unserem Gutshof war ein guter Tag.

Nach einer alten Gutstradition kam der Pfarrer Wandlinger zum Frühstücken zu uns. Nachdem er in der zum
Gut gehörigen Kapelle seine Messe wieder einmal sich
selbst vorgelesen hatte. Da keiner der Lappinger die Guts-
kapelle betrat. Zu Ehren des Pfarrers gab es an diesem
Morgen Mohnsemmeln mit Butter und Zuckerrübensirup.
Alles in reichlicher Menge, wie es sich nach Ansicht meines
Vaters für einen gräflichen Frühstückstisch gehörte. Da
aber der Pfarrer immer nur spärlich frühstückte, blieb für
uns Kinder etwas übrig. Statt der üblichen mit Margarine
bestrichenen Graubrotscheiben gab es am Samstag
Mohnsemmeln. Und Butter. Auf die wir dickflüssigen Zu-
ckerrübensirup häuften.

Samstags wurde auch der Lesezirkel ausgeliefert. Das
war eine Zusammenstellung von Illustrierten. In deren Bilder sich unsere ganze Familie gierig vertiefte. Obwohl die
Zeitschriften acht Wochen alt waren, waren sie für Lapping immer noch brandaktuell. Wir Kinder stürzten uns als
erstes auf den ‚Stern'.

Die Illustrierten öffneten unserer ganzen Familie ein
Fenster zur Welt. Durch das auch wir Kinder schauen
durften. Wenn vermutlich auch keiner von uns verstand,
was sich da draußen in der Welt miteinander verwob. Es
war mir egal, ob es wahr war, was in den Illustrierten geschrieben stand. Und ob die Bilder die Wirklichkeit wie-
dergaben oder wenigstens halbwegs mit ihr übereinstimm-
ten. Allein der Blick durch dieses Fenster, das den Horizont über Lapping hinaus weitete, faszinierte mich so sehr,
dass ich schon jeden Samstag ungeduldig auf den Lesezirkel hin fieberte. Und vor Aufregung schier platzte, wenn
sich die Lieferung mal verspätete. Dann schimmerte für
wenige Stunden ein Streifen Licht durch das Einheitsgrau,
das unsere drei Dörfer umschloss. Und ließ uns ahnen,
dass es da draußen in der Welt noch etwas anderes gab, als
Lapping, Wimling und Niederkattlhofen.

Samstag war auch unser Familienbadetag.

Meine Mutter heizte den Badeofen schon am Nachmittag vor. Und wir Kinder warteten sehnsüchtig darauf, dass auch wir in die trübe Brühe steigen durften. Denn in unserer Familie wurde nur einmal in der Woche gebadet. Alle im gleichen Wasser.

Mein Vater stieg natürlich als erster in die Wanne. Verfärbte mit seinem Wochendreck das Wasser in grünliches Grau. Und ich glaube nicht, dass einer von uns sauberer aus der Wanne stieg, als er in sie hineingestiegen war. Außer meinem Vater. Aus Ersparnisgründen wurde der Badeofen nur einmal in der Woche angeheizt. Und wenn der Letzte von uns in die Wanne eintauchte, war das Wasser nur noch lauwarm und zu einer schlammigen Brühe geworden. Trotzdem lag ich sehnsüchtig im schaumverkrusteten Wasser. Wartete, dass die Klinke heruntergedrückt würde. Meine Mutter sich zu mir auf den Wannenrand setzte. Mit ihren nikotingefärbten Fingern meinen Rücken schrubbte. Und leise vor sich hinsang. Sie schüttete noch etwas vom grünen Badezusatz nach. Wirbelte das brackige Wasser herum. Um es aufzuhellen. Und ich verkroch mich unter den nach Schweiß und Fichten riechenden Schaumbergen. Freute mich, dass sie noch immer auf dem Wannenrand saß, wenn ich wiederauftauchte.

Das waren die schönsten Minuten der Woche.

Meine Mutter schnippte Fichtennadelschaum auf mich. Und lachte. Damit ich nicht merkte, wie müde sie war. Und als sie aufstand und sich auf die Badezimmertür zu schleppte, tauchte ich schnell wieder unter, um nicht zu sehen, wie sie die Tür hinter sich zumachte. Denn ich wusste, dass ich nun wieder eine ganze Woche auf diese Minuten warten musste.

Irgendwann wurde der Samstag auch zu unserem Fernsehtag. Nachdem bereits das gesamte Dorf allabendlich vor den Flimmerkisten saß, wie sie mein Vater nannte, brachte auch er eines Tages so eine Flimmerkiste mit nach Hause. Die ein weiteres Fenster zur Welt für uns öffnete.

Wie bei allen väterlichen Geboten und Verboten, verstand ich nicht, warum der Fernseher nur am Samstagabend eingeschaltet wurde.

Schon lange bevor einer von uns den Einschaltknopf drücken durfte, versammelten wir uns vor dem leeren Bildschirm. Starrten hinein. Und warteten auf das Machtwort meines Vaters.

Hatte sich der Uhrzeiger auf Viertel vor Acht vorgeruckelt, gab mein Vater den erlösenden Befehl. Meine Schwester und mein Bruder zögerten noch, bis er kundtat, wer an diesem Samstag die Ehre haben würde, den entscheidenden Knopf zu drücken. Ich wusste, meinen Namen würde er nicht nennen. Ich schien ihm dieser besonderen Aufgabe nicht gewachsen zu sein.

Ein grellweißer Lichtpunkt explodierte. Schoss einmal waagrecht und einmal senkrecht über den graugrünen gewölbten Bildschirm. Knisternde und zischende Geräusche kamen aus dem Lautsprecher und wurden lauter. Noch ertönte nicht die Musik, die wir schon vorausgehört hatten. Dann endlich erschien ein schwarzweißer Kopf, der den ganzen Bildschirm ausfüllte. Der Mund in diesem Kopf bewegte sich unaufhörlich und berichtete mit schnarrender Stimme von Weltereignissen, die noch nicht in unserem Lesezirkel standen.

Dann lächelte der Kopf. Wie jemand, der in das leere Weltall hineinlächelt. Und verschwand wieder. Ein Mann mit ernstem Gesicht erschien. Und deutete mit einem Zeigestock auf Wolken und Regentropfen oder Sonnen herum. Was meinen Vater zum Fluchen veranlasste. Denn, wenn der Wettermann Regen ankündigte, hätte er Sonne gewollt. Und wenn Sonne angesagt wurde, hätte mein Vater sich Regen gewünscht. Dann, endlich, erklang die vertraute Melodie, auf die wir gewartet hatten. Und Kommissar Maigret begann, seine Pfeife zu stopfen.

Mein Vater schaltete nie etwas anderes ein. Nachrichten, die damals noch ziemlich kurzgefasst waren. Den spärlichen Wetterbericht. Und Kommissar Maigret.

Als die Serie abgesetzt wurde, gab es keinen Fernseh-samstag mehr in unserer Familie. Auch Nachrichten und Wetterbericht schienen meinen Vater dann nicht mehr zu interessieren. Der Fernsehapparat blieb stehen, wo er war. Und wir gruppierten uns weiterhin zum Abendbrot um ihn herum. Aber der Bildschirm blieb tot. Nur unsere Abend-brotszene spiegelte sich auf der starken Wölbung. Und ver-geblich hoffte ich, Kommissar Maigret möge sich zu uns auf den Bildschirm gesellen.

An diesem Samstagmorgen verlief das traditionelle Frühstück mit dem Pfarrer Wandlinger anders als sonst.

Es begann damit, dass er schon, bevor er sich in den Sessel plumpsen ließ, seine röhrende Stimme erhob:

„Ich sage Ihnen, Verwalter, nun ist's soweit. Jetzt ist der Teufel persönlich nach Lapping gekommen. Schauen'S selber, er fängt schon an, alles niederzubrennen!"

„Da bin ich jetzt nicht Ihrer Meinung, Herr Pfarrer," antwortete mein Vater, „der Teufel war immer schon hier. Warum sollte er Lapping niederbrennen, wo es doch sein Zuhause ist?"

Der Pfarrer wiegte seine schlohweiße Mähne hin und her.

Er traute meinem Vater keine profunde Kenntnis über den Aufenthaltsort des Teufels zu. Weil er wusste, dass er nicht katholisch war.

Ohne das Gespräch wieder aufzunehmen, kaute er eine Mohnsemmel nach der anderen in sich hinein. Nachdem er sie ordentlich mit Butter bestrichen und löffelweise Zu-ckerrübensirup darauf geträufelt hatte. Und ich fühlte mich in den frischen weichen Teig der Semmel hinein. Stellte mir vor, wie sich die nussige Süße des Sirups mit der Butter zu einer goldcremigen Masse vermengte. Und sich in mei-nem Mund verteilte. Ahnte bereits, dass nicht eine einzige Mohnsemmel für uns Kinder übrigbleiben würden. Butter und Sirup schon gar nicht.

Und so war es dann auch.

Der Hinweis meines Vaters, dass der Teufel hier in Lapping sein Zuhause habe, wo er, der Pfarrer Wandlinger allwöchentlich seine Messe las, schien den Pfarrer zu einem außerordentlichen Frühstückshunger angeregt zu haben.

Nachdem er alle dick mit Butter und Sirup bestrichenen Mohnsemmeln aufgegessen hatte, erhob er sich. Schüttelte sein Kutte zurecht. Nickte meinem Vater wortlos zu. Meine Mutter trug das Geschirr in die Küche. Sah uns Kinder an. Hob die Schultern. Und seufzte.

„Sag's ihm!" flüsterte sie meinem Vater ins Ohr. Nachdem der Pfarrer Wandlinger gegangen war. Ohne uns auch nur eine einzige Semmel übrigzulassen.

„Warum sagst du's ihm nicht endlich Jakob?"

Meine Mutter flüsterte so laut, dass auch ich es hörte.

Mein Vater sagte natürlich wie immer, wenn es darauf ankam, nichts. Worauf mir meine Mutter mit tränenerstickter Stimme mitteilte, dass sie mich am Ende des Schuljahres nach München schicken würden. Wo etwas für meine Nerven getan würde.

15.

Unter Nerven konnte ich mir nichts vorstellen. Verstand auch nicht, warum gerade für meine etwas getan werden müsse. Auch meine Mutter schien mir nicht erklären zu können, was es mit den Nerven auf sich habe. Unser ganzer Körper sei mit Nerven durchzogen. Ohne sie könnten wir uns weder bewegen noch denken. Las meine Mutter mir aus dem Lexikon vor. Murmelte dann noch eine Zeitlang weiter. Und sagte schließlich:

„Das ist etwas ziemlich Kompliziertes, mein Junge."

Auch damit konnte ich nichts anfangen.

Meine Mutter bemerkte meine Verwirrung.

Alles in unserem Körper funktioniere auf wundersame Weise zusammen. Aber manchmal eben auch nicht. Was sich auf verschiedene Weise äußere. Sagte sie. Bei mir seien es die Nerven, die angeblich nicht funktionierten.

Jedenfalls nicht so, wie sie sollten. Aber in München gebe es Ärzte, die das wieder in Ordnung bringen würden.

Mit dieser Erklärung konnte ich immer noch nichts anfangen.

Die Vorstellung, dass man in München an mir herumbasteln wollte, um mich zu einem anderen zu machen, der ich vielleicht noch weniger sein wollte als der, den man bislang in mir sah, und dem ich zu entkommen versuchte, beunruhigte mich.

Meine Schwester und mein Bruder, die mit am Frühstückstisch saßen, sahen mich mit großen Augen an, als sie München hörten. München, die unerreichbare Stadt. Deren Größe aus Lappinger Sicht nicht vorstellbar war.

„Ts, ts, ts," feixte meine Schwester, warf ihre langen lockigen Haare nach hinten. Und rauschte aus dem Zimmer. Mein Bruder sagte nur: „Spielen?"

München interessierte ihn nicht. Er wollte unser Haus aufs weite Meer hinausbewegen. Und so hieß auch das Spiel, das er so gerne mit mir spielte.

,Aufs offene Meer hinaus'.

In unserer Küche gab es zwei große zweiteilige Fenster, die in der Mitte mit einer Flügelschraube verschlossen wurden.

Mein Bruder kroch auf das Fensterbrett neben dem Küchentisch. Mein Fenster war das rechte, über dem Sofa. Wir warteten bis jeder seine Position eingenommen hatte. Dann begannen wir an der Flügelschraube des jeweiligen Fensters zu drehen. Je mehr sie quietschten, desto mehr hofften wir, unser Haus damit auf den richtigen Kurs zu bringen. Aufs offene Meer hinaus. Von dem wir keine rechte Vorstellung hatten. Wir wussten, dass es dort viel Wasser und hohe Wellen gab. Vor allem aber endlose Weite. Wo wir tun und lassen konnten, was wir wollten. Heraus aus der beengten Küche. Weg von den Predigten meines Vaters. Das Meer war das, was uns ganz allein gehören würde. Wohin uns niemand folgen konnte. Wenn wir es denn erreichten.

Wir drehten und drehten. Bis die Flügelschrauben quietschten. Doch unser Garten blieb stets im gleichen Abstand zum Haus. Nirgendwo erschien das Meer.

„Wir müssen mehr kurbeln!" ermutigte ich meinen Bruder.

Meine Schwester lachte nur.

„Ihr seid vielleicht blöd!" spottete meine Schwester, die inzwischen wieder in die Küche gekommen war, „das Haus ist doch kein Schiff! Seht ihr irgendwo Wasser, ihr Dummköpfe? Schiffe müssen schwimmen! Glaubt ihr wirklich, ihr könntet das Haus von der Stelle bewegen, wenn ihr an diesen dämlichen Schrauben dreht?"

Ein richtiger Spielverderber war sie. Meine Schwester. Doch wir ließen uns nicht beeindrucken.

Manchmal gerieten mein Bruder und ich mit unserem Schiff in wilde Stürme. Dann kurbelten wir noch schneller. Bis unsere Fingerkuppen brannten. Und da die Schrauben unterschiedlich quietschten, ertönte ein schauriges Konzert, während wir uns von den Stürmen hin und her geschaukelt wähnten.

Leider kam mein Vater eines Tages mit einem Metallkännchen. Träufelte Öl auf die Schrauben. Die fortan nicht mehr quietschten, wenn man sie drehte. Und mein Bruder und ich verloren die Lust, auf unserem Schiff aufs offene Meer hinauszufahren. So ist unser Haus geblieben, wo es war. Mit der Frontseite zu unserem Garten hin, rechts zum Hof und links von den Viehweiden umgeben.

Vielleicht hätten wir es eines Tages geschafft, das Haus aufs offene Meer hinaus zu lenken. Wo wir ganz für uns allein gewesen wären. Uns niemand mehr Predigten halten und niemand behaupten konnte, dass man festgemauerte Häuser nicht von der Stelle bewegen kann. Hätte mein Vater nicht Öl auf die Flügelschrauben geträufelt.

Damals wusste ich noch nicht, was ich erst viel später von unserem Onkel Hans erfahren sollte. Dass die Erde eine Kugel ist. Sich um ihre eigene Achse und um die Sonne dreht. Und nicht etwa eine begrenzte Platte, auf der es darum ging, ‚den Russen' so lange abzudrängen, bis er ins Nichts kippte. Wie es der Hauptlehrer Kager uns weiszumachen versuchte.

So gesehen war es gut, dass mein Bruder und ich mit unserem Haus das Meer nie erreichten. Denn in unserer Besessenheit hätten wir uns damit nicht zufriedengegeben. Wären immer weiter und weiter gefahren. Bis wir irgendwann wieder da angelangt wären, von wo wir uns wegbewegt hatten. Mit der Frontseite zum Garten hin. Rechts zum Hof. Links zu den Viehweiden. Und das wäre eine große Enttäuschung für uns beide gewesen.

Mein Bruder und ich liebten alles, was sich drehte.

Sehnsüchtig hingen unsere Augen am Karussell, wenn mein Vater mit uns zum Strutzinger Volksfest fuhr. Doch wenn wir ihn anflehten, uns einmal, nur ein einziges Mal, mitdrehen zu lassen, sagte er nur:

„Sich fünf Minuten sinnlos im Kreise drehen, bis man kotzen muss. Dafür soll ich mein hart verdientes Geld ausgeben?"

Später habe ich mich gefragt, warum er überhaupt alljährlich mit uns aufs Strutzinger Volksfest fuhr. Weidete er sich an unseren aufgerissenen Augen? Machte es ihm Spaß, die kreiselnde, schaukelnde und lärmende Sinnlosigkeit des Volksfestes mit seinen verächtlichen Blicken zu strafen? Jedenfalls fuhr er jedes Jahr wieder mit uns dorthin. Und immer wieder hofften wir, er würde sich dieses Mal erweichen lassen. Aber er ließ uns kein einziges Mal Karussell fahren. Und wenn wir den Eisverkäufer umringten und an der Lodenjacke meines Vaters zupften, um als Trost für das verwehrte Vergnügen, eine Eiskugel zu ergattern, sagte mein Vater nur: „Ihr würdet es sowieso nur auskotzen!" Und zerrte uns weiter an den Karussells, Schaubuden und Süßigkeitsständen vorbei, um uns mit seinem VW-Käfer unverrichteter Dinge nach Lapping zurück zu kutschieren.

16.

Nicht nur für den Hauptlehrer Kager hielt der Krieg immer noch an. Er lebte auch in anderen Köpfen unserer drei Dörfer weiter. Und nach und nach begriff ich, dass sie zwei verschiedene Kriege meinten, wenn sie vom Krieg redeten.

Im ersten seien die Frauen allein zu Hause geblieben. Und die Männer mit zerfetzten Kleidern und fehlenden Körperteilen wieder zurückgekommen. Oder überhaupt nicht mehr.

„Dem Kriemlhuber hat's direkt neben mir den Kopf weggerissen," erzählte der Spengler Hösl, als er wiedermal bei uns in der Küche stand, an seiner Mütze drehte und auf die längst überfällige Bezahlung eines geleisteten Auftrags wartete.

Wie ein Springbrunnen sei das Blut vom Kriemlhuber aus seinem Hals zu ihm herübergespritzt. Bis heute seien die Flecken nicht aus seiner Uniform rausgegangen. Obwohl seine Frau sie allsonntäglich für ihn wasche. Damit sie griffbereit im Schrank hänge. Man könne ja nie wissen. Sagte er und sah meinen Vater wartend an.

Auch der Raglkofer redete gerne von den abgerissenen Köpfen. Armen und Beinen. Und als er einmal auf das Hirn von einem Soldaten zu sprechen kam, das aus seiner abgeschossenen Schädeldecke herausgeschleimt sei, hatte ich den Eindruck, dass er und der Hösl am liebsten gleich wieder losgezogen wären. Heraus aus Lapping. Wo nirgendwo Blut und Hirn herumspritzte. Außer beim Metzger Hintermeier. Vermutlich.

Im anderen, im zweiten Krieg seien es nicht nur die Soldaten gewesen, die häufig nicht mehr wiederkamen. Wusste der Raglkofer zu berichten, als er den Traktorschlüssel an unser Schlüsselbrett hängte. Auch die Alten seien nach und nach verschwunden. Und die Frauen und Kinder. Sie wurden einfach abgeholt. Und sind nicht wiedergekommen.

„Um die meisten von ihnen war's net schad. Verstehen'S mich recht, Verwalter. Aber…"

Er schluckte den Rest seines Satzes herunter, als er dem Blick meines Vaters begegnete. Zog seinen Kopf zwischen die Schultern. Drehte sich um. Verließ mit schlurfenden Schritten unsere Küche. Und mein Vater warf die Tür hinter ihm zu und raunzte: „Mit solchen Kreaturen muss ich diesen Hof bewirtschaften."

So viel habe ich immerhin kapiert, dass sie beim ersten Krieg über ‚den Franzosen' schimpften. Während sie sich beim darauffolgenden über ‚den Russen' beklagten. Und ich fragte mich damals, wer wohl dieser Franzose oder Russe gewesen sein musste, um jeweils einen ganzen Krieg gegen ihn zu führen.

Meine Mutter sprach nur einmal vom Krieg.

Wie sie mit meiner Omi und den anderen Einwohnern des Wohnblocks immer wieder in den Keller rennen mussten. Der hieß jetzt Luftschutzkeller, obwohl niemand wusste, ob er dadurch sicherer war.

Die Sirenen heulten. Während die Bomber aus dem Osten auf Tilsit zu donnerten. Meist mitten in der Nacht. Blitzschnell mussten dann alle Lichter ausgeknipst werden. Damit der ‚Russe' in seinem Flugzeug nicht sah, dass da unten Tilsit war. Aber der wusste es natürlich längst. Und ließ seine Bomben, eine nach der anderen, auf die abgedunkelte Stadt fallen. Die dann in einem grellen Feuerwerk explodierten. Und die Stadt so sehr erhellten, dass er die nächsten Bomben nun genau dahinwerfen konnte, wo er sie hinhaben wollte.

Vor lauter Angst und Aufregung hatten viele Tilsiter in den Kellern zu rauchen angefangen. Auch sie selbst. Erzählte meine Mutter. Räusperte sich. Und wich dem Blick meines Vaters aus.

Oftmals seien die Bomben so nahe gefallen, dass sich der Verputz von der Decke gelöst habe und in ihre Haare gebröselt sei. Sagte meine Mutter. Und sie fürchteten, dass eines der Nebenhäuser nicht mehr da sein würde, wenn sie wieder aus dem Keller kämen. Oder sogar der Wohnblock über ihnen. Und sie dann für immer in diesem Keller verschüttet bleiben würden. Sagte meine Mutter.

In diesen Momenten pflegte meine Omi ‚Allmächtiger!‘ zu rufen. ‚Was haben wir getan, dass du uns so bestrafst?‘

Dann habe sie schnell ihre Hand auf Omis Mund gelegt. Damit sie sich nicht noch mehr versündige. Sagte sie an uns gewandt. Denn an Gottes Tun dürfe der Mensch nicht zweifeln. Auch wenn es ihm unverständlich erscheine.

Die Leute im Luftschutzkeller hätten dann böse Blicke auf meine Omi geworfen. Weil sie fürchteten, ihre mächtige Stimme würde Decke zum Einsturz bringen. Noch ehe es die Bomben geschafft hatten.

Manchmal sei das dumpfe Donnern so nahe gewesen, dass selbst der Kellerboden gewackelt habe. Sagte meine Mutter. Sie habe dann unwillkürlich ihre Hände gefaltet. Worauf die Leute auf meine Omi losgegangen seien, die, angeregt durch diese Geste, nun wieder den ‚Allmächtigen‘ anrief. Und uns neuerlich ihre Zweifel an seinem Tun kundtat.

Sie möge doch endlich ihren gottverdammten Mund halten. Hätten die Tilsiter gegen meine Omi angebrüllt. Seien dann noch wütender darüber gewesen, dass sie sich durch sie zu diesen gotteslästerlichen Worten hatten hinreißen lassen.

Als ‚der Russe‘ dann immer näherkam, habe sie nichts als ein winziges Köfferchen packen können. Und sei mit meiner Omi zum Bahnhof gelaufen. Erzählte meine Mutter. Doch der Zug sei bereits überfüllt gewesen, als sie dort ankamen.

Die schon im Zug waren, wollten, dass dieser endlich abführe. Und stießen die Hereindrängenden von den Trittbrettern. Verzweifelt habe sie versucht, meine Omi hinter sich her zu ziehen. Die sich gerade mit einem jungen Mann zankte, der ihr auf den Fuß getreten war. Erzählte meine Mutter.

„Krieg hin oder her!" habe sich meine Omi ereifert. Das sei aber noch lange kein Grund, einer Dame auf die Füße zu treten!"

Wir wüssten ja, wieviel Omi von guten Manieren gehalten hatte. Fügte meine Mutter hinzu. Und schenkte uns ein müdes Lächeln. Was mein Vater gar nicht mitbekam. Weil er wiedermal in seine Hände schaute.

„Mutti!" habe meine Mutter gerufen, „der Russe kommt. Wir müssen in diesen Zug!"

Die Sirenen heulten immer noch, als das dumpfe Grollen eines herannahenden Geschwaders ihre Worte unterstrich.

Schließlich sei es ihr gelungen, meine Omi von dem unhöflichen Mann loszureißen. Sagte meine Mutter. Und als sie sich dann, nach links und rechts stoßend, einen Weg zu einer der Waggontüren bahnte, habe meine Omi sie darüber zu belehren versucht, dass es sich nun mal nicht zieme, anderen auf die Füße zu steigen. Auch nicht im Krieg. Und auch nicht, wenn ‚der Russe' komme.

Doch dann mussten auch sie auf viele Füße treten. Sagte meine Mutter. Es war einfach nicht genug Platz für gute Manieren auf dem Bahnhof von Tilsit.

Das Tosen am Himmel sei immer lauter geworden. Der Zug habe sich ächzend und schnaubend in Bewegung gesetzt. Glücklicherweise sei der Zug nur sehr langsam in Fahrt gekommen. Und es rollten immer noch Waggons an ihnen vorbei.

Mit letzter Anstrengung habe sie meine Omi und sich an eine der Waggontüren vorgedrängt. Sie war schon mit einem Fuß auf dem Trittbrett, wollte meine Omi gerade hinter sich hochziehen. Da wurde sie wieder zurückgeschubst. Und fiel meiner Omi in die Arme.

Sie möge sie doch zurücklassen, habe meine Omi gekreischt. Sie sei am Ende ihrer Kräfte. Und ohnehin am Ende ihre Tage. Der Herrgott werde sich, wenn schon nicht des Restes der Welt, vielleicht wenigstens ihrer erbarmen. Worauf meine Mutter sie nochmal angeschrien habe:

„Mutti! Wir *müssen* in diesen Zug!"

Es gelang ihr noch einmal, in die Nähe eines Trittbretts zu kommen. An dem sich eine Traube Flüchtender festklammerte. Aber es gab keine Möglichkeit aufzuspringen. Doch plötzlich, wie durch ein Wunder, habe sich ihr eine kräftige Männerhand entgegengestreckt. Die meine Mutter mit- samt meiner Omi in den Waggon gelüpft habe. Erzählte meine Mutter. Doch als sie sich bei dem freundlichen Herrn bedanken wollte, habe dieser an ihrer anderen Hand meine Omi entdeckt. Und sei schnell im Gewühle des Abteils untergetaucht.

„Gott hat uns seine Hand gereicht," habe meine Omi geflüstert. Während meine Mutter ihrem gemeinsamen Retter vergeblich hinterher sah.

Nun waren sie endlich im Zug.

Und als sie sich umdrehte, sah sie, dass der Zug das Bahnhofsgelände verlassen hatte. Trotzdem seien immer noch viele Tilsiter hinter dem Zug hergelaufen. Manche strauchelten und purzelten den Bahndamm hinunter. Andere schlugen mit den Fäusten auf die Schienen ein. Erzählte meine Mutter.

Plötzlich seien heftige Explosionen zu hören gewesen. Die den ganzen Zug erschütterten. Der jedoch glücklicherweise weiterhin auf den Schienen blieb. Sie habe sich zum Abteilfenster vorgedrängelt. Und als sie und meine Omi ihre Köpfe zwischen all die anderen Köpfe schoben, sahen sie, dass dort, wo vorher der Bahnhof von Tilsit war, nur noch Rauch und Flammen in den Himmel aufstiegen.

Immer mehr Bomben seien auf Tilsit heruntergefallen.

Das geschehe ‚dem Russen' ganz recht, habe meine Omi gebellt, die sich überraschend schnell auf die neue Situation einzustellen wusste. Soll er doch seine eigene Stadt kaputtschießen. Denn Tilsit war ja nun Russland.

17.

In unseren drei Dörfern passierte nicht viel. Doch nach dem Großen Brand häuften sich plötzlich die Ereignisse.

Zuerst hängte sich die Frau vom Winkler auf. Auf dem Speicher. Mit ihrer Wäsche. Die sie vorher noch gewaschen hatte. Und die noch zum Trocknen auf dem Speicher zwischen ihr hing. Wie uns der Xaver, ihr Sohn, wissen ließ. Und die Leute zerrissen sich ihre Münder über den Winkler. Den sie immer wieder zum Bürgermeister wählten. Obwohl ihn keiner leiden konnte.

Er habe seine Frau auf dem Speicher gefunden, als er von seiner Stammtischrunde zurückkam. Behauptete der Winkler. Und man fragte sich in unseren Dörfern, was er auf dem Speicher gewollt habe. Nie zuvor habe sie ihn auf dem Speicher gesehen. Sagte die Resi. Seine Tochter. Und auch der Xaver, sein Sohn, konnte sich nicht erinnern, seinen Vater je dort oben gesehen zu haben.

„Der kennt doch nur die Wirtschaft. Und das Sofa in unserer Küche. Auf dem er seine Räusche ausschläft," meinte der Xaver.

Und weil sich keiner vorstellen konnte, mit einem verheiratet zu sein, den keiner leiden kann, versuchte man dem Winkler die Schuld am Tod seiner Frau aufzuladen. Zudem an ihrem Rocksaum ein mit einer Wäscheklammer befestigter Zettel gehangen haben soll.

‚Tut mir leid, Resi, ich hab's nimmer ausg'halten, pass auf den Xaver auf! Der ist doch noch ein Kind‘.

Das stand auf dem Zettel. Sonst nichts. Und die Leute fragten sich, warum sie nicht wenigstens auch ein Grußwort an ihren Mann hinterlassen habe. Auch, dass der Zettel am Rocksaum der toten Winklerin geklemmt habe, kam ihnen merkwürdig vor.

„Sie passte nicht in unsere drei Dörfer," sagte mein Vater. Der sich selten zu den Ereignissen in unseren drei Dörfern äußerte. Sie sei immer so höflich und freundlich gewesen. Selbst an der Wäscheleine soll sie noch sanft gelächelt haben. Es sei nicht ihre Art gewesen, so mir nichts, dir nichts für immer aus dem Leben zu gehen.

Es wurde von einer jungen Zugereisten aus Wimling gemunkelt. Mit der es der Winkler schon eine Zeitlang, was auch immer, getrieben haben soll. Der Winkler, der das

Gemunkel natürlich mitbekam, wollte von einer Zugereisten nichts wissen. Stritt alles ab. Und am liebsten hätte er auch abgestritten, dass es seine Frau war, die dort oben auf seinem Speicher baumelte. Wenn die Kriminaler, die meine Mutter Beamte nannte, sie nicht eindeutig als die Bürgermeistersfrau identifiziert hätten. Doch als sie der Sache auf den Grund gehen wollten, wusste plötzlich niemand mehr was von einer jungen Zugereisten aus Wimling. Der Winkler blieb Bürgermeister. Und wurde nach Beendigung seiner Amtszeit sogar wiedergewählt.

Von da an lief ich meiner Mutter hinterher, wenn sie „ich halt das nicht mehr aus" seufzte und mit dem überbordenden Wäschekorb die knarrenden Speichertreppen hochstieg. Hockte mich neben ihren Wäschekorb. Wartete, bis sie alles säuberlich aufgehängt hatte. Dann lächelte sie mir zu. Setzte sich neben mich. Und ich wusste, dass sie wusste, warum ich hier saß.

„Was hat der Bub da oben auf dem Speicher zu suchen?" sagte mein Vater, der sich mit seinen Fragen an mich auch in meinem Beisein an meine Mutter wandte.

„Es ist wegen der Winklerin, Johann," sagte meine Mutter.

„Was hat das mit der Winklerin zu tun," sagte mein Vater, dem es oft schwerfiel, Zusammenhänge zu erkennen.

Bald darauf gab es ein neues Ereignis in unseren drei Dörfern.

Einen Tag nach der Wiederwahl vom Bürgermeister Winkler zogen Feuerwehrmänner eine tote Frau aus dem Baggersee von Wimling. Badende Kinder hatten sie im Schilf entdeckt. Und wieder hatten die Leute unserer drei Dörfer ein neues Thema, über das sie tratschen konnten.

Die Frau sei so aufgedunsen gewesen, dass man sie nicht erkannt habe. Nicht einmal die Kriminaler. Aber ich wunderte mich, dass sie nicht auf die verschwundene Zugereiste von Wimling kamen. Ich weiß auch nicht, warum ich das Bedürfnis verspürte, meinem Vater meinen

Verdacht mitzuteilen. Ich war mit meinen Satz noch nicht einmal bis zur Mitte durch, da fuhr er schon meine Mutter an:

„Sag deinem Sohn, er soll seine Nase nicht in Angelegenheiten stecken, die ihn nichts angehen! Und sich um seine eigenen Sachen kümmern!"

Was meinte er mit meinen Sachen? Und warum ging es nicht auch mich was an, was in unseren drei Dörfern passierte? Noch dazu, da es in dem Baggersee passiert war, in dem ich den Sommer über badete.

Ich beließ die Fragen in meinem Kopf. Es hätte zu lange gedauert, bis ich sie vollständig aus mir herausgekommen wären. Mein Vater würde mir sowieso keine Antworten gegeben haben.

Den Jungen in unserem Dorf kamen die beiden Toten gerade recht. Sie schnitten Grimassen. Strangulierten sich gegenseitig mit Gürteln und Schals. Drückten sich gegenseitig so lange unter Wasser, bis sie mit blauangelaufenen Gesichtern und verdrehten Augen wiederauftauchten. Prusteten das trübe Schlammwasser des Baggersees wieder aus ihren Mündern. Grölten. Und amüsierten sich königlich.

Im Sommer darauf wäre ich dann fast selber in dem Baggersee ertrunken.

In der schwülen Sommerhitze hatten sich Unterwassergewächse gebildet. Mein linker Fuß blieb in einer der Schlingpflanzen hängen. Ich schrie. Und ruderte. Japste nach Luft. Schluckte Wasser. Verfing mich nun auch mit meinem rechten Fuß. Versuchte mich vergeblich frei zu strampeln. Bis nur noch meine Augen über der Wasserfläche hinausragten. Mit denen ich natürlich nicht um Hilfe rufen konnte. Ich sah noch, wie die anderen Kinder um mich herum plantschten. Verschwand dann, wie bei dem Atemtrick, in einen wattigen Nebel.

Irgendwann sah ich wieder Gesichter vor mir auftauchen. Als ich dann auch aufgeregte Stimmen um mich herum hörte, erinnerte ich mich an jenen verhängnisvollen

Sonntag im August. Und mir wurde klar, dass man mich neuerlich in diese Welt zurückgeholt hatte.

18.

Dann kam das ‚Große Hochwasser'. Und die Leute begannen zu tuscheln. Wunderten sich, warum in unseren drei Dörfern auf einmal so viel passierte. Und suchten nach einem Schuldigen. Sicherlich hätten sie es gerne meinem Vater zugeschoben, dem Zugereisten, dem Fremdling. Doch sie fanden nichts, was sie ihm zuschieben konnten. Nichts, für das man ihm Schuld anlasten konnte. Nicht für den Tod der Winklerin. Nicht für die Tote aus dem Baggersee. Nicht für die bedrohlich anwachsenden Wassermassen der Donau. Und schon gar nicht für die Brände, bei denen er selbst der Hauptleidtragende war.

Noch Jahre später war das ‚Große Hochwasser' in aller Munde. Denn wenn sie schon keinen Schuldigen für die sich häufenden Ereignisse finden konnten, so wollten sie sie doch wenigsten ordentlich aufbauschen.

Bei jedem ihrer Berichte wurde die Donau breiter und höher. Den ganzen Gäuboden soll sie überschwemmt haben. Riesige Lastkähne sollen zwischen Strutzing und den Vorbergen des Bayrischen Waldes hin und her gefahren sein. Der Pfarrer Wandlinger soll vergeblich auf einen Fingerzeig Gottes gewartet haben. Um rechtzeitig mit dem Bau einer Arche zu beginnen. Für die ‚der Herr', in seiner Weisheit, die Einwohner unserer drei Dörfer wohl nicht für würdig empfunden habe. Wie der Pfarrer bei einem Samstagsfrühstück meinem Vater zuflüsterte.

Breit war sie schon, die Donau. Sehr breit. Der Damm auf der anderen Seite war längst gebrochen. Der Fluss hatte sich bis Oberkattlhofen geweitet. Das gegenüberliegende Ufer war kaum noch zu erkennen. Da das Seil nun nicht mehr ausreichte, fuhr auch die Fähre nicht mehr. Die sonst zwischen Niederkattlhofen und Oberkattlhofen verkehrte. Und es regnete immer weiter. Bis das Wasser den Dammrand erreicht hatte.

Hubschrauber flogen heran. Warfen Sandsäcke über dem Donaudamm ab. Und statt, wie üblich, übereinander herzufallen, arbeiteten die Leute von Lapping, Wimling und Niederkattlhofen in Eintracht zusammen. Sie wussten, wenn der Damm bräche, verlören alle ihre Höfe. So schichteten sie gemeinsam Sandsack über Sandsack. Um die Dämme zu festigen und zu erhöhen.

Doch es hörte nicht auf zu regnen. Und das Wasser stieg unaufhörlich höher.

„Wenn die Donau weiter so steigt, wird es den gräflichen Hof wegschwemmen!" sagte mein Vater. Es war das erste und einzige Mal, dass er in meinem Beisein nicht von ‚seinem' Hof sprach.

Wieder rückten die Feuerwehren aus den Orten der Umgebung an. Wie damals, als unser Hof abbrannte. Und ich fragte, warum sie dann bei unseren Bränden angerückt waren. Und als ich einen der Feuerwehrmänner anzusprechen versuchte, was es denn hier zu löschen gebe, lachte er. Und die anderen Feuerwehrmänner schüttelten die Köpfe. Und lachten mit.

„Wenn's so weiter regnet, Verwalter, dann müssen wir die Dörfer räumen!" kündigte der Bürgermeister Winkler an.

Mein Vater sagte nichts. Hielt seine Handflächen vor sich und sah in sie hinein.

„Der ist zu feige, es den anderen zu sagen und will, dass ich das für ihn übernehme," knurrte er, nachdem der Winkler gegangen war.

Obwohl es immer weiter regnete, wurden die Dörfer nicht geräumt. Und da keine Arche in Sicht war, wusste vermutlich niemand, wo man die Tiere und Menschen hätte unterbringen können. Denn brächen die Dämme, würde tatsächlich die gesamte Gäubodenebene unter Wasser stehen, weit über unsere Dörfer hinaus. Bis zu den Vorbergen des Bayrischen Waldes.

Die Leute versuchten die Dämme mit großen Steinen zu befestigen. Die sie von ihren Feldrändern herankarrten. Tag und Nacht schufteten die Einwohner von Lapping, Wimling und Niederkattlhofen am Donaudamm. Und als die Hubschrauber keine Sandsäcke mehr zum Abwerfen hatten, ließ mein Vater die Traktoren der Bauern in die gräfliche Kiesgrube fahren.

Eines Tages konnte ich meine Neugierde nicht mehr besiegen. Während die Bauern und Feuerwehrleute gerade Brotzeit machten, schlich ich mich, gegen das Verbot meiner Mutter, an den Damm heran. Und krabbelte hinauf.

Die Donau schwappte bereits über die Dammkante. Soweit mein Auge reichte, sah ich Wasser. Es schäumte. Strudelte. Und quirlte. Und ich stellte mir vor, wie ich, über den Schulhof hinweg, weit in die Ebene hinaus geschwemmt würde. Wenn der Damm jetzt unter mir wegbräche. Starrte wie gelähmt auf meine Füße. Die bereits im Wasser standen. Kleine Wellen brandeten gegen meine Fußknöchel. Überall schaukelten und drehten sich herausgerissene Bäume und Unrat. Das Wasser floss in alle Richtungen und wurde in großen und kleinen Trichtern herumgequirlt. Vom Himmel gesellte sich unaufhörlich weiteres Wasser dazu. Die feuchte Kälte kroch meine Hosenbeine hoch. Und jetzt kamen auch die Hubschrauber wieder. Irgendwo schienen sie weiteren Sand aufgetrieben zu haben. Sie kreisten laut brummend über meinem Kopf. Ich duckte mich, als die Säcke herunter plumpsten. Nicht alle trafen den Damm. Einige platschten in die Donau.

In der Ferne sah ich die Häuser von Oberkattlhofen bis zum ersten Stock in der Donau liegen. Winzige Boote fuhren zwischen den Häusern hin und her. Vermutlich mit all dem beladen, was die Einwohner von Oberkattlhofen aus ihren Häusern zu retten versuchten. Bevor die Donau sie gänzlich verschluckte. Und mir wurde plötzlich klar, dass der Gott vom Pfarrer Wandlinger keine Arche schicken würde.

Vom Religionsunterricht her wusste ich, dass selbst der angeblich gottgerechte Noah seine Arche selber bauen musste. Warum sollte Gott ausgerechnet den Lappingern, Niederkattlhofenern und Wimlingern auch noch diese Arbeit ersparen?

„Heini!"

Eine laute Stimme riss mich aus meinen Gedanken.

War das Gottes Stimme?

„Heeeiiini!"

Die Wasserzungen griffen nach meinen Beinen. Was wollte Gott von mir?

„Heeeiiiiniii!"

Verzweifelt sah ich mich um.

Was wollte Gott, dass ich tun sollte? Hatte er mich für würdig befunden, eine Arche zu bauen? Ich hatte doch keine Ahnung, wie man das machte. Und warum gerade ich?

„Kruzinesen nochamal! Heini? Was machst du da oben? Schau, dass du sofort da runterkommst!"

Es war nicht Gottes Stimme.

Ich drehte mich erschrocken um. Stolperte. Glücklicherweise in die richtige Richtung. Und kullerte den Damm hinunter.

Kaum war ich unten angekommen, klatschte mir die klobige Hand vom Raglkofer ins Gesicht.

„Sag mal, spinnst du, Heini! Wenn das dein Vater erfährt, bringt er mich um!"

Er schlug mir ein zweites Mal ins Gesicht. Als wollte er mich schon mal vorher umbringen. Und meine Nase fing wieder mal zu bluten an. Ich verstand nicht, warum mein Vater seinen Traktorfahrer umbringen sollte, weil ich auf dem Donaudamm gestanden hatte. Stellte aber immerhin fest, dass der Raglkofer sich genauso vor meinem Vater fürchtete wie ich.

An diesem Abend hörte es auf zu regnen. Die Donau stieg noch zwei Tage leicht an. Und ihr aufgewühltes

Schlammwasser lief über den Damm hinunter. Dann begann sich der Wasserspiegel langsam zu senken.

Das war ein Erlebnis für den Pfarrer Wandlinger.

So voll sei seine Kirche noch nie gewesen. Behaupteten die Leute. Die Wimlinger und Lappinger mussten auf dem Friedhof stehen. Klemmten zwischen den verwitterten Kreuzen und Grabsteinen. Weil die Kirche nur für die Niederkattlhofener ausreichte. Die ausnahmslos alle zur Dankesmesse gekommen waren. Und ihre Kirche für sich beanspruchten.

Am nächsten Tag kamen die Einwohner unserer drei Dörfer, einer nach dem anderen, zu meinem Vater. Murmelten unverständliche Worte. Suchten vergeblich eine seiner Hände zu drücken. Die er jedoch in seinen Jackentaschen behielt.

„Pharisäer!" brummte er, als sie gegangen waren. Und verschwand im Schweinestall.

Ein weiteres Ereignis, das unsere drei Dörfer kurz darauf beschäftigte, war, dass der Winkler plötzlich aufhörte, Bürgermeister, ja sozusagen, ganz aufhörte zu sein.

Zwei Wochen nach dem ‚Großen Hochwasser' raste er mit seinem brandneuen Mercedes gegen einen Baum. Sein Hirn habe man hinterher von einem der Alleebäume abkratzen müssen. Viel sei es nicht gewesen. Behaupteten die Leute unserer drei Dörfer.

Trotzdem wurden sämtliche Alleebäume, die die Straße von Wimling nach Drebelsberg säumten, kurzerhand umgesägt. Obwohl der Winkler dadurch auch nicht wieder lebendig wurde. Und weil kein anderer für unsere Gemeinde zur Verfügung stand, wurde sein Sohn Xaver der neue Bürgermeister. Wodurch sich das große Ereignis wieder relativierte. Denn auch er hieß natürlich Winkler. Tat so wenig wie sein Vorgänger. Und auch ihn konnte niemand leiden.

19.

Im darauffolgenden Winter beschäftigte uns die Donau gleich nochmal. Und wieder kam der Fährbetrieb zum Erliegen. Aber diesmal wurden unsere drei Dörfer nicht von der Außenwelt abgeschnitten. Im Gegenteil. Denn die Donau fror meterdick zu. Und man konnte sie ohne Fähre überqueren.

Eine Fahrtroute wurde abgesteckt, auf der der gesamte Verkehr über das Eis nach Oberkattlhofen geleitet wurde. Sogar die schweren Bauernfuhrwerke konnten über das Eis fahren.

Nach Weihnachten durfte ich, bis die Schule wieder anfing, zu meiner Omi nach Holzing. Und weil Holzing auf der anderen Seite der Donau lag, und die Fähre immer noch eingefroren feststeckte, musste mich mein Vater mit dem Auto übers Eis nach Holzing fahren.

Als wir uns jedoch mit dem VW-Käfer dem Ufer näherten, und ich die endlose Eisfläche sah, unter der ich die Tiefe der Donau wusste, riss ich die Autotür auf, sprang aus dem fahrenden Auto und lief den Damm hinauf. Mein Vater hielt an. Rief mich zurück. Ich duckte mich in Erwartung einer Ohrfeige. Er aber nahm nur wortlos meine Hand, führte mich nahe an die Eisfläche heran. Zeigte mir die Fahrbahn, die die Polizei abgesteckt hatte.

Sogar große Lastwägen dürften hier die Donau überqueren. Sagte er. Und deutete in den milchigen Nebel vor uns. Ich sah aber keinen Lastwagen. Und auch sonst sah ich niemanden auf der Eisfläche. Weil ich jedoch zu meiner Omi wollte, ließ ich mich überreden, wenigstens ein paar Schritte mit ihm aufs Eis zu wagen.

„Siehst du!" lachte er und hüpfte auf dem Eis herum. Ich setzte vorsichtig einen Fuß vor den anderen. Starrte misstrauisch über die spiegelglatte Weite. Unheimliche Tiefe dräute darunter hervor. Ich wich zurück. Während mein Vater immer weiter auf dem Eis herumhopste.

„Das Eis ist meterdick," rief er und hüpfte und hüpfte, „sonst könnten doch all die schweren Fahrzeuge nicht drüberfahren."

Sein Gehüpfe beeindruckte mich nicht. Ich sah keine schweren Fahrzeuge. Und auch sonst sah ich niemand auf dem Eis. Außer meinem Vater. Der dort auf und ab hüpfte.

„Sieh doch nur, Heini!"

In diesem Augenblick erschien tatsächlich ein Traktor mit zwei Anhängern am schlierigen Horizont. Hinter dem ich das andere Ufer vermutete. Er kam übers Eis direkt auf uns zugefahren.

„Schau, Heini! Wie könnte sonst der Thaller mit seinen vollbeladenen Anhängern auf dem Eis fahren?"

Ich schaute meinen Vater an. Er schaute mich an. Und ich stieg wieder in den VW-Käfer.

Als wir ungefähr auf der Mitte der Donau waren, fing es zu schneien an. Die Flocken wurden dichter. Tanzten vor der Windschutzscheibe. Stoben an den Seitenfenstern vorbei. Ich presste mein Gesicht an das kalte Glas der Scheibe. Spähte nach dem anderen Ufer. Aber es war nirgendwo ein Ufer zu erkennen. Nicht das, das wir verlassen hatten. Und auch nicht jenes, das angeblich vor uns lag. Oben, unten, rechts und links, überall umgab uns undurchdringliches Weiß. Und unter uns die glasige Tiefe der Donau.

Mein Vater blieb mitten auf der Donau stehen. Rieb auf der Windschutzscheibe herum. Doch es war nichts zu erkennen. Nur weiße Schneeflocken um uns. Ich kauerte mich ganz klein auf dem Beifahrersitz zusammen. Um möglichst kein Gewicht zu machen.

Dann tauchte ein weiterer Traktor vor dem Flockenvorhang auf. Und auch dieser zog zwei volle Anhänger hinter sich her übers Eis.

„Siehst du!" sagte mein Vater triumphierend, doch ich hörte die Erleichterung in seiner Stimme, „das ist die richtige Richtung!"

Mein Vater lud mich in Holzing ab. Wie ein Paket, das seinen Zielort erreicht hatte. Ohne einen Fuß in Omis Stübchen zu setzen. Das ich so liebte. Er ließ mich, ohne ein Wort zu sagen, aussteigen. Manövrierte den VW-Käfer wieder in die Gegenrichtung. Winkte nicht einmal zurück, als ich ihm hinterher winkte.

Als ich meine Omi fragte, ob die Donau denn noch zugefroren sein würde, wenn mein Vater wieder zurück nach Lapping führe, meinte sie nur:

„Ach, Heini. Du bist ein guter Junge. Schau hier auf mein Thermometer. Wir haben immer noch 25 Grad unter Null. Selbst wenn die Temperatur plötzlich auf über Null steigen würde, was sehr unwahrscheinlich ist, würde es Tage dauern, bis die dicke Eisfläche der Donau auftaute. Und sollte sie wirklich wieder ganz wegtauen, dann führe ja auch die Fähre wieder. Also mach dir keine Sorgen um deinen Vater, mein Junge."

Sie konnte nicht wissen, dass ich an meine eigene Rückfahrt gedacht hatte.

20.

Für meine Omi war ich ein Königskind. Sie wusste natürlich, dass mein Vater nur Gutsverwalter und kein König war. Aber das kümmerte sie nicht. Mein Vater war ihr so egal, wie sie ihm war. Immer wieder erzählte sie mir, wie ich an jenem folgenschweren Sonntag tot auf die Welt gekommen sei. Und sie es war, die mich mit beherzten Klapsen auf den Po ins Leben gerufen hat. Während mein Vater von all dem nichts begriffen und nur belämmert dreingeschaut habe.

„Vergiss nie, Heini, du bist ein Sonntagskind!" sagte sie und ließ mich an ihrer Kaffeetasse nippen.

Bei meiner Omi durfte ich all das, was ich in Lapping nicht durfte. Und sie nahm mich überallhin mit.

Ihr Stübchen war das Paradies für mich. Auch wenn ich mir das Paradies etwas größer vorgestellt hatte. Es gab weder eine Küche, noch ein Bad. Sie holte Wasser aus einer Flügelhandpumpe, die auf dem Hof stand. Wusch sich in einer emaillierten Schüssel. Musste sie aufs Klo, zog sie einen Eimer unter der Spüle hervor. Legte einen Wäschestock darüber. Und sagte:

„Sieh wech, mein Junge!"

Aber ich schielte zwischen den Fingern durch. Sah wie sie ihren Kittel hochhob. Und sich über den Wäschestock setzte. Dabei redete sie laut auf mich ein. Damit ich das Platschen nicht hörte. Ich hörte es trotzdem. Roch auch, wie sich der Gestank vom Eimerinhalt mit Kaffeeduft und dem scharfen Geruch ihres kleinen Spirituskochers mischte. Dann trug sie den Eimer nach unten. Ich habe nie herausgefunden, wo sie den Inhalt hinschüttete.

Es gab auch ein altes Radio in Omis Zimmer. Man konnte es nur am frühen Morgen hören. Bevor die Kreissägen anfingen. Denn durch das einzige Fenster ihres Zimmers sah man direkt in die Schreinerei, die unterhalb lag. Dort wurde bereits ab sieben Uhr früh gesägt und gehämmert. Das Piepen des Zeitzeichens war das letzte, was man aus Omis Radio vernehmen konnte. Dann heulte die Säge los. Ich durfte an Omis Kaffee nippen. Und wir gingen zusammen einkaufen.

Auch meine Mutter nahm mich zum Einkaufen mit. 'Kolonialwarenhandlung' stand in rostigen Eisenbuchstaben über der Ladentür. Die Buchstaben fielen nach und nach herunter. Und irgendwann konnte man dann nur noch ,onialwa..nhan....' lesen. Aber das machte nichts. Meine Mutter wusste ja, wo der Krämerladen war. Als ich meine Mutter fragte, was denn Kolonialwaren seien, bettete sie meinen Kopf in ihre Achselhöhle und seufzte. Das seien Waren, die von weit herkämen, sagte sie nur. Und ich spürte, dass sie mir nicht alles sagte, was sie darüber wusste.

Das war ein ganz anderes Einkaufen, als das mit meiner Omi in Holzing.

Meine Mutter schlüpfte mit gebeugtem Rücken und gesenktem Kopf durch die klingelnde Ladentür. Sah unterwürfig zur Krämerin hoch. Die sich breit auf ihren Ladentisch stemmte. Während meine Omi den Krämerladen von Holzing wie eine Königin betrat. Und ich war sehr stolz auf sie, wenn sie mit gewichtiger Stimme dieses und jenes bestellte. War irgendetwas nicht vorrätig, streckte sie ihren dünnen Hals in die Länge. Schaute auf den Krämer herunter. Ließ ihren Blick über die kärglich bestückten Regale wandern. Ließ ihn wissen, dass er sie nicht angemessen auffüllte. Schimpfte auf ihn ein. Bis dieser in sich zusammenschrumpfte.

Meine Mutter dagegen kramte nach jedem Einkauf in ihrem Geldbeutel herum. Bis sie einen zerknüllten Schein herausgepuhlt und ein paar zusätzliche Münzen auf dem Ladentisch abgezählt hatte. Schob sich, mich und ihre kümmerlich gefüllte Einkaufstasche so geduckt, wie sie hereingekommen war, nun wieder durch die Ladentür ins Freie. Auf unseren Hof zu. Als schämte sie sich, den Krämerladen überhaupt betreten zu haben.

Meine Omi zahlte nie. Obwohl sie stets mit randvoller Tasche aus dem Laden schritt. Es kam vor, dass der Krämer versuchte, sie vorsichtig daran zu erinnern, dass sie nun schon seit Jahren anschreibe. Nicht, dass er ihr misstraue! Sagte er. Und warf die Hände nach oben. Gott bewahre! Er wisse ja, sie sei eine Dame. Er meine ja nur. Ob sie nicht vielleicht doch wenigstens einen kleinen Teil… er habe ja Verständnis für ihre Lage… Aber schließlich müsse er all die Waren erst beschaffen, die sie, Frau Kagereit, freundlicherweise bei ihm kaufte. Worauf er stolz und wofür er dankbar sei….

Weiter kam der Krämer nicht.

Meine Omi funkelte ihn mit zornigen Augen an. Klatschte mit beiden Händen auf den abgewetzten Ladentisch und donnerte:

„Jaaah, was erlauuben Sie sich? Glauuben Sie denn, ich wolle sie betrüügen? Ich habe bei Graaafen und Füüürsten gekoooocht, bevor mich der Krieg in dieses trooostlose

Kaff verschlagen hat! Ich habe genuug Geld, ihren ganzen mickrigen Laden zu kaufen! Wenn ich woollte. Sie scheinen vergessen zu haben, wer ich bin!"

Der Krämer hatte es nicht vergessen. Er hatte es oft genug zu hören bekommen. Er wusste, dass es Frau Kagereit war, die sich vor ihm aufbaute. Die Fürsten und Grafen bekocht hatte. Und von der er seit Jahren keinen Pfennig gesehen hatte. Und er wich verschreckt hinter seinen Ladentisch zurück. Verbeugte und entschuldigte sich. Während meine Omi entrüstet und mit fahrigen Bewegungen alles in ihre Tasche stopfte. Und erhobenen Hauptes aus dem Laden rauschte.

Da war ich stolz auf meine Omi. Die es dem Krämer gezeigt hatte. Und ich wünschte mir, meine Mutter würde es ebenso tun. Indem sie die Krämerin von Lapping daran erinnerte, dass sie die Frau Hofer, die Frau vom Verwalter Hofer war. Der immerhin den größten Hof von Lapping innehatte. Auch wenn es nur der Hof vom Herrn Grafen war.

Erst später, als meine Omi ins Irrenhaus kam, schämte ich mich nachträglich für die alte Frau Kagereit. Die den Krämer stets heruntergeputzt und nie bezahlt hatte. Denn inzwischen wusste ich, dass sie seinen Laden niemals hätte kaufen können. Wie mickrig er auch gewesen sein mag.

An ihrem sechzigsten Geburtstag verkündete meine Omi mit ihrer Donnerstimme:

„Du wirst sehen, mein Junge, das ist der letzte Winter, den ich erleben werde."

Von da an sagte sie es jeden Herbst wieder.

Nachdem mehrere Winter verstrichen waren, und ihre Prophezeiung noch immer nicht eingetreten war, kündigte sie an, dass nun der besagte Zeitpunkt gekommen sei. Und sie hängte sich mit einem Nylonstrumpf an einen Haken, den ihr der Schreiner, natürlich zu anderen Zwecken, in die Zimmerdecke gedübelt hatte. Der Nylonstrumpf riss. Und meine Omi stürzte über den Stuhl, den sie unter sich weggestoßen hatte. Und brach sich an seiner Lehne ein Schlüsselbein.

Das komme davon, wenn man Nylonstrümpfe von geringer Qualität einkaufe. Kommentierte mein Vater.

Als ihr Schlüsselbein wieder geheilt war, versuchte es meine Omi gleich noch einmal. Diesmal hielt der Strumpf ihrem Gewicht stand. Aber der Haken rutschte aus dem Dübel in der Zimmerdecke. Wieder fiel sie. Aber neben den Stuhl. Ohne sich was zu brechen. Trug nur leichte Prellungen davon.

Doch als sich nun die Behörde einschaltete, sagte mein Vater nur „die alte Kagereit kommt mir nicht ins Haus!" Worauf meine Omi ins Irrenhaus von Schlagling eingeliefert wurde. Und ich fragte meine Mutter, warum sich in unserer Gegend so viele Frauen aufhängten. Oder aufzuhängen versuchten.

Das komme von den Hormonen. Behauptete der Dr. Vilber. Die gerieten bei den Frauen in einem bestimmten Alter durcheinander. Was dann zu Depressionen führe.

Ich hatte keine Ahnung, was Hormone und was Depressionen sind. Aber es schien wohl was ziemlich Bedrohliches zu sein, das sich in den Frauen irgendwann ausbreitete.

Ob die Frauen nun wortlos mit einem Strick auf dem Speicher verschwänden, oder sich in Ermangelung eines solchen, mit Nylonstrümpfen an Zimmerdecken erhängten, sei lediglich eine Frage der jeweiligen Umstände. Behaupte der Dr. Vilber. Ob sie ihre Vorhaben ankündigten, oder gleich munter zur Tat schritten, sei wiederum Charaktersache. Und hinge mehr oder weniger von ihrem Temperament ab. Behauptete der Dr. Vilber.

„Das hat er sich fein ausgedacht, der Dr. Vilber," sagte mein Vater, nachdem der Dr. Vilber gegangen war, „diese Hormongeschichte, passt dem Vilber gut in den Kram. Weil auch seine Frau, wie jeder weiß, schon mehrmals versucht hat, ihr Leben an einen Haken zu hängen."

Bevor ich ihr sagen kannte, dass ich nichts von dem verstand, was sie mir da erzählte, nahm sie mein Gesicht zwischen ihre beiden Hände und sagte:

„Du musst das nicht verstehen, mein Junge."

Und als ich wissen wollte, warum meine Omi ins Irrenhaus gekommen sei, sagte sie nur:

„Wer sagt denn, dass Omi im Irrenhaus ist?"

„Diediedie Leuleute iiim Dddorf."

Sie machte eine wegwerfende Handbewegung.

„Die Leute! Hör nicht auf die Leute, mein Junge! Omi ist nicht im Irrenhaus. Sie ist in einer Nervenheilanstalt."

Aber sie komme doch wieder in ihr Stübchen zurück, oder?

„Nein, mein Junge. Omi kommt nicht wieder in ihr Stübchen zurück. Omi ist alt. Sehr alt. Das ist zu beschwerlich für sie, so allein in diesem Stübchen."

Ob sie sich deshalb aufgehängt habe?

„Ich weiß nicht, mein Junge. Ich weiß es wirklich nicht."

Warum meine Omi denn nicht zu uns komme könne? Es gäbe doch hier genügend Platz für sie.

Meine Mutter hob die Schultern.

„Ja, mein Junge. Platz hätten wir hier genug. Aber dein Vater und Omi. Das geht nicht."

Ich wusste natürlich längst, dass mein Vater meine Omi nicht leiden konnte. Aber er hätte mich doch mal nach zu meiner Omi nach Schlagling fahren können. Wenigstens ein einziges Mal.

Ich habe meine Omi nie wieder gesehen.

Kaum war meine Omi in die Nervenheilanstalt in Schlagling eingewiesen worden, meldete sich der Krämer von Holzing bei uns in Lapping. Baute sich vor meinem Vater auf. Und warf einen Packen Rechnungen auf unseren Küchentisch. Bei denen, wie er erklärte, es sich um Einkäufe handele, welche die unglückliche Frau Kagereit im Lauf der Jahre bei ihm getätigt, angeschrieben aber leider nie bezahlt habe. Und da sie nun wohl nicht mehr in der Lage sei, die offenen Posten zu begleichen, er tippte mit dem Finger gegen seine Stirn, erlaube er sich, diese bei den Hinterbliebenen einzufordern. Und er verbeugte sich.

„Was heißt hier Hinterbliebenen," entrüstete sich mein Vater. Worauf ihn der Krämer verlegen ansah. Denn er wusste, dass meine Omi noch nicht tot war. Wusste aber auch, dass sie von dort, wo sie jetzt war, nicht mehr zurückkommen würde. Um ihre Schulden bei ihm zu begleichen. Und er verbeugte sich ein weiteres Mal.

Zum einen sei seine Schwiegermutter, wie er selbst wisse, noch am Leben. Sagte mein Vater. Und wer garantiere ihm, dass die aufgelisteten Summen dem entsprächen, was sie tatsächlich in seinem Laden eingekauft habe. Und der Krämer, nachdem nun nichts mehr überprüfbar war, die Beträge nicht selbst eingefügt und nach eigenem Gutdünken zusammenaddiert habe.

Ich starrte meinen Vater verblüfft an. Noch niemals hatte ich ihn so mit Worten jonglieren hören.

Natürlich habe er die Beträge selbst aufgeschrieben und zu den hier vorliegenden Summen zusammenaddiert. Wer denn sonst? Entgegnete der Krämer aufgebracht. Aber sie entsprächen eben genau dem, was Frau Kagereit in all den Jahren bei ihm eingekauft und niemals abgegolten habe.

Das sei dann wohl seine eigene Schuld, wenn er den falschen Leuten vertraute. Gab mein Vater zurück.

Worauf der Krämer erbost erwiderte, was das denn für eine Welt sei, in der Gutgläubige und Barmherzige bestraft würden?

Er habe diese Welt nicht geschaffen, knurrte mein Vater. Und der Krämer von Holzing verließ wutentbrannt unsere Küche.

Zwei Wochen später drückte der Briefträger meinem Vater ein Anwaltsschreiben in die Hand, das er quittieren musste. Mein Vater las das Schreiben. Und fluchte. Während meine Mutter zur Zimmerdecke hochsah. Omis Schulden mussten sie trotzdem bezahlen.

21.

Seitdem ich sie nicht mehr mit meinem Kinderstimm-
chen erfreute, kamen die Onkel und Tanten nur noch selten. Vielleicht auch, weil sie die Geschichte von der Milch
nicht mehr hören wollten. Nur mein Onkel Hans besuchte
uns weiterhin regelmäßig. Er hörte sich Vaters Milchgeschichte an. Blinzelte mir dabei zu. Ich freute mich über
sein Blinzeln.

„Nimm dich in Acht, Heini! Der Onkel Hans weiß
mehr über die Welt, als in ihr passiert," sagte meine Mutter
und zog mich zu sich heran. Der sei ein ganz ein Geschei-
ter. Kicherte sie. Und ich merkte, dass sie jedes Mal auf-
lebte, wenn der Onkel Hans uns besuchen kam.

Vielleicht wusste er viel, vielleicht auch nicht. Es war
mir auch wurscht, ob das, was er erzählte, wirklich passiert
oder von ihm erfunden war. Ich hörte ihm einfach nur
gerne zu.

Er berichtete von zwei Affen, die in einer Rakete in den
Weltraum geschossen wurden und wieder quicklebendig
zurückgekommen seien. Er erzählte, dass die Chinesen die
Tibeter überfallen hätten, worauf der Dalai-Lama fliehen
musste. Tatsächlich standen beide Geschehnisse acht Wochen später in unserem Lesezirkel. Die ermordeten Tibeter
waren da aber schon seit acht Wochen tot. Und der Dalai-
Lama hatte sich längst nach Indien abgesetzt. Was wir
dann wiederum acht Wochen später aus dem Lesezirkel erfuhren.

Ich wusste nicht, wer der Dalai-Lama war. Auch unter
Tibetern und Chinesen konnte ich mir nichts vorstellen.
Aber immerhin wurde mir aus den Berichten von Onkel
Hans klar, dass es noch eine andere Welt geben musste.
Außerhalb von Lapping. Eine Welt, die sich über unsere
drei Dörfer, ja, über den gesamten Gäuboden, und sogar
über ganz Bayern hinaus erstreckte.

Einmal kam der Onkel Hans auf die Chinesen zu sprechen. „Die gelbe Gefahr," sagte er und deutete mit dem
Daumen hinter sich, als befände sie sich schon hinter

seinem Rücken, „sie wird uns alle überrollen. Du wirst es erleben, Heini. Sie werden es wie die Spanier seinerzeit in Lateinamerika machen. Eines Tages werden wir alle Chinesen sein. Wenn die nicht einmal vor dem Dalai-Lama haltmachen, dann ist ihnen nichts heilig. Dann ist keiner mehr vor ihnen sicher!"

Ich schaute in die entsetzten Augen meiner Mutter. Und fragte mich, was denn daran so schlimm sei, wenn wir alle Chinesen würden. Freilich wusste ich nicht, was die Spanier seinerzeit in wo auch immer gemacht haben. Merkte aber, dass der Onkel Hans schon viel zu wissen schien. Und dass er auf die Chinesen nicht gut zu sprechen war.

Welche Gefahr denn nun die schlimmere sei, die uns drohe, warf meine Mutter ein. Da der Onkel wohl schon verschiedentlich auf drohende Gefahren hingewiesen hatte. Die gelbe, die rote oder die braune? Worauf der Onkel Hans sich von ihr abwandte und zu mir herunterbeugte.

„Hauptsache, dass ‚Eintracht Frankfurt' deutscher Fußballmeister geworden ist, nicht wahr Heini?" sagte er. Blinzelte mir wieder zu. Und verließ unsere Küche.

Ich schaute meine Mutter an.

„Du meinst, warum nichts von dem, was der Onkel Hans berichtet in unseren Illustrierten steht, mein Junge?"

Ich nickte.

„Nun, mein Junge, nicht alles was für den Onkel Hans wichtig ist, ist auch für den Rest der Welt wichtig," sagte meine Mutter und streichelte meinen Kopf.

Gemeinsam schauten wir aus dem Küchenfenster, wie der Onkel Hans mit trotzigen Schritten unseren Hof verließ.

„Und weißt du, die Zeitungsleute schreiben nicht immer alles. Einiges lassen sie einfach weg. Oder sie erfinden was dazu. Wenn zum Beispiel mal gerade nichts passiert auf der Welt, lassen sie halt was passieren. Sonst hätten sie ja nichts zu schreiben. Die Zeitungshäuser würden kaputt gehen. Weil niemand unbeschriebene Zeitungen kaufte.

Unser Zeitschriftenhändler würde pleitemachen. Weil er keine Zeitungen mehr zu verkaufen hätte. Dann verlöre auch der Zeitungsausträger sein Einkommen. Und wir bekämen keinen Lesezirkel mehr. Und der Onkel Hans würde uns nicht mehr besuchen kommen."

Sie tippte mit ihrem Zeigefinger auf meine Nasenspitze.

„Denn dann hätte er nichts mehr zu erzählen. Und jetzt ab ins Bett mit dir."

22.

Im Sommer starb mein Onkel Theodor. Er war der erste Tote in meinem Leben. Außer ihm und meinem Onkel Hans gab es noch andere Onkel in unserer Familie. Auch Tanten natürlich. Nicht alle Onkel und Tanten waren wirkliche Onkel und wirkliche Tanten. Einige von ihnen hatten überhaupt nichts mit unserer Familie zu tun. Trotzdem nannten mein Vater und meine Mutter sie Onkel und Tanten. Leider gab es mehr Tanten als Onkel. Da einige der Onkel nicht mehr aus dem Krieg zurückgekommen waren. Die Tanten saßen nur rauchend da und krittelten an uns Kindern herum. Während die Onkel stets gute Geschichten erzählten. Die besten davon erzählte der Onkel Theodor. Er und mein Onkel Hans waren meine Lieblingsonkel. Obwohl sie gar keine wirklichen Onkel von mir waren.

Auch der Onkel Theodor hatte in Holzing gelebt, wo meine Omi gewohnt hatte. Bevor sie in die Nervenheilanstalt kam. Und obwohl meine Omi stets vom Sterben gesprochen hatte, war er nun vor ihr gestorben. Ohne dass er was dafür getan hatte. Und obwohl er vielleicht noch gar nicht gewollt hätte.

Er sei Steuermann gewesen, behauptete der Onkel Theodor. Er war auf mehr Schiffen gefahren, als die Ozeane tragen könnten. Kannte jeden Hafen der Welt. Und noch einige mehr. Hatte alle Mädchen geliebt, die sich dort herumtrieben. War mit seinen Schiffen den schrecklichsten

Stürmen entronnen. Und trotzdem so oft mit ihnen abgesoffen, dass er selbst in der Welt der Fische und Kraken Freunde gewonnen hatte. Erzählte er.

Wenn er auf die Mädchen in den Häfen zu sprechen kam, warf ihm meine Tante Triene einen blitzenden Blick zu, schnauzte „nicht vor dem Jungen!" und mein Onkel verstummte. Erst als sie wieder in der Küche zu hantieren begann, und er sicher sein konnte, dass sie ihn nicht mehr hörte, beugte er sich zu mir herunter und flüsterte mir ins Ohr:

„Weißt du, Heini, die Mädchen in den Häfen, ich habe sie alle geliebt. Aber mit deiner Tante Triene ist das was anderes. Wie soll ich es dir erklären? Trienchen und ich, das ist wie Bug und Heck. Sie zusammen erst ergeben ein Schiff. Aber dass das so ist, glaubt meine Triene nicht."

„Du wirst es mir nicht glauben, Heini" so fingen seine Geschichten meistens an, „aber einmal war ich bei einem Kraken eingeladen, der mich noch von einem früheren Schiffsunglück her kannte."

Ich glaubte ihm nicht. Sagte aber nichts. Schaute ihn nur neugierig an. Wollte auch diese Geschichte hören. Denn er erzählte eine Geschichte immer nur einmal. Wiederholte sie nie.

„Es war wieder mal an diesem verdammten Kap Hoorn. Das ist weit, weit weg von hier, unterhalb von Feuerland, am südlichsten Zipfel von Südamerika. Aber das weißt du ja sicher vom Erdkundeunterricht?"

Ich wusste es nicht. Beim Hauptlehrer Kager lernte ich nur den Stock und seine Attacken auf ‚den Russen' kennen. Trotzdem nickte ich.

Der Onkel sah mich lobend an.

„In Feuerland gab es einen Indianerhäuptling, der mich unbedingt mit seiner Tochter verheiraten wollte. Ich sage dir, Heini, die hatte Augen wie Irrlichter. Wenn du weißt, was Irrlichter sind. Und ihre Haut war - naja, dazu bist du vielleicht wirklich noch zu jung."

Ein Lastwagen dröhnte an der Souterrainwohnung vorbei, in der die Tante Triene und mein Onkel Theodor wohnten.

„Jedenfalls zerschellte unser Schiff wieder mal. Und ging mit Mann und Maus unter. Der alte Krake erkannte mich sofort, als ich auf dem Meeresboden ankam. Kraken haben ein phänomenales Gedächtnis, musst du wissen! Aber das weißt du ja sicher vom Biologieunterricht."

Es gab auch keinen Biologieunterricht beim Hauptlehrer Kager. Aber ich nickte wieder.

Der Onkel Theodor kratzte sich hinterm Ohr, kramte eine Prise Schnupftabak aus seiner Hemdtasche. Und stopfte sie sich ins linke Nasenloch. Das schon ganz braun war. Und doppelt so groß wie das rechte.

„Unter uns Männern, Heini, ich habe den Kraken natürlich nicht wiedererkannt. Sie sehen irgendwie alle gleich aus, diese Kraken. Wenn sie wenigstens nummerierte Arme hätten!" seufzte er.

Der Krake habe ihn zu Kaffee und Kuchen eingeladen.

„Aber zuerst musste ich ein heißes Bad nehmen. Das ist so ein Tick von Kraken. Und sie dulden keine Widerrede," sagte der Onkel. Und sah mich streng an.

„Und rate mal, Heini, woraus der Kuchen war, auf den ich mich nach dem heißen Bad gefreut hatte?"

Ich wartete.

„Aus Fischmehl. Und er war mit schimmerndem Plankton belegt. Du weißt ja, was Plankton ist?"

Ich wusste es nicht.

Er beugte sich zu mir herunter. Sah mich mit glasigen Augen an. Wollte seine runzelige Hand auf meinen Kopf legen. Überlegte es sich dann aber anders. Und ließ sie auf seine Knie fallen.

„Er sah wunderschön aus, der Kuchen, wie er so unter Wasser blinkte und funkelte," sagte der Onkel, „aber, ich sage dir, er schmeckte grauenhaft. Wirklich scheußlich. Pfui Deibel."

Der Onkel schüttelte sich. Erzählte dann weiter von seinem Besuch bei dem Kraken. Der ihn, nachdem er sich vom Ertrinken erholt hatte, mit einem seiner Fangarme wieder zurück auf die Meeresoberfläche hob. Wo glücklicherweise immer noch Rettungsboote nach Überlebenden suchten. Und ihn sogleich herausfischten.

Mein Onkel Theodor hatte auch Begegnungen mit Delphinen, Schwertfischen, Haien und Walen. Von letzteren ist er mehrmals aufgefressen und als ungenießbar wieder ausgespuckt worden. Und wenn eine Geschichte zu Ende war, saß er versonnen da, knöpfte sein Hemd auf und wieder zu, und wir lauschten gemeinsam in das hellbraun lackierte Radio, aus dem undefinierbare Geräusche tönten. Es gluckste und tirilierte. Stimmen aus aller Welt mischten sich ineinander. Kamen näher. Verebbten im neuerlich anschwellenden Rauschen und Knistern. Das grünliche Auge unter dem stoffbespannten Lautsprecher weitete sich. Verengte sich. Blinkte aus einer fremden, unergründlich fernen Welt zu uns herüber.

In seinen letzten Lebensjahren behauptete der Onkel Theodor plötzlich, Kapitän gewesen zu sein. Nicht Steuermann. Und eines Tages wollte er sogar Admiral gewesen sein. Kommandeur einer riesigen Flotte. Und ich war böse auf meine Tante Triene, die eine wegwerfende Handbewegung in unsere Richtung machte. Mir war es egal, welchen Beruf er ausgeübt hatte. Hauptsache, er erzählte weiter seine Geschichten.

Erst als er gestorben war, grübelte ich darüber nach.

Vielleicht ist er ja auch nur Maat, oder ein ganz gewöhnlicher Matrose gewesen. Ist gar nicht zur See gefahren. Hat auch das nur erfunden. Hat das Meer niemals gesehen. Lediglich davon geträumt. Hat es sich zusammenphantasiert. Immer nur Kurs darauf genommen. Wie mein Bruder und ich.

Und jetzt lag er aufgebahrt in der Kirche von Holzing. Seine Lider geschlossen. Seine Haut weiß und wächsern. Auch um sein linkes Nasenloch. Das mir nun noch größer erschien. Und dort, wo früher seine Pfeife hing waren seine Lippen leicht nach unten gezogen.

„Sieh ihn dir an, deinen Onkel Theodor!" keifte meine Tante Triene, „gesoffen hat er. Geraucht hat er. Und gehurt, wo er nur konnte. Und jetzt liegt er da. Faltet scheinheilig seine Hände. Dabei hat er in seinem ganzen verdorbenen Leben vom Beten nichts wissen wollen!"

Auch als andere Besucher ihre Gesichter an die Glaswand pressten, um noch einen letzten Blick auf meinen Onkel Theodor zu werfen, schimpfte meine Tante unbeirrt weiter:

„Ja, schaut ihn euch genau an! Den Kapitän, Steuermann und Admiral von allen Schiffen der Welt! Schaut ihn euch an! Den Hurenbock! Den Freund von Haien und Kraken! Alle zusammen können sie ihm jetzt nicht helfen, wieder aus dieser verdammten Kiste herauszukommen!"

Und sie packte meine Hand und zog mich von der Glaswand fort, die ihn von uns trennte.

Und als kurz darauf auch sie starb, wusste ich, dass mein Onkel Theodor recht gehabt hatte. Sie waren wie Bug und Heck. Nur zusammen ergaben sie ein Schiff. Auch wenn es die Tante Triene vielleicht nicht wahrhaben wollte.

23.

Da unser Hof am Rand von Lapping lag, konnte ich durch die Felder und Gräben unbemerkt in den Wald gelangen. Und ich nahm immer meine Mundharmonika mit. Die mir meine Omi geschenkt hatte. Bevor sie nach Schlagling kam. Es faszinierte mich, dass wohlklingende Töne aus meinem Mund strömten, wenn ich die Harmonika an meine Lippen setzte. Mein Vater konnte mit meinen Tönen natürlich wieder nichts anfangen. Ihn interessierte nur das Geblase und die Zithermusik, die seinen Landfunk begleitete. Nur das war Musik für ihn.

Deshalb ging ich in den Wald. Blies all das aus mir heraus, was ich nicht sagen konnte oder durfte. Während die

Fichten ihre wehenden Wipfel zusammensteckten. Und miteinander tuschelten.

Auf meiner Mundharmonika gelang es mir, meinen Atem in Klang zu verwandeln. Und meine ungesagten Worte durch die vibrierenden Stimmzungen in den Wald hinauszublasen.

Da mich weder mein Vater noch die Jungen unserer drei Dörfer im Fichtenholz vermuteten, konnte ich auch ungestört an Angela Nädler denken. Die in der Schule zwei Reihen vor mir saß. Und die ich liebte, weil sie nie mitlachte, wenn sich die andern vor Lachen bogen. Und als ich mich wieder mal durch meine Mundharmonika mit den Fichten unterhielt und an Angela Nädler dachte, spürte ich ein merkwürdiges Gefühl zwischen meinen Beinen. Es war ein sehr angenehmes Gefühl. Das immer intensiver wurde. Sich zu wonniger Lust steigerte. Und sich plötzlich aus mir herauspumpte.

Zur gleichen Zeit fingen die Jungen in unseren drei Dörfern an, mit ihren Pimmeln zu prahlen. Ich erfuhr, dass es Wörter dafür gibt, wie man das Wonnegefühl zwischen den Beinen erzeugte. Ich erfuhr auch, dass die Erwachsenen einen anderen Namen dafür haben. Den man nicht aussprechen dürfe, weil er was Verbotenes, Schmutziges und Schweinisches benannte. Und dass man ein Idiot würde, und im Irrenhaus endete, wenn man es zu oft machte. Das verwirrte mich noch mehr. Und ich schämte mich dafür, dass ich Verbotenes, Schmutziges und Schweinisches an mir trieb.

Bald sprachen alle Jungen unserer drei Dörfer nur noch vom ‚Wichsen‘. Wie sie es nannten.

„Das heißt ‚onanieren‘, ihr Schwachköpfe,“ sagte mein Freund, der Habereder Johnny. Der gar nicht Johnny, sondern Toni hieß. Aber das klang ihm nicht amerikanisch genug. Wie viele der anderen Jungen in unseren Dörfern, glaubte auch er, sich durch einen amerikanischen Namen aufzuwerten. Der Jack aus Wimling, der eigentlich Sepp hieß. Der Hansi aus Lapping, der mit Joe angeredet werden wollte. Und der Xaver aus Niederkattlhofen, der ein Jimmy sein wollte.

„Der Habereder ist nicht der richtige Umgang für dich," ließ mich meine Mutter wissen. Sie sagte weder warum, noch was denn der richtige Umgang für mich wäre. Aber sie sagte es immer wieder. Mit Nachdruck. Und je mehr sie es sagte, desto mehr wurde der Habereder mein Freund. Obwohl er nicht mein Freund sein wollte. Denn er und der Raglkofer Sepp triezten mich mehr als alle die anderen Jungen im Dorf.

Ob nun ‚wichsen' oder ‚onanieren', für die Jungen unserer drei Dörfer wurde es das Thema Nummer eins. Sie redeten nur noch davon. Als der Johnny dann noch mit 'masturbieren daherkam und das Wort mit gewichtiger Stimme in die Länge zog, sagte der Raglkofer, der für sich keinen amerikanischen Namen gefunden hatte:

„Du kannst es ja machen wie du willst. Ich bleib beim Wichsen."

Und ich hoffte schon, der Wortstreit würde ihr Interesse von ihrem Dorfdepp abziehen. Nachdem sie ihre Pimmel aus den Hosenschlitzen gezogen und ausgiebig mit ihnen geschlenkert und mit Zentimeterangaben geprotzt hatten, kam, was kommen musste.

„Wollen wir uns mal den vom Heinischweini anschauen!" sagte der Raglkofer eines Tages auf dem Heimweg von der Schule.

Er umklammerte mich von hinten. Während sich die anderen Jungen an meinem Hosentürl zu schaffen machten.

„Lasst ihn los!" schnauzte Johnny unerwartet dazwischen.

Einen Augenblick lang meinte ich, ich hätte mich geirrt. Vielleicht wollte er ja doch mein Freund sein, der Toni Habereder, der sich als Johnny wichtigmachte. Er schubste den Raglkofer von mir. Sah in meine Richtung, als sei da nichts und niemand, wo er hinschaute. Drehte sich wieder zu den anderen um. Und drückte die Fingerspitzen seiner beider Hände ein paarmal aufeinander.

„Wo nix is, gibt's a nix zum Schau'n."

Und die Jungen starrten ihn an. Dann mich. Und ich sah, wie es in ihren Köpfen arbeitete. Bevor sie losprusteten. Mit ihren Fingern auf mich zeigten. Sich vor Lachen schüttelten, immer wieder schüttelten. Und um mich herumtanzten. Und ich begriff, dass mein Freund Johnny doch nicht mein Freund sein wollte.

Bald kam ein weiteres Wort hinzu, das ich noch nicht kannte. Von einem Tag auf den anderen redeten die Jungen unserer drei Dörfer nur noch vom ‚Ficken'. Johnny nannte es ‚Vögeln'. So wie er zu seinem Pimmel ‚Schwanz' sagte. Er brauchte für alles seine eigenen Wörter.

Die Jungen formten mit Zeigefinger und Daumen der einen Hand einen kleinen Kreis, in den sie mit dem Mittelfinger der anderen Hand rhythmisch hineinstießen.

„So macht man das!" Sagte der Raglkofer Sepp und bewegte seinen Unterkörper stoßartig nach vorne.

„Ich sag euch, das ist besser als wichsen."

Und Johnny sagte nur:

„Was weißt du schon vom Ficken? Zum Ficken gehören zwei. Und wer will mit dir Rindvieh schon ficken?"

Als der Hauptlehrer Kager eines Tages die Lina vom Huberwirt über den Katheder legte und sich herausstellte, dass sie keine Unterwäsche trug, schoss dieses Wonnegefühl wieder zwischen meine Beine. Und entlud sich in meine Unterhose. Ohne, dass ich es verhindern konnte.

Verwirrt und beschämt darüber, dass die Lina vom Huberwirt den Platz von Angela Nädler in mir eingenommen hatte, lief ich am Nachmittag in den Wald. Dachte an die Angela. Und nahm meine Hand zu Hilfe, um dieses Lustgefühl in mir zum Höhepunkt zu bringen. Kurz darauf dachte ich an die Lina. Und trieb dem nächsten Höhepunkt entgegen.

Je mehr ich wichste, denn ich wusste jetzt, dass ich das tat, was die Jungen mit Wichsen bezeichneten, je mehr schämte ich mich. Gleichzeitig wuchs meine Angst, ein Idiot zu werden.

Als diese Angst in mir übergroß wurde, nahm ich mir vor, in die Kirche von Niederkattlhofen zu laufen, um dort zwei Stunden vor dem Altar niederzuknien. Hoffte, dass sich ein Gott, welcher auch immer, über meine Demutsgeste freute und mich im Gegenzug davor verschonte, ein Idiot zu werden. Der ich für die anderen freilich schon längst war.

Ich wartete bis es dunkel wurde. Damit ich nicht auf meine Schulkameraden traf. Die mich nur wieder mit Runkelrüben oder Steinen bewerfen würden. Dann machte ich mich auf den Weg. Von Lapping bis zur Kirche von Niederkattlhofen waren es etwa zwei Kilometer. Der Feldweg führte hinter unseren Schweineweiden vorbei. Und als ich den Eber direkt neben mir grunzen hörte, erschrak ich so sehr, dass meine Nase wieder zu bluten anfing. Ich rannte auf einer Seite des Zauns entlang. Der Eber auf der anderen. Mein Blut rann warm an meinen Lippen vorbei in meinen Hemdkragen. In der mondlosen Finsternis übersah ich den Graben, an dem der Kirchweg in einem steilen Winkel den Weidezaun verließ und sich Niederkattlhofen zuwendete. Ich stürzte. Der Sternenhimmel drehte sich einmal um mich herum. Und verschwand. Ich hörte, wie der Eber schnaubte, rumpelte und gegen die unteren Latten des Weidezauns stieß. Und begriff, dass er mich gar nicht erreichen konnte. Weil ich auf der anderen Seite des Weidezauns lag.

Mit Blättern und Gras versuchte ich, das Blut aus meinem Gesicht zu wischen. Doch es tropfte immer weiter. Einmal aus dem linken, einmal aus dem rechten Nasenloch. Ich presste mein Taschentuch dagegen. Es war sofort blutgetränkt. Und ich warf es neben den Weidezaun. Der kalte Ostwind blies in meine Hosenbeine. Der Eber rannte noch einige Male gegen den Weidezaun an. Und endlich hörte meine Nase auf zu bluten.

Ich lief durch die Dunkelheit, bis ich das rostige Eisenkreuz erreichte. An dem ich die Hälfte des Weges hinter mir hatte. Lehnte mich gegen das Kreuz. Hoffte, dass mich der Gott erhörte, der für mich zuständig sei. Und dass ich ihn durch meinen Bußgang davon abbringen könne, mich zu einem Idioten zu machen.

Der Wind heulte in der alten Pappel, die über dem Kreuz aufragte. Verfing sich in unheimlichen Gesängen zwischen den Büschen, die den Kirchweg säumten. Die Stoppeln auf den Kornfeldern knisterten. Von den fernen Bauernhöfen drang wütendes Hundegebell über die abgeernteten Felder. Und als ich wieder zu zweifeln anfing, ob es überhaupt einen Gott gab, der sich um mich kümmerte, rannte ich schnell weiter. Hielt erst inne, als ich am Friedhof von Niederkattlhofen angekommen war.

Wie Trommelschläge pochte das Herz in meiner Brust. Und ich zog das schwere Eisentor auf. Lief durch die Gräberreihen auf das Eingangsportal der Kirche zu. Stemmte den Türflügel auf. Und warf mich vor dem Hauptaltar auf die Knie.

In der Kirche roch es nach Weihrauch und Moder. Halb herunter gebrannte Grableuchten warfen rötliche Lichtfetzen auf die Seitenaltäre.

Ich senkte meinen Kopf vor dem Kruzifix auf dem Altartisch. Und plötzlich musste ich an die Lina denken. Ich drehte mich um. Niemand außer mir war in der Kirche. Und wenn schon, dachte ich, wer kann schon meine Gedanken lesen. Dann fuhr ich erschrocken zusammen. Gott.

Gott könne unsere Gedanken lesen, hatte meine Mutter gesagt. Wenn Gott also jetzt in mich hineinsähe, würde er Linas nackten Hintern sehen. Und da ich nicht wusste, wo sich der Gott verbarg, der vielleicht in mich hineinsah, bewegte ich meinen Kopf in alle Richtungen. Betete, am ganzen Körper schlotternd, in alle Winkel der leeren Kirche hinein. Betete, dass Linas Hintern aus meinem Kopf verschwände. Und ich versprach Gott, mich nicht mehr darüber zu beklagen, der Dorfdepp von drei Dörfern zu sein. Wenn er mich im Gegenzug davor verschonen wollte, ein Idiot zu werden. Und falls er, zu dem ich jetzt betete, nicht für mich zuständig sei, möge er mein Anliegen doch dem Gott ausrichten der für mich zuständig sei.

Ich starrte zum Tabernakel und auf die beiden Seitenaltäre. Reckte meinen Kopf zum Kirchengewölbe hoch. Und auf einmal zweifelte ich wieder daran, ob der Gott, zu dem ich hier betete, mich vor irgendetwas bewahren konnte. Er teilte ja seine Kirche mit dem Pfarrer Wandlinger. Der katholisch war. Ich, mein Vater, meine Mutter, meine Schwester und mein Bruder, wir waren aber alle evangelisch. Und woher sollte ich wissen, ob der für mich zuständige Gott mir in der Kirche eines anderen Gottes überhaupt zuhörte?

Bevor ich ging, schaute ich noch mal zum Altarkreuz. Starrte auf die angenagelte Holzfigur. Die mit schmerzverzerrtem Gesicht auf mich heruntersah. Schlich mich dann zwischen den Gräbern hindurch bis zum Gittertor. Und hetzte, ohne noch einmal anzuhalten, nach Lapping zurück.

Die ganze Nacht über geisterten Fragen in meinem Kopf herum.

War es überhaupt möglich, dass es mehrere Götter gab? Von denen ein jeder sein Vorrecht beanspruchte? Und woher sollte ich wissen, an welchen von ihnen ich mich wenden konnte, ohne ihn und alle anderen zu erzürnen? An wen konnte ich meine Gebete richten?

Noch am Frühstückstisch schien der nagende Zweifel in meinem Gesicht erkennbar zu sein.

„Was bedrückt dich denn so sehr, mein Junge?" fragte meine Mutter.

Und ich sagte ihr, dass ich befürchtete, von klein auf zum falschen Gott gebetet zu haben. Worüber der für mich zuständige Gott verärgert sei. Und mich dafür bestrafe.

Meine Mutter schüttelte den Kopf und sah mich besorgt an.

„Was hast du nur für Gedanken in deinem Kopf, mein Junge!" Sie nahm meine Hand und drückte sie an sich.

„Sei ganz unbesorgt, es gibt nur einen Gott. Und er ist für alle da!"

„Au-auch fü-für die Lapp-lappinger?"

„Auch für die Lappinger."

„U-u-und fü-für mi-mi-mich?" fragte ich.

„Auch für dich, mein Junge. Auch für dich. Für dich ganz besonders. Iss jetzt! Und denk nicht mehr darüber nach!"

Aber ich brachte keinen Bissen herunter.

Wenn es nur einen Gott gab. Der Gott der Lappinger Jungen. Der Gott vom Hauptlehrer Kager und von der Mater Graziana. Und der Gott von meinem Vater, wenn er mich schlug. Wie konnte dieser Gott dann für mich da sein?

24.

Dann kam der Tag, an dem etwas für meine Nerven getan werden sollte. Ich verschwand ein Jahr lang hinter den Glaswänden einer Nervenklinik in München. Und die Jungen unserer drei Dörfer mussten nun ohne Dorfdepp auskommen. Oder sich einen neuen suchen.

Hier würde ich vor dem ‚Spanischen' vom Hauptlehrer Kager sicher sein. Und vor dem Stock und Kochlöffel meines Vaters. Dachte ich. Aber es würde auch keine Gelegenheit mehr für mich geben, den Fichten meine Melodien vorzuspielen. Und an wen auch immer zu denken.

Die Fahrt dauerte fast drei Stunden. Mein Vater fuhr sehr langsam, als habe er nochmal darüber nachgedacht und wolle nun doch nicht, dass man im fernen München etwas für meine Nerven tue. Worunter er sich vielleicht genauso wenig vorstellen konnte wie ich. Und was ihn wieder ein Heidengeld kosten würde. Auf jeden Fall schien er es hinauszuzögern zu wollen. So langsam fuhr er.

Da er aber weder stehenblieb, noch umkehrte und auch keine andere Richtung einschlug, kamen wir irgendwann doch an.

Nachdem mein Vater auf den vergoldeten Klingelknopf gedrückt hatte, betrachtete er mich ohne erkennbaren Ausdruck. Strich mir mit seinen schwieligen Fingern durch die Haare. Ich zuckte zusammen. Wusste, dass er auch diesmal wieder etwas von mir erwartete. Doch er sagte nichts. Nahm seine Hand aus meinen Haaren. Entfernte sich mit schnellen Schritten. Als befürchtete er, selbst dortbehalten zu werden. Stieg, ohne sich nochmal umzudrehen, in den VW-Käfer. Und war schon um die Ecke gebogen, als sich der Türflügel öffnete und eine Schwester in vertrauter Tracht vor mir stand. Ich erschrak so heftig, dass ich über die Türschwelle stolperte und vor ihr auf die Knie fiel. Als sich eine zweite Schwester in der gleichen Tracht dazugesellte, begriff ich, dass auch hier Flügenhaubenschwestern regierten.

„Na, na,“ sagte eine der Schwestern, „den Kniefall wollen wir doch lieber unserem Herrgott vorbehalten.“

Die hinzugekommene Schwester lachte.

Dann nahmen sie mich in ihre Mitte und bugsierten mich ins Innere der Klinik.

In der Abteilung, in der sie mich unterbrachten, warfen sich meine Mitinsassen mehrmals am Tag auf den Boden. Schlugen, von Krämpfen geschüttelt, um sich. Verdrehten die Augen nach innen, als wollten sie in ihre eigenen Köpfe hineinschauen. Was sie da erblickten, schien sie jedoch so anzustrengen, dass sie erschöpft in sich zusammensanken.

Manche gaben schrille oder quiekende Laute von sich. Dann stürzten die Flügenhaubenschwestern herein. Knieten sich auf die strampelnden Beine. Pressten die fuchtelnden Arme auf den kalten Steinboden. Bis sich die krampfgeschüttelten Körper wieder beruhigten. Weißer Schaum aus dem Mund der zuckenden Mädchen oder Jungen quoll. Und die Pupillen in ihre normale Lage zurückkehrt waren.

Weil keiner der Betroffenen hinterher zu wissen schien, dass er um sich geschlagen hatte, fragte ich mich, ob auch ich mich mehrmals am Tag auf den Boden warf. Zuckte. Fuchtelte. Und um mich schlug? Bis die Schwestern heraneilten, sich auf mich knieten. Schaum aus meinem Mund kam. Und ich meine Augen nach innen verdrehte.

Diese Vorstellung machte mir Angst. Und ich fragte die Schwestern, was hier für meine Nerven getan würde. Was mir freilich erst nach wiederholten Anläufen gelang. Die Schwestern starrten mich nur an. Würdigten mich keines Wortes. Und ließen mich mit meiner Frage allein.

Ich weiß nicht, wie viele Tage sich diese Prozedur wiederholte. Eines Tages, früh am Morgen, erschienen zwei von ihnen, nahmen mich in ihre Mitte. Und während sie mich durch verglaste Gänge geleiteten, teilten sie mir mit, dass ich in eine andere Abteilung verlegt würde. Und sie sagten es in einem Ton, als würde ich lediglich innerhalb derselben Kommode in eine andere Schublade gelegt werden. Aber ich entnahm daraus, dass ich doch nicht zu den Tobenden, Schäumenden und Krampfgeschüttelten gehörte. Freute mich, dass ich nun dahin käme, wo etwas für meine Nerven getan würde.

Wir erreichten einen verwinkelten Raum, in dem es weder Tische noch Stühle gab. Stattdessen standen überall Paravents und mit Mänteln überladene Garderobenständer herum.

Die Schwestern stellten mich wortlos inmitten dieser sonderbaren Kulissen ab. Und gingen wieder.

Niemand außer mir schien sich in diesem Raum zu befinden. Dann hörte ich leises Kichern. Nach und nach kamen Jungen und Mädchen in meinem Alter hinter den Schrankwänden und Garderoben hervor. Und begafften mich.

„Hahahallo!" würgte ich mühsam hervor, worauf sie panikartig losrannten und sich wieder versteckten.

Ich wich zur Tür zurück. Als ich sie zu öffnen versuchte, fasste ich ins Leere. Es gab keinen Griff.

Also ich vorsichtig „hahahallo!" rief, tönte das Echo von den Garderoben und Schrankwänden zu mir zurück.

Wieder drang wisperndes Kichern heran.

Die Schwestern schienen vor der Tür gewartet zu haben. Denn als ich jetzt laut aufschrie, kamen sie sofort hereingelaufen. Klemmten mich wieder zwischen sich und führten mich aus dem Raum.

Auch dies schien nicht die Abteilung zu sein, wo ich hingehörte.

„Hahahallo!" schallte es hinter mir her.

Wieder führten sie mich durch Gänge.

Im Saal der Abteilung, in der sie mich nun absetzten, saßen neun Jungen friedlich an verschiedenen Tischen. Alle schauten auf. Bis auf einen, der größer und kräftiger als die anderen war. Er saß unbeweglich da. Starrte gegen die milchigen Fensterscheiben. Und schien meine Ankunft in der Gruppe zu ignorieren.

„Das ist Heinrich," sagte eine der Schwestern, „er gehört von jetzt an zu eurer Gruppe."

Ich fragte mich, warum sie mich nicht gleich hierhergeführt haben, wenn es doch die Gruppe war, der ich zugehören sollte.

Als die Schwestern den Raum verlassen hatten, drehte sich der Junge zu mir um. Ein genüssliches Grinsen verteilte sich auf seinem Gesicht. Als habe er schon auf mich gewartet.

Der Junge hieß Ernst Ferstl. Wie ich später erfuhr. Ernst Ferstl hatte einen wuchtigen Kopf. War fast so groß wie ich. Aber im Gegensatz zu mir sah er aus wie ein mit Muskelpaketen behangener Sack. Und er zögerte nicht, mir gleich von Anfang an zu demonstrieren, dass er diese Muskelpakete auch einzusetzen wusste.

„Wen haben wir denn da neu hereinbekommen?" frohlockte er, nachdem die Schwestern gegangen waren. Packte mich an den Schultern, stemmte mich hoch. Und warf mich wie ein Paket gegen die anderen Jungen. Die mich erschrocken von sich stießen. Als ich dann wieder gegen ihn zurück torkelte, sauste seine Faust auf meinen Kopf herunter. Meine Zähne klappten aufeinander. Und in meinem Nacken spürte ich einen heftigen Stich. Die anderen Jungen glotzten.

„Hast Du's kapiert, wie's hier läuft?"

Um sicher zu gehen, dass ich es auch wirklich kapiert hatte, ließ er mich noch einmal durch den Raum fliegen. Diesmal stoben die Jungen auseinander. Beäugten, wie Ernst Ferstl ein weiteres Mal seine Faust hob. Als hofften sie, dass Ernst Ferstl sich nun mit dem Neuen begnügte. Und sie dadurch aus ihrer Opferrolle befreit würden

Ich wankte benommen auf das Fenster zu. Dachte an meinen Freund Johnny und die anderen Lappinger Jungen. Von denen ich immerhin davonlaufen konnte. Und stellte fest, dass ich diese Chance hier nicht haben würde. Ich war Ernst Ferstl, oder dem, der sich in ihm versteckt hatte, ausgeliefert. Schon nach kurzer Zeit hatte er mich aus dem, der ich nicht war und dem, der ich zu werden versuchte, restlos vertrieben. Bot mir stattdessen einen andern an. In den ich mich einfinden sollte.

Er ließ sich die Schuhe von mir anziehen, ausziehen, zuschnüren und putzen. Wenn er zu trinken wünschte, musste ich die Schwestern rufen, die mit wissenden Blicken Wasser oder Säfte für ihn herbeischafften. Abends ließ er mich seine Kleider zusammenlegen. Und am Morgen durfte ich sie ihm wiederbringen. Mein ganzer Tag war mit kleinen und größeren Diensten ausgefüllt, die ich für ihn zu erbringen hatte. Sogar auf die Toilette ließ er sich von mir begleiten. Und hieß mich, vor der Tür auf ihn zu warten. Ohne dass ich einen Sinn darin zu erkennen vermochte. Nirgendwo war ich vor Ernst Ferstl sicher. Immer und überall hatte ich für ihn zur Stelle zu sein.

Als ich mich mal auf einen der herumstehenden Plastikstühle ans Fenster zu setzen versuchte, um in eine der zerfledderten Zeitschriften zu schauen, kam er mit schaukelnden Schritten auf mich zu. Nahm mir die Zeitschrift aus der Hand. Betrachtete sie wie ein Affe von allen Seiten. Blätterte sie wahllos durch. Schüttelte seinen Kopf. Zerriss sie. Und warf die zerfetzten Reste vor mich hin.

Ernst Ferstl weckte mich mitten in der Nacht, damit ich ihm Klopapier besorgte. Was mir nicht möglich war, da die Schwestern schliefen, und wir keinen Zugang zu den verschlossenen Vorratskammern hatten. Er wusste das. Suchte nur einen weiteren Vorwand, mich in dem wiederzufinden, den er aus mir zu machen versuchte. Wenn ich mich wehrte, rammte er sein Knie zwischen meine Beine. Wenn nicht, tat er es auch.

„Hörst du die Engel im Himmel singen?" fragte er dann mit seiner dünnen Stimme, die nicht zu seinem klotzigen Körper passte. Und schickte ein noch unpassenderes girrendes Lachen hinterher.

Wenn ich mich dann zusammenkrümmte und nach Luft japsend in mein Bett zurückkroch, sagte er fast flüsternd:

„Hab' ich dir erlaubt wegzugehen?"

Er kleidete seine Befehle in Fragen. Auf die er keine Antworten erwartete. Sprach mich nie mit meinem Namen an. Als wäre ich nicht würdig, einen eigenen Namen zu tragen. Fand auch sonst keine Anreden für mich. Stellte nur Fragen. Die Befehle waren. In den Raum hinein. Und ich hatte zu erraten, dass sie an mich gerichtet waren.

Natürlich war es praktisch für ihn, sich von mir bedienen zu lassen. Und ich kam nicht dazu, darüber nachzudenken, warum es ihm diesen Spaß bereitete, mich herumzukommandieren. Bemühte mich, hinter dem, der sich seiner bediente, den zu entdecken, der er vielleicht in Wirklichkeit war. Und der nicht zum Vorschein kam. Versuchte mir einzureden, dass er so war, wie er war, weil er nicht anders konnte. So wie ich war, wie ich war, weil ich nicht war, der ich war. Und nicht ich sein konnte. Wer immer sich in ihm austobte, er hatte es darauf abgesehen, es an mir zu tun.

Nur einmal habe ich mich gegen ihn gewehrt. Obwohl ich wusste, dass ich keine Chance gegen ihn hatte.

Es war bei einem der gemeinsamen Frühstücke, als er von mir verlangte, ihm von dem wässrigen Getreidekaffee einzuschenken, den die Schwestern uns allmorgendlich zumuteten.

Ich schüttete seine Tasse randvoll. Beeilte mich dann, ein paar Scheiben Brot mit Margarine und Marmelade für mich vorzustreichen. Bevor ein neuerlicher Fragebefehl mich davon abhalten würde. Und ich nicht zum Frühstücken käme.

Ernst Ferstl sah auf meine bestrichenen Brotscheiben.

„Warum sparst du so mit der Marmelade?"

Und er nahm meinen Teller. Griff sich eine der Scheiben. Und biss hinein.

„Auf die andere da auf dem Teller, kannst du ruhig mehr draufladen!"

Ich sah meiner bestrichenen Brotscheibe nach, wie sie in seinem Mund verschwand. Bald würden die Flügelhaubenschwestern kommen. Und das Frühstück abtragen, noch ehe ich etwas davon gegessen hatte.

Die anderen Jungen saßen, wie immer, stoisch vor ihren Tellern. Stocherten darauf herum. Wie unwillige Komparsen in einem Theaterstück, das sie nicht interessierte. Während Ernst Ferstl laut schmatzend bereits das nächste meiner bestrichenen Brote in sich hinein kaute. Und ich mein Frühstück dahinschwinden sah.

Ich langte auf Ernst Ferstls Teller, um wenigstens noch eine der vorbestrichenen Brotscheiben für mich zu retten. Wollte sie mir gerade in meinen Mund stopfen. Da packte Ernst Ferstl mein Handgelenk. Drehte meine Hand auf seinen Mund zu. Ließ die Brotscheibe in seinem Mund verschwinden. Und während er sie, ohne zu kauen, herunterwürgte, stieß ich einen gutturalen Schrei aus. Und boxte wie wild auf Ernst Ferstls Bauch ein. In dem sich mein Frühstück befand.

Überraschenderweise ließ er mich eine Weile auf seinen Bauchmuskeln herumtrommeln. Ich hatte das Gefühl auf einen Gummiball einzuschlagen, der glucksende Töne von sich gab. Irgendwann stand er auf. Schubste mich wie ein lästiges Insekt von sich. Und trat gegen meinen Unterleib.

Was nun aus meinem Mund herausquoll, war sicherlich nicht mein Frühstück. Und als Ernst Ferstl mir nochmal in die Seite trat, schrie ich auf. Schrie so lange, bis zwei der Flügelhaubenschwestern hereinstürmten.

„Was ist denn hier los?"

„Dieser Heimtücker frisst mir mein Frühstück weg! Und dann kotzt er's mir auch noch vor die Füße!"

Ernst Ferstl deutete auf mich.

„Würdest du dich vielleicht etwas weniger vulgär ausdrücken, Ferstl."

Die Schwestern schauten über mich hinweg. Wiegten ihre Flügelhauben hin und her. Räumten gemeinsam den Frühstückstisch ab. Und beeilten sich, aus dem Raum zu kommen. Da wusste ich, auch sie fürchteten sich vor Ernst Ferstl. Oder dem, der ihn besetzte. Beim nächsten Frühstück ließ er mir eine meiner bestrichenen Brotscheiben übrig. Auch beim Mittag- und Abendessen ließ er auf meinem Teller, was er für angemessen hielt. Er verlöre ja seinen Spaß, wenn ich verhungerte. Dachte ich.

Kurz nach Weihnachten schoben die Schwestern einen weiteren Neuzugang, wie sie es nannten, durch die schwere Glastür. Und pflanzten sich dahinter auf.

Der Neuzugang war ein vielleicht acht Jahre altes Bübchen, das sich scheu nach allen Seiten umsah. Und in unsere glotzenden Gesichter blinzelte.

„Das ist der kleine Werner," sagte eine der Schwestern, „seid nett zu ihm!"

Sie ließen den kleinen Werner, der wirklich sehr klein war, mitten im Raum stehen. Und verschwanden wieder durch die Glastür.

Kaum waren die Schwestern gegangen, fing der kleine Werner an, in seinen Hosentaschen zu fingern. Lüpfte ein Taschentuch heraus. Entfaltete es vor seinem Gesicht.

Und da das Taschentuch sehr groß war verschwand sein ganzes Gesicht dahinter. Er wischte mehrmals über seine Nasenlöcher. An denen sich kleine Tröpfchen gebildet hatten. Faltete dann das Taschentuch wieder säuberlich zusammen. Und ließ es in eine seiner Hosentaschen gleiten.

Einen Moment lange hoffte ich, der kleine Werner würde Ernst Ferstl dazu bewegen, sich ihm zu und von mir abzuwenden. So wie ich es in den Gesichtern der anderen Jungen gelesen hatte, als mich die Schwestern damals hereinschubsten. Ich schämte mich für diesen Hoffnungsfunken. Der, wie sich herausstellte, ohnehin unbegründet war. Ernst Ferstl war mit mir vollauf zufrieden. Er dachte gar nicht daran, sich einen anderen Sklaven zu suchen.

Nur beim Dr. Kalubrigkeit war ich vor Ernst Ferstl sicher.

Der Dr. Kalubrigkeit war Lehrer an der zur Anstalt gehörenden Hilfsschule. Die wir, mittlerweile elf Jungen, regelmäßig zu besuchen hatten. Er ließ uns nicht unsere Namen aufsagen. Er sprach auch nicht über ,den Russen', der angeblich hinter dem Eisernen Vorhang lauerte. Und es gab auch keinen Spanischen bei ihm. Mit ruhiger und geduldiger Stimme versuchte er herauzufinden, was wir wussten. Lobte uns, auch wenn wir nichts wussten. Und bemühte sich, uns zu erklären, warum es notwendig sei, zu wissen, was wir noch nicht wussten.

Die Stunden des Schulunterrichts waren die einzige Zeit, die mich aus Ernst Ferstls Gewaltbereich befreite. An Dr. Kalubrigkeit schien sich Ernst Ferstl oder der, der sich in ihm verbarg, nicht heranzuwagen. Irgendwas flößte ihm Respekt ein. Er saß in seiner Bank. Sagte nicht muh und nicht mäh. Als habe sich der, der sich seiner bediente, aus ihm verkrochen. Doch ich wusste natürlich, dass die Unterrichtsstunden irgendwann vorbei waren. Und er Ernst Ferstl wieder besetzen würde.

Als sich mir einmal die Gelegenheit bot, davonzulaufen, nutzte ich sie.

Es war am Tag, als die Eltern vom kleinen Werner kamen, um ihn wieder abzuholen. Irgendwann schienen die Flügelhaubenschwestern begriffen zu haben, dass der kleine Werner, der nur mit seinem Taschentuch beschäftigt war und sich für nichts und niemanden interessierte, nicht hierhergehörte. Als seine Eltern ihn behutsam vor sich her durch das Anstaltsportal schoben, schlüpfte ich unter dem Vorwand, dem kleinen Werner nachwinken zu wollen, durch die Glastür hinter ihnen her. Sie betrachteten ratlos, wie sich mein Gesicht verzerrte. Doch als ich ihnen in spuckendem Staccato zu verstehen geben wollte, dass auch ich nicht hierhergehörte, waren schon die Schwestern zur Stelle. Um mich wieder ins Innere der Anstalt zu schieben. Ich riss mich los. Lief wie ein gejagter Hase kreuz und quer durch die Straßen. Ohne mir zu überlegen, wohin ich denn laufen sollte. Und bereits an der nächsten Kreuzung hatte mich Ernst Ferstl eingeholt. Die Schwestern, die in ihren langen Kutten nicht laufen konnten, hatten ihn hinter mir hergeschickt.

Ich duckte mich als Ernst Ferstl seinen Arm um mich legte. Und mich sanft neben sich herzuschieben begann. Er redete kein Wort. Übergab mich den Schwestern. Die so taten, als wäre nichts geschehen. Und den Vorfall auch nie wieder erwähnten. Ernst Ferstl schikanierte mich ganz normal weiter. So wie er es zuvorgetan hatte. Und die Schwestern ließen ihn gewähren. Wie sie es auch vorher schon getan hatten.

Und ich fragte mich zum ersten Mal, was meine Omi wohl gemeint hatte, als sie mich ein Sonntagskind nannte.

Während des ganzen Jahres in der Nervenklinik kam mich niemand besuchen. Nicht meine Eltern. Und auch nicht mein Onkel Hans. Obwohl er in München wohnte. Erst später erfuhr ich, dass die Anstaltsleitung davon abgeraten hatte, den Heilungsprozess ihrer Patienten durch Besuche durcheinanderzubringen. Was hier für meine Nerven getan wurde, habe ich nie herausgefunden. Und ich fragte mich: wenn es zu meinem Heilungsprozess gehörte, Sklavendienste für Ernst Ferstl zu verrichten, worin bestand dann der Heilungsprozess für die anderen acht Jungen, die von ihm unbehelligt, tagaus, tagein herumsaßen, vor sich hin glotzten, und nichts sagten? Und worin bestand der Heilungsprozess für Ernst Ferstl?

An einem strahlenden Spätsommertag hieß mich eine der Flügelhaubenschwestern ins Büro der Schwester Oberin zu kommen. Ich hatte die Schwester Oberin noch nicht kennengelernt. Und war verwundert, dass sie nicht in einer Flügelhabentracht steckte.

Ein Jahr sei nun vergangen, sagte sie, ohne von ihrer Schreibtischplatte aufzusehen. Und meine Eltern seien da, um mich wieder abzuholen. Sie wünsche mir viel Glück. Auch das sagte sie, ohne aufzuschauen. Und ich fragte mich, ob sie mich überhaupt meinte. Da zerrten mich die Schwestern schon wieder aus dem Büro. Und brachten mich ans Eingangsportal.

Und da stand er, der frischpolierte schwarze VW-Käfer des gräflichen Betriebs. Mein Vater war gerade dabei, umständlich aus dem Wagen zu steigen. Streckte sich. Ging mit schweren Schritten zu Beifahrertür. Und half meiner Mutter aus dem Wagen. Meine Mutter rückte ihr Kopftuch zurecht, während mein Vater beide Autotüren nacheinander verschloss. Mein Herz klopfte so heftig, als wollte es aus mir herausspringen, um noch vor mir bei dem VW-Käfer anzukommen. Die Schwester Oberin, die ich während des ganzen Jahres nicht einmal zu sehen bekommen hatte, stellte mein Köfferchen neben mich. Streichelte mein Haar. Und wiedermal fragte ich mich, warum alle mein Haar streichelten, um so tun, als ob sie mich meinten. Ich wollte nicht dahin zurück, von ich gerade herausgekommen war. Wollte aber auch nicht dorthin, wo ich wohl hinzugehen hatte. Und blieb wie angewurzelt zwischen der Schwester Oberin, deren linke Hand weiterhin durch mein Haar furchte, und meinem Köfferchen stehen.

„Oh mein Gott, der Junge ist ja nur noch Haut und Knochen!" sagte meine Mutter an meinen Vater gewandt, „gab es denn nichts zu essen in der Anstalt?"

Mein Vater musterte mich. Schaute in seine Hände. Ging auf mich zu. Und meine Mutter folgte ihm.

„Er ist ein so zarter Junge, Frau Hofer," säuselte die Schwester Oberin, „das Essen wollte nicht so recht bei ihm anschlagen."

Meine Mutter zupfte an ihrem Kopftuch. Mein Vater griff zögernd in seine Gesäßtasche. Zog seine verschlissene Geldbörse hervor. Räusperte sich. Und fing an, große Scheine herauszublättern.

„Aber, Herr Hofer, doch nicht hier draußen, mitten auf der Straße," empörte sich die Schwester Oberin, nahm ihre Hand aus meinen Haaren, legte sie auf die Schultern meines Vaters. Und versuchte ihn ins Innere der Anstalt zu schieben. Mein Vater bewegte kaum merklich seinen Rücken. Die Hand glitt von ihm ab. Und mein Vater drückte der Schwester Oberin einen Packen Scheine in die Hand. Die sie kopfschüttelnd in den Falten ihrer Kutte verschwinden ließ.

Als der VW-Käfer aus der Parklücke ausscherte, sah ich, wie die ganz in Schwarz gekleidete Schwester Oberin, umrahmt von den zwei schwarzweißen Flügelhaubenschwestern, zu winken ansetzte, die Hand dann wieder fallen und in ihrer Kutte verschwinden ließ.

Mein Vater sah in den Rückspiegel. Fummelte an seinem Hut. Ich drehte mich um und vergewisserte mich, dass die drei Schwestern immer kleiner und kleiner wurden. Erst als ich sie nicht mehr erkennen konnte, drehte ich mich wieder nach vorne.

Am hellblauen Himmel tanzten flirrende Wölkchen, die wie Schweinchen mit Flügelstümpfen aussahen. Windböen bliesen sie aufeinander zu. Und wieder auseinander. Als habe sich ein unsichtbarer Hirte zwischen sie gestellt. Der sie hin und her jagte.

Mein Vater fuhr sehr langsam. Der dichte Verkehr schien ihn zu verwirren. Ich schaute links und rechts zu den alten Häuserfassaden hoch. Die Autos hinter uns hupten. Und je mehr sie hupten, desto langsamer fuhr mein Vater. Erst nachdem wir den nördlichen Stadtrand erreicht hatten, verloren sich die Autos auf den verschiedenen Ausfallstraßen. Und obwohl er bis kurz vor Landshut die Straße für sich alleine hatte, fuhr mein Vater mit laut aufheulendem Motor in schleppendem Tempo weiter. Als habe er vergessen, dass das Getriebe des VW-Käfers auch noch über einen anderen als den zweiten Gang verfügte.

In Landshut ging das Gehupe von neuem los. Mein Vater bewegte den Rückspiegel, als wollte er in mein Gesicht sehen. Doch das Gehupe schien ihn so zu verwirren, dass er die richtige Spiegeleinstellung nicht fand.

Nachdem wir Landshut durchquert hatten, atmete mein Vater einmal tief ein und aus. Schob seinen Hut nach hinten. Schaltete in den nächsthöheren Gang. Drückte das Gaspedal durch. Und erst jetzt wurde mir klar, dass die Straße zurück in unsere drei Dörfer führte. Und unsere Fahrt dort enden würde. Dort, wo Gänse, Eber und Gewitter auf mich lauerten. Und die Lappinger, Wimlinger und Niederkattlhofener Jungen nun fortsetzen würden, was Ernst Ferstl in der Zwischenzeit an ihrer Stelle verfeinert hatte. Und ich fiel jäh aus der soeben zurückgewonnenen Geborgenheit.

Wie immer, wenn er meiner Mutter was sagen wollte, und die Worte sich noch nicht in seinem Mund gesammelt hatten, schob mein Vater sein Kinn in ihre Richtung. Sagte dann:

„Sag's du ihm, Frau!"

„Dein Vater will dich auf die Oberrealschule in Drebelsberg schicken!" sagte meine Mutter schnell, als habe sie den Satz schon in ihrem Mund bereitliegen gehabt. Und nur darauf gewartet, ihn endlich loszuwerden.

Inzwischen war es meinem Vater gelungen, den Rückspiegel so zu stellen, dass wir uns sehen konnten. Misstrauisch starrte ich in den Spiegel. Versuchte aus seinem Gesicht zu lesen. Aber da gab es nichts zu lesen. Völlig ausdruckslos füllte sein Gesicht den Rückspiegel. Ich war nicht einmal sicher, dass er mich überhaupt ansah.

Das Wort hallte noch einmal in meinem Kopf wider. Oberrealschule? Was hatte der Depp von drei Dörfern auf einer Oberrealschulde zu suchen? Was sollte dieses Münchner Jahr daran geändert haben? In Gedanken an Ernst Ferstl, dessen Nähe ich noch immer spürte, fragte ich mich, was sich auf der Oberrealschule für mich ändern sollte. Wie in München, werden sie auch dort ein Deppen brauchen. Sie warteten vermutlich schon darauf.

Mein Vater betrachtete mich erwartungsvoll im Rückspiegel. Und ich presste und spuckte. Und stieß jaulende Laute hervor. Bis mir klar wurde, dass ich gar nicht wusste, was und ob ich überhaupt etwas sagen wollte.

Mein Vater postierte den Rückspiegel nun so, dass er mein Gesichtsverzerrungen nicht mehr sehen musste. Ruckelte auf seinem Sitz hin und her. Und starrte dann wieder auf die Straße.

Kurz vor Dingolfing geschah das Wunder.

„Ich will nicht zurück in die Volksschule!" sagte ich laut und vernehmlich in einem Atemzug und ohne ein einziges Mal zu stocken.

Mein Vater drehte sich abrupt zu mir um, riss so sehr am Lenkrad, dass der Wagen auf die Gegenspur schlitterte. Musterte mich, als sei ich nicht der, den er eben noch im Rückspiegel beobachtet hatte. Bis meine Mutter schrie „Johann, um Gotteswillen! Der Lastzug!" Und mein Vater mit einem jähen Ruck den VW Käfer wieder auf die rechte Spur zurücklenkte.

Tatsächlich hatte eine Reihe von Worten ungebremst meinen Mund verlassen.

„Hast du denn nicht gehört, was dein Vater gerade gesagt hat?" sagte meine Mutter mit erregter Stimme. Obwohl mein Vater gar nichts gesagt hatte.

„Du sollst ja gar nicht in die Volksschule zurück, mein Junge," fügte sie hinzu, ohne auf das Wunder einzugehen. Als sei es für sie selbstverständlich, dass nach einem Jahr

116

Klinikaufenthalt die Worte, die ehemals in mir feststeckten, nun mühelos über meine Lippen strömten.

Mein Vater dagegen schaute überrascht in den Rückspiegel. Während ich meine Hände zu meinem Mund führte. Misstrauisch meine Lippen befingerte. Und meine Zunge betastete.

„Der freundliche ostpreußische Lehrer hat uns einen Brief geschrieben," fuhr meine Mutter fort, „in dem er uns anriet, deine Ausbildung zu fördern. Du seist begabt. Meint der Lehrer. Jedenfalls zu begabt, um auf einer Dorfschule zu versauern. So oder so ähnlich hat er sich ausgedrückt, nicht wahr, Johann?"

Mein Vater nestelte an seinem Hut.

„Aber versprich, dass du dich anstrengen wirst!" fügte meine Mutter hinzu, „es ist sein hart verdientes Geld, das dein Vater bei der Schwester Oberin gelassen hat. Und das er jetzt neuerlich in deine Ausbildung zu investieren gedenkt."

Mein Vater bewegte sein Kinn in meine Richtung. Und meine Mutter sagte:

„Mach ihm keine Schande!"

Um ihre Befürchtungen zu zerstreuen, dass ich das Geld nicht wert sein würde, das mein Vater in mich zu investieren gedachte, setzte ich an, ihm zu versichern, ihm keine Schande zu machen. Obwohl ich keine Ahnung hatte, wie ich das anstellen sollte. Weil ich überhaupt nicht wusste, was er mit Schande meinte. Aber da war das Wunder schon wieder vorüber. So sehr ich mich auch abmühte. Es kam kein einziges Wort mehr aus mir heraus.

Als wir am Spätnachmittag in Lapping ankamen, betastete meine Mutter meinen Brustkorb. Befühlte meinen Bauch. Ließ ihre Finger über meine Rippenbögen gleiten. Fragte mich noch einmal, ob denn das Essen in der Anstalt so wenig oder so schlecht gewesen sei. Und woher, um alles in der Welt, all diese blauen Flecken rührten.

Ich sah auf den schmutzigen Saum ihrer Küchenschürze. Sie drückte mich an sich. Und ich erzählte ihr in stoßartigen Sätzen von Ernst Ferstl. Und obwohl das einige Zeit in Anspruch nahm, hörte mir meine Mutter geduldig zu.

„Gottes Wege sind unergründlich," seufzte sie, während ich mich in ihre Küchenschürze hüllte, um meine Tränen vor ihr und vor allem vor meinem Vater zu verbergen.

Dann legte sie ihre Arme um mich und fügte leise hinzu:

„Der arme unglückliche Junge!"

Es dauerte eine Weile, bis ich begriff, dass sie Ernst Ferstl damit meinte. Und mir wurde klar: das Böse gab es für meine Mutter nicht.

Zweiter Teil

Schande

1.

Drebelsberg war zu weit weg von Lapping, um zu Fuß zur Oberrealschule zu gelangen, die inzwischen Gymnasium hieß. Und es gab keine Busverbindungen. Deshalb brachte mich mein Vater im Internat unter. Das zum Gymnasium gehörte.

Er stieg aus dem VW-Käfer. Wartete, bis auch ich ausgestiegen war. Nahm meine Hand. Und wir stiegen gemeinsam die fünf Stufen hoch, die zum Eingangsportal führten. Ich verstand nicht, warum mein Vater auch hier, wie schon vor einem Jahr in München, vor dem Portal zögerte. Wir standen vor dem Eingang eines Schülerinternats, nicht vor dem einer Nervenheilanstalt. Was hatte er hier zu befürchten?

„Du weißt, dein Vater investiert viel in deine Ausbildung. Also mach uns keine Schande!"

Er stemmte die Tür soweit auf, dass nur ich dazwischen passte. Und ich fragte mich, ob er ,dein Vater' statt nur einfach ,ich' sagte, weil auch er sich von jemand anderem besetzt fühlte. Und er gar nicht der war, den ich alle die Jahre vor mir sah. Und zu spüren bekam. Dann öffnete sich die Tür, mein Vater schob mich hinein. Und ich vergaß, weiter darüber nachzudenken.

Das Internat wurde von katholischen Priestern und Priesteranwärtern geführt. Die wir mit ,Herr Direktor' oder ,Herr Präfekt' anzureden hatten. Und ich weiß nicht, warum alle vom ,Papa' sprachen, wenn sie den Direktor meinten.

Um halb sechs Uhr morgens trieben uns die Präfekten aus unseren Betten. Wir mussten uns in der Internatskapelle versammeln. Und um acht Uhr abends noch einmal. Bevor uns die Präfekten dann wieder in den großen Schlafsaal jagten. Wo absolutes Stillschweigen zu herrschen hatte.

Der ,Papa' nutzte die Zusammenkünfte in der Kapelle, um uns vom Altar herunter anzubrüllen. Was Gott ihm nicht übel zu nehmen schien.

Gleich nach dem ersten Abendgebrüll rief er mich zum Altar hoch. Und forderte mich vor allen Mitschülern auf, meinen Namen zu sagen. Vielleicht weil ich größer war als alle anderen. Und mein Wuschelkopf über ihre Köpfe hinausragte. Vielleicht auch nur aus einer Laune heraus. Die zufällig mich traf.

Was dann kam, war mir vertraut.

Ich sagte „heihei" und „hoho". Und es klang, als ob Kobolde und Marsmännchen in mir lachten. Und dabei sollte ich doch nur meinen Namen aussprechen. Diesen elenden Namen „Heinrich Hofer". Vor allen andern. Die nun ihrerseits „heihei" und „hoho" riefen. Nur dass es bei ihnen fröhlich und ausgelassen klang. Und ich begriff, dass das Spiel, mit dem schon der Hauptlehrer Kager die Lappinger Jungen zu erheitern wusste, sich nun hier in Drebelsberg fortsetzen würde.

„Was gibt es denn hier zu lachen?" donnerte der 'Papa', „das hier ist ein Haus Gottes!"

Das Lachen verstummte.

Der 'Papa' war klein und schmächtig. Sein schwarzer Anzug schlotterte um Schultern und Hosenbeine. Das Gebrüll passte nicht zu ihm. Und mir war nicht klar, warum man im Hause Gottes brüllen, aber nicht lachen dürfe.

Der Direktor tippelte die Altarstufen herunter. Bis er genau vor mir stand. Auch ihm schien es zu gefallen, über meine verstrubbelten Haare zu streichen. Dann sagte er mit unerwartet weicher Stimme:

„Heinrich, sag doch mal: „Leck mich am Arsch!" „

Jetzt verstand ich überhaupt nichts mehr. Schaute erschrocken zu ihm hoch.

Wie war es möglich, dass diese Worte aus seinem Mund kamen? Und dass ich sie nun auch noch wiederholen sollte?

Als ich mich umdrehte, sah ich, wie die anderen feixten.

„Nur zu, Heinrich, kümmere dich nicht um diese Kreaturen!"

Ich schaute zum Altarkreuz hoch. Hatte er uns nicht gerade noch daran erinnert, dass wir im Haus Gottes waren?

„Auch um ihn nicht," ermunterte mich der Direktor, als er meinen Blick sah, „ich stehe in gutem Einvernehmen mit ihm da droben. Wenn ich dir's erlaube, erlaubt er dir's auch."

Dann nahm er die Hand von meinem Kopf, legte sie auf meine Schulter. Und sah mich ermutigend an.

„Trau dich, Heinrich! Sag: „Leck – mich - am - Arsch!"

Was sollte ich tun?

Ich befand mich in einer verzwickten Lage. Weigerte ich mich, würde mich eine seiner berüchtigten Ohrfeigen treffen. Nach denen man angeblich noch Stunden später halb taub umhertaumelte. Und vor denen mich meine Mitschüler schon gewarnt hatten.

Sprach ich sie aber aus, diese empörenden Worte. Hier in seiner Kirche. Vor Gott und seinen Kreaturen. Dann würde mich womöglich eine noch härtere Strafe treffen.

Der Direktor strich mir wieder sanft über meine inzwischen verschwitzten Haare. Ermunterte mich ein weiteres Mal mit fürsorglicher Stimme:

„Auf, Heinrich! Lass uns nicht länger warten! Sag „Leck mich am Arsch!"

Und ich sagte:

„LeckmichamArsch!"

Kaum war der Satz meinem Mund entwichen, erstarrte ich vor der Ungeheuerlichkeit meiner Worte. Die in einem Atemzug aus mir herausgerollt und zwischen den Direktor und mich gefallen waren. Und ich duckte mich in Erwartung der befürchteten Ohrfeige.

Knisternde Stille füllte die Kapelle. Durch die offenen Fenster drang Autolärm aus der Stadt herauf. Gesellte sich beschwichtigend zu meinen unerhörten Worten.

Dann ging ein Prusten durch die Reihen. Doch noch ehe es sich in Gelächter entladen konnte, sagte der 'Papa':

„Seht ihr? Der Heinrich kann schon." Er sah mich an und fügte hinzu: „Wenn er will!"

Natürlich war ich verblüfft, dass diese Worte so unbehindert aus mir herausgepurzelt waren. Da der Heinrich Hofer doch stets so widerspenstig in mir steckenblieb. Aber ich fragte mich, was es mir nützte, dass ich reibungslos ‚leck mich am Arsch' sagen konnte, mein Name jedoch in mir festklemmte? Wie die meisten anderen Worte, die sich in meinem Mund verhakten.

Und während die andern sich bemühten, ihr Lachen zu unterdrücken, forderte der 'Papa' mich noch einmal auf, im Beisein Gottes „leck mich am Arsch!" zu sagen. Um mir hinterher wieder durchs Haar zu streichen. Seine Hand auf meiner Schulter abzulegen. Mir zuzublinzeln. Und „siehst du, es geht doch" zu sagen.

Dieses Spiel schien den Direktor zu erfreuen. Denn von nun an ließ er mich öfter „leck mich am Arsch!" sagen, wenn wir uns zum Abendgebet in der Kapelle versammelten.

Irgendwann verlor der Inhalt dieses Satzes seine Bedeutung für mich. Ich freute mich, dass ich nicht mehr ‚Blutwurscht und Vogelscheiße' stammeln musste. Und dass es nun immerhin einen ganzen Satz gab, der ungebremst aus mir herausfloss.

2.

Gymnasium und Internat lagen auf demselben Hügel. Am Stadtrand von Drebelsberg.

Die Internatstage verliefen alle gleich. Auch die Nächte. Selbst den Wechsel der Jahreszeiten nahmen wir kaum wahr.

Wenn allgemeines Rotzen und Schniefen durch den Schlafsaal gingen, und wir morgens Eisblumen auf den

Fensterscheiben sahen, wussten wir, es war Winter. Wenn die Vögel zwitscherten und das Stadtrauschen durch die offenen Fenster hereinwehte, war es Sommer geworden.

„Vergesst nicht, dass ihr euch hier in einer Gemeinschaft befindet!" hatte uns der 'Papa' gleich bei seinem Begrüßungsgebrüll in der Kapelle bekanntgegeben.

Wir vergaßen es nicht.

Denn innerhalb dieser Mauern gab es keinen Ort des Rückzugs. Keine Möglichkeit, für sich zu sein. Unser Leben fand in Sälen statt. Studiersaal. Schlafsaal. Speisesaal. Waschsaal. Und der Betsaal. In der Internatskapelle. ‚Papas' Kirche.

Über breite knarrende Treppen stürmten wir nach der Morgenandacht in den Speisesaal. Zum Frühstück. Dort gab es gummiartige Teigscheiben. Die die Präfekten Brot nannten.

Dann trieben sie uns zum morgendlichen „Besinnen" in den Studiersaal. Und danach ins angrenzende Gymnasium hinüber. Wo neuerlich Säle auf uns warteten. Die hier Klassensaal, Physiksaal, Chemiesaal und Turnhalle hießen.

Im Internatsgebäude gab es vier Stockwerke.

Studier- und Speisesaal verteilten sich über das gesamte Erdgeschoß. Von dort aus führten im Halbkreis gewundene Holztreppen zum Wasch-, Toiletten- und Schlafsaal. Darüber, im dritten Stock, thronte der Betsaal. In der vierten Etage residierten der 'Papa' und seine Präfekten.

Die Präfekten verfolgten misstrauisch jeden unserer Schritte. Und jede unserer Regungen. Unterstellten uns Gedanken, die wir nicht dachten. Interpretierten das, was wir taten so, wie sie es sich in ihren Köpfen zusammenreimten. Und sie wussten so gezielt zuzuschlagen, als sei dies ein Teil ihrer priesterlichen Ausbildung gewesen.

In der kurz bemessenen Freizeit las ich. Erfuhr vieles, was ich noch nicht wusste. Und einiges, was mir nicht einleuchtete.

Bei Laotse, zum Beispiel, las ich, dass das Schwache das Starke besiege. Ich fragte mich, ob das auch die Lappinger Jungen, der Hauptlehrer Kager und mein Vater wussten. Als ich jedoch weiterlas, erfuhr ich von Laotse, dass ohnehin niemand danach handele. Also fing ich an, meinen Körper mit Liegestützen und Kniebeugen zu trainieren. Um der Stärkere zu sein. Falls ich irgendwann wieder nach Lapping zurückkehren musste. Oder Ernst Ferstl nach seinem Sklaven Ausschau hielt.

Nachdem ich fünfzig Liegestütze und fünfzig Kniebeugen hintereinander zuwege brachte, wähnte ich mich stark. Erfuhr jedoch schnell, dass es nicht ausreichte, stark zu sein. Solange es noch Stärkere gab. Und ich trainierte weiter.

Bis mich eines Morgens grobe Hände von meinen Liegestützen hochzerrten. Die Hand vom Präfekten Kallhauser in mein Gesicht sauste. Und noch ehe ich darüber nachdenken konnte, auszuprobieren, ob ich inzwischen vielleicht schon der Stärkere war, raste schon seine andere Hand auf mich zu. Ich torkelte gegen den Bettpfosten. Der Präfekt nannte mich ein Schwein. Und als ich benommen zur Frage ansetzen wollte, warum er mich für ein Schwein hielt, verließ er den Schlafsaal.

Nach dem allabendlich herunter geleierten „Avemaria“, baute sich der ʻPapaʼ vor dem Altar auf, hieß uns aufzustehen. Brüllte „Saubande!“. Auch als er weiterbrüllte, er werde nicht zulassen, dass sich sein Heim in einen Saustall verwandele, wusste ich, dass dies noch zum gewohnten Zeremoniell seiner abendlichen Beschimpfungen gehörte.

Wir sollten uns hüten, anzunehmen, er wisse nicht, was hinter seinem Rücken ablaufe. Er habe seine Augen und Ohren überall. Dabei deutete er auf den über ihm schwebenden hölzernen Christus. Und dass auch Er dies mitansehen müsse, erfülle ihn mit Scham und Abscheu.

Entschuldigend hob er seinen Blick zum Kreuz.

Normalerweise endete hier seine Predigt. Wir wollten schon aus unseren Bänken schlüpfen. Doch dann senkte er seine Stimme. Und nun wussten wir, dass es bedrohlich wurde.

„Wenn hier einige subversive Elemente glauben, sie könnten Unrat säen und den guten und sauberen Kern dieses Hauses in den Schmutz ziehen…"

Der 'Papa' hielt kurz inne und warf funkelnde Blicke auf uns, „- dann haben sie sich geirrt!"

Er atmete tief ein. Beim Ausatmen fuhr er fast flüsternd fort:

„Ich werde es zu verhindern wissen, dass die Guten unter meinen Jungen zum Opfer verderbter Handlungen und Umtriebe werden! Und in den Sumpf hinab gerissen werden!"

Dann brüllte er wieder. Spuckte dabei in die ersten Reihen. Weshalb wir alle stets um die begehrten hinteren Plätze rangelten.

„Ich werde es nicht hinnehmen, zum Hüter eines Saustalls degradiert zu werden!"

Sein Blick schoss auf mich zu. Er raunte nun kaum hörbar, „Hofer, du kommst nachher zu mir ins Direktorat", schritt hoch erhobenen Hauptes in seine Sakristei. Und knallte dabei die Tür so heftig zu, dass das Altartuch über das Allerheiligste flatterte.

Ich hatte keine Ahnung, warum er sein Internat als einen Schweinestall bezeichnete. Verstand immerhin, dass er einem solchen nicht vorstehen wollte. Und fragte mich, warum er nach dieser Ansprache gerade mich zu sich beorderte.

Wenig später klopfte ich mit feuchten Händen an die Tür des Direktorats.

Als ich eintrat, war der 'Papa' wie ausgewechselt. Er empfing mich freundlich. Bot mir einen Stuhl an. Betrachtete mich lange.

Ich wusste, dass die Ruhe trügerisch war. Blieb mit gesenktem Kopf vor seinem riesigen Schreibtisch stehen.

„Heinrich," sagte er sanft und stemmte sich an der Tischplatte hoch, „du weißt, ich mag dich!"

Ich wusste es nicht. Fragte mich, ob er mich zu sich kommen ließ, um mir dies zu sagen.

„Das weißt du doch, oder?" fragte der 'Papa' nochmal nach.

Ich nickte vorsichtig.

„Und warum enttäuschst du mich dann?"

Jetzt wird jeden Moment seine gefürchtete Linke auf mich zu sausen. Dachte ich. Während ich die Radiergummikrümel beobachtete, die sich vor meinen Schuhspitzen häuften. Durch das weit geöffnete Fenster krochen Geräusche aus einer ausgesperrten Welt herauf.

‚Papas' Stimme war immer noch ruhig und freundlich, als er sagte:

„Schau mich an, Heinrich!"

Ich schaute ihn an.

Seine Augen blitzten hinter seinen Tränensäcken hervor. Ich schielte auf das Ölgemälde, das über ihm hing und einen seitlich liegenden Knaben zeigte, der einen Apfel aß. Das Bild hing schief. Und am unteren Rand des wuchtigen Rahmens war Goldfarbe abgeblättert.

Mein Herz pumpte heftig. Während ich mich weiter bemühte, den 'Papa' anzusehen, schielte ich nach weiteren Bildern und Gegenständen in seinem Zimmer.

Als ich seinem Blick nicht mehr standhalten konnte, starrte ich wieder auf die Radiergummireste vor meinen Schuhen.

Der ‚Papa' kam hinter seinem Schreibtisch vor. Und drückte mich auf den Stuhl. Den er mir bereits angeboten hatte.

Jetzt ist es soweit, dachte ich und versuchte, mir den Schmerz vorzustellen, den seine berüchtigten Ohrfeigen auf meinem Gesicht hervorrufen würden. Hoffte, den Schmerz in meiner Vorstellung abgemildert vorwegnehmen zu können.

Sein Gesicht war über mir. Ich wagte nicht hochzu-
schauen. Roch den Zigarettenrauch in seinem Mund. Er
legte seinen Arm um meine Schulter.

„Du brauchst keine Angst vor mir zu haben, Heinrich!
Ich weiß, du bist ein kluger und anständiger Junge. Ich
weiß auch, dass du es nicht leicht hast. Glaub mir das! Aber
ich warne dich. Nein, ich bitte dich: Lass dich nicht mit
dem Teufel ein! Hast du es nicht gut bei uns? Fehlt es dir
an irgendetwas?"

Er hielt inne.

Warum sagte er mir das alles? Und was hatte es mit seinem Gebrüll im Betsaal zu tun?

„Gibt es irgendetwas, das du mir sagen möchtest? Dann
sag es mir! Jetzt!"

Er legte seine Hand unter mein Kinn. Hob mein Gesicht zu sich hoch. Und blitzte mich mit forschenden Augen an.

Ich sagte nichts. Außer „leck mich Arsch" wäre sowieso
nichts aus mir herausgekommen.

Was hätte ich ihm auch sagen sollen?

„Bleib der anständige Junge, den ich in dir sehe!" sagte
der 'Papa' und geleitete mich an die Tür. Nickte mir nochmal aufmunternd zu. Und verschwand wieder in seinem
Direktoratszimmer.

Während ich die drei Treppen hinunter zum Studiersaal
schlich, fragte ich mich, ob er den in mir sieht, den er vor
sich sieht? Oder den, der sich in mir verkrochen hat? Und
ich fragte mich auch, wie ich es anstellen sollte, ihn nicht
zu enttäuschen, wenn ich doch nicht wusste, wen er in mir
sah. Und was er von dem erwartete, den er in mir sah.

3.

Das Internat in Drebelsberg war ein Minenfeld der Verbote. Sie waren über den ganzen Tag verstreut. Unmöglich,
ohne Standpauken, Beschuldigungen oder Schläge durch

den Tag zu kommen. Und wenn es mir doch mal gelang, trat ich nachts auf eine Mine.

Reden sollten wir nur, wenn wir gefragt wurden. Und auch dann nur das, was von uns erwartet wurde. Ansonsten hatten wir zu schweigen. Und uns zu besinnen.

Schweigen war ich gewohnt. Worauf ich mich besinnen sollte, wusste ich nicht. Und was von uns erwartet wurde, auch nicht. Meine Mitschüler schienen es ebenfalls nicht zu wissen. So tuschelten sie hinter den Rücken der Präfekten. Oder schoben sich Zettelbotschaften unten den Tischen zu.

Die Standpauken der Präfekten ähnelten denen meines Vaters. Auch sie waren angefüllt mit unverständlichen Wörtern, Drohungen und Verboten. Taten wir das eine, war das andere gewünscht. Taten wir das andere, hätte es das eine sein sollen. Taten wir nichts, hätten wir's tun sollen. Taten wir's, hätten wir es unterlassen sollen. Ein Labyrinth, in dem ich mich nicht zurechtfand. Und ich glaube, auch meine Mitschüler nicht.

War der Unterricht vorbei, hetzten wir ins Internat hinüber. Um im Speisesaal die größten Happen zu ergattern. Stopften hektisch ‚Pichelsteiner‘ oder ‚Leipziger Allerlei‘ in uns hinein. Da bereits wieder eine Schweigestunde im Studiersaal auf uns wartete. Die nahtlos in „Besinnen“ überging. Denn der ‘Papa’ legte großen Wert auf Pünktlichkeit.

Bevor wir uns vor dem Abendessen eine halbe Stunde frei bewegen durften, ermahnten uns die Präfekten, die Zeit sinnvoll zu nutzen.

Wieder so ein Wort, das mich vor ein Rätsel stellte. Meistens schlich ich um den braunlackierten Konzertflügel herum, der im hintersten Winkel des Studiersaals thronte. Sinnvoll war das nicht. Der Flügel war abgesperrt. Wurde nur für alte Männer in schwarzen Fräcken geöffnet. Dann mussten sich alle im Studiersaal versammeln. Und wir wussten, dass der Mann im schwarzen Frack sich nicht vor uns verbeugte. Es gehörte zu ihm. Wie die Art, mit der er seine Frackschwänze nach hinten warf, wenn er den

Klavierhocker hoch oder runtergeschraubt hatte. Mit geschlossenen Augen ausgiebig seine Hände massierte. Schließlich den Klavierdeckel hochklappte. Seine Hände sekundenlang über den Tasten schweben ließ. Bevor er auf sie einzuhämmern begann.

Es waren immer weißhaarige oder glatzköpfige Greise, die den Flügel bearbeiteten. Sie sahen aus wie Pinguine aus dem Biologiebuch. Manchmal gesellten sich auch Frauen dazu. Die unterschiedlich groß, aber alle dick waren. Wenn sie mit ihren sirenenartigen Stimmen brünstig zwischen die Klaviertöne heulten, bemühten wir uns, ein Prusten zu unterdrücken. Und die Präfekten rieben sich schon die Hände, um sie nach dem Konzert in unsere Gesichter sausen zu lassen.

Es war nicht die Musik, die wir uns gewünscht hätten. Aber immerhin durften wir an den Konzertabenden länger aufbleiben. Mussten nicht, wie gewöhnlich, bereits um acht Uhr abends mucksmäuschenstill in unseren Betten liegen.

Stundenlang schlichen die Präfekten mit gespitzten Ohren auf den Gängen herum. Um uns auf frischer Tat zu ertappen.

Vor der Tür gab es eine Reihe knarzender Dielen. Wir verharrten so lange schweigend in unseren Betten, bis kein Geräusch mehr zu hören war. Dann krochen wir an die Betten unserer Freunde. Um uns über all das auszutauschen, wozu wir im streng geregelten Tagesablauf keine Gelegenheit gefunden hatten. In den warmen und hellen Sommernächten, wenn das abendliche Treiben der Stadt durch die offenen Fenster brodelte, war an ein Einschlafen nicht zu denken. Abfahrende Autos. Stimmengewirr. Lachende Mädchen. Musik aus Kofferradios.

An einem dieser Tage hörte die verräterische Diele nicht mehr auf zu knarzen. Die Sonne lag noch auf unseren achtzig Betten. Unser tagsüber aufgestautes Redebedürfnis war kaum noch zu unterdrücken.

Das wussten natürlich auch die Präfekten.

Schon zwischen Studierzeit und Abendgebet wollte ich mit Johnny über Roswitha Angermeier reden. Die mich seit Wochen beschäftigte. Johnny war der Einzige außer mir, der von unseren drei Dörfern aufs Gymnasium geschickt worden war. Und natürlich war auch er im Internat.

Weil wieder mal nicht schnell genug aus mir herauskam, was ich ihm sagen und was ich ihn fragen wollte, reichte die halbe Stunde Freizeit nicht dafür aus. Also robbte ich nun über den Schlafsaalboden, durch die Bettreihen, um an Johnnys Bett zu gelangen. Das auf der entgegengesetzten Seite des Schlafsaals lag. Als ich dort ankam, sah ich, dass Alois schon dort hockte. Er versuchte mich mit Blicken wegzuscheuchen. Wollte Johnnys Aufmerksamkeit für sich alleine haben.

In diesem Moment ging die Schlafsaaltür auf.

Dass es zu unseren Betten zu weit sein würde, erkannten Alois und ich wohl gleichzeitig. Und machten den gleichen folgenschweren Fehler. Schlüpften unter Johnnys Bettdecke, um uns dort zu verstecken. Worauf Johnny seine Decke von sich riss und uns schimpfend aus seinem Bett stieß.

Der Präfekt Ringlstetter warf einen angewiderten Blick auf uns. Wollte gerade zu den erwarteten Ohrfeigen ausholen. Besann sich dann anders. Und schickte uns in unsere Betten zurück.

„Das wird ein Nachspiel haben. Verlasst euch darauf!" sagte er mit belegter Stimme.

So lernten Johnny, Alois und ich am nächsten Abend 'Papas' Stock kennen. Der Papa verprügelte uns im Beisein aller anderen Schüler und Präfekten. Im Studiersaal. Johnny sah merkwürdig zu mir herüber, bevor er sich über das Pult legte. Und Alois schrie, er habe nichts damit zu tun. Dann war ich an der Reihe.

In mir war es leer. Die Prozedur kannte ich ja schon. Der 'Papa' sah über mich hinweg. Die Schläge hatten nicht die Kraft, die ich vom Hauptlehrer Kager kannte. Und auch nicht die meines Vaters. Als er mit mir fertig war, schleuderte der 'Papa' den Stock auf den Parkettboden des Studiersaals. Wo er ein paar Mal auf und ab hüpfte.

Am nächsten Tag verließ Johnny den Platz neben mir, auf dem er während des Schulunterrichts saß. Drängte den Huber Wick einfach aus seiner Bank. Und setzte sich neben den Alois.

„Soso, der Habereder hat sich umgesetzt," sagte die Frau Dr. Zeitler, die mit der Mathematikstunde den Unterrichtsvormittag eröffnete. „Den Grund hierfür wird er uns vermutlich nicht mitteilen wollen."

Dann fing sie an in ihrer Aktentasche zu kramen.

Doch Johnny teilte ihr seinen Grund mit. Er deutete mit dem Kinn in meine Richtung, schüttelte den Kopf und sagte:

„Neben so einem kann man nicht sitzen."

Der Alois grinste. Der Huber Wick schmollte. Und ich saß von nun an allein in einer Doppelbank.

4.

Auch die Toiletten waren Säle. Auf jedem Stockwerk einer. Sie waren nur durch dünne Blechverschalungen voneinander getrennt. In die man von unten und von oben hinein lugen konnte.

Dennoch war das Klo im Internat von Drebelsberg der einzige Ort, an dem man sich selbst gehörte. Mit einer kurzen Kippbewegung konnte ich mich von allem abriegeln. Ich zog eins der Reclam Hefte hervor, die ich stets in meiner Hosentasche trug. Mal verbarg ich mich in den Versen von Rainer Maria Rilke. Die mich wie ein schützender Garten umgaben. Ein anderes Mal vertiefte ich mich in Hölderlin. Besonders sein Gedicht „Menschenbeifall" hatte es mir angetan. Ich las es immer und immer wieder. Ich weiß nicht, ob ich damals wirklich verstand, was Hölderlin mit diesem kurzen Gedicht sagen wollte. Aber ich spürte, dass das, was in mir klein und unbedeutend war, plötzlich groß und wichtig wurde. Am liebsten las ich Haikus von Basho und Issa. Auch sie habe ich sicherlich nicht verstanden. Aber sie waren für mich wie Fenster in eine geheimnisvolle ferne Welt.

Schon bald schrieb ich selbst Gedichte auf Klopapierblätter. Mit denen ich mir dann den Hintern abwischte. Sie in die Kloschüssel warf. Und herunterspülte.

Nach einer solchen Sitzung holte der Präfekt Ringlstetter die Ohrfeigen nach, die ich im Schlafsaal vergeblich erwartet hatte. Sie bescherten mir eine Woche im Krankenzimmer.

Ich befand mich noch auf der Toilette, als der Internatsgong zur halbstündigen abendlichen Freizeit läutete. Ich beeilte mich, fertig zu werden. Nicht, dass ich was zu erzählen hatte, was die anderen nicht schon wussten. Würde es in der kurzen Zeit, in der wir reden durften, sowieso nicht aus mir herausgebracht haben. Auch sie hatten nichts zu sagen, was ich nicht schon wusste. Wir erlebten ja alle das Gleiche. Aber ich wollte zu ihnen gehören. Mit ihnen zusammen sein. Egal, ob wir uns was zu sagen hatten oder nicht.

Die Schwingtür zwischen Toilettensaal und Waschsaal klemmte, als ich dagegen drückte. Ich drückte und drückte. Sie gab nicht nach. Erst als ich ein unterdrücktes Knurren hörte, als hätte ich einen Hund eingequetscht, bemerkte ich, dass es keine Hundepfote war, die zwischen den Schwingtüren klemmte. Es war eine haarige Hand. Die sich bereits bläulich gefärbt hatte.

Ich wich erschrocken zurück. Und der Präfekt Ringlstetter stolperte in den Toilettenraum. Schlug mit dem Kopf gegen die Kachelwand. Drehte sich um und glotzte mich mit verdutzten Augen an.

„Heinrich Hofer! Immer wieder der…"

Ich hörte nur noch den Anfang seines Satzes. Dann traf mich seine nicht eingequetschte, aber genauso haarige Hand an meiner Schläfe. Brausen füllte meine Ohren. Ich schlug nun meinerseits mit dem Kopf gegen die

Kachelwand. Wurde gleich darauf von einer zweiten Ohrfeige an die gegenüberliegende Wand befördert. Die ebenfalls gekachelt war. Ich verstand natürlich, dass er Wut auf mich hatte. Aber bis ich ihm erklären könnte, dass ich seine Hand nicht absichtlich eingequetscht hatte, hätte er mich vermutlich totgeschlagen. Also wartete ich auf die nächste Ohrfeige. Taumelte. Und tauchte in den milchigen Nebel, den ich von meinem Atemtrick her schon kannte.

Als ich wieder bei mir ankam, war es ungewöhnlich hell um mich herum. Bei jeder Bewegung rollte eine schwere Kugel in meinem Kopf hin und her. Irgendwo zwischen meinen Augen spürte ich einen stechenden Schmerz.

Dann war die Nebelwand wieder da.

Beim nächsten Auftauchen sah ich einen mir unbekannten Mann in einem weißen Kittel durch den Nebel auf mich zukommen. Er hielt mir etwas vor mein Gesicht, fragte, ob ich es erkennen würde. Ich schüttelte den Kopf, was wiederum die Kugel in Bewegung setzte. Und verschwand ein weiteres Mal hinter dem feinmaschigen Schleier meines Bewusstseins.

Er sei Arzt und ich befände mich im Krankenzimmer des Internats, sagte der Mann im weißen Kittel sachlich, als ich wieder erwachte. Ich fuhr herum. Und die Kugel stieß wieder schmerzhaft gegen meine Kopfinnenwände.

Ich bräuchte mir keine Sorgen zu machen, sagte der Arzt, es sei nur eine Gehirnerschütterung. In einer Woche könne ich das Krankenzimmer wieder verlassen. Dann fragte er noch, gegen welchen Betonpfeiler ich den gerannt sei. Ich musste nicht antworten. Er wusste, dass es im Internat von Drebelsberg keine Betonpfeiler gab.

Nach einer Woche war die Kugel in meinem Kopf einigermaßen zum Stillstand gekommen. Aber den Gegenstand, den mir der Mann vors Gesicht hielt, erkannte ich immer noch nicht. Selbst den Arzt in seinem weißen Kittel sah ich nur unscharf. Er schüttelte nachdenklich seinen Kopf. Ließ einen Augenarzt kommen. Und atmete auf, als dieser mir eine Brille anpasste. Die ich künftig zu tragen hätte. Und mit denen ich nun alles klar und deutlich sah.

Danach wurde einiges über den Präfekten Ringlstetter gemunkelt. Der Onkel Hans hatte mir zwar eingeschärft, dass nicht immer alles wahr sei, worüber gemunkelt werde. Da aber so viel über den Präfekten Ringlstetter gemunkelt wurde, dass es immer noch viel genug wäre, wenn nur ein Teil davon stimmte, schien sich auch der 'Papa' zu beunruhigen.

Er ließ einen Schüler nach dem anderen zu sich ins Direktorat kommen. Und wie sich herausstellte, soll es keinen Internatsschüler gegeben haben, den sich der Präfekt Ringlstetter nicht in sein Bett geholt habe. Was nicht stimmte. Denn auch ich gehörte ja zu den Schülern des Internats. Und war nie in seinem Bett gewesen. Aber da ich ja nicht dazugehörte, haben sie mich wohl einfach nicht mitgezählt. Und ich dachte darüber nach, was meine Mitschüler im Bett des Präfekten zu suchen hatten.

„Alle, hahast dudu gessssagt? Und wowozzu?"

„Was heißt alle? Was meinst du?" sagte Johnny, wie immer ungeduldig, wenn ich ihn was fragte.

„Iiimm Bebett. Beim Rrringl-rrringl-"

„Achso," lachte er, „das also beschäftigt dich? Dass er dich verschmäht hat?"

Einen Augenblick lang musterte er mich, als wolle er begreifen, was in mir vorging. Und ich freute mich, dass er einen Gedanken für mich übrighatte. Dann presste er wieder sein quäkiges Lachen durch seine Lippen.

„Glaubst du, der Ringlstetter holt sich einen Depp in sein Bett?"

„Wer von euch?" sagte der 'Papa' leise, nachdem er sein Abendgebrüll in seiner Kapelle absolviert hatte.

Er ließ seinen Blick von einem zum anderen wandern. Deutete auf den Altarchristus.

„Er ist mein Zeuge, ihr braucht keine Strafe zu fürchten. Also raus damit! Wen von euch hat er mitgenommen?"

Ich sah wie sich meine Mitschüler auf den Bänken herumdrückten.

„Nur Mut!" sagte der 'Papa' sanft, „ihr wisst, dass ich vor ihm halte, was ich verspreche. Also, heraus damit! Es geschieht euch nichts."

Als ich sah, wie zögerlich alle Finger um mich herum hochgingen, hob auch ich meinen Finger. Hoffte, der für mich zuständige Gott möge mir verzeihen, dass ich auch diesmal einer von ihnen sein wollte.

„Das ist ungeheuerlich!" flüsterte der 'Papa', „ungeheuerlich!"

Wir duckten uns in die Bänke. Starrten vor uns hin.

Und plötzlich stand der Huber Wick auf und lief aus der Kapelle. Und der Sagstetter Hansi vergrub sein Gesicht in seinen Händen. Und fing zu schluchzen an.

Der 'Papa' bahnte sich einen Weg an unseren Knien vorbei. Und weil der Hansi sein Gesicht nicht heben wollte, ging der 'Papa' vor ihm in die Knie. Sah ihm von unten herauf in die Augen.

„Rede, Sagstetter! Was hat der Präfekt mit euch gemacht?"

Der Hansi schüttelte den Kopf. Hörte aber auf zu schluchzen. Als all anderen ihre Köpfe senkten, senkte auch ich meinen Kopf. Ich weiß nicht, ob der 'Papa' sah, wie der Johnny seinen Zeigefinger in seinen Mund steckte und ihn dort auf und ab bewegte, als er mit schweren Schritten aus seiner Kapelle schlurfte.

Am Tag darauf verschwand der Präfekt Ringlstetter aus dem Internat von Drebelsberg. Kurz danach wurde auch über den Präfekten Kallhauser gemunkelt. Und auch er verschwand.

Der 'Papa' musste sein Internat nun eine Zeitlang ohne Präfekten führen. Doch schon bald kamen neue. Sie hatten andere Namen. Andere Gesichter. Und auch sie schlugen ordentlich zu. Und wer weiß, was sie sonst noch alles machten.

5.

Im Internat waren nur Jungen zugelassen. Im Gymnasium gab es auch Mädchen.

Roswitha Angermeier saß in der ersten Bank. Und wusste auf alle Fragen Antworten. Auch wenn es nicht immer die richtigen waren. Ständig flogen ihre Finger schnalzend nach oben. Und wenn sie aufgerufen wurde, schlängelte sie sich aus der Bank. Wippte mit ihrem Hintern. Der in einer engen Hose verpackt war.

Ich war nicht der Einzige, der auf Roswithas Hintern starrte. Auch die anderen Jungen freuten sich, dass Roswitha so viel wusste. Oder zu wissen glaubte. Immer wieder aufgerufen wurde. Und sich aus der Bank schlängelte.

Eines Tages spürte ich, wie es zwischen meinen Beinen wieder hart wurde. Was mir seit meinen Lappinger Waldfluchten nicht mehr passiert war. Erschrocken legte ich meine Hand auf meine Hose. Und sah mich um.

Passierte das nur mir? Oder erging es auch meinen Mitschülern so? Doch ehe ich weiter darüber nachdenken konnte, entlud sich die feuchte Lust in meine Unterhose. Und ich schämte mich so sehr dafür, dass ich am Nachmittag im Internat, in der kleinen Pause zwischen ‚Schweigen' und ‚Besinnen' in die Internatskapelle schlich. Wieder einmal vor dem Altar eines Gottes niederkniete. Ohne zu wissen, ob er für mich zuständig war. Und mir überhaupt zuhörte.

Aber auch die nächsten Schultage wusste Roswitha wieder viel. Und mein Blick war starr auf ihren wippenden Hintern gerichtet. Er verfolgte mich über den ganzen Tag hinweg. Beim Mittagessen. Im Studiersaal. Selbst auf der Toilette drängte er sich zwischen Rilke und Hölderlin. Und meine eigenen Verse.

In meiner Verwirrung opferte ich auch die nächsten Freizeiten für ‚Papas' Kirche. Hoffte, dass ein für mich zuständiger Gott Roswithas Hintern aus meinem Kopf verjagte. Und musste entsetzt feststellen, dass Roswitha mich auch hierher in die Kapelle verfolgte.

Wie sollte mir welcher Gott auch immer vergeben, dass ich Roswitha nun sogar über den Altartisch gelegt sah? Ich presste meine Handballen gegen meine Augenhöhlen. Es nützte nichts. Das Schlimmste daran war, dass ich wieder spürte, wie es hart in meiner Hose wurde. Ich drückte meine Knie noch fester auf das darunter liegende Brett. Vergaß vor Scham und Selbstvorwürfen auszuatmen. Als mir schließlich die Luft in einem langen Seufzer entwich, meldete sich die Lust zwischen den Beinen sofort wieder zurück.

„So schlimm ist es für dich, Heinrich?" sagte eine Stimme.

Ich fuhr erschrocken zusammen. Neben mir kniete der 'Papa'. Er musste sich lautlos in die Kapelle geschlichen haben.

Schweiß lief mir vom Nacken in mein Unterhemd. Hatte er, wie Gott, die Fähigkeit, in meinen Gedanken zu lesen? Dann sähe ja auch er die Roswitha bäuchlings über den Altartisch gebeugt. Mein Herz schlug wie eine große Pendeluhr. Ich presste meine Knie zusammen. Starrte auf meine gefalteten Hände. Schielte zum Tabernakel hoch. Stellte erleichtert fest, dass Roswithas Hintern vom Altartisch verschwunden war. Und es zwischen meinen Beinen wieder weich wurde.

Nach einer Weile stand der 'Papa' auf. Verließ die Kapelle so leise, wie er sie betreten hatte. Ich weiß nicht, was er sah. Und was er mit seiner Frage gemeint hatte. Aber von diesem Nachmittag an ruhte sein Blick wieder auf mir.

Ich weiß nicht, welcher Gott es war, der mich dann doch erhörte. Jedenfalls übersprang die kluge Roswitha am Ende des Schuljahres eine Klasse. Saß in der nächsten Klasse vermutlich wieder in der ersten Reihe. Verwirrte nun andere Mitschüler mit ihrem Wippen. Und ich musste meine Freizeiten nicht mehr dafür hergeben, in ‚Papas' Kirche auf den Knien herumzurutschen.

Ich fragte mich, ob das auch den anderen Jungen passierte. Was aber geschah dann mit den Mädchen? Bekamen auch sie diese Gefühle? Wenn ja, wodurch wurden sie bei ihnen ausgelöst? Schämten auch sie sich hinterher und wurden von Schuldgefühlen gequält? Und warum waren es unter all den Mädchen nur die Angela, die Lina und jetzt die Roswitha, die dieses Gefühl in mir entfachten?

Und weil ich sicher war, dass es etwas Verbotenes war, was da mit mir geschah, musste ich plötzlich an den Teufel denken, der damals aus dem Weidinger herausgegrinst hatte. Ja, er war es, der diese Lustmomente in mir einpflanzte. Um mich der Sünde auszuliefern. Denn dass es Sünde war, daran zweifelte ich nicht einen Augenblick. Aber hatte es denn der Teufel nur auf mich abgesehen? Und die anderen Jungen und Mädchen blieben vor ihm verschont?

6.

Auch beim Turnen versuchte ich es immer wieder, dazuzugehören.

Der Turnlehrer Wumperter war ein großer und wuchtiger Mann. Der sich immerfort bewegte. Selbst wenn er stand, trippelte er auf der Stelle. Schlüpfte mit einer Hand in seine Hosentasche. Um sie gleich wieder herauszuziehen. Während die andere Hand mit einer Gerte herumfuchtelte.

Weil ich der Größte in der Klasse war, und der Lehrer Wumperter der Meinung anhing, der Größte müsse stets als erster drankommen, war immer ich es, der vorturnen „durfte". Wie er es nannte.

Das war kein leichtes Los.

Denn der Lehrer Wumperter schien selber nicht zu wissen, welche Übungen er von mir wünschte. Und wie ich sie ausführen sollte. Was ich auch tat, es führte nicht zu einem Ergebnis, das ihn zufrieden stellte.

Ich dachte an meinen Vater. Und dass es vielleicht mein Schicksal war, es niemandem rechtmachen zu können.

Wollte mich damit aber nicht abfinden. Und bemühte mich immer wieder. Obwohl der Lehrer Wumperter meine Bemühungen verspottete. Und ich mich völlig in meinen Bewegungen verhedderte. Da ich weder kleiner, noch meine Mitschüler größer als ich wurden, und der Lehrer Wumperter an der bewährten Größenordnung festhielt, enttäuschte ich ihn in jeder Turnstunde wieder als erster. Was mir seinen Spott und das Gelächter meiner Mitschüler einbrachte.

Der Lehrer Wumperter kommandierte:

„Hofer ans Reck!"

„So!" rief er und machte die Übung vor.

„Nein, nein! Nicht so!"

Und er zerrte an meinen Armen und Beinen. Drückte gegen meinen Rücken. Schob und zog mich hin und her. Und im Hin und Her seiner gegensätzlichen Anweisungen kam ich nicht so hoch, oder so tief, wie er es wollte. Geriet mit meinen Bemühungen in ein Dilemma, verlor die Koordination zwischen meinen Beinen und meinen Armen. Und purzelte zur allgemeinen Belustigung noch vor Beendigung der Übung, mit meinen Gliedmaßen rudernd, vom Reck.

„Nuuuun," sagt der Lehrer Wumperter und ließ das Wort in seinem Mund genüsslich zergehen, „nuuuuun, der Hofer hat uns jetzt sehr anschaulich gezeigt, wie wir die Übung nicht machen sollten."

Worauf wieder alle lachten.

Freilich machte auch der Nächste die Übung nicht so, wie sie sich der Lehrer Wumperter gewünscht hätte. Auch er fiel herunter. Aber eben erst als zweiter. Als das Gelächter schon an mich vergeben worden war.

Kam bei der nächsten Übung der Barren an die Reihe, schrie der Lehrer Wumperter „das rechte Bein, Hofer! Zuerst das rechte Bein! Das rechte, habe ich gesagt!" und er schrie es so lange, bis ich völlig durcheinander war und meine Beine auch noch mit meinen Armen verwechselte. „Das rechte, Hofer! Wie oft soll ich's dir noch sagen? Das rechte!" Da hatte ich aber schon mit dem linken Bein begonnen. Als es mir endlich gelang, einen inneren Befehl in das von ihm gewünschte Bein zu schicken, wollte er plötzlich das linke. Und dann waren da ja noch die Arme, die ihren Platz in der Übung suchten. Und überhaupt mein ganzer Körper, an dem meine Arme und Beine hingen!

Völlig aus dem Konzept gebracht, plumpste ich auch bei dieser, wie er sagte, idioteneinfachen Übung unsanft auf die ausgeleierten Matten.

Und alle lachten wieder.

Der Lehrer Wumperter appellierte an unseren Sportsgeist. Ließ stets seine Gerte bedrohlich kreisen. Schlug auch damit zu. Was offenbar zu seiner Vorstellung von Sportlichkeit gehörte.

Nur wenn der Huber Wick drankam, legte er seine Gerte beiseite. Denn der Huber Wick machte seine Übungen natürlich fehlerlos. Weil er der Liebling vom Lehrer Wumperter war.

Auch beim Turnen im Freien wurde ich nicht kleiner. Und musste auch hier als Erster die Übungen ausführen. Und obwohl ich auf meinen vielen Fluchten zwischen Wimling, Lapping und Niederkattlhofen zu einem guten Läufer geworden war, lief der Huber Wick natürlich schneller. Sprang höher. Stieß die Kugel weiter. Beim Weitsprung war es grundsätzlich der falsche Fuß, mit dem ich aufsetzte, egal ob ich mit dem linken oder rechten lossprang.

Schließlich gab ich es auf. Bemühte mich nicht weiter, es dem Lehrer Wumperter recht zu machen. Ließ Gerte und Gelächter auf mich niedergehen. Duckte mich, wie ich es immer gemacht hatte. Und wartete auf das Ende der Turnstunde.

Um dazuzugehören, nützte es mir auch nichts, dass ich mich von meinen Mitschülern zu Mutproben überreden ließ. Eine dieser Mutproben bestand darin, mit dem Handballen der einen Hand so lange über den Unterarm zu reiben, wie man es auszuhalten vermochte. Ich rieb und rieb, biss die Zähne zusammen, als mein Arm zu schmerzen anfing. Und knallrot wurde. Ich schluckte meinen Schmerz hinunter. Rieb immer weiter. Hörte erst auf, als mein Arm zu bluten anfing und wie loderndes Feuer brannte. Als die mich umringenden Mitschüler Beifall klatschten, vergaß ich den Schmerz in meinem Arm. Als ich am nächsten Tag als ich mit einem dickem Verband um meinen Arm das Klassenzimmer betrat, erntete ich natürlich nur Gelächter. Die Wunde hatte sich entzündet und über Nacht zu eitern begonnen. Ein dumpfer Schmerz pochte durch meine Adern. Viel schlimmer jedoch als dieser Schmerz war die Erkenntnis, dass ich mich wieder mal zum Trottel gemacht hatte. Das Gekicher der ganzen Klasse brannte sich tiefer in mich hinein als der klopfende Schmerz in meinem Arm.

Für eine Wette von zehn Pfennig ließ ich mich dazu provozieren, vier halbe Liter Weizenbier hintereinander in mich hineinzuschütten. Ich gewann die Wette. Doch hinterher hatte ich das Gefühl, zu ersticken. Hüpfte wie besessen im Kreis herum. Raste dann, immer noch nach Atem ringend, in den Toilettensaal. Beugte mich über die Kloschüssel. Glaubte jeden Augenblick zu platzen. Bis ein gewaltiger mit Bierschaum gefüllter Rülpser aus meinen Eingeweiden herausbrach, der vom Gelächter meiner Mitschüler überdeckt wurde.

Ich wollte dazugehören. Um jeden Preis. Stattdessen trennte ich mich mehr und mehr von ihnen ab. Und obwohl ich das wahrnahm, ließ ich mich immer wieder auf neue demütigende Experimente ein.

Ich wusste es damals schon, dass es nicht der richtige Weg war, einer der ihren zu werden. Aber ich wusste auch keinen anderen.

7.

In der dritten Klasse durften wir wählen, ob wir in Latein oder in Französisch unterrichtet werden wollten. Ich konnte mich nicht entscheiden. Fragte wieder mal Johnny.

„Französisch, Latein oder Chinesisch, das bleibt sich doch bei dir gleich."

Ich sah ihn aufmerksam an. Auch wenn er mich verspottete, so freute ich mich doch, wenn er mit mir redete.

Er jedenfalls habe keine Lust, eine Sprache zu lernen, die nirgendwo mehr gesprochen würde, sagte Johnny.

„Außer in der Kirche," fügte er hinzu, „wo es die Insidersprache der Pfaffen ist."

Er spuckte auf den Boden. Sah mich dann herausfordernd an.

„Und überhaupt, was soll man schon von einer Sprache halten, in der die wichtigsten Wörter fehlen?"

Er grinste mich an.

„Da kommst du jetzt nicht drauf, gell? Na, „ficken", zum Beispiel."

Er ließ seine Hand krachend auf meine Schulter fallen.

„Ja, schau ruhig ins Wörterbuch, wenn du's nicht glaubst! Es steht nicht drin. Obwohl die damals bestimmt auch schon gefickt haben. Aber ich weiß, warum es nicht im Wörterbuch steht. Na, was glaubst du? Warum wohl? Die Pfarrer haben's herausgestrichen. Damit keiner draufkommt, woran sie dauernd denken."

Ich fragte mich, ob man Wörter einfach aus einer Sprache herausstreichen kann. So, dass sie vollkommen aus ihr verschwanden. Wählte trotzdem Latein. Eben weil es eine Sprache war, die niemand sprach. Außer den Pfarrern. Und das war mir wurscht.

Der Lateinunterricht war für mich weniger vergnüglich als für den Rest der Klasse.

Je schwieriger die Texte wurden, desto mehr verringerte sich die Auswahl der mir zur Verfügung stehenden Worte, um die Klippen der verhängnisvollen Buchstaben zu umgehen. Und weil ich nicht wollte, dass mich die Mädchen spucken und Grimassen schneiden sahen, sagte ich gar nichts. Tat, als hätte ich keine Ahnung, was da, zum Beispiel, bei Cäsar in seinem ‚De Bello Gallico' geschrieben stand.

Der Lehrer Leimlinger wollte sich und der Klasse den Spaß meiner zuckenden Auftritte jedoch nicht entgehen lassen. Unter Androhung von Verweis forderte er mich immer wieder auf, ihn und die ganze Klasse mit dem entbehrten Schauspiel zu erfreuen. Und ich erfreute sie.

Nachdem ich den Text der „*Naturalis Historia*" weitreichend verfremdet hatte und die ganze Klasse bereits prustete, hatte der Lehrer Leimlinger dann seinen Auftritt.

„Sicherlich wäre es für Gaius Plinius Secundus nicht uninteressant gewesen, was du ihm da in den Mund zu legen versuchst, Hofer," ließ er mich und die Klasse wissen, „mir persönlich sagen allerdings *seine* Darlegungen der „*Naturalis Historia*" mehr zu als deine Interpretationen. Die mich eher wie die Übersetzung in die Sprache einer uns unbekannten Spezies anmuten."

Niemand wagte laut zu lachen. Aus Angst, der nächste zu sein, der sich in Plinius' Texten verirrte. Doch ich wusste natürlich, dass sie sich innerlich vor Lachen bogen.

Dem Lehrer Leimlinger gefiel es, mich mit unerwarteten Texten zu überraschen. Was natürlich völlig unnötig war. Denn, ob er mich nun überraschte oder nicht, meine Auftritte waren immer die gleichen. Und bereiteten ihm und der Klasse so oder so großes Vergnügen.

8.

So gesehen waren alle Unterrichtsstunden ziemlich unerfreulich für mich. Bis der Lehrer Feigl den Geschichtsunterricht übernahm. Und den Lehrer Huber ablöste. Der fortwährend nur Jahreszahlen herunterrasselte, die wir uns zu merken hätten, um sie bis zur nächsten Schulaufgabe auswendig zu wissen.

Wir konnten uns die Zahlen natürlich nicht merken. Sie verirrten sich zusammenhanglos in unseren Köpfen. Und weil wir das von vornherein wussten, verplemperten wir keine Zeit damit. Spielten stattdessen unter den Bänken Karten. Schrieben vor der Schulaufgabe die Zahlen in unsere Handflächen. Von denen wir sie heimlich ablasen. Und mit Spucke hinterher wieder wegwischten.

Eines Tages stand ein anderer Lehrer in der Klassenzimmertür. Von der Tür aus warf er seine Aktentasche in hohem Bogen treffsicher auf das Lehrerpult. Und zog damit sofort unser aller Aufmerksamkeit auf sich.

Sein Name sei Feigl. Sagte er. Den wir uns aber nicht zu merken bräuchten. Weil es Wichtigeres gebe, was sich zu merken lohne. Er sei unser neuer Lehrer. Auch das sei natürlich nicht von Bedeutung. Aber es sei nun einmal so. Gleich darauf überraschte er uns mit der Frage:

„Was soll ich hier eigentlich unterrichten? Sagt ihr mir's!"

Er schaute von einem zum anderen. Gekicher ging durch die Reihen.

Dann deutete er auf den Stanglmeier Sigi.

„Wie heißt du?"

Der Sigi erhob sich.

„Sigi, ich meine Siegfried. Siegfried Stanglmeier, Herr Professor."

„Also, Siegfried Stanglmeier? Sag du mir, was ich hier unterrichten soll!"

Der Sigi schaute irritiert um sich.

„Mir scheint, ihr wisst selbst nicht, wie die Unterrichtsstunde heißt, in der ihr euch gerade befindet."

„Geschichte, Herr Professor," sagte der Huber Wick Und stand auf.

„Ahja, Geschichte. Sehr gut! Wie heißt du?"

„Ludwig Huber!"

„Macht nichts," sagte der Lehrer Feigl.

Der Huber Wick schüttelte den Kopf. Und setzte sich wieder.

„Geschichte also. Soso."

Der Lehrer Feigl schlenderte gedankenverloren durch die Bankreihen.

„Was ist das eigentlich, Geschichte?" sagte er wie zu sich selbst, „eine Geschichte, wie ein Roman? Die jemand aufgeschrieben hat? Und wir sind die Figuren, die sich der Erfinder dieser Geschichte ausgedacht hat?"

Seine kurzen Haare standen hoch. Wie bei einem Igel.

Inzwischen war er wieder am Lehrerpult angekommen. Setzte sich dahinter. Legte seine Unterarme auf seine Aktentasche.

„Lauscht in euch hinein!" sagte er plötzlich und hielt beide Zeigefinger an seine Ohren, „misstraut euren Denkmustern! Das Unvorstellbare gibt es. Ihr könnt es nicht verharmlosen, indem ihr es durch Vergleiche relativiert. Oder durch Portionieren für euch verdaulicher macht."

Wir sahen verwundert einer zum anderen. Was meinte der Lehrer? Ich lauschte in mich hinein. Hörte jedoch nichts.

Als der Gong das Ende der Stunde ankündigte, saßen wir immer noch schweigend in unseren Bänken. Bis der Lehrer Feigl das Klassenzimmer verlassen hatte.

„Der ist plemplem!" sagte Johnny nach einer Weile. Tippte mehrmals an seine Stirn. Stemmte sich aus der Bank. Und warf die Klassenzimmertür hinter sich zu.

In der nächsten Geschichtsstunde war der Lehrer Feigl gesprächiger. Nicht einmal der Friedensnobelpreis sei dieses Jahr vergeben worden, sagte er, gleich nachdem er seine Aktentasche auf das Lehrerpult geschleudert hatte.

Das sage eigentlich schon alles, fuhr er fort.

Der Bundespräsident sei in Asien herumspaziert. Stattdessen sei der Schah von Persien zu uns gekommen. Das wiederum sei keine gute Idee gewesen. Denn die Studenten waren nicht gut auf den Schah zu sprechen. Warum, das würden wir später noch zu klären haben. Jedenfalls haben sie ihn mit Krawallen empfangen. Was natürlich der Polizei nicht passte. Und so wurde dann der Benno Ohnesorg erschossen. Worauf die Krawalle erst richtig in Gang gekommen seien.

Wir wussten nicht, ob das schon zum Unterricht gehörte. Oder vielleicht nur ein heimtückisches Vorgeplänkel vom Lehrer Feigl war. Ich hatte jedenfalls keine Ahnung, wovon der Lehrer Feigl redete. Und, ich glaube, die anderen Schüler auch nicht. Erst viel später begriff ich, dass der Lehrer Feigl die Geschichte aus ihrer verstaubten Vergangenheit in unsere Nähe zu rücken versuchte.

„Das alles wäre nicht passiert, wenn der Schah und der Bundespräsident zu Hause geblieben wären," sagte der Lehrer Feigl, „und weil nun schon mal alle unterwegs waren, konnten freilich auch der Bundeskanzler Kiesinger und sein Außenminister Brandt nicht zu Hause bleiben. Und mussten partout nach Amerika reisen."

Wir fingen an, in unseren Bänken hin und her zu rutschen. Ich warf einen Blick zu Johnny. Der unbeweglich neben dem Alois saß und den Lehrer Feigl anstarrte.

Der Brandt sei dann sogar noch nach Rumänien geflogen. Sagte der Lehrer Feigl, als spräche er in ein leeres Klassenzimmer hinein. Er hat sich's dort mordsmäßig auftischen lassen. Der Brandt. Obwohl er zu Hause genug zu essen hatte. Und die Rumänen im eigenen Land verhungerten!

Ich schaute mich weiter im Klassenzimmer um.

„Was redet der denn da?" flüsterte der Sigi, der zwei Bänke vor mir saß, „der spinnt doch."

„Gebracht haben die Reisen nicht viel," fuhr der Lehrer Feigl unbeirrt fort. „Außer, dass sie einen Haufen Geld gekostet haben. Das dann keiner zahlen wollte. Und im eigenen Land ist niemand. Wenn's drauf ankommt!"

Der Lehrer Feigl rückte seine Aktentasche zurecht.

„Glaubt mir, es würde viel weniger passieren, wenn die Leute mehr zu Hause blieben!" sagte er plötzlich an uns gewandt.

Zu Hause bleiben? Fragte ich mich. Unser Zuhause war das Internat. Und das durften wir sowieso nicht verlassen.

Dann fing der Lehrer Feigl wieder an, durch die Bankreihen zu schlendern.

Ich war mir sicher, dass niemand von uns verstand, was uns der Lehrer Feigl sagte. Trotzdem spürte ich, wie etwas von ihm ausging, das meine Aufmerksamkeit bannte.

„Auch der französische Staatspräsident musste unbedingt nach Polen fliegen, um die DDR-Grenze anzuerkennen. Als hätte er das nicht auch von Paris aus machen können!" sagte der Lehrer Feigl.

Inzwischen war er an der Klassenzimmertür angekommen. Drückte die Klinke herunter. Ich dachte schon, er würde den Unterricht verlassen. Ohne seine Aktentasche mitzunehmen. Und uns mit seinen unverständlichen Sätzen zurücklassen. Da drehte er sich abrupt wieder um und jagte seinen Blick über unsere Köpfe hinweg.

„Den Polen gegenüber mag das ja diplomatisch gewesen sein." Rief er. Ließ die Klinke wieder los. Und zeigte mit dem Finger auf den Alois.

„Wie ist dein Name?"

„Alois. Alois Sagstetter."

„Wie heißt das Land, das ich gerade erwähnt habe?"

Der Alois stand auf und starrte vor sich hin.

„Polen heißt das Land, Alois. Und weißt du denn, wo das Land liegt?"

Wieder starrte der Alois vor sich hin. Während der Huber Wick mit den Fingern schnalzte. Was der Lehrer Feigl ignorierte. Und den Alois sanft in die Bank zurückdrückte.

„Macht nichts, Alois. Wir kommen später darauf zurück."

Wahrscheinlich war es nur eine Floskel von ihm. Oder er konnte es sich nicht merken, auf was er zurückkommen wollte. Jedenfalls kam der Lehrer Feigl auf nichts von all dem, was er angekündigt hatte, wieder zurück.

„Wo war ich stehengeblieben?" sagte er dann und wanderte wieder zwischen den Bänken hin und her.

„Ah ja! Die Deutschen haben es dann doch erfahren, dass die Franzosen die DDR-Grenze anerkannt haben. Und waren sauer auf den französischen Staatspräsidenten. Wie er denn dazu käme, eine Grenze anzuerkennen, die nicht durch sein Land, sondern mitten durch Deutschland liefe? Und es in zwei Teile zerschnitt? Worauf der französische Staatspräsident natürlich nicht antwortete."

Übergangslos kam er wieder auf den Benno Ohnesorg zu sprechen. Stellte ein paar Schüler vor dem Pult als Polizisten auf und führte uns im Klassenzimmer vor, wie der Benno Ohnesorg erschossen wurde. Leider wählte er mich aus, den Benno zu spielen. Der Lehrer Feigl stürzte mit den Polizisten zusammen auf mich los. Sie umringten mich. Der Lehrer schrie „bumm!" und forderte mich auf, umzufallen. Da ich ja dann tot war, musste ich hinterher ziemlich lang mit dem Gesicht nach unten auf dem Boden liegen. Der nach Bohnerwachs stank. Und als ich meinen Kopf seitwärts drehte, drückte mich der Lehrer Feigl mit dem Fuß wieder nach unten und sagte:

„Du musst noch liegen bleiben. Du bist tot, Benno."

„Aa-aaber i-ich…"

Mir war schon ganz schlecht vom Bohnerwachsgeruch, der mir in die Nase stieg.

„Ist schon gut," sagte der Lehrer Feigl und klopfte mir auf die Schulter, „ich weiß ja, dass du nicht der Benno bist. Wie ist dein Name?"

Ich öffnete meinen Mund, befürchtete schon, das gewohnte Spiel mit Heihei hoho würde nun wieder beginnen. Doch er sagte nur:

„Macht nichts. Wir kommen später darauf zurück."

Aber auch darauf kam er nicht mehr zurück. Das mit dem Namenabfragen schien eine Marotte von ihm zu sein.

Der Lehrer Feigl trug nie etwas anderes als ausgebeulte beige Cordhosen. Und die immer gleichen karierten Hemden, die er bis zum Hals zuknöpfte. Er musste ein ganzes Sortiment davon haben. Oder er trug stets dasselbe Hemd. Er ging gebückt. Als trüge er so schwer an der Geschichte der Menschheit, dass er vorzog, unbemerkt in sie hinein- und wieder aus ihr herauszuschlüpfen.

Nach und nach gelang es ihm, mich mit seinem ungewöhnlichen Unterricht zu fesseln. Auch wenn ich nicht verstand, worauf er hinauswollte.

Einmal schlug er vor, wir sollten eine ganze Schulstunde lang nur schweigend dasitzen. Und über unsere Schuld nachdenken.

„Jaja, ich weiß, ihr fragt euch, woran ihr wohl schuld seid. In Wahrheit aber habt ihr nur Glück gehabt. Glück, dass ihr nicht in Zeiten gelebt habt, in denen es oft unmöglich war, sich keine Schuld aufzuladen. Wenn wir uns aus dem Gesamtzusammenhang herausmogeln, werden wir niemals etwas aus der Geschichte lernen."

Er hielt einige Sekunden inne und schaute auf den grauen Himmel vor dem Fenster. Dann tönte der Gong. Der Lehrer Feigl nahm seine Aktentasche, die er nie öffnete. Und verließ wortlos das Klassenzimmer. Und ich sah, dass der Johnny, der Alois und Meier Franzi ihre Pulte zusammenschoben hatten. Dem Lehrer Feigl Grimassen hinterher schickten. Und mit ihren Zeigefingern gegen ihre Schläfen pochten.

Der Geschichte sei keine Zeitmaschine, in die man nach Belieben ein- und wieder aussteigen könne. Begann der Lehrer Feigl in seiner nächsten Unterrichtsstunde.

„Wir sind in die Geschichte eingebunden. Freilich könne der Einzelne die Last der auf ihm ruhenden Menschheitsgeschichte nicht allein tragen. Das müsse er auch nicht. Aber ein Teil davon stünde ihm schon zu.

„Wir alle haben ein Recht auf Gegenwart. Auf unverbrauchte Gegenwart, in der wir uns und unser eigenes Leben entwickeln dürfen," sagte er. Wandte sich von uns ab. Und deutete auf die leere Schultafel. Auf die er nie etwas schrieb.

„Solange wir jedoch glauben, dass bei jeder neuen Geburt ein unbeflecktes, oder gar unbeschriebenes Leben unsere Welt betritt, das von allem, was gewesen ist, abgeschnitten ist, vergeben wir die gewaltige Chance, aus früheren Irrtümern zu lernen. Und wir versäumen, dem Erlebten unserer Vorfahren, die nicht die Chance hatten, die ihr heute habt, einen Sinn zu geben.

Er streichelte seine Aktentasche, als befänden sich in ihr die Chancen, die die Geschichte uns bot. Die auf uns zuflögen, sobald er die Tasche öffnete

„Und weil man sich Schuld so leicht aus dem Kopf reden kann, schweigen wir jetzt bis zum Ende der Stunde."

Als er dann unsere verdutzten Blicke sah, fuhr er fort:

„Und während ihr schweigt, wägt nicht ab, in wie weit und ob ihr überhaupt Schuld aus der Vergangenheit mit euch tragt! Der Kopf ist ein trügerischer Halunke. Wenn ich euch zum Beispiel sage, die Gräuel der Judenvernichtung sind an Schrecken nicht zu überbieten, schnalzt der Alois sofort mit den Fingern und erzählt mir was von Stalins Massengräbern. Und vom Genozid an den Armeniern. Oder die Irmi versucht mich mit der Inquisition und den Kreuzzügen auszubremsen. Der Franz kommt mir mit den Spaniern, die die Männer eines ganzen Kontinents ermordet, sich ihre Frauen angeeignet und sie geschwängert haben. Der Huber Wick weiß mir was von der Ausrottung der nordamerikanischen Indianer zu erzählen. Und," er deutete in die hinterste Reihe, „der Anton wird mich schließlich darauf hinweisen, dass es die Pest gewesen sei, die die meisten Opfer der ganzen Menschheitsgeschichte auf dem Gewissen habe. Und schon haben wir's vom Tisch, was gerade noch unerträglich auf unseren eigenen Tellern stank!"

Er hielt einen Moment inne, deutete wieder auf die in seiner Aktentasche für uns unzugänglichen Geheimnisse. Ich wusste, dass weder der Alois, noch die Irmi, weder der Franz noch der Anton und auch nicht der Huber Wick irgendetwas von dem wussten, was der Lehrer Feigl ihnen in den Mund gelegt hatte. Und wieder fragte ich mich, worauf er hinauswollte.

„Sitzt nur einfach da," sagte er, „und lasst auf euch wirken, was es heißt, Tausende von Jahren Geschichte in euch zu tragen!"

Und wir saßen. Schwiegen. Lauschten in uns hinein. Wie es der Lehrer Feigl befohlen hatte.

Ich wusste nicht, was die anderen hörten. Ich hörte nichts. Weder aus dem All. Noch sonst woher. Doch während uns die Stille für den Rest der Stunde miteinander verband, spürte ich, wie sich etwas in mir zu bewegen begann. Ich wusste nicht, ob es die Jahrtausende zurückliegender Menschheitsgeschichte waren, die in mich hineinzukriechen versuchten. Oder ob etwas andere aus mir hoch blubberte. Und noch ehe ein Kontakt zustande kommen konnte, ertönte der Gong.

Ein paar Wochen später ist der Lehrer Feigl vom Gymnasium von Drebelsberg verschwunden. Ein anderer Lehrer kam. Der Geschichtsunterricht wurde wieder so langweilig wie beim Lehrer Huber. Und wir fingen wieder an, unter den Bänken Karten zu spielen.

„Den haben sie ins Narrenhaus gesteckt," behauptete der Johnny, „ich habe es euch ja gleich gesagt, der ist plemplem."

Und vielleicht war er das auch. Weil er immer wieder behauptete, dass sich Geschichte nicht irgendwo weit weg in der Vergangenheit abspielt, sondern mitten durch unser Leben läuft. Und nicht begriff, dass wir das, was er uns so eindringlich klarzumachen versuchte, gar nicht begreifen wollten.

9.

Es war an einem Aschermittwoch, als mitten in der Mathematikstunde der Gong ertönte. Es kratzte und knisterte in den Lautsprechern. Die piepsige Stimme von Fräulein Rosa, der Sekretärin sagte:

„Heinrich Hofer, sofort ins Direktorat kommen!"

Ich wusste, dass die Stimme im ganzen Schulgebäude erschallte. In den weiten Gängen. In den Toiletten. In allen Klassenzimmern. Im Physiksaal. Chemiesaal. Zeichensaal.

Und in der Turnhalle. Selbst vom Pausenhof dröhnten die Lautsprecher durch die gekippten Klassenzimmerfenster herein.

Sofort. Das hatte nichts Gutes zu bedeuten. Ich dachte erst gar nicht darüber nach, ob und inwieweit ich irgendeine Schuld auf mich geladen haben könnte. Ob es einen plausiblen oder gar triftigen Grund für mein Herbeizitieren gab. Die in Internat und Gymnasium herrschende Willkür war mir in Fleisch und Blut übergegangen. Für nichts was geschah, bedurfte es eines nachvollziehbaren Grundes. Und erst recht keiner Erklärung. Jedenfalls nicht, wenn es in der Hierarchie von oben nach unten geschah.

„Geh schon, Hofer!" schnauzte mich der Mathematiklehrer an, „hier bist du sowieso fehl am Platz."

Er hatte Recht. In Mathematik wurde ich zwar nicht aufgerufen, hatte aber nie einen rechten Zugang zur Welt der Zahlen und der sie beinhaltenden Systeme finden können. Mir war, als vernebele sich der gesamte Innenraum meines Kopfes, wenn ich eine zu lösende Gleichung vor mir sah.

Ich ging durch die leeren Gänge. Über die geschwungenen Treppen. Bis ich an der Tür des Direktorats ankam.

Schon beim Eintreten erkannte ich an Fräulein Rosas Gesicht, dass etwas Unerfreuliches auf mich wartete. Dachte aber nicht weiter darüber nach. Würde es ja sowieso gleich erfahren.

Fräulein Rosa wies mit ihrem Kinn auf eine Tür, auf der in erhabenen Goldbuchstaben „Lehrerzimmer" stand. Ich klopfte. Da niemand antwortete, schaute ich zu Fräulein Rosa zurück. Sie schob ihr Kinn noch einmal in Richtung Lehrerzimmer. Vermied mich dabei anzusehen. Und machte sich weiter an ihrem Schreibtisch zu schaffen.

Ich klopfte noch einmal. Wieder kam keine Antwort.

Zögernd drückte ich die Klinke herunter. Die Sonne knallte durch das große Südfenster wie ein Scheinwerfer in meine Augen. Ich tappte geblendet ins Innere des Raums.

So stand ich einige Minuten. Blinzelte ins grelle Licht. „Die Tür, Hofer!" blaffte eine barsche Stimme, „die Tür!" Ich drehte mich nicht um, um mich schneller and die Helligkeit im Raum zu gewöhnen. Fasste hinter meinen Rücken und zog die Tür zu.

Und jetzt sah ich, dass alle Tische im Halbkreis zusammengestellt waren. In der Mitte saß der Direktor Zitzlsperger. Links und rechts von ihm mein Vater und meine Mutter. Umrahmt von den Lehrern, die offenbar gerade keinen Unterricht zu geben hatten.

Ich stieß gegen einen Stuhl, den ich nicht wahrgenommen hatte. Stolperte auf meine Eltern zu. Kam direkt vor meinem Vater zum Stehen. Der seinen Stuhl mit lautem Knirschen von mir abrückte.

Was hatten meine Mutter und mein Vater hier zu tun?

Es saßen noch andere Erwachsene zwischen ihnen. Die ich nicht kannte. Später erfuhr ich, dass sie die Eltern meiner Mitschüler waren.

Alle starrten mich an. Pressten sich an die Stuhllehnen. Als wollten sie so weit wie möglich von mir abrücken.

Meine Mutter zupfte an ihrem Kopftuch.

Der Direktor stand auf. Forderte mich auf, mich einem zentral in den Raum geschobenen Tisch mit Resopalplatte zu nähern. Auf dem, wie auf einem Altar, ein Päckchen lag. Es sah aus wie ein Streichholzheftchen. Mehr konnte ich nicht erkennen. Ich war noch nicht nahe genug herangekommen.

Tabakqualm lag im Raum. Einen Augenblick lang dachte ich an die Heiligabendzigarre meines Vaters.

Mein Vater hielt seine Arme bewegungslos über der Brust verschränkt. Sah mit hocherhobenem Kopf über seinen Sohn Heinrich hinweg. Ich wusste, dieses Übermichhinwegsehen sollte mich strafen. Mehr als es sein Stock gekonnt hätte. Und so traf es mich auch. Oder den, für den er mich hielt. Denn in diesem Moment spürte ich mehr als je zuvor, dass nicht ich es war, der hier stand. Und angeglotzt wurde.

Wozu ich diese, diese, diese - Dinger denn benutzt hätte, setzte der Direktor mit gepresster Stimme an. Er stockte, schien selbst zu merken, dass das, was er mir sagen wollte, zu unpräzise war. Schaffte es dennoch nicht, das Wort auszusprechen, das ihm großen Ekel zu bereiten schien. Er lehnte sich ein wenig zurück. Schaute über mich hinweg, als würde er sich beschmutzen, wenn er mich ansähe.

„Diese, diese, diese…"setzte er mehrmals an. Stieß dann das Wort hastig aus seinem Mund, wie etwas Fauliges, das es so schnell wie möglich auszuspucken galt.

„… Präservative."

Ich wollte ihm mitteilen, dass ich dieses Wort nicht kenne. Und nicht die geringste Ahnung hätte, wovon er spreche. Da kam natürlich wieder nichts aus mir heraus. Sogar die Spucke blieb in meinem Mund hängen. Und ich spürte eine große Wut in mir aufsteigen, weil ich merkte, dass er mein Schweigen als ein Schuldanerkenntnis interpretierte. Eine Schuld, die ich mir aufgeladen hatte, was immer es auch sein mochte, das dieses mir unverständliche Szenario rechtfertigte.

Aber auch die Wut klemmte in mir fest. Und ich wünschte mir, diese gewaltige Wut, die sich in mir zusammenballte, würde mich platzen lassen. Mich von dem befreien, den sie alle hier in mir sahen. Und endlich den zum Vorschein bringen, der ich in Wirklichkeit war.

Der Direktor hieß mich näher herankommen. Deutete mit gespreizten Fingern auf das Päckchen. Und all die Gesichter um mich herum folgten seiner Bewegung. Nur mein Vater hielt seinen Blick starr auf mich gerichtet, als erkenne er nun den, den er schon immer in mir gesehen hatte. Und der ihn nun dennoch in seiner Fremdheit erschreckte. Meine Mutter nestelte immer noch am Knoten ihres Kopftuchs. Und als ich ihren Blick suchte, schlug sie die Augen nieder.

Die Sonne erreichte das kleine Päckchen. Und nun konnte ich es erkennen.

Johnny hatte es mir am Faschingsdienstag zugeschoben. Bevor er auf den Pausenhof ging.

„Das schenk ich dir," hatte er gegrinst, „wär' doch das Letzte, wenn einer wie du Kinder in die Welt setzte."

Ich hatte wiedermal keine Ahnung. Weder, was er damit meinte. Noch, warum er mir etwas schenkte. Vermutete wieder eine seiner Gemeinheiten. Nahm das Päckchen dennoch an mich. Legte es unter mein Schreibpult. Wo ich es dann wohl liegen gelassen haben musste.

Als könne er sich an mir anstecken, befahl mir der Direktor stehenzubleiben, noch bevor ich den Tisch erreicht hatte.

Ich stand da. Sah mich um.

Was wollte er von mir?

Was hatten alle diese Leute hier zu suchen, die mich aus angemessenem Abstand angafften. Als sei ich ein gemeingefährliches Tier, das sie jeden Moment anspringen könnte.

Und warum sagte keiner was?

Ich war es doch, der nicht sprechen konnte.

Alle außer meiner Mutter glotzten mich an. Ich versuchte immer noch zu erraten, was man hier von mir wollte. Und was es mit diesem in die Mitte des Tischs drapierten Päckchen auf sich hatte. Um das sie alle im Sicherheitsabstand herumsaßen, als gehe eine bedrohliche Strahlung von ihm aus. Und ich warf einen flehenden Blick unter das Kopftuch meiner Mutter.

Wie ich später erfuhr, hat die Mathematiklehrerin Fräulein Dr. Zeitler das Päckchen unter meinem Schreibpult gefunden. Und es umgehend ins Direktorat gebracht.

Endlich konnte ich den Blick meiner Mutter auffangen. Und ich hoffte, sie würde mich hinter dem erkennen, der hier mit hängenden Schultern vor ihr stand und von allen angestarrt wurde.

Ihre Augen füllten sich mit Tränen und ich fürchtete, sie würde mich durch die Schlieren hindurch nun erst recht nicht erkennen.

„Man muss ein Exempel statuieren!" schlug einer der Lehrer vor, den ich nicht kannte.

„Ja, ein Exempel," bestätigten die anderen.

„Ein Exempel also," sagte nun auch der Direktor Zitzlsperger.

Sie konnten gar nicht genug bekommen von ihrem Exempel.

Meine Mutter hatte aufgehört zu weinen. Ich sah, wie sie zu meinem Vater schaute. Ihre Hand auf sein Knie legte. Dann standen beide auf, bahnten sich ihren Weg an den Lehrern und anderen Eltern vorbei. Wie geladene Zeugen, deren Aussage nicht erforderlich gewesen war. Und die nun den Gerichtssaal verlassen durften.

Um den auf mich gerichteten Blicken auszuweichen, schaute ich nicht nach links und nicht nach rechts, als ich meine Schultasche aus dem Klassenzimmer holte und die Tür mit all der Wut, die sich in mir angesammelt hatte, hinter mir zuschlug. Und den Schulhügel hinunterrannte. Durch die Innenstadt von Drebelsberg. Ich rannte und rannte. Bis ich den Donaudamm erreichte. Starrte in das träge dahinfließende graue Wasser. Und spuckte so lange auf den, der sich im seichten Uferwasser spiegelte, bis keine Spucke mehr aus mir herauskam.

Das Gymnasium könne keine Schüler dulden, die die anständigen unter ihnen verdürben. Stand in der Erklärung, die der Direktor Zitzlsperger meinem Vater per Einschreiben zukommen ließ. Er bedauere es, sagen zu müssen, aber sein Sohn sei eine Schande für die ganze Schule. Stand am Ende des Schreibens.

Ich wusste noch immer nicht, was dieses verdammte Wort bedeutete. Und was es mit dem zu tun haben könnte, das ich getan hatte. Aber was hatte ich denn überhaupt getan? Warum hatte der Zitzlsperger dieses Theater im Lehrerzimmer inszeniert? Mit allen Lehrern und Eltern. Und warum glaubten sie, dieses ‚Exempel' veranstalten zu müssen? Mir wurde klar, dass ich das Einzige getan zu haben schien, um das mich mein Vater gebeten hatte, es nicht zu tun. Bevor er mich durch die Internatstür schob. Schande. Wusste aber nicht, worin diese bestand.

Bereits im Internat sei der offenbar frühreife Schüler durch unzweideutige Bodenübungen aufgefallen. Dann diese häufigen Aufenthalte in den Toiletten. Und was hatte er mit zwei anderen Mitschülern gemeinsam unter einer Bettdecke zu suchen? Und jetzt diese Präservative!

Das waren die Begründungen, die in dem Einschreiben an meinen Vater standen.

Sowohl Heim- wie Schulleitung seien sich über einen sofortigen Ausschluss des Schülers einig.

Und mein Vater musste nun nicht mehr weiter in meine Ausbildung investieren.

Ich grübelte noch lange über die Zusammenhänge nach, die zu dieser Schande geführt hatten. Einer Schande, die ich offenbar nicht nur meinem Vater und meiner Mutter, sondern der ganzen Schule bereitet hatte. Je länger ich dieses merkwürdige Wort in meinem Kopf durchkaute, desto weniger verstand ich, was es beinhaltete. Begriff jedoch, dass es etwas sehr Schlimmes sein musste. Mit dem ich die Welt um mich herum verstört hatte. Und dass ich das Unerfreuliche, das schon vor meiner Geburt auf meinen Vater gefallen war, nun noch vermehrte.

Und da ich inzwischen wusste, dass man Sonntagskindern ein Leben mit glücklichen Zufällen voraussagte, fragte ich mich, ob meine Omi sich nicht vielleicht doch geirrt hatte. Oder der Sonntag schon vorüber war, als mich meine Mutter in diese Welt entließ.

10.

Leichte Nebelschwaden stiegen aus den quirlenden Strudeln der Donau, als ich auf dem Damm entlang von Drebelsberg nach Niederkattlhofen lief. Quer über den Friedhof an der Kirche vorbei, zum alten Schulhaus, wo der Hauptlehrer Kager die Mädchen und Jungen unserer drei Dörfer vermutlich immer noch auf den bevorstehenden Angriff ‚des Russen' vorbereitete. Vorbei am Wegkreuz, über Gräben und Felder bis zur Schweineweide.

Wo der Eber schon schnaubend auf mich wartete.

Als wir uns durch die Zaunlatten hindurch anstarrten. Ich von der einen, der Eber von der anderen Seite, wusste ich, dass ich keine Angst mehr vor ihm hatte. Und obwohl der Eber weiter schnaubte und gegen den Zaun anrannte, kletterte ich über den Weidezaun.

Drüben angekommen zögerte ich.

Ob auch der Eber wusste, dass ich keine Angst mehr vor ihm hatte?

Vorsichtig setzte ich meinen Fuß in den Schlamm, in dem er sich suhlte. Zog mein anderes Bein nach. Wartete. Und hielt meinen Atem an. Lautes Pochen dröhnte in meinen Ohren. Der Eber schnüffelte mit seiner schmutzigen Schnauze an meinen Hosenbeinen. Grunzte. Wandte sich dann von mir ab. Und fing an, seinen borstigen Rücken am Weidezaun zu wetzen.

Ich atmete aus. Stapfte weiter durch den Morast der Weide. Bis zwischen den Pappeln die Giebelseite unseres Wohnhauses auftauchte. Der Hundezwinger. Und das Küchenfenster. Von dem aus mein Bruder und ich so oft versucht hatten, unser Haus ins Meer hinaus zu steuern.

Nun war ich wieder in Lapping. Wo ich herkam. Wo ich hingehörte. Und doch nicht dazugehörte.

Mein Vater musste mich bereits erwartet haben. Denn kaum hatte ich die Küchentür geöffnet, stand er auch schon vor mir. Das gewohnte Zepter in der Hand.

Vielleicht wusste er schon, dass es der letzte Versuch sein würde, seine Macht über mich auszuüben. Wortlos und ohne jeden Ausdruck in seinem Gesicht, stand er vor mir.

Ich zögerte. Wie ich es zuvor beim Eber getan hatte.

Dann spürte ich, dass ich auch vor meinem Vater keine Angst mehr hatte. Trotzdem legte ich meinen Oberkörper über die Tischkante. In der Hoffnung, die Schande, die ich ihm bereitet hatte, damit wiedergutzumachen. Obwohl ich das, was ich ihm offensichtlich angetan hatte, durch ein Erdulden seiner Schläge nicht rückgängig machen konnte.

Doch kaum waren die ersten Hiebe gefallen, in die mein Vater seinen angesammelten Zorn und seine ganze Enttäuschung über seinen Sohn hineinlegte, brach meine angestaute Wut endlich aus mir heraus. Wut auf ihn. Auf die Lehrer und ihr Exempel. Wut auf die Eltern meiner Mitschüler. Wut auf den, der mich besetzt hielt. Wilde, ungezügelte Wut, die sich gegen alle und alles um mich herum richtete. Ich sprang auf, riss ihm den Stock aus der Hand. Brach ihn über meinen Oberschenkel in immer kleinere Teile. Warf die Teile vor ihn hin. Und weil noch immer Wut in mir brodelte, riss ich auch noch die Küchenschublade auf. Zog das Brotmesser heraus. Und schleuderte es vor seine Füße, dass es bis zum Schaft ins Linoleum eindrang, das mehrschichtig unseren Küchenboden bedeckte. Der Griff des Messers vibrierte noch eine Weile. Als er stillstand, war meine Wut verraucht. Erschrocken über das, was aus mir herausgebrochen war, sah ich auf den Messergriff, der aus dem Küchenboden ragte. Und auf meinen Vater. Der mich mit einer Mischung aus Überraschung, Entsetzen und Verachtung betrachtete.

Nun war geschehen, worauf er all die Jahre vergeblich gewartet hatte. Sein Sohn, der Schisser, hatte sich gewehrt. Auch wenn er sich nicht gewünscht hatte, dass es der eigene Vater sein würde, gegen den er mit dem Brotmesser aufbegehrte.

Er sah mich noch eine Weile an und ich merkte, wie die Gefühle in ihm kämpften. Dann drehte er sich um und verließ mit entschiedenen Schritten die Küche. Und er hat nie wieder seine Hand gegen mich erhoben.

Freilich hatte er auch nicht mehr lange Gelegenheit dazu.

11.

Dass ich aus Internat und Schule geflogen war, imponierte den Jungen unserer drei Dörfer. Und weil ich nicht mehr vor ihnen davonlief, konnten sie nicht mehr hinter mir herlaufen. Für kurze Zeit ich ein Held für sie.

Das Wort ‚Exempel' hatte in unsere drei Dörfer Einlass gefunden. War in aller Munde. Ich glaube nicht, dass einer von den Lappingern, Wimlingern und Niederkattlhofenern Jungen wirklich verstand, was das Wort beinhaltete. Aber sie spürten, dass irgendwas geschehen war, das durch mich ausgelöst wurde. Es war was durch den Heinrich Hofer vorgefallen. Etwas Schwerwiegendes. So schwerwiegend, dass man ihn aus dem Gymnasium geworfen hat. Und obwohl ich in unseren drei Dörfern immer mehr zum Inbegriff für dieses Wort wurde, wusste auch ich immer noch nicht, was dieses Schwerwiegende war.

Dennoch ging alles gut, solange ich schwieg. Aber wie kann man auf die Dauer schweigen, wenn sich Tausende von Worten in einem tummelten?

Als ich eines Tages den Mund wieder aufmachte, fing ich wieder an, mich zum Depp zurück zu verwandeln. Es ging einfach nicht ihre Köpfe, dass sich auch in meinem etwas befand.

Schon beim Friseur verwandelte ich mich in einen Depp.

Mit einem großen Tuch umhängt, saß ich festgeklemmt in seinem Drehstuhl. Während er mir unaufhörlich Fragen stellte. Die ich zu beantworten versuchte. Ich sah im riesigen Spiegel vor mir, wie sich mein Gesicht verzerrte. Sah, wie Spucke auf dem hellblau glänzenden Tuch mit den frisch gekappten Haarresten nach unten rutschte. Konnte sie nicht einmal wegwischen, weil meine Hände unter dem Tuch gefangen waren.

Und schon stellte der Friseur die nächste Frage. Und die übernächste. Und noch eine. Ich kam immer mehr in Rückstand mit meinen Antworten. Die Worte stauten sich in meinem Mund. Bis tief in meinen Kopf hinein. Und irgendwann wusste ich nicht mehr, was und ob ich überhaupt etwas auf seine Fragen erwidern wollte.

Das schien den Friseur nicht zu stören. Er fragte unbeirrt weiter. Bis das hellblaue Tuch vollends mit meinen eingespeichelten Haaren besudelt war. Dabei spürte ich, dass er gar nichts von mir wissen wollte. Und obwohl ich das wusste, gab nicht auf, auf seine sich aneinanderreihenden Fragen antworten zu wollen. Statt von Haus einfach nichts sagen zu wollen.

Für die Jungen unserer drei Dörfer war ich von nun an eine Art Eintrittskarte bei den Mädchen. Die Attraktion, die ihnen verhalf, sich bei ihnen zu profilieren.

Schwieg ich, konnten sie mit Heiner Hofer, dem Verruchten prahlen, der Schande über seine Familie gebracht hatte. Dessen Freundschaft sie sich jetzt rühmten. Ich glaube nicht, dass sie wussten, was Schande bedeutete. Es wäre ihnen wohl auch egal gewesen. Es gefiel ihnen, sich mit meiner Niedertracht zu brüsten, in der sie sich heimisch fühlten.

Schafften sie es jedoch, mich zum Reden zu bewegen, konnten sie die Mädchen auf meine Kosten zum Lachen bringen. Und verschafften sich so ihren Vorteil.

Auf den Geburtstagspartys. Zum Beispiel. Wenn ich die Mädchen mit meinen Grimassen erschreckte. Statt einfach nichts sagen zu wollen. Weil ja eh nichts aus mir herauskam. Und ich sie sowieso lieber umarmt hätte. Und während die andern, die reden konnten, nichts sagten und die Mädchen begrapschten, suchte ich immer noch nach einleitenden Worten. Um sie auch meinerseits begrapschen zu dürfen.

Wwwie-wie-wie hhhhei-hei-heißt dddd-ddu?

Wwwwwwo-wo wo-wohnst ddddu?

Und so'n Scheiß.

Obwohl mich das gar nicht interessiert hat. Und wahrscheinlich wäre es den Mädchen auch lieber gewesen. Hab' ich mir später gedacht. Wenn ich sie nur in meinen Armen gehalten hätte. Statt blöd rumzufragen. Und ihnen auf die Bluse zu spucken. Hätte ich begriffen, dass es nicht mein

Gequatsche war, was die Mädchen wollten, hätte auch ich mich mit ihnen in die Nischen verkriechen können. Um zu knutschen. Wie die anderen Jungen.

12.

An den Wochenenden trampte ich nach Drebelsberg. Ich hatte ja während meiner Zeit im Internat nichts von Drebelsberg gesehen. Und ich merkte schnell, dass es nichts gab, wofür es sich lohne, dorthin zu trampen. Im Grunde unterschied sich Drebelsberg nur durch eine größere Anzahl von Häusern und Menschen von unseren drei Dörfern. Gut, es gab Schaufenster, in die mein Vater seinerzeit sehnsuchtsvolle Blicke warf. Die Häuser waren höher. Die Straßen breiter. Und es gab mehr Autos, die auf ihnen herumfuhren. Ich versuchte mich zu erinnern, was ich mir von der großen weiten Welt vorgestellt hatte, die in undefinierbaren Geräuschen und lachenden Stimmen in unseren Schlafsaal heraufgeweht war. Und mich mit Sehnsucht erfüllte. Es gelang mir nicht.

Trotzdem trampte ich immer wieder nach Drebelsberg. Vielleicht auch nur, um den Blicken meines Vaters und meiner Mutter zu entkommen. Und um nicht in Lapping zu sein.

Oft musste ich lange an der Landstraße stehen, auf der der alte Winkler damals gegen einen der Alleebäume gerast war. Die es nun nicht mehr gab.

Das eigentliche Erlebnis dieses Trampens war die letzte Kurve vor Lapping. Es war eine tückische Kurve, die weich ansetzte. Und dann unerwartet heftig krümmte.

Ich hatte mir angewöhnt, schon einen Kilometer vor der Kurve an einem warnenden Satz zu basteln, in der Hoffnung, er möge noch rechtzeitig vor der Kurve die Ohren meines jeweiligen Fahrers erreichen. Es war eine Art Russisches Roulette. Denn ich konnte nie sicher sein, ob ich diesen Satz rechtzeitig herausbrachte. Egal wann ich damit anfing. Begann ich zu früh, hatte ihn der jeweilige Fahrer bis zur entscheidenden Kurve vielleicht schon wieder vergessen. Begann ich zu spät, nun, dann geschah, was eines Tages geschehen musste.

Der Fahrer fing auf den letzten Kilometern vor Lapping plötzlich unerwartet zu rasen an. So begann ich zu spät meine ankündigenden Worte aus mir heraus zu bemühen.

Die Worte verbogen sich in meinem Mund. Der Satz blieb bruchstückhaft. Wollte keine Form annehmen, kein Ganzes werden. Und dann sah ich sie auch schon auf uns zukommen, die fünf uralten Pappeln bei der hinterhältigen Kurve vor Lapping. Niemand wusste, warum die Gemeinde ausgerechnet diese letzten fünf Pappeln stehen gelassen hatte. Vielleicht als Andenken an den verunglückten Winkler.

Wie gewohnt, verführte das letzte schnurgerade Stück den Fahrer, noch einmal mehr dazu aufs Gaspedal zu drücken. Der Motor jaulte auf. Die Scheinwerferkegel fraßen sich in die Dunkelheit. Die Straße raste unter uns hinweg. Und ich hörte auf, weiter an meinen warnenden Worten zu würgen.

Jetzt würde es ohnehin zu spät sein.

Der Fahrer wusste, wie man eine Kurve zu nehmen hatte. Das musste ich ihm lassen. Einen Moment lang glaubte ich, er würde es schaffen.

Er beschleunigte in der sanften Biegung. Die Reifen quietschten. Rubbelten auf dem rauen Asphalt. Dann, zwischen der dritten und vierten Pappel, hob der Wagen erwartungsgemäß ab. Schlitterte erst auf den einen, dann auf den anderen Baum zu. Und kippte kurz vor der vierten Pappel die Böschung hinunter.

Ich stemmte mich mit beiden Händen gegen das Handschuhfach.

Ich erinnere mich nicht, ob es damals schon Gurte gab. Ich glaube eher nicht. Auf alle Fälle hatte ich keine angelegt. Und jetzt waren sie auch nicht mehr nötig.

Der Wagen legte sich auf die Beifahrerseite. Dann aufs Dach. Wälzte sich weiter auf die Fahrerseite. Kam wieder auf die Räder. Und rollte so immer weiter den Abhang hinunter.

Bei jeder Drehung des sich überschlagenden Autos fiel der Fahrer auf mich. Sein Kopf schlug immer wieder gegen meine Hände. Mit denen ich mich am Sitz festkrallte. Das Auto purzelte, bis wir das Feld erreichten. Und wir purzelten mit.

Dann war es plötzlich sehr still. Nichts bewegte sich mehr. Ich sah von unten auf das Lenkrad. Der Fahrer lag auf mir. Die Armaturenbeleuchtung warf blasses Licht auf unsere ineinander verkeilten Körper.

Nachdem ich begriffen hatte, dass ich noch lebte, überfiel mich Panik. Ich ordnete meine Gliedmaßen. Rüttelte am Fahrer. Und versuchte, mich unter ihm durchzufädeln.

Mein einziger Gedanke war: Raus dem Auto, bevor es explodierte. Wie ich es im Kino mal gesehen hatte.

Der Wagen war auf der Fahrerseite zum Liegen gekommen. Ich trat nach oben gegen die Beifahrertür. Ohne Erfolg. Auch der Türgriff ließ sich nicht herunterdrücken. Und als ich das Seitenfenster herunterzukurbeln versuchte, fiel mir die Kurbel in den Schoß.

Jeden Moment konnte das Auto explodieren. Dachte ich. Und rammte mit beiden Füßen weiter gegen die Tür. Die plötzlich aufsprang.

Schnell kroch ich aus dem umgestürzten Auto.

Ich konnte keine Verletzungen an mir feststellen. Nur mein linker Ellbogen schmerzte. Erst jetzt erkannte ich, dass der Wagen, der da seitlich im Feld lag, ein Renault 4 war.

Ich befürchtete immer noch, der Wagen könnte zu brennen anfangen. Vermutete den Fahrer eingeklemmt unter dem Steuerrad. Ich wollte ihn herauszerren. Doch als ich mich dem Wagen von der anderen Seite näherte, hörte ich ihn hinter mir husten. Auch er hatte es irgendwie geschafft, aus dem Auto zu kriechen.

Wir rannten, ohne uns umzusehen, ins nächtliche Feld hinaus. Hielten erst inne, als wir uns vor der erwarteten Explosion sicher fühlten.

Die Explosion blieb aus. Aber der Fahrer hustete immer noch scheppernd.

„Bist du okay"? fragte er mich.

Ich nickte. Was er in der Dunkelheit natürlich nicht sehen konnte. Trotzdem fragte er nicht mehr nach.

Wir humpelten zurück. Die Scheinwerfer wischten über das Feld.

Der Fahrer stolperte.

„Drecksrunkelrüben!" schimpfte er, obwohl es ein Kartoffelfeld war, auf dem wir uns befanden.

Nie hätte ich gedacht, dass ein Renault 4 so leicht wieder aufzustellen sei. Wir schoben, wippten, schoben noch einmal, und schon stand der Wagen wieder auf seinen Rädern.

Und der Fahrer stieg ein.

Als er den Zündschlüssel umdrehte, und der Anlasser metallisch kreischte, merkte er, dass der Motor immer noch lief. Er stieg wieder aus. Betastete die Karosserie. Es gab ein paar Dellen. Aber keine der Scheiben war zerbrochen. Er drehte das linke Seitenfenster herunter, griff mit der rechten Hand in die Speichen des Lenkrads. Ruckelte ein paarmal hin und her. Schien mit dem Ergebnis zufrieden zu sein. Drückte das Gaspedal nach unten. Und mit lautem Geheul hoppelte der Renault aus dem Feld wieder auf die Straße zurück.

Der Fahrer hustete noch ein paar Mal. Ich sah im schwachen Schein der Armaturenbeleuchtung wie er seinen Brustkorb betastete.

„Kommst du?" rief er.

Ich winkte ab. Es waren ja nur noch etwa fünfhundert Meter bis zum gräflichen Gut.

Als ich zu Hause ankam, stand meine Schwester in der Haustür.

„Bist du ohne Schuhe nach Drebelsberg getrampt?" lachte sie.

Am nächsten Morgen fand ich meine Schuhe, ordentlich nebeneinander eingestellt, auf dem halb abgeernteten Kartoffelfeld.

13.

Eine Woche nach meiner Rückkehr sagte mein Vater beim Mittagessen, er wünsche nicht, dass er, und dabei zuckte er mit dem Kinn in meine Richtung, weiterhin an seinem Küchentisch schmarotze.

„Sag deinem Sohn," fügte er, an meine Mutter gewandt, hinzu, „er soll sich gefälligst um eine Arbeitsstelle kümmern."

Er stand er auf. Schaltete den Radioapparat ein. Aus dem das gewohnte Landfunkgedudel erklang. Und während er sich zu seinem Mittagsschläfchen auf der Couch unter dem Küchenfenster ausstreckte, flüsterte mir meine Mutter zu:

„Geh zum Nädler, mein Junge! Er schuldet deinem Vater einen Gefallen."

Sie wusste, kein anderer der Lappinger Bauern würde jemand einstellen, der wegen irgendeiner anrüchigen Exempelgeschichte aus dem Gymnasium geflogen war.

Ich war schon auf dem Hof, um mich auf den Weg zu unserem Nachbarn zu machen, da rief mir meine Mutter hinterher:

„Und lass die Finger von der Angela, Heinrich!"

Es war das erste und einzige Mal, dass sie mich „Heinrich" nannte.

Sie konnte nichts von meiner einstmaligen Liebe zur Angela Nädler wissen. Nicht einmal Angela selbst wusste davon. Und ich spürte einen brennenden Schmerz in meinem Brustkorb. Auch sie hielt mich also für den, den die anderen in mir sahen.

Der alte Nädler sagte lange nichts. Musterte mich von unten nach oben und von oben nach unten. Als wollte er das Anrüchige an mir entdecken. Das ich, wie er offenbar meinte, wie eine zweite Haut um mich trüge. Er schien nach Stigmata zu suchen, die mich als den zu erkennen gaben, der in aller Munde war.

Ich merkte, wie es in ihm kämpfte. Und wie schwer es ihm fiel, den meinem Vater geschuldeten Gefallen auf diese Art zu erbringen.

Dann veränderte sich sein Gesichtsausdruck. Als könne er einfach nichts Anrüchiges an mir finden. Und als habe er, so oder so, mit der ganzen Sache nichts zu tun. Er gab sich einen Ruck. Warf mir einen ermutigenden Blick zu, der wohl eher ihm selbst galt.

Es sei ja gerade Erntezeit. Nuschelte er. Da könne er jede Hand gebrauchen. Ich könne beim Auf- und Abladen der Strohballen helfen. Doch als die Getreideernte vorbei war, behielt er mich auch für die Kartoffelernte. Und danach noch für die Rübenernte.

Als mein Vater die erste Adventskerze anzündete und die ersten Schneeflocken fielen, teilte mir der Nädler mit, dass er nun keine weiteren Arbeiten mehr für mich habe. Und ich begriff, dass er den meinem Vater geschuldeten Gefallen nun abgegolten zu haben glaubte.

Die Angela sah ich kein einziges Mal.

Vielleicht hate sie Wimling verlassen. Dachte ich. Oder der alte Nädler hat sie sicherheitshalber vor mir versteckt.

Die Vorstellung, dass es jemand geschafft haben könnte, unsere drei Dörfer zu verlassen, drang tief in mich ein. Und setzte sich in mir fest.

Während ich den gräflichen Hof überquerte, hüpften immer mehr Schneeflocken um mich herum. Die Stufen vor unserer Eingangstür waren bereits weiß. Ich klopfte den Schnee von meiner Jacke. Schlich mich in die Küche. Mein Vater sah nicht hoch, als ich durch die Tür trat. Meine Mutter hielt die dicke rote Kerze fest, die mein

Vater umständlich in einen Kerzenhalter zu pressen versuchte. Und schenkte mir ein erschöpftes Lächeln.

Ich musste an Vaters Milchgeschichte denken.

Warum lief ich nicht einfach weg? Wie es mein Vater seinerzeit gemacht hatte. Was hatte ich hier zu erwarten? Niemand würde mich vermissen. Wahrscheinlich nicht einmal merken, wenn ich nicht mehr da wäre. Und da es niemanden gab, der mir einen Becher Milch warmhielt, würde ich nie wieder hierher zurückkehren müssen. Dachte ich.

Ich versuchte vergeblich, einen letzten Blick von meiner Mutter aufzufangen. Schlüpfte durch die Küchentür. Stopfte ein paar Anziehsachen in eine Tragetasche. Befühlte den Fünfzigmarkschein, den ich beim Nädler verdient hatte. Drückte die Haustür zu.

Der gräfliche Hof lag düster und leer vor mir. Der neue Wampo schien sich in seiner Hundehütte verkrochen zu haben. Die Arbeiter waren schon nach Hause gegangen.

Ich spürte, wie meine Knie weich wurden. Ich hob langsam ein Bein vor das andere. Zählte die Schritte. Beim achtundneunzigsten hatte ich das Hoftor erreicht.

Ich schaute noch einmal zurück.

Die nach dem Großen Brand wieder aufgebauten Gebäude belagerten mich. Als wollten sie mich zurückhalten. Nach rechts versperrte die lange Seite des Heustadels den Blick. Links ragte der riesige Ziegelturm der Schnapsbrennerei in den Schneeflockenhimmel. Gleich daneben der Kuhstall. Im Hintergrund der Schweinestall. Und ganz hinten, achtundneunzig Schritte entfernt, unser Wohnhaus. Das der Weidinger damals verschont hatte. Dahinter der Hundezwinger. Und unser Garten.

Die Dämmerung senkte sich auf das gräfliche Gut. Immer mehr Schneeflocken fielen auf mich herunter.

Ich drehte mich um.

Rannte los.

Vorbei an der Wirtschaft. An der mich meine Mutter stets voran geschubst hatte. Um dann geduckt in den anliegenden Krämerladen zu schleichen. Ich rannte. Und rannte. Erst als ich das Dorfschild von Lapping erreicht hatte, hielt ich inne. Atmete die nasse Schneeluft ein und aus.

Die Flockenwand wurde immer dichter. Schnitt die Landstraße nach beiden Richtungen hin ab. Lapping schien vollkommen von der Welt abgekoppelt zu sein.

Ich musste lange warten.

Befingerte den Geldschein in meiner Hosentasche.

Vielleicht war es doch keine so gute Idee, in einer solchen Nacht aufzubrechen. Mit fünfzig Mark in der Tasche. Ohne zu wissen wohin. Dachte ich. Doch in diesem Moment bohrten sich Scheinwerfer durch die Schneeflockenwand. Wischten meine Zweifel beiseite.

Das Auto hielt. Nach zwei Stunden erreichten wir München. Und ich irrte durch hell erleuchtete Straßen. Die kein Ende nahmen.

Ich weiß nicht, warum ich an unseren Rossknecht Dünzl denken musste, während ich mich von den Menschenmassen über die Gehwege schubsen ließ. Er war schon während meiner Zeit in der Münchner Anstalt gestorben. ***

Ich sah ihn, wie er mit der Zunge schnalzend, auf seinem Fuhrwerk in unseren Hof einfuhr. Er rief „wiah, wiah! wista!", wenn er die Rösser nach links bugsieren wollte. Und „wiah, hot!", wenn sie nach rechts ziehen sollten. Und dann brachte er sie mit einem langen rollenden „Brrrrrrr!" vor dem Wagenschuppen zum Stehen. Spannte die schweren Belgier aus. Befreite sie aus ihrem Geschirr. Klopfte auf ihre breiten Rücken, die in der Abendsonne bläulich schimmerten. Streichelte an ihren feuchten Hälsen entlang. Und führte sie in den Pferdestall. Wo schon Heu und Hafer auf sie warteten. Ich sah, wie er die Pfeife auf seinem

Oberschenkel ausklopfte. Und neuen Tabak in den Pfeifenkopf drückte.

Ich roch den scharf säuerlichen Schweiß der Rösser, als ich mir einen Weg durch die Menschen bahnte. Die aneinander vorüber hetzten. Ohne sich anzusehen. Sich nicht einmal grüßten.

Und plötzlich wusste ich, warum ich gerade jetzt an den Dünzl denken musste. Auch er würde von dort, wo er jetzt war, nicht mehr zurückkehren. So wie ich nicht wieder dorthin zurückgehen würde, von wo ich vor ein paar Stunden aufgebrochen war. Dachte ich.

Dritter Teil

Ich bin es nicht

1.

Meine Augen waren nicht groß genug für alle die Lichter, die auf mich ein blinkten. Und meine Ohren suchten im Durcheinander der fremden Geräusche den sie alle verbindenden Grundton.

Noch nie hatte ich so viele Autos gesehen. Die mit Lieferwägen und Lastwägen um die Wette hupten. Ohne jedes erkennbare System fuhren sie hintereinander, nebeneinander und aufeinander zu.

Ich erschrak, wenn sich Notärzte, Polizeiautos oder Krankenwägen mit Sirenen und bläulich rotierenden Lichtern ihren Weg durch das hin und her wabernde Chaos bahnten.

Geblendet vom Gewirr sich überlagernder Scheinwerfer, Leuchtreklamen und ausgestrahlter Schaufenster torkelte ich über die Gehwege. Durch das brausende Gewimmel von Fußgängern, Radfahrern, Motorrollern und Autos.

Ich ließ mich immer tiefer hineinstrudeln in das pulsierende Herz der Großstadt.

Das vielschichtige Rauschen, das aus allen Straßen und Plätzen auf mich zuströmte, schien jeden Winkel auszufüllen. Hoch über den Straßen sah ich Drähte. An denen große Laternen im böigen Wind hin und her schwankten. Und mich mit ihrem grellweißen Licht zu Boden drückten.

Blauweiße Züge polterten mitten auf der Straße durch das Gewühl. Kreischten, wenn sie sich durch enge Gassen fädelten. All das Blinken, Strahlen und Rauschen setzte sich in meinem Kopf fort. Und ich fühlte, wie ich kleiner und kleiner wurde. In all dem Lärm und Licht.

Vergeblich versuchte ich, meine Sinne unter Kontrolle zu bringen. Wohin ich schaute, wohin ich mich drehte, immer wieder rasten neue Eindrücke auf mich zu. Die zusammenhanglos um mich herumwirbelten. Alles war gleichzeitig um mich herum. Und in mir. Je mehr mich die Stadt in sich hineinsog, desto mehr verdichteten sich die Bilder, in die ich eintauchte. Und die mich in sich aufnahmen. Ich erschrak, als mein Blick eine auf einer Säule sitzende riesige runde Uhr streifte.

Es war bereits Mitternacht.

Um diese Stunde würden in Lapping nur noch Katzen über die Höfe und Dorfstraßen streunen. Die Türen der Häuser wären längst fest verschlossen. Das einzige Licht wäre das Licht der Sterne. Die auf Lapping hinunterschauten. Und auch das nur aus weiter Ferne. In sicherem Abstand zu unseren drei Dörfern.

Ich hob meinen Kopf. Schaute nach oben.

Da gab es weder Sterne noch Nachthimmel. Ein orangeschwarz gefleckter Schleier hing über den hektisch ineinander blinkenden Lampen, Ampeln und Scheinwerfern.

Bestimmt blinken über diesem Lichtschleier Sterne auf München herab. Dachte ich. Falls sie nicht gerade durch Wolken verdeckt werden. Und ich wunderte mich, dass mir die Sterne, die mir in Lapping nichts bedeutet hatten, plötzlich fehlten.

Schließlich gelang es mir, meinen Blick auf ein Straßenschild zu bündeln. Ich las ‚Schillerstraße‘. Und schon beim ersten schummrigen Eingang blieb ich stehen.

‚Bar Sanssouci‘ stand mit bunten Leuchtbuchstaben über der offenen Tür. Ein roter Samtvorhang wehte mir entgegen. Wie von einem Magneten angezogen, bewegte ich mich auf den Vorhang zu.

Ich hatte noch nie eine Bar betreten. Ich kannte das Wort aus einem Wildwestfilm, den ich in Drebelsberg mal gesehen hatte. Doch statt Cowboys mit an ihren Gürteln baumenden Revolvern, lümmelten hier auf den Barhockern spärlich bekleidete Mädchen. Die gelangweilt Rauchkringel vor sich her bliesen.

Ich zögerte, ob ich nicht sofort wieder umkehren und die Bar verlassen sollte. Doch noch bevor ich eine Entscheidung treffen konnte, kam eines der Mädchen auf mich zu. Schob mich auf den Barhocker, den sie gerade verlassen hatte. Drückte das daneben sitzende Mädchen beiseite. Setzte sich neben mich. Fing an, mit rauchiger Stimme auf mich einzusäuseln. Und überredete mich schließlich, ‚ein Fläschchen' mit ihr zu trinken. Sie schnippte mit den Fingern zum Tresen hin. Ein anderes Mädchen schaukelte eine Flasche Sekt an unser Tischchen. Und während sie von ihrem Glas nur nippte, forderte sie mich zu immer größeren Schlucken auf.

Die Flasche war bald leer. Und als sie eine weitere bestellen wollte, gab irgendetwas mir den Befehl, den Fünfzigmarkschein aus meiner Hosentasche zu ziehen. Um ihr anzudeuten, dass dies mein einziger Schein war.

Sie schnappte sich den Schein. Sah mich irgendwie traurig an. Stellte ihr Säuseln ein. Ließ sich vom Hocker gleiten. Und schlingerte auf einen Gast zu, der gerade durch den schweren roten Vorhang eingetreten war.

Als ich aufstehen wollte, um die Bar wieder zu verlassen, fiel mein Blick auf ein sehr kurzhaariges, weißblondes Mädchen, das zu mir herüber lächelte. Und sich auf einem Barhocker räkelte, als sei ihr Hintern mit ihm verwachsen. Ihre Beine waren nackt. Und sie zeigte sehr viel davon. Während sie mit den in Goldsandalen steckenden Füßen auf und ab wippte.

Sie war nicht mit dem Barhocker verwachsen. Denn plötzlich bewegte sie sich auf mich zu. Lehnte sich an mich. Und sagte:

„Na, du Hübscher. Reicht es noch für einen Sekt für Sara?"

Es reichte nicht. Doch noch bevor ich ansetzen konnte, ihr dies mitzuteilen, rückte sie näher an mich heran. Zeigte mir ihre Zähne. Wölbte ihre Lippen. Und bedachte mich mit einem Lächeln, das ich nicht zu enträtseln wusste.

„Hat dich die Irmi einfach so sitzen lassen, du Armer. So ist sie, die Irmi."

Sie wiegte ihren Kopf hin und her, als bedaure sie, dass die Irmi so sei wie sie ist. Beobachtete geduldig meine Bemühungen, ihr auf etwas zu antworten, was sie nicht gefragt hatte. Und obwohl nichts aus mir herauskam, interpretierte sie meine Bemühungen richtig. Ihr Lächeln verschwand. Sie reichte mir meine Jacke. Zog mich durch den Vorhang in den Windfang. Und schob mich in die Nacht

177

hinaus. In meinem Kopf war es ungewohnt weich und samtig. Ich hatte noch nie Sekt getrunken.

Plötzlich kam Sara wieder heraus. Nahm meinen Kopf in ihre Hände. Bohrte ihre Zunge in meinen Mund. Lutschte darin herum. Leckte über mein Zahnfleisch. Sah mich noch einmal von oben bis unten und von unten nach oben an. Kehrte dann wieder in die Bar zurück. Und ließ mich mit bebenden Lippen und aufgeschreckter Zunge in der Kälte stehen.

Wie der elektrische Stoß des gräflichen Weidezauns von Gut Lapping fuhr es durch meinen Körper. War das die Art und Weise, wie sich Barmädchen von ihren Kunden verabschiedeten? Oder war das nur hier in München so? Dass Sara an mir interessiert sein könnte, kam mir nicht einmal in den Sinn. Was wusste ich schon über Barmädchen? Dass sie ihre Kunden mit einem fragwürdigen Lächeln zum Sekttrinken aufforderten. Und das Lächeln schlagartig verschwindet, wenn man kein Geld mehr hat, um eine weitere Flasche Sekt zu bezahlen. Soviel hatte ich inzwischen begriffen. Und dass Sara so ein Barmädchen zu sein schien. Mehr wusste ich nicht. Was ihr Abschiedskuss zu bedeuten hatte, konnte ich nicht einordnen.

Es fing wieder zu schneien an. Die Flocken setzten sich auf meiner Brille fest. Durch die die Großstadtlichter funkelten. Eisiger Wind kroch in meine Jacke.

Ich war müde. Und fror. Mein Geld hatte ich bei der Irmi gelassen. Wo konnte ich hingehen?

Ich schwankte durch die weihnachtlich geschmückten Straßen. Die Schilder waren verschneit. Aber das machte nichts. Ich wusste sowieso nicht, wo ich hingehen sollte. Plötzlich wurde mir übel. Und ich musste kotzen.

Was hatte ich mir eigentlich vorgestellt, als ich mich in Lapping an die Straße stellte? Dachte ich jetzt. Und ich musste mir eingestehen, dass ich mir gar nichts vorgestellt hatte. Nur raus aus Lapping. Sonst nichts.

Ich entdeckte eine Streusandkiste auf dem Gehweg. Und weil ich vom vielen Herumlaufen nun nicht mehr fror, kroch ich hinein. Legte meinen Kopf auf die Trageta-sche mit meinen Anziehsachen. Versuchte mich in den splittrigen Kies zu kuscheln. Und zog den Bretterdeckel über mir zu.

Bequem war es nicht. Aber die Holzverschalung schützte mich vor dem beißenden Dezemberwind. Mein Magen knurrte. Und es roch nach Hundepisse. Ich spürte meinen Körper schwerer und schwerer werden. Bevor mich die Müdigkeit aus meinem Bewusstsein vertrieb, sah ich unseren Küchentisch. Meinen Vater, der seine Moral-pauken hielt. Meine Mutter, meine Schwester und meinen Bruder, die geflissentlich auf ihre Teller starrten. Ich sah unsere drei Dörfer, die diese Szene umlagerten. Und ich schlief ein mit dem Gefühl, die große weite Welt betreten zu haben. Auch wenn sie sich fremd und frostig anfühlte. Nach Hundepisse stank. Und ein Bretterdeckel über mir lag.

2.

Scharfer Geruch ließ mich hochfahren. Ich stieß mit dem Kopf polternd gegen den Kistendeckel. Ein großer zotteliger Hund schaute mich verwundert an. Schüttelte sich. Und schlich davon. Ich starrte in meine Streusand-kiste, wusste minutenlang nicht, wo ich mich befand. Als ich auf der anderen Seite meiner Kiste einen Pinscher ent-deckte, der ausgiebig gegen die Bretter pisste, angelte ich mich aus der Bretterverschalung.

Es dauerte, bis sich meine abhanden gekommenen Knochen wieder in mir versammelt hatten. Ich hatte Hun-ger. Und Durst. Und erst jetzt merkte ich, dass ich am gan-zen Körper schlotterte.

Wieder erschien die Frage in meinem Kopf: wohin könnte ich gehen? Ohne Geld. Und ohne jemanden zu kennen. Und als mir der Onkel Hans einfiel, erinnerte ich mich an die Unzahl der Straßen, die ich nachts durchwan-dert hatte. Wie sollte ich ihn in dieser riesigen Stadt finden?

Ich wusste nicht einmal, wie die Straße hieß, in der er wohnte. Und ob er überhaupt noch in München lebte.

Die Laternen brannten noch. Die Nachtkälte hatte sich unter meiner Jacke festgesetzt.

Ich schlurfte zur nächsten Telefonzelle. Erschrak, als ich die dicken Telefonbücher dort liegen sah. In Lapping gab es vier Telefonanschlüsse. In der Dorfwirtschaft. Beim Raglkofer. Im Kramerladen. Und im gräflichen Gut. Hier lagen zwei in Metallhalterungen geklemmte dicke Wälzer. Die auf dünnen Seiten mit kleinen Namen und Nummern vollgeschrieben waren.

Unter dem Buchstaben „S" gab es viele Soberts. Doch einen Hans Sobert gab es glücklicherweise nur einmal. Dahinter stand eine Telefonnummer. Und „Schlösslanger 14'.

Ohne Geld konnte ich nicht anrufen. Ich entschied mich für eine Richtung. Und obwohl ich wusste, dass ich den Onkel Hans so nie finden würde, fing ich einfach zu gehen an.

Ich fragte vorübereilende Fußgänger. Die meisten ließen mich mit meinem angefangenen Satz stehen. Bis ich den Straßennamen herausgebracht hatte, waren sie schon außer Hörweite.

Die wenigen, die stehenblieben, trippelten vor sich hin. Als fürchteten sie, auf dem eisbedeckten Gehweg festzufrieren, wenn sie sich nicht bewegten. Rieben ungeduldig ihre Hände aneinander. Wiederholten den Straßennamen. Hoben ihre Schultern. Und gingen eilig weiter.

Ich kam auf eine mit Linden gesäumte Straße, auf der sich Autos in beiden Richtungen von Ampel zu Ampel vorwärtsdrängten. Die breiten Gehwege waren mit Fußgängern vollgestopft. Sie hetzten in alle Richtungen. Rempelten mich an. Schüttelten ihre vermummten Köpfe. Und fluchten über den langhaarigen Träumer, der ihnen im Weg stand.

Meine Zunge klebte am Gaumen fest. In meinem Magen klopfte und wummerte es. Der kalte Wind war in meine Knochen eingedrungen. Ohne zu wissen wohin, ging ich weiter. Versuchte die Kälte aus mir heraus zu stampfen. Die Straßen liefen auf große oder kleine Plätze zu. Verzweigten oder verbreiterten sich. Mündeten neuerlich in Straßen. Oder endeten in Sackgassen. Ich kam durch Parks, die viel größer waren als der Lappinger Wald. Und irgendwann spürte ich die Kälte nicht mehr. Gierig trank ich ein paar Schlucke aus einem Springbrunnen. Das Wasser schmeckte sumpfig, aber meine Zunge löste sich vorübergehend von meinem Gaumen. Der Hunger fraß weiter an meinen Magenwänden.

Auf einer Parkbank sah ich eine aufgerissene Semmel, an der Tauben herumpickten und sich gegenseitig verjagten. Ich verscheuchte die Tauben. Hob die zerpickte Semmel mit beiden Händen an meinen Mund. Doch schon beim ersten Biss hob sich mein Magen wieder. Ich würgte säuerlichen Saft über die Semmel. Und überließ sie wieder den Vögeln.

Als die Dämmerung einsetzte, begriff ich, dass ich einen ganzen Tag durch die Stadt geirrt war. Und noch immer nichts gegessen hatte. Doch die sich in meiner Körpermitte ausbreitende Leere betraf mich nicht mehr. Hatte nichts mit mir zu tun.

Die an den Drähten baumelnden Laternen leuchteten auf. Verscheuchten das restliche Tageslicht. Ansonsten gab es keinen Unterschied zwischen Tag und Nacht. Nach wie vor schoben sich Autos über die Straßen voran. Weißblaue Bahnen polterten zwischen ihnen hindurch. Und zahllose Fußgänger eilten aneinander vorbei, ohne sich auch nur eines Blickes zu würdigen.

Meine Beine fühlten sich an wie zwei an meinen Rumpf geflanschte Rohre. Die mich durch einen von mir abgetrennten Mechanismus immer weiter fortbewegten. Erst als mein Blick die Streusandkisten streifte, merkte ich, wie müde ich war.

Ich hob die Deckel der Bretterverschalungen. Einige waren vollgekotzt. Andere verschissen. Oder an streunende Katzen vergeben. Nach Pisse rochen sie alle.

Die Müdigkeit hing wie ein Bleimantel um meinen Körper. Schließlich kroch ich in die nächstbeste Kiste. Kratzte mit meinen vor Kälte prickelnden Händen den gefrorenen Streusand zu einer Kuhle auseinander. Bettete mich darauf. Krümmte mich zusammen. Und zog den Deckel über mir zu.

In dieser zweiten Nacht der großen Freiheit fror ich so sehr, dass ich mehrmals aus meiner Kiste klettern musste. Um mich mit Armen und Händen warm zu schlagen. Doch die Kälte befand sich tief unter meiner Haut. Sie ließ sich nicht wegschlagen. Ich erinnerte mich an meine Tragetasche. In der es noch einen Pullover und eine Garnitur Unterwäsche gab. Um mir die Unterwäsche anzuziehen, müsste ich mich erst ausziehen. Was mir bei dem eiskalten Ostwind unvorstellbar erschien. Die Unterhosen zerrissen beim Versuch, sie über meine Hosen zu streifen. Wenigstens ließ sich das Unterhemd mitsamt dem zusätzlichen Pullover über meine Jacke ziehen. Dann stieg ich wieder in meine Kiste zurück.

Kaum hatte ich den Deckel zugezogen, begannen Katzen gegen die Bretterritzen zu maunzen. Ich hob den Bretterdeckel und versuchte sie wegzuzischen. Aber kaum hatte ich sie verscheucht, kamen die Hunde. Bellten, jaulten und winselten. Kratzten mit ihren Pfoten an der Verschalung meiner kärglichen Unterkunft. Der gefrorene Sand stach durch alle Kleidungsstücke hindurch in meine bibbernde Haut.

An Schlafen war nicht zu denken.

Doch auch wenn die große Freiheit nicht so war, wie ich sie mir vorgestellt hatte, bereute ich keine Sekunde lang, von Lapping aufgebrochen zu sein.

Irgendwann wurde mein Durst so fordernd, dass ich aus meiner Kiste kletterte. Die schmutzigen Schneereste vom Deckel der Verschalung kratzte. Sie zwischen meinen Händen zerrieb. Sie in mich hineinschlürfte. Und sofort wieder ausspuckte.

Die Flasche Sekt von der Bar ,Sanssouci' tauchte vor mir auf. Wurde größer und größer. Als ich dann auch noch

Saras Kuss auf meinen eiskalten Lippen spürte, beschloss ich, die Bar nochmal aufzusuchen.

Die Straßen waren jetzt deutlich leerer. Nur ein paar Taxis rumpelten über das Kopfsteinpflaster. Ich weiß nicht, wie ich den Weg zum Hauptbahnhof und zu Schillerstraße fand. Aber ich fand ihn.

Die Bar war schon geschlossen. Für mich würde sie sowieso verschlossen sein, wurde mir jetzt klar.

Ohne Geld kein Sekt. Ohne Sekt keine Sara.

Ich stand eine Weile vor der geschlossenen Bartür. Versuchte immer noch die Kälte aus meinen Füßen zu stampfen. Meine Nase fing an zu tropfen. Und als ich nach meinem Taschentuch fingerte, raschelte ein Zettel in meiner Hosentasche.

In krakeliger Schrift las ich: ‚Sara Leiden, Elvirastraße 19.‘

Sara musste ihn mir zugesteckt haben, als sie nochmal aus der Bar herausgekommen war. Und mir ihre Zunge in meinen Mund geschoben hatte.

Ich schöpfte neue Hoffnung. Die sofort wieder zusammenschrumpfte.

Wie sollte ich Sara Leiden in diesem Straßengewirr finden? Wo ich doch schon bei der Suche nach meinem Onkel Hans so kläglich gescheitert war. Und würde ich überhaupt den Mut haben, bei ihr zu klingeln, wenn ich sie fände?

Um diese Nachtzeit waren kaum noch Fußgänger unterwegs. Ich fragte nach der Elvirastraße. Doch die Münchner schienen selbst nicht zu wissen, wo sich ihre Straßen befanden.

Vielleicht rasten sie deshalb den ganzen Tag über in alle Richtungen. Weil sie nach ihren Straßen suchten. Dachte ich.

„Ja, ich kenne Elvirastraße. Freundin wohnt dort,“ sagte schließlich ein älterer Mann mit entschuldigender Stimme. Als sei es ihm peinlich eine Freundin in der von mir gesuchten Straße zu haben. Er war kein Münchner, das war deutlich zu hören.

„Nicht weit," fügte er hinzu. Beschrieb mit ausladenden Gesten, wie ich zu gehen hätte. Verschwand dann hinter dem nächsten Häuserblock, ehe ich mich bei ihm bedanken konnte.

Seine Vorstellung von Entfernungen stimmte nicht mit meiner überein. Denn erst nachdem ich das Bahnhofsviertel in immer größeren Kreisen durchforscht hatte, sah ich das Straßenschild.

Die Eingangstür der Nummer neunzehn war nur angelehnt. Saras Wohnung befand sich im ersten Stock. Ich klingelte. Ich sah wie sich der Schieber am Guckloch bewegte. Die Tür ging auf. Sara erschien im Türrahmen. In Büstenhalter und Höschen.

„Der Philosoph," sagte sie, „du hast also meinen Zettel gefunden?"

Philosoph? Sie verwechselt mich mit einem ihrer Freier, dachte ich. Starrte auf ihren Büstenhalter, ihr Höschen und das, was unverdeckt war. Vor allem auf das.

Vielleicht sah sie in jedem, der lange Haare hatte und einen Bart trug, einen Philosophen. Dachte ich. Egal, ob sie mich oder einen anderen meinte. Hauptsache, sie lässt mich in ihre Wohnung.

Später erfuhr ich, dass jeder, der Fragen stellte, für sie ein Philosoph war. Das wunderte mich. Denn ich stellte keine Fragen. Jedenfalls nicht laut. Und nicht in ihrer Gegenwart. Vielleicht sah ich einfach nur aus, wie einer, der Fragen stellte. Ob er sie nun aussprach oder nicht. Also war ich ein Philosoph für sie.

„Tote Hose heute im ‚*Sanssouci*'," klärte sie mich auf, „da haben sie mich nach Hause geschickt."

Auf dem Heimweg habe ihr ein nächtlicher Autofahrer doch noch zu einer unerwarteten Einnahme verholfen. Sie sei gerade erst nach Hause gekommen. Die Geräumigkeit des Wagens schien Eindruck auf sie gemacht zu haben. Sie erwähnte es mehrmals.

Ihre schaukelnden Hüften geleiteten mich in einen Raum, der ähnlich schummrig wie die ‚Bar Sanssouci' beleuchtet war. Als Sara auf einen Schalter drückte, der zwei grelle Strahler auf einen monströsen Kühlschrank zielen ließ, spürte ich, wie meine Knie zu zittern anfingen. Und ich musste mich am Türrahmen festhalten.

Sara lachte laut auf.

„Willkommen auf unserem Stern!"

Sie musterte mich ausführlich.

„Eigentlich müsste ich enttäuscht sein," sagte sie, „meinen Kunden wird bei meinem Anblick schwindelig. Du starrst mich zwar an. Aber du meinst meinen Kühlschrank."

Sie winkt ab, als ich meinen Mund öffne.

„Lass mich raten! Du hast dein letztes Geld für einen miesen Sekt und ein billiges Barmädchen verpulvert."

Sie maß mich noch einmal von oben bis unten.

„Und nun bist du blank. Und weißt nicht wohin."

In zwei knappen Sätzen hatte sie meine Situation zusammengefasst.

Ich stierte immer noch auf ihren Kühlschrank.

Sie sah es. Genoss es. Schien stolz auf ihn zu sein.

„Den", sie machte eine ausladende Geste, „den hab' ich für meine Kunden besorgt. Die kriegen immer einen Mordshunger. Hinterher. Für das Wenige, was sie geleistet haben."

Sie kicherte.

„Und, wie du gleich sehen wirst. Da geht ordentlich was rein."

Sie riss die Kühlschranktür auf. Schaukelte sich beiseite, um mir einen freien Ausblick zu gewähren. Und als ich sah, was sich da auf mehreren Gitterrosten im weißen Licht auf- und ineinander türmte, verließ mich die Kraft in meinen Beinen. Ich sackte zusammen.

Sara lachte gellend auf.

„Mann! Du scheinst wirklich Hunger zu haben. Und auf deinem Gesicht, igitt, diese Flecken! Sind das

Erfrierungen? Es werden dir doch nicht die Ohren abfallen! Oder die Nase!"

Sie verzog ihren Mund.

„Jedenfalls nicht, solange du hier bei mir bist.

Sie betastete mein Gesicht. Und wandte sich ab.

„Hätte ich mir denken können, die Seife ist dir wohl auch ausgegangen? Mit wem lasse ich mich da nur ein?"

Ihre Stimme drang von weiter Ferne zu mir herüber. Alles in mir hatte sich an ihren Kühlschrank gekrallt.

Ich rappelte mich hoch. Ließ ihn dabei keinen Augenblick aus den Augen. Sara schob mir einen Stuhl unter. Warf eine mit Stickereien versehene Decke über den Tisch. Nahm einen Teller und ein Glas aus dem darüber hängenden Küchenschrank. Stellte beides vor mich hin. Und legte Messer und Gabel daneben.

Die Wärme in meinem Körper nahm immer mehr zu.

Sie beobachtete interessiert, wie ich versuchte, aus meiner Jacke zu kommen. Dann zog sie an den beiden Ärmeln. Und verfiel in hysterisches Gelächter, als sie mein Unterhemd und die zerrissene Unterhose über zwei Pullover gestreift sah.

„Igitt!" rief sie wieder, es war eines ihrer Lieblingswörter, wie ich später feststellte, „was für einen Penner habe ich in meine Wohnung gelassen?"

Sie schlich um mich herum.

„Naja, es ist bald Weihnachten. Man muss Gutes tun."

Unfähig, meinen Blick davon abzuwenden, schaute ich auf die Fülle, die sich in diesem Kühlschrank stapelte. Bis endlich die erlösenden Worte aus ihrem Mund kamen.

„Hau rein, Mann! Bevor du mir ganz zusammenklappst!"

Und ich machte mich über ihren Kühlschrank her. Und haute rein. Wie sie es mir befohlen hatte.

Sie sagte noch: „Du entschuldigst, dass ich nicht mitesse? Der vorhin, du weißt schon, der mit dem großen Wagen, der hat mich dermaßen vollgesülzt. Mir ist der Appetit vergangen. Wenn du verstehst was ich meine."

Ich verstand nicht, was sie meinte. Dachte auch nicht weiter darüber nach. Es war mir egal, ob sie oder irgendwer mitaß.

Zuerst kippte ich eine Flasche Bier in mich hinein. Türmte dann wahllos Wurst und Käse auf meinen Teller. Kramte ein paar mit exotischen Salaten gefüllte Plastikschachteln heraus. Trotz übermächtigen Hungers gönnte ich mir das Ritual, alles säuberlich nebeneinander auf dem Küchentisch vor mir aufzubauen. Und fing an, gierig in mich hineinzuschlingen.

Sara prustete.

„Warte! Warte! Ich lege dir noch ein paar Brotscheiben in den Toaster. Du kannst das Zeug doch nicht einfach so ohne Brot essen."

Brot, dachte ich, als die gebräunten Toastscheiben hochhüpften.

„Mach ihn ruhig leer! Unten gibt's einen Supermarkt. Die haben so viel von dem Zeug, dass sie's verkaufen müssen. Auch wenn's das Geld nicht wert ist, das sie dafür verlangen."

Ich warf ihr einen fragenden Blick zu.

„Du kannst es ja nachher abarbeiten. Ich geh schon mal vor," kicherte sie. Es klang wie das Glöckchen des Christkinds an Heiligabend.

„Mann, was musst du für einen Hunger haben!" fügte sie kopfschüttelnd hinzu. Und wippte aus der Küche.

Es war unmöglich, Saras Kühlschrank leer zu essen. Ich aß so viel, bis alles wieder aus mir herauskam. Und weil mein Magen nun wieder leer war, machte ich mich noch einmal über den Kühlschrank her. Der immer noch halb voll war. Ich wählte nun gezielter aus. Kaute sorgfältiger. Schaffte es aber auch beim zweiten Anlauf nicht, den Kühlschrank zu leeren.

Vielleicht sollte ich was für die Hunde einstecken. Um sie von meiner Bretterkiste fernzuhalten. Ich verwarf den Gedanken wieder. Die Hunde würden immer mehr wollen.

Und mir nicht mehr von der Seite weichen. Außerdem würde Sara es merken, wenn ich mit ausgebeulten Taschen die Wohnung verließ. Ich holte noch ein Bier aus ihrem Kühlschrank. Trank die Flasche aus, ohne abzusetzen. Und machte mich auf die Suche nach meiner großzügigen Gastgeberin.

Ihre Wohnung bestand nur aus Küche, Schlafzimmer und Bad. Ich fand Sara sofort. Sie lag rücklings auf einem runden Bett. Streckte ihre Arme aus. Zog mich zu sich herunter. Bohrte wieder ihre Zunge zwischen meine Lippen, wandte sich angewidert von mir ab. Grunzte „pfui Deibel, du riechst nach Kotze". Und noch bevor ich die Schlafzimmertür erreicht hatte, um in ihr Bad zu gehen, war sie schon eingeschlafen.

3.

Das Scheppern der Müllabfuhr riss mich aus dem Schlaf.

Sara hockte neben mir im Bett. Der Lärm hatte auch sie geweckt. Sie trank Orangensaft aus einem großen Glaskrug.

„Trink," sagte sie und hielt mir den Krug hin, „da sind Vitamine drin, die dich fit machen."

Als der Krug leer war, ließ sie ihn achtlos zwischen uns rollen. Kuschelte sich in die vielen Kissen, die auf ihrem Bett herumlagen. Gähnte. Und fing an, vor sich hin zu murmeln.

„Ihr Dörfler tut mir irgendwie leid. Ihr findet euch im Gewirr der Großstadt nicht zurecht. Strandet, wie von einem Magneten angezogen, in einer der buntbeleuchteten Bars. Die nach großer weiter Welt für euch riechen. Bis wir euch abzocken. Und die Welt für euch noch kleiner wird, als sie vorher schon war. Ihr tut mir leid, ihr armen Tröpfe. Einerseits lebe ich von euch Einfaltspinseln. Andererseits hindert mich mein gutes Herz, euch verrecken zu lassen. Was soll ich machen? Sag du's mir, mein Philosoph!"

188

Weil ich nichts darauf zu sagen wusste, und vermutlich auch nicht schnell genug was aus mir herausbekommen hätte, streichelte ich ihren Bauch.

„Jetzt nicht, Philosoph! Sara muss schlafen. Vielleicht klappt's ja beim nächsten Mal."

Und während sie sich tiefer in ihre Kissen kuschelte, sagte sie:

„Aber einziehen bei mir is nich. Saras Wohnung ist keine Pennerbude. Ist das soweit für dich ausgeleuchtet?"

Ich zog mich an. Und als ich die Wohnungstür hinter mir zuziehen wollte, rief sie mir noch hinterher:

„Aber wasch dich, bevor du meinen Luxuskörper besteigen willst! Und spül dir das nächste Mal deinen Mund aus, wenn du gekotzt hast! Soweit ausgeleuchtet?"

Sie sah mich an. Und nickte.

„Ich verstehe. Du kannst natürlich meine Dusche benutzen. Der Abfluss wird schon nicht verstopfen."

Ja, es war für mich ausgeleuchtet. Sie nannte mich Philosoph, aber sah einen Penner in mir.

Immerhin stellte sie ein nächstes Mal in Aussicht, dachte ich, als ich die Ausgangstür zudrückte.

Ja, dachte ich, vielleicht klappte es ja das nächste Mal.

Während ich in der Innenstadt auf und ab schlenderte, spürte ich noch lange Saras weichen warmen Körper. Und ich versuchte einen Plan zu entwerfen.

Es war Winter. Ich brauchte ein wärmendes Dach über dem Kopf. Und irgendwann würde ich wieder Hunger bekommen.

Da blieb mein Blick an einem Bettler hängen, der sich gerade vor einem Kaufhauseingang auf einer Zeitung hockte. Weiter vorn, Richtung Marienplatz, sah ich einen bärtigen alterslosen Mann auf seinem Mantel sitzen. Mit der einen Hand streichelte er ein zusammengerolltes Hündchen, das neben ihm auf seinem Mantel kauerte. Die andere streckte er den Vorbeigehenden entgegen.

Auf der gegenüberliegenden Straßenseite sah ich eine Frau mit Kopftuch, die ein Schild vor sich hinhielt und ein Tellerchen auf dem Schoß hatte.

Und dann sah ich immer mehr Frauen und Männer, die sich an den Hauswänden und Geschäftseingängen positioniert hatten. Und flehende Blicke an die Passanten sandten.

Die meisten saßen auf verschlissenen Mänteln. Andere standen. Einige hatten Hüte vor sich liegen. Andere musizierten hinter ihren geöffneten Instrumentenkoffern. Einige starrten nur stoisch vor sich hin. Hoben ihre gewölbten Handflächen nach oben. Oder hielten einen krakelig beschriebenen Zettel. Auf dem sie sich für taub, stumm, blind oder nur einfach für hungrig erklärten. Es gab Frauen, die ihre Babys vor ihre Brüste drückten und auf Heiligenbilder deuteten, die vor ihnen aufgereiht lagen. Und es gab jene, die mit mehr oder weniger niedlichen Hunden herumkuschelten.

In manchen Passagen hockten Männer in zerschlissenen Jacken, die mit erloschenen Augen ihre ramponierten Ziehharmonikas kneteten. Und nicht einmal aufschauten, wenn Münzen in ihren Instrumentenkoffer plumpsten.

Alle versuchten mit dem, was sie taten oder nicht taten, die Herzen der Vorübergehenden zu erweichen. Appellierten an ihr Mitleid mit Hunden, Zetteln, Tönen, gequälten Stimmen und schmachtenden Blicken.

Sollte ich es auch mit Betteln versuchen?

Aber ich hatte weder einen Geigenkasten noch einen Akkordeonkoffer oder Hut, wo die Leute ihr Geld hineinwerfen konnten. Ich hatte kein Kind, um es vor mir hochzuheben. Keine Heiligenbildchen. Auch kein niedliches Hündchen, das an die Herzen der Passanten rühren könnte. Hatte nicht einmal Stift und Zettel. Um als Taubstummer oder Blinder auf ihr Mitgefühl zu pochen.

Meine Mundharmonika hatte ich bei meinem hastigen Aufbruch aus Lapping vergessen. Hatte bisher auch nur für die Fichten im Lappinger Wald gespielt. Niemals würde ich den Mut aufbringen, vor all den vorbei hastenden Menschen um Almosen zu blasen.

Vielleicht reichte es, wenn ich nur wortlos meine Hand aufhielte? Vielleicht erweckte diese karge Geste mehr Mitleid bei den Leuten als all das überflüssige Theater, das die Bettler veranstalteten, um die Vorbeieilenden zum Öffnen ihrer Geldbörsen zu bewegen.

Wo sollte ich mich hinstellen?

Ich sah, dass viele der Bettelnden an den Kaufhauseingängen und vor Geschäften lungerten. Vielleicht, weil es sich bei Kunden mit vollbeladenen Tüten besonders gut an ihr Gewissen klopfen ließ. Vielleicht auch nur, weil ihnen jedes Mal ein warmer Luftstrom entgegenblies, der sie wärmte, wenn sich die Flügeltüren öffneten.

Und während ich so dastand und noch darüber nachdachte, wie ich es mit dem Betteln anstellen könnte, spürte ich, wie eine Hand in meine Jackentasche eintauchte. Und sich schnell wieder zurückzog.

Ich zuckte zusammen. Drehte mich in alle Richtungen. Doch da war nur die dahintreibende Masse von Fußgängern. Die sich zwischen den Autos und Straßenbahnen vom Karlstor zum Marienplatz hin und her wälzte. Alle hatten es eilig, sich durchzuschleusen. Und wenn die Straßenbahnklingel kreischte, rempelten sie sich gegenseitig von den Schienen. Jeder von ihnen konnte es gewesen sein.

Sah ich aus, wie jemand, bei dem es etwas zu stehlen gab?

Ich betrachtete mich in der Schaufensterscheibe. Und ich sah den, den Sara vor sich gesehen hat. In der Scheibe spiegelte sich ein Penner. Und jetzt musste ich lachen. Jemand hat versucht, mir, dem Penner, was aus der Tasche zu klauen!

Ich griff hinein und zog ein zerknittertes Papier heraus. Und erschrak, als ich einen Hundertmarkschein in meiner Hand sah. Ich drehte den Schein mehrmals hin und her. Schaute mich um. Hatte mich vielleicht der Onkel Hans gesehen? Und mich nicht ansprechen wollen, weil er sich für mich schämte? Nein. Der Onkel Hans hätte mich angesprochen. Da war ich sicher. Wer aber war es dann? Ich kannte sonst niemanden in München. Nur die Flügelhaubenschwestern in der Nervenklinik. Und Ernst Ferstl. Die würden mir kein Geld zustecken. Und schon gleich keine hundert Mark.

Ernst Ferstl ließ meine Gedanken abdriften. Erst jetzt erinnerte ich mich, dass ich mich in derselben Stadt befand, in der ich unter der zweifelhaften Obhut der Flügelhaubenschwestern ein Jahr lang Ernst Ferstls Sklave gewesen war. Ich wischte die Erinnerung beiseite. Vermutlich war er längst nicht mehr hier. Und wenn, in dieser riesigen Stadt würde er mich niemals finden.

Ich strich den Geldschein zwischen meinen Fingern glatt.

Hundert Mark! Das ist doppelt so viel Geld, wie ich in den vielen Wochen beim Nädler verdient und in einer halben Stunde in der ‚Bar Sanssouci‘ ausgegeben habe.

War es etwa Sara, die ihr weihnachtliches Gutes-Tun weiter vertiefen wollte? Nein. Sara schlief noch. Und sie würde mir sicherlich keine hundert Mark zustecken.

Also ein Unbekannter. Einer, der Mitleid hatte, als er mich so stehen sah?

Mitleid für hundert Mark? Das verwirrte mich. Wie musste ich wirken, dass jemand für hundert Mark Mitleid mit mir hatte? Noch einmal musterte ich mich im Schaufenster. Ich sah etwas langes Dünnes mit Nickelbrille und wirr abstehenden Haaren. Naja. Als ich meinen Kopf schüttelte, wogte die Haarmähne hin und her.

Hatten mich meine Erwägungen zu betteln schon zum Bettler gemacht?

Ich habe nie erfahren, wem ich diesen Hundertmarkschein zu verdanken hatte. Erst viele Jahre später erfuhr ich, dass der Onkel Hans nicht der großzügige Spender des Hundertmarkscheins gewesen sein konnte. Weil er damals schon tot war.

Jedenfalls verhalf mir die oder der großzügige Unbekannte zu dem Entschluss, Bettler zu werden. Ich wurde gleichsam in die Bettlerrolle hineingedrängt. Und als auch ich den Vorteil der Kaufhauseingänge für mich nutzen wollte, entdeckte ich, dass die meisten Eingänge bereits von anderen Bettlern eingenommen worden waren.

Schließlich fand ich einen Tabakladen, der ziemlich frequentiert schien und bei jedem Türöffnen einen Schwall warme Luft auf den Gehweg hinaus blies.

Ich kauerte mich davor. Wartete. Ständig darauf gefasst, als wenig erbauliches Aushängeschild vom Ladenbesitzer verscheucht zu werden. Doch dem schien es nichts auszumachen, dass ich vor seinem Laden saß und melancholisch vor mich hinschaute. Ich hatte das große Taschentuch vor mir ausgebreitet, das meine Omi mir vor Jahren zu Weihnachten geschenkt hatte. Und wartete. Nun gehörte ich zu ihnen. Jedenfalls glaubte ich das.

Es waren vor allem ältere Frauen, die stehenblieben, wenn ich in ihr Blickfeld geriet. Sie waren es auch, die das Geld nicht einfach vor mich hinwarfen. Und schnell weitergingen. Sie betrachteten mich. Zögerten. Gingen. Kamen noch einmal zurück. Begannen in ihren Handtaschen zu kramen. Ließen ein paar Münzen in meine Jackentasche gleiten. Oder legten sie behutsam vor mich hin. Auf mein Taschentuch.

Obwohl mein „Danke" meist erst herauskam, wenn die Frauen längst außer Sichtweite waren, schienen sie zu bemerken, dass ich es auf den Lippen hatte. Winkten ab. Pressten ihre Handtaschen wieder fest an ihre Körper. Um sich nicht von noch mehr Mitleid hinreißen zu lassen. Warfen mir einen aufmunternden Blick zu. Und watschelten davon.

Von Männern bekam ich nur selten was. Ohne mich eines Blickes zu würdigen, warfen sie mir die Münzen hin, wie einem Hund die Knochen. Und gingen schnell und hoch erhobenen Hauptes weiter, als würden sie sich beschmutzen, wenn sie sich zu mir herunterbeugten.

Einen Hundertmarkschein habe ich nie wieder erhalten.

Ein paar Schritte vom Tabakladen entfernt gab es einen Gemüsestand. Der Gemüsehändler war ein kleiner Mann. Der emsig um seine Waren herumwieselte. Und sich unentwegt verbeugte. Er trug ein wollenes Käppchen. Und einen graumelierten kleinen Schnauzbart.

Wenn ich am Eingang ‚meines‘ Tabakladens ankam, hatte er seinen Stand schon aufgebaut. Und wenn ich meinen Arbeitsplatz verließ, umkreiste er immer noch sein Obst und sein Gemüse. Pries es in alle Richtungen an. Verpackte die verkauften Waren mit flinken Händen in braune Papiertüten. Verbeugte sich dann noch einmal, wenn ein Kunde mit seinen Tüten weiterzog.

Bereits am ersten Tag meines Bettlerdaseins kam der Gemüsehändler zu mir herüber.

Ich sah auf seine schwieligen Hände. Mit denen er mir zu beschreiben versuchte, was ihm mit Worten nicht glückte. Wir verstanden uns von Anfang an. Obwohl ich ihm nicht mitteilen konnte, dass ich nicht verstand, was er sagte. Und seine Gesten nicht zu interpretieren wusste. Der Gemüsehändler wartete geduldig. Und als er sich ganz sicher war, dass doch nichts aus meinem Mund käme, verbeugte er sich. Ging zu seinem Stand zurück. An dem sich inzwischen eine Menschenschlange gebildet hatte.

Er bediente seine Kunden. Verbeugte sich auch vor ihnen, wenn sie mit seinen Tüten voll Obst und Gemüse wieder in das allgemeine Gedrängel eintauchten. Dann kam er wieder zu mir an den Tabakladeneingang. Reichte mir zwei Bananen. Sagte wieder etwas in seiner unverständlichen Sprache. Rieb seine Hände in der warmen Luft, die aus dem Tabakladen strömte.

Von nun an versorgte er mich täglich mit Bananen. Nur sonntags und feiertags baute er seinen Stand nicht auf. Und da mir seine Bananen beim Betteln fehlten, schlüpfte auch ich an Sonn- und Feiertagen aus meiner Bettlerrolle und gönnte mir eine Pause.

In dieser Pause kam ich zum ersten Mal nach langer Zeit zum Nachdenken. Und inmitten dieses Nachdenkens spürte ich plötzlich einen brennenden Schmerz, der tief in mir geschlummert haben musste und nur auf die Gelegenheit gewartet hatte, sich in meiner Brust breitzumachen. Und sich gegen meine Rippen zu stemmen. Der Schmerz trug mich über die Münchner Straßen und Häuser hinweg. Hoch über die flurbereinigten Felder des Gäubodens. Stürzte sich, wie ein Habicht, der tief unter sich Beute gesichtet hatte, jäh auf Lapping herunter. Um mich auf unserem fein säuberlich gejäteten Hof hart aufprallen zu lassen.

Meine Mutter stand an der Haustür. Rieb ihre Hände an ihrem Kittel. Und schaute zum Hoftor. Es sah aus, als stünde sie schon seit Wochen dort. Und wartete auf jemanden. Der Schmerz in meiner Brust brannte jetzt so sehr, dass er sich in Tränen verwandelte, die wie ein lange aufgestauter Fluss aus mir herausquollen. Und unseren Hof mitsamt seinem säuberlich darüber verteilten Kies von mir wegschwemmten. Nur meine Mutter stand noch hinter meinen Tränen. Losgelöst von Haus und Hof. Als hielte sie immer noch nach mir Ausschau. Wartete darauf, dass zurückkommen würde.

Ich rannte zur nächsten Telefonzelle.

Am Ton im Hörer meinte ich das schwarze Bakelit-Telefon auf dem Schreibtisch meines Vaters zu erkennen. Ich wusste, mein Vater würde nicht ans Telefon gehen. Und ich wusste auch, dass alle Telefone denselben Ton abgeben, wenn sie eine freie Leitung signalisieren. Trotzdem hatte ich das Gefühl, dass es nur diese eine Leitung gab, die diesen einen Ton erzeugte, um das schwarze Telefon auf dem Schreibtisch meines Vaters zum Klingeln zu bringen. Um meine Mutter ans Telefon zu rufen. Damit sie erführe, dass ihr ältester Sohn am anderen Ende der Leitung war. Und mit ihr zu sprechen wünschte.

Dann ließ ich den Hörer vom Ohr gleiten.

Was sollte ich ihr sagen. Dass ihr ältester Sohn ein Bettler geworden war und sich im fernen München mit dubiosen Mädchen herumtrieb? Da knackte es, der monotone Piepton verstummte.

„Gut Lapping," sagte die müde Stimme meiner Mutter. Und ich erschrak so sehr, dass ich den Hörer wieder an den Apparat hängte.

Wie sollte ich dieser müden Stimme mitteilen, dass ihr Sohn Heini, für den sein Vater jahrelang einen Platz im Internat bezahlt hat, um auf ihn stolz sein zu können, aus Lapping davongelaufen war, um Bettler zu werden?

4.

Sara gewährte mir dann doch einen dauerhaften Schlafplatz in ihrem Bett. Aber eben nur einen Schlafplatz. Ihren Körper behielt sie ihren Kunden vor.

Meist kam sie ohnehin erst in den frühen Morgenstunden nach Hause. Roch nach billigem Sekt, für den die Freier viel bezahlten. Gluckste vor sich hin. Schubste mich beiseite. Und rollte sich von mir weg.

Sie kam nur selten früher. Dann kuschelte sie sich neben mich. Nannte mich „ihren Philosophen". Und war schon kurz danach eingeschlafen. Wenn sie einen ihrer Kunden mitbrachte, zwinkerte sie mir kurz zu. Und ich verkroch mich im Bad. Um ihr Stöhnen nicht zu hören. Hörte es trotzdem. Ging in die Küche zurück und machte mich klappernd an ihrem Kühlschrank zu schaffen. Bis der Kunde aus ihrem Schlafzimmer torkelte, seinen Reißverschluss zuzog, einen abschätzenden Blick auf mich warf. Und die Wohnungstür ins Schloss fiel.

Sara wusste nichts von meiner Bettlerrolle.

Es interessierte sie nicht, womit ich tagsüber meine Zeit verbrachte. Ich war ihr Philosoph. Philosophen müssen nicht erklären was sie tun. Oder nicht tun.

Da sie einen Bevorratungstick hatte und ihren Kühlschrank täglich bis zum Bersten füllte, der Gemüsehändler mich zusätzlich mit Bananen versorgte, hatte ich kaum Gelegenheit, mein erbetteltes Geld auszugeben.

So hatte ich zum zweiten Mal in meinem Leben Geld. Viel mehr, als ich mir beim Nädler je hätte erarbeiten können.

Dann, eines Tages änderte sich alles.

Ich eilte, wie jeden Wochentag, durch das Karlstor auf ,meinen' Tabakladen zu, um die ,goldenen' Vormittagsstunden nicht zu verpassen, in denen, aus mir unerfindlichen Gründen, die Bereitwilligkeit der alten Damen am größten war.

Es war ein sonniger Frühlingstag. Die Innenstadt war wie ausgestorben. Nur wenige Fußgänger schlenderten durch die Kaufingerstraße. Und es fuhren auch kaum Autos. Die Vögel zwitscherten in den noch fast kahlen Bäumen. Bis die hochhackigen weißblauen Straßenbahnen menschenleer durch die Kaufingerstraße rumpelten. Und den Vogelgesang vorübergehend übertönten.

Verwundert stellte ich fest, dass die Kaufhäuser geschlossen waren. ,Mein' Tabakladen war mit einem Schiebegitter versehen. Und auch der Gemüsemann war nicht da.

Hatte ich einen Sonn- oder Feiertag übersehen?

Doch nun war ich schon mal da. Ich hockte mich vor das Gitter. Lauschte dem Zwitschern der Vögel. Und wartete. Vielleicht hatte sich ja doch die eine oder andere Dame zu einem Frühlingsspaziergang in die Innenstadt aufgemacht.

„Du machst den Job noch nicht lange, hab' ich recht?"

Ein Typ mit einem Bart, in den meiner mehrmals hineinpasste, hatte sich vor mir aufgebaut. Begutachtete mich wie ein Denkmal. Das am falschen Platz aufgestellt war.

„Ich bin der Walter."

Dabei wackelte er mit dem Kinn. Was seinen Bart mitwackeln ließ. Um ihn ruhig zu stellen, wühlte er sich mit allen zehn Fingern ihn hinein. Der Bart wackelte trotzdem weiter.

„Die Kluft ist passabel. Der Standort ist okay. Das Timing ist scheiße."

Er ließ noch einmal seinen Blick über mich wandern.

Ich machte „Ffffffei..."

„Feiertag?" unterbrach mich Walter, „nö! Generalstreik."

Er wühlte weiter in seinem Bart.

„Schon klar," brummte er, „ihr Penner benutzt Zeitungen nur, um euch damit zuzudecken. Und euch den Arsch abzuwischen."

„Bibibibin..."

Walter bewegte seinen Bart in alle Richtungen und grunzte:

„Das Stottern kommt gut. Doch."

Ich presste die Lippen aufeinander.

„Lass gut sein! Es hört sowieso keiner keinem zu. Wollen alle nur selber quatschen. Du hast eine Trumpfkarte, Mann. Aber das weißt du ja sicher selbst."

„Wwwa..."

Walter hob die Schultern. Er schien meine Fragen zu erraten.

„Was für'n Streik, meinst du? Keine Ahnung. Streik eben. Irgendwer will von irgendwem mehr Geld für weniger Arbeit. Wie immer halt. Hat mich gefreut dich kennenzulernen. Muss wieder nach Hause. Bilder malen."

Er war schon fast am Karlstor angekommen. Da drehte er sich nochmal um. Kam zurück.

„Übrigens, wenn's dir mal zu blöde wird, an zugigen Ladeneingängen die Hand aufzuhalten, hätte ich einen Tipp für dich."

„Ttt-...?"

„Jobben."

Ich presste die Lippen aufeinander.

„Nö, nö, keine Angst, mein Lieber! Ich hab' dabei nicht an Rundfunksprecher oder Vortragsredner gedacht. Oder so."

Er ging einmal um mich herum. Musterte mich nochmal. Blieb dann wieder vor mir stehen.

„Vergiss es! Du hast ja einen Job. Bist der geborene Mitleidschinder. Mach ruhig weiter so. Hast du auch einen Namen?"

Ich sagte „Heihei" und „Hoho".

„Macht nix," unterbrach mich Walter, „Heiheihoho" reicht mir."

Nach und nach gelang es mir, ihm mitzuteilen, dass ich weder Beruf noch Ausbildung hatte. Und aus der Schule geflogen war.

Diesmal unterbrach mich Walter nicht. Er hörte geduldig zu, bis alles aus mir herausgekommen war. Er schien vergessen zu haben, dass er Bilder malen wollte.

„Das klingt nach Penner auf Lebenszeit," sagte er und wühlte und zerrte wieder an seinen Barthaaren. Unter denen irgendwo sein Mund versteckt liegen musste.

„Ist es das, was du willst, Heiheihoho? Obwohl du natürlich eine gewisse Begabung hast."

Ich sah ihn fragend an.

„Es gäbe da eine Möglichkeit, ohne Schulunterricht das Abitur nachzumachen."

Ich hielt meine Hände abweisend von mir.

„Keine Sorge, Heiheihoho! Ich sagte: ohne Unterricht!"

Wieder hatte er erraten, was ich ihm entgegnen wollte.

„Du kannst dich beim Kultusministerium zum Abi anmelden. So genanntes Begabtenabitur. Du bist doch begabt?"

Er sah mich an. Wackelte wieder mit dem Kinn, nahm seinen Rauschebart dabei mit.

„Doch, doch. Du bist begabt."

Eine Straßenbahn kreischte durch die Kaufingerstraße. Blieb an der Haltestelle stehen. Niemand stieg aus. Niemand stieg ein. Eine Glocke ertönte. Walter wartete, bis die Straßenbahn außer Hörweite war.

„Du meldest dich einfach an. Natürlich wäre es ratsam, wenn du dich ein bisschen vorbereitest. Sonst kannst du's gleich lassen. Es sei denn, du bist ein Genie. Bis du ein Genie, Heiheihoho?"

Ich grinste. Er musterte mich wieder. Sein Bart wackelte weiter mit seinem Gesicht herum. Und wo sein Bart aufhörte, fingen seine Haare an, die sich in gewaltiger Mähne über seinen Kopf stülpten.

„Nun, vielleicht bist du ja ein Genie. Wie auch immer, es ist dir überlassen, wie und ob du dich auf die Prüfung vorbereitest. Es wird kein Unterrichtsnachweis verlangt. Verstehst du? Es sei denn, die haben inzwischen die Prüfungsbedingungen geändert. Was ich nicht glaube. In den Ministerien steht die Zeit still."

Er hielt inne. Als erwartete er jetzt eine Antwort von mir.

Dann fuhr er fort:

„Du meldest dich einfach beim Kultusministerium an. Erscheinst zur Prüfung. Bestehst sie. Gehst zur Uni. Und eroberst die Welt. Falls dir danach ist. Was hältst du davon, Heiheihoho?"

Ich konnte nicht erkennen, ob er mich verlachte. Zu viele Haare verdeckten sein Gesicht.

Noch ehe ich herausbrachte, woher er das alles wisse, hatte Walter meine Frage schon wieder erraten:

„Hab' ich selbst so gemacht. Ist ein Kinderspiel. Glaub's mir! Schule war auch für mich nichts. Brauchte das Abi, um auf die Kunstakademie zu gehen. Bringt nix, aber kommt gut. Jetzt tapeziere ich die Wohnzimmerwände braver Leute mit meinen Bildern. Sie sind so scheußlich, wie ihr Geschmack. Deswegen verkaufen sie sich gut."

Er machte eine Pause. Antwortete dann auf eine Frage, die ich noch gar nicht gestellt hatte.

„Ach so, du meinst, dazu hätte es keines Studiums bedurft? Falsch! Mit einem akademischen Titel verkauft sich der Schrott um ein Vielfaches besser."

Was das mit dem Jobben zu tun habe, von dem er gesprochen hatte, brachte ich nach einer Weile hervor.

„Nichts," sagte Walter, „jedenfalls nicht direkt. Ich sehe schon, du brauchst deine Zeit, bis du was rausbringst, kommst aber schnell auf den Punkt. Hab' ja gesagt, du bist begabt. Also, ich hab' da noch einen alten Studentenausweis. Den ich nicht mehr brauche. Mit dem Ausweis kriegst du Jobs, soviel du haben willst. Vorausgesetzt du willst jobben. Mit dem Geld hältst du dich über Wasser. Bereitest dich nebenher auf dein Abi vor. Und kannst deine Bettelei an den Nagel hängen. Ein Job bedeutet regelmäßigen Lohn. Das bringt die nötige Ruhe in dein Leben, um dich auf dein Abi vorzubereiten."

Er kramte ein Stück Pappe aus seiner Hemdtasche. Hielt es mir unter die Nase.

„Ja, ich weiß, das Foto. Ähnlichkeit habe ich ja gottseidank keine mit dir. Ja, ja da steht natürlich auch mein Name drauf und nicht deiner. Aber mach dir keine Sorgen, Heiheihoho! Bei der Jobvergabe schaut kein Aas, ob du darauf abgebildet bist oder ein anderer. Hauptsache Ausweis mit Foto."

5.

Eisiger Wind fauchte mir entgegen, als ich mich am späten Abend auf den Weg zur Elvirastraße machte. Da mir Sara nach wie vor den Zugang zu ihrem Körper verwehrte, begnügte ich mich mit ihrem Kühlschrank. Der sicher wieder neue Überraschungen enthielt. Ich drückte wie immer auf die Klingelknöpfe für das oberste Stockwerk. Unmittelbar darauf ertönte der Summer. Die Neonlampen im Eingangsbereich flammten auf. Und wie gewohnt rief eine müde Frauenstimme „Stefan?" von oben durch das Treppenhaus. Ich war schon bei Saras Wohnungstür angekommen, da tönte es noch einmal „Stefan?" von oben herunter. Und eine Tür schlug zu.

Saras Wohnungsschlüssel lag nicht am vereinbarten Platz unter ihrer grellbunten Fußmatte. Ich klingelte. Die Lampen im Treppenhaus erloschen wieder. Ich ließ mich nach unten sacken. Kauerte mich vor Saras Wohnungstür. Wie ich es in meiner Bettlerrolle gelernt hatte. Und wartete.

Ich musste eingenickt sein.

Ich fuhr hoch, als ich metallische Geräusche unten an der Haustür hörte. Jemand versuchte wohl vergeblich, den Schlüssel ins Schloss zu stecken. Eine Männerstimme lallte. Dann hörte ich Sara glucksen. Während es weiter an der Haustür rumorte, hörte ich es im Stockwerk über mir klingeln. Einen Augenblick lang herrschte Stille. Ein Lichtstrahl fiel ins Treppenhaus. Der Summer an der Haustür ertönte.

„Stefan?" rief die müde Frauenstimme.

Sara drückte die Tür auf. Zog sich giggelnd am Geländer hoch. Schleppte ihren Freier Stufe für Stufe hinter sich her. Auf halber Höhe, ging das Licht im Treppenhaus wieder aus. Damit sie nicht über mich stolperten, schnippte ich mein Feuerzeug an. Hielt es mir vors Gesicht.

„Uuuiii! Schau mal an, mein Philosoph sucht seine Mensa."

Sie beugte sich zu mir herunter, atmete mir gärigen Geruch entgegen. Der Mann, den sie hinter sich herzog, fiel vor meine Füße. Und grunzte.

„Was will denn der hier?"

„Ich hab' dich nicht hier herauf geschleppt, um blöde Fragen zu beantworten," lallte Sara. Fasste unter die Fußmatte. Griff ins Leere. Sah mich dann an, als habe sie gerade eine Erleuchtung.

„Ah ja, ich verstehe."

„Was soll das?" fragte der Mann, „warum sperrst du die Tür nicht auf, Klara?"

Ich sah auf eine blankpolierte Glatze und einen hellblauen Anzug mit weißen Streifen.

Sara brach in Gelächter aus.

„Was ist daran so komisch?"

Zwei kreisrunde Sonnenbrillengläser richteten sich auf mich.

„Weißt du das vielleicht, he?"

Um seinen Hals baumelte eine gelockerte rotgepunktete Krawatte. Er rappelte sich hoch. Zupfte am Revers seiner Anzugsjacke. Und befingerte seine Krawatte.

„Ich find das gar nicht komisch, Klara."

Er bemühte sich, Kraft in seine Stimme zu legen.

„Sperr jetzt endlich die beknackte Tür auf!"

Sara lachte immer noch. Begann in ihrer Handtasche zu wühlen. Puhlte einen Schlüsselbund heraus. Und warf ihn vor mich hin.

„Tut mir leid, mein Philosoph! Sara wird immer schusseliger. Sperr du auf!"

Der Man sah mich mit Plieraugen an.

„Was will denn der Penner hier?" lallte er noch einmal.

Ich konnte nicht feststellen, wer wem als Stütze diente. Schließlich erhielt ich die Antwort. Als Sara sich aus der Umklammerung freizumachen versuchte, rollte der Mann auf mich. Ich schob ihn beiseite. Sperrte die Tür auf. Knipste das Licht an. Die beiden krochen auf allen Vieren hinter mir her.

„Der Stefan hat doch tatsächlich versucht, mit seinem Schlüssel die Haustür aufzusperren!" amüsierte sich Sara. Deutete auf ihren Freier und tippte an ihre Stirn.

„Ich kann mir keine Namen merken. Er ja auch nicht," kicherte sie, „ich sag zu all meinen Kunden Stefan. Sie nennen mir sowieso nie ihre wirklichen Namen. Stefan passt immer."

Ich warf einen Blick gegen die Decke.

„Ja genau! Wie die Krinke da oben. Das hat mein Philosoph also schon herausgefunden? Ich hab' sie noch nie zu Gesicht bekommen. Sie scheint immer in ihrer Wohnung zu hocken. Hat wahrscheinlich gar keinen Stefan. Bildet ihn sich nur ein. Damit sie nicht merkt, wie allein sie ist."

Wieder tippte sie mit ihrem Zeigefinger an ihre Stirn.

„Mir kommt es gelegen. Wenn ich meinen Schlüssel gerade mal nicht finde, oder zu faul bin, ihn herauszufischen, klingele ich einfach bei der Krinke. Und sie macht auf und ruft ‚Stefan‘ ins Treppenhaus."

„Wie lange wollen wir hier noch herumpalavern?" raunzte der Kunde.

„Halt deinen Rand! Wir palavern so lange, wie wir Lust dazu haben, nicht wahr, mein Philosoph. Der meint, er kann uns den Mund verbieten, weil er ein Fläschchen Sekt bezahlt hat."

Dann verschwanden sie in ihrem ‚Arbeitszimmer‘. Und ich machte mich an ihren Kühlschrank.

Er offerierte, wie immer, neue Überraschungen. Schinken aller Art. Rohe, gekochte, geräucherte. Verschiedene Würste. Aufgeschnittene und in Häute gepresste. In kleine Plastikbehälter gefüllte Salate in allen Farbabstufungen.

Ich fing gerade an, die Köstlichkeiten aus Saras Kühlschrank vor mir auszubreiten, da hörte ich Saras aufgebrachte Stimme.

„Mach die Fliege, Stefan! Komm wieder, wenn du imstande bist, wofür du bezahlt hast! Fängt der doch tatsächlich an, mich abzubusseln, iiiih!"

Sie schob ihren Freier an mir vorbei durch die Küche. Und noch während er an seiner Hose fummelte und in seine hellblau gestreifte Anzugjacke zu schlüpfen versuchte, stieß sie ihn aus ihrer Wohnung. Warf ihm seine Pünktchenkrawatte hinterher. Schlug die Tür hinter ihm zu.

Winkte mir gut gelaunt zu. Und verschwand im Bad.

Ihr Freier klopfte noch ein paarmal kraftlos an die Tür. „Lass ihn ruhig klopfen, der rollt sowieso gleich die Treppen runter!" rief Sara aus dem Bad und erschien kurz darauf wieder in der Küche.

Sie wirkte jetzt völlig nüchtern. Ihr Lallen schien zu ihrem Auftritt gehört zu haben. Sie setzte sich neben mich. Stocherte lustlos in den Salaten herum.

Tatsächlich hörte ich jetzt ihren Freier die Treppe runterpoltern. Die Haustür fiel ins Schloss. In der nun eintretenden Stille hielt Sara mir ein Amulett an einer goldfarbenen Kette vor die Augen. Und sah mich herausfordernd an.

Ein puppenartiges Mädchen strahlte mir entgegen.

„Deideine Totochter?"

Sara lachte schrill auf.

„Igitt, nein! Was will ein Barmädchen mit einer Tochter?"

„Das ist Sara da auf dem Amulett. Ich. Besser gesagt: das *war* ich. Früher einmal. Niedlich, findest du nicht? Erzähl mir was aus deinem Leben, mein Philosoph! Hast du Kinder?"

Doch noch bevor ich ansetzen konnte, auf eine ihrer Fragen zu antworten, war ihr Interesse an meinen Antworten wieder erloschen. Sie nahm meine Hand. Zog mich hinter sich her.

Es roch nicht gut in ihrem Schlafzimmer. Das schien auch Sara zu bemerken. Sie fasste hinter ihr Bett, kramte eine Spraydose hervor und sprühte in alle Richtungen.

Ich musste husten.

„Bist du krank? Es soll ja grad wieder so'ne Grippe unterwegs sein. Bleib mir ja vom Hals, wenn du krank bist! Ich kann mir nicht leisten, mich anzustecken. Diese Typen strecken schon die Hände von sich, wenn ich mich nur räuspere. Alles Paniker!"

Ich deutete in die nebeligen Duftschwaden.

„Ach so," lachte sie, „das bisschen Duft bringt dich schon zum Husten? Du bist mir ja ein ganz ein Sensibler. Aber was soll ich machen. Sara braucht frische Luft."

Frische Luft? Dachte ich.

Völlig unerwartet, legte sie ihre Arme um meinen Hals. Säuselte „komm!" Schubste mich auf ihr Bett. Fing an, an meinem Gürtel zu nesteln. Schlüpfte unter mich, umklammerte mich mit ihrem ganzen Körper. Und hauchte in mein Ohr:

„Komm jetzt! Sara will es! Jetzt! Sag, dass du Saras Philosoph bist! Sag es! Jetzt!"

Sie ließ mir keine Zeit, es ihr zu sagen. Stieß gurrende Laute aus, während sie ein Kleidungsstück nach dem andern von mir zerrte.

Es war das erste Mal, dass sich Sara an mich heranmachte. Ich fühlte mich völlig überrumpelt. Hatte mich daran gewöhnt, dass sie ihren Körper nur ihren Kunden anbot. Aber nun schien der Krawattenheini ihren Appetit geweckt, aber nicht gestillt zu haben. Den sie nun mit mir zu stillen gedachte.

Ich weiß nicht, wie sie es schaffte, sich so an mich heran zu winden, dass sich alle unsere Körperstellen gleichzeitig berührten. Jedenfalls empfand ich es so. Sie umschlang mich mit ihren Oberschenkeln. Presste ihre Brustwarzen gegen meine. Kaute auf meinen Lippen herum. Und massierte mit ihren Fingerkuppen meine Ohrläppchen. Dann fing sie an, meine Zunge aus mir herauszulutschen. Wie Eiskugeln aus einer Waffeltüte. Und als sich Lust in mir zu bewegen begann, sah ich plötzlich ihre Kunden vor mir. Wie sie bei ihr aus- und eingingen. Stellte mir vor, wie sie an ihrem Körper herumfummelten. Und Sara an ihren. Und mir wurde beschämt bewusst, dass ich nicht die geringste Ahnung hatte, was da zwischen Sara und ihren Kunden ablief. Und ich konnte mir auch nicht vorstellen konnte, was zwischen ihr und mir ablaufen würde. Oder abzulaufen hatte, damit ich ihr genügte. Und sie mir. Wahrscheinlich würde sie sich kaputtlachen. Über den Dorftrottel, der keine Ahnung davon hatte, was Frauen und Männer miteinander machten. Obwohl seit meinem Herauswurf aus Internat und Gymnasium der Ruf der Verruchtheit an mir haftete.

Mein Körper verkrampfte sich. Sara schien das zu spüren. Wälzte sich von mir weg. Richtete sich auf. Starrte mich an. Wie ein Wesen von einem entfernten Planeten.

„Nein, das glaube ich jetzt nicht Du hast das noch nie...auch gut."

Sie schmiegte sich nun wie eine Katze an mich heran. Beugte sich über mich. Ließ ihre Zungenspitze über meinen Bauchnabel gleiten. Als ich zurückwich, strich sie zärtlich an meinen Innenbeinen auf und ab. Und sagte: „Ist doch schon mal ganz ordentlich fürs erste."

Sie setzte sich rittlings auf meinen Bauch. Ließ mich in sich in sie hineinschlüpfen. Steckte einen ihrer Finger in meinen Mund. Bewegte sich und ihren Finger auf und ab. Warf dabei ihren Kopf in den Nacken. Und fing zu stöhnen an. Sie stöhnte, wie sie stöhnte, wenn sie mit einem ihrer Kunden in ihrem Schlafzimmer verschwand. Sie stöhnte, wie sie noch kurz zuvor mit dem Krawattenheini gestöhnt hatte. Und was sich noch gerade eben von mir in Sara befand, schrumpfte zusammen. Glitt wieder heraus. Sara lüpfte ihren Hintern von meinem Bauch. Und sagte:

„Gut. Dann eben nicht. Zwei Nieten hintereinander."

Sie sagte es, als hätte sie auf ein Stück Kuchen verzichtet, das sie sowieso lieber nicht gegessen hätte. Fügte hinzu, dass es wohl nicht ihr Tag zu sein schien. Rollte sich beiseite. Und schlief sofort ein.

Wenn es das war, was die Lappinger Jungen mit ihren Gesten angedeutet hatten. Das, was Johnny ‚vögeln' und die anderen ‚ficken' nannten. Dann, fragte ich mich, warum sie so viel Aufhebens davon machten. Das lustvolle Gefühl, das ich vom Wichsen her kannte, hatte sich kurz in meinem Körper zusammengeballt. War aber ohne erlösenden Höhepunkt wieder in sich zusammengeschrumpft.

6.

Am nächsten Tag hatte ein anderer meinen Standort in der Kaufingerstraße eingenommen. Als hätte Walter ihn dort hingeschickt, um seinen Worten Nachdruck zu verleihen.

Mein Nachfolger schälte sich gerade eine Banane. Der Gemüsehändler schaute zu mir herüber. Warf seine Hände entschuldigend nach oben. Als wäre es, der meinen Platz besetzt hat.

Mein Nachfolger hatte einen Hut vor sich und einen Hund, eine kuriose Mischung aus Spitz und Dackel, neben sich liegen. Als ich mich näherte, um ein paar Münzen in den Hut zu werden, keifte der Hund gegen mich los und versuchte, mich in die Waden zu beißen.

„Doch net auf den, du dummes Viech," sagte der Bettler beschwichtigend und streichelte seinen Hund, „entschuldige Kollege! Der Wasti meint's net so, gell Wasti?"

Der Bettler irrte sich. Sein Wasti meinte es so. Er riss sich von ihm los. Sprang mich an. Fletschte seine Zähne. Und ich flüchtete in das Gedränge. Während der Hund wild hinter mir her keifte. Als ich seinen Kläffen nicht mehr hörte, fädelte ich mich wieder in die Fußgängermenge ein. Die neben den hupenden Autos und klingelnden Straßenbahnen zwischen Karlstor und Marienplatz hin und her wogte.

Ich sah Walter schon von weitem kommen. Er zwirbelte an seinem Bart. Ging mit gesenktem Blick kreuz und quer durch die Schlendernden. Als suchte er nach etwas, was er verloren hatte. Bei jedem seiner Schritte schaukelte sein Bart und seine Mähne auf und ab.

„Ah, Heiheihoho! Hab' schon gesehen," sagte er, als wir gleichsam aufeinanderstießen, „ein anderer Penner hat dir deinen Platz geklaut," sagte er und drückte mir die Anmeldeunterlagen zum Begabtenabitur in die Hand.

„I-i-ch dadach..."

„Iwo, ich doch nicht," wehrte Walter ab.

Ich lachte.

„Was ist daran lustig?"

„D-d-uu…"

„Ach so," unterbrach er mich, „du wunderst dich, dass ich im Voraus weiß, was du sagen willst? Ich bin doch ein Künstler. Hast du das vergessen? Ich kriech in andere rein."

Ich lachte wieder.

„Hör auf mich! Geh hin, melde dich an, Heiheihoho! Am besten noch heute. Warte nicht, bis du es dir wieder anders überlegst! Schau, jetzt fangen sie dir schon an, deinen Platz streitig zu machen. Das ist erst der Anfang.

Glaub mir, das Abitur ist deine Chance, das hier hinter dir zu lassen!"

Ich wartete nicht. Füllte die Unterlagen aus. Gab sie am nächsten Vormittag beim Sekretariat des Kultusministeriums ab.

Walter lieh mir seine Bücher. Er gab mir Tipps, mit welchen Prüfungsfragen ich zu rechnen hatte. Trotzdem nahm ich mir vor, seine Bücher gründlich durchzuarbeiten. Und meine Vorbereitungen auch auf andere Themen auszuweiten.

Von Walter erfuhr ich auch, wie man sich beim Studentenschnelldienst um Jobs bewarb. Ich fing an, für die Prüfung zu lernen. Jobbte. Und fragte mich, warum Walter das alles für mich tat.

Die Angebote beim Studentenschnelldienst waren sehr unterschiedlich. Solche, um die jeder kämpfte. Und solche, die keiner wollte.

Meinen ersten Job erhielt ich, obwohl ich die Bedingungen nicht erfüllte. Es war ein guter Job, den ich an diesem feuchtkalten Junitag bekam.

Der Sommer wollte mal wieder nicht in die Gänge kommen. Ich trug den abgewetzten grünen Lodenmantel, der meinem Onkel Theodor gehört hatte. Die Sekretärin kam aus ihrem Büro. Stellte sich vor uns auf. Ließ ihren Blick schweifen. Bis er auf mir haften blieb.

„Wir brauchen einen Nachtwächter. Mit Hund. Für eine Villa in Grünwald."

Sie musterte mich. Ich schien die äußerlichen Anforderungen zu erfüllen. Bis auf eine.

„Sie haben doch einen Hund?"

Als ich was zu sagen ansetzte, rief sie mich bereits ins Büro. Begutachtete mich nochmal von oben bis unten. Meine Größe und mein Lodenmantel schienen ihr für einen Nachtwächter angemessen. Sie fragte nicht weiter nach einem Hund. Und gab mir den Job.

Die Villa in Grünwald war noch nicht als Villa zu erkennen. Es gab weder Türen noch Fenster. Die meisten Innenwände waren noch nicht hochgezogen. Und es lag eine Menge Baumaterial herum. Um dessen Abhandenkommen der Besitzer der Villa bangte. Meine Dienstzeit war von acht Uhr abends bis sechs Uhr früh. Ich langweilte mich zwischen Ziegeln und Zementsäcken durch die ersten Nächte. Stellte mich schon darauf ein, rechtzeitig zu bellen, wenn sich jemand nähern sollte, der nach Villenbesitzer aussah. Ich wollte nicht wegen einem Hund den Job verlieren.

Meine ersten Bellübungen waren kläglich. Klangen nach kleinen Pinschern. Die eines Wachmanns unwürdig waren. Sicherlich war ein Schäferhund gewünscht. Eine Dogge. Oder einen Rottweiler. Die den Zementsäcke wegschleppenden Dieb auf frischer Tat zerfetzten.

Nach und nach wurde ich geübter. Mein Bellen wurde gutturaler, bedrohlicher. Doch es erschien kein Dieb, um sich am Baumaterial zu bereichern. Auch der Villenbesitzer tauchte nicht auf. Nur die Hunde der benachbarten Villen bellten. Und um für den Notfall in Übung zu bleiben, bellte ich zurück.

Nach einiger Zeit erschien es mir unnötig, die ganze Nacht damit zu verplempern, die benachbarten Hunde anzubellen. Ich sah nicht die geringste Gefahr für das Baumaterial. Die Gegend war friedlich. Ich blieb nur noch bis drei Uhr. Dann bis zwei Uhr. Und verließ schließlich bereits um elf meinen Nachtwächterposten. Nicht ohne vorher noch paarmal in alle Richtungen zu bellen. Worauf die Nachbarhunde in Dauergebell verfielen. Die Baustelle schien mir so genügend abgesichert. Und ich fuhr mit der Straßenbahn in die Stadt zurück. Trank ein paar Biere. Torkelte dann zu Sara. Die mir weiterhin Kost und Logis gewährte. Und einen Platz in ihrem Bett. Wenn er nicht gerade von einem ihrer Kunden besetzt war.

Mein Nachtwächterjob dauerte ein paar Monate.

Dann wurden Türen und Fenster eingebaut. Und eine Alarmanlage mit künstlichem Hundegebell installiert. Die klang so unecht, dass nicht einmal die Nachbarhunde dagegen anbellten. Trotzdem meinte der Besitzer, künftig auf einen Nachtwächter verzichten zu können.

Ich musste mich um einen neuen Job anstellen.

Es gab Jobs, die auf den ersten Blick einladend wirkten. Und dann enttäuschten.

Beifahrer war so ein Job. Ich saß neben dem Fahrer. Hörte mir sein Geschimpfe an. Während wir mit dem klapprigen Magirus Bierkisten durch die Münchner Straßen kutschierten. Dass diese Kisten auch in die Häuser geschleppt werden mussten, davon war beim Studentenschnelldienst keine Rede gewesen. Und es waren vor allem Leute in den obersten Stockwerken, die sich kistenweise Bier und Limonade vor ihre Wohnungstür liefern ließen. In Häusern ohne Aufzug. Natürlich.

„So, jetzt kannst du mal was für dein Geld tun," grunzte der Fahrer, wenn wir am jeweiligen Zielort angelangt waren. Offenbar sah er in seinem bisschen Herumgekurve sein Arbeitspensum erfüllt Er zündete sich eine Zigarette an, legte seine Füße übers Armaturenbrett. Und ließ mich die Kisten hochschleppen.

Eine Woche später war ich auch diesen Job los.

Bei einem unerwarteten Abbiegemanöver kamen die Bier- und Limonadenkisten ins Rutschen. Der Magirus verlor die Bodenhaftung. Und die gesamte Ladung verteilte sich krachend auf dem Rotkreuzplatz. Polizisten riegelten die Unfallstelle ab. Schützten uns vor den Gaffern und aufgebrachten Autofahrern. Es dauerte den ganzen Nachmittag, bis wir alle Scherben aufgesammelt hatten. Als wir im Getränkedepot ankamen, wusste der Betriebsleiter schon Bescheid. Der Fahrer hob nur die Schultern. Warf die Autoschlüssel auf den Bürotisch. Und verließ die Lagerhalle. Und ich schlich hinter ihm her.

Ich fand noch andere Jobs beim Studentenschnelldienst.

Polstermöbelreiniger. Packer. Schraubensortierer. In den Abendstunden setzte ich mich an Saras Küchentisch, legte Walters Bücher um mich herum. Und bereitete mich auf mein Abitur vor. Wenn einer von Saras Kunden seinen Kopf durch die Küchentür steckte, sagte sie „der dort ist mein Philosoph. Kümmere dich nicht drum und geh weiter! Mein Arbeitszimmer ist hinter der nächsten Tür."

Kichernd schob sie ihren Kunden, an mir vorbei. Und während kurz darauf ihr Stöhnen aus dem Schlafzimmer drang, legte ich meinen Kopf auf die Tischplatte. Wiederholte, was ich zuvor gelernt hatte. Und machte mich dann an ihren Kühlschrank.

Ich kam gut mit meinen Vorbereitungen voran. Und brachte sogar noch Geld für mein geplantes Studium auf die Seite.

Als ich Monate später an einem lauen Sonntagabend durch die Leopoldstraße spazierte, sah ich Walter vor einer riesigen Leinwand sitzen. Die durchgängig mit grauer Farbe vollgespachtelt war. Da er bewegungslos dasaß, sah es aus, als hätte er sich selbst auf den grauen Hintergrund gemalt.

Er erkannte mich. Bewegte sich aus der Leinwand auf mich zu. Ging einmal um mich herum. Ließ seinen Blick an mir herauf und herunter gleiten.

„Wow! Alles vom Feinsten. Heiheihoho hat sich in Schale geworfen!"

Ich deutete auf die graue Leinwand.

„Das ist mein letztes Bild. Ohne Titel. Die anderen Farben hab' ich schon aufgebraucht. Nur noch Grau war übrig. Wenn ich das Bild verkauft habe, höre ich auf zu malen."

Er blinzelte mir zwischen seinen Bart- und Kopfhaaren hindurch zu.

„Hab' da so eine Idee."

Und während er wieder zu seiner grauen Leinwand zurückging, murmelte er:

„Und du? Bei dir scheint's ja gut zu laufen."

Ich erzählte ihm in meinem Sprechstil von meinen Jobs. Und von Sara. Er nannte mich einen Schmarotzer. Ich gab ihm recht. Und er lud mich auf ein paar Biere ein.

„Deine Sara", sagte er, „mag ja vielleicht ein weiches Herz haben. Irgendwas scheint sie an dir zu finden, das sie für eine Weile fasziniert. Aber, wie du weißt, ist sie ein käufliches Mädchen. Und du weder ihr Traumprinz. Noch ihr Zuhälter. Über kurz oder lang wird sie dich satthaben. Und dich zum Teufel schicken."

Als ich am nächsten Abend vor der Eingangstür zur Elvirastraße 19 stand und auf Saras Klingelknopf drückte, geschah wieder mal nichts.

Ich klingelte bei ‚Krinke'. Der Summer ertönte. Doch diesmal rief niemand „Stefan" ins leere Treppenhaus. Ich stieg die Treppe hoch bis zum ersten Stock. Klopfte an Saras Tür. Nichts. Da ich Licht durchs Guckloch schimmern sah, klopfte ich weiter. Bis ich Schritte hörte. Das Guckloch verdunkelte sich.

„Bemüh dich nicht, Philosoph!", raunzte Sara durch die geschlossene Tür, „Kost und Logis sind beendet. Such dir woanders einen Futternapf!"

Jetzt schon? dachte ich und hörte Walters Worte in meinem Kopf widerhallen.

Ich habe nie begriffen, welchen Platz ich vorübergehend in Saras Leben eingenommen habe. Und welchen Raum sie in mir ausfüllte. Aber ich spürte, dass es nicht nur ihr Kühlschrank und die Schlafstatt waren, die mir nun fehlen würden.

Als ich die Treppen hinunterging, flutete Licht vom oberen Stockwerk auf mich herunter.

„Stefan?" fragte die bekannte Stimme.

Die Krinke war vielleicht im Bad gewesen. Und wollte sich erst was überziehen wollen, bevor sie ihre Wohnungstür aufmachte. Für diesen ominösen Stefan. Der angeblich gar nicht existierte.

7.

Inzwischen hatte ich genug Geld erarbeitet, um mir ein kleines Zimmer am nördlichen Stadtrand zu mieten. Auch vom Betteln war noch was übrig.

Als ich das winzige Zimmer betrat und mir die Vermieterin den Schlüssel aushändigte, schaute ich neugierig in alle Winkel. Die Vermieterin sah mich misstrauisch an.

„Ist was nicht in Ordnung? Bisher hat mein Sohn hier gewohnt. Er kam zurecht mit dem Zimmer."

Dann sah ich ihn. Den Kühlschrank. Er war deutlich kleiner als der von Sara. Und vor allem musste ich ihn nun selbst auffüllen.

Ich nickte. Die Vermieterin gab mir den Schlüssel. Und ich ließ meine Mutter wissen, dass ich nun eine feste Adresse hätte. Ich wusste, sie würde sich darüber freuen.

Das Zimmer war klein. Aber es hatte zwei Fensterseiten, Auf einem in die Wand eingearbeiteten Ablagebrett stand ein Elektrokocher. Neben der Tür befand sich ein Einbauschrank. Und es gab nur einen Stuhl. Besucher schienen nicht erwünscht. Zwischen den beiden Fenstern klemmte ein schmales Bett. Aber ich musste es ja mit keinem mehr teilen. Und die Größe des Kühlschranks würde schon ausreichen, für das, was ich mir leisten konnte.

Tagsüber umgab ich mich mit meinen Büchern. Bereitete mich weiter auf mein Abitur vor. Erst wenn es Abend wurde, spürte ich, dass etwas fehlte. Ich wartete bis lange nach Mitternacht darauf, dass sich der Schlüssel im Türschloss drehte. Aber der Schlüssel drehte sich nicht. Und ich wusste, er würde sich auch morgen und übermorgen nicht drehen.

„Mach dir nichts draus!" sagte Walter, als ich ihm wieder begegnete. Und ich war froh, dass er nicht auf seine Voraussage pochte. „Bestimmt hast du einen Rekord bei deiner Sara gebrochen. Barmädchen haben keine langen Beziehungen."

Er schüttelte seine Hände von sich weg.

„Jetzt mal was Wichtigeres: Ich habe einen guten Job für dich, Heiheihoho."

Ein Job, was Wichtigeres? Dachte ich.

Er sah mich erwartungsvoll an. Als ich nichts sagte, fuhr er fort:

„Bei Thalhammer, Münchens vornehmer Adresse für Feinkost."

Ich wunderte mich über den ungewohnt ehrfürchtigen Unterton in seiner Stimme. Hatte noch nie von diesem Thalhammer gehört. Meine Einkäufe bestanden nicht aus Feinkost.

„Geh zum Lindinger! Der weiß schon Bescheid. Wir sind zusammen in die Schule gegangen. Er ist kein großes Licht. Ich habe ihn immer von mir abschreiben lassen. Bei den Schulaufgaben. Er ist mir was schuldig. Jetzt hat er die Gelegenheit dazu."

„Wa-wa-wa…"

„Warum ich das alles für dich tue? Ich bin ein Menschenfreund. Hast du's noch nicht bemerkt?"

Er schien auf eine Bestätigung zu warten. Der Job bei der vornehmen Adresse interessierte mich nicht. Ich dachte an Sara.

„Und jetzt, wo du keine Sara mehr hast, kann ich dich doch nicht dir selbst überlassen. Übrigens, sollte es dich irgendwann mal nerven, ich meine dein Stottern, jetzt, da du nicht mehr bettelst, brauchst du es ja nicht mehr zum Mitleidschinden – da hätte ich auch einen Tipp für dich."

Er drückte mir einen Zettel mit einer Adresse in die Hand.

„Soll ein wahrer Wunderdoktor sein. Hab' ich gehört. Ich mein ja nur. Falls."

Walter schien für alles eine Lösung zu haben.

Ich ging dann doch zu Thalhammer. Doch diese vornehme Adresse, brachte mir keinen vornehmen Job. Meine Aufgabe erfüllte sich im Zunageln von Geschenkkisten, die namhafte Firmen als Weihnachtsaufmerksamkeit an ihre Kunden verschicken ließen. Es war die niedrigste Tätigkeit in der Versandabteilung. Vermutlich die niedrigste bei der ganzen Firma Thalhammer. Und die schlechtbezahlteste. Wie mir meine Kollegen grinsend zusteckten. Aber es war ein Job. Mein erspartes Geld würde bald zu Neige gehen.

Von meiner Zeit mit Sara blieb mir nur ihr unerschöpflicher Kühlschrank in Erinnerung. Vielleicht auch, weil ich jeden langen Arbeitstag bei Thalhammer daran erinnert wurde.

Wir arbeiteten zu viert. Einer meiner Kollegen wählte sorgfältig die auf dem Bestellzettel aufgelisteten Waren aus. Das war die verantwortungsvollste Position in unserem Team. Der zweite breitete goldfarbene Holzwolle in bereitstehende Holzkisten. Der dritte drapierte Fläschchen, Gläschen und Döschen hinein. Und ich durfte die Kisten dann mit einem kleinen Hämmerchen zunageln. Und der Lindinger überwachte unser Tun.

Da gab es Würste, die ich noch nie gesehen hatte. In winzige Gläser verpackt. Mit farbenfrohen Seidenschleifen umwickelt.

„Würste, nennt er das! Habt ihr es gehört? Er nennt das Würste!" spottete der Lindinger, der mit Walter zusammen in die Schule gegangen war. Und nun diese Abteilung leitete, „das sind Pasteten, du Depp!"

Meine drei Kollegen arbeiteten ohne aufzublicken weiter. Das schien den Lindinger zu weiteren Offenbarungen anzuspornen, die ihn groß und mich klein machen sollten. Doch ich wusste ja, dass er in den Schulaufgaben beim Walter abschreiben musste, weil er zu blöd war, selbst was aufs Papier zu bringen.

„Und die kleinen Döschen dort, das ist nicht etwas Corned Beef," sagte der Lindinger wichtigtuerisch, „das ist

Kaviar. Persischer Kaviar. Vom Allerfeinsten. Nie was gehört davon, oder?"

Natürlich hatte ich keine Ahnung was Pasteten sind. Kannte weder Corned Beef noch persischen Kaviar. Ich verstand nur, dass es sich um etwas Edles handeln musste. Und der Lindinger ein Siebengescheiter war. Und damit protzte.

Zwischen dem ‚Allerfeinsten' gab es langhalsige dünne Flaschen, die besonders vorsichtig in die Holzwolle gebettet werden mussten. Unter all den Likören und Obstbränden, entdeckte ich auch die vertraute Flasche ‚Danziger Goldwasser' in der Hunderte von winzigen Goldblättchen aufwirbelten, wenn man sie schüttelte. Es gab in Zellophan eingeschweißte Schinken. Käse in allen Sorten und Reifegraden. Von der Kuh. Vom Schaf. Von der Ziege. Manches roch süßlich. Anderes nach fremden Gewürzen und Kräutern. Nach Geräuchertem. Und wer weiß, nach was noch allem.

„Und das hier," deklamierte der Lindinger weiter, „sind Krabben. Genauer gesagt: Nordseekrabben. Die werden von Hamburg, wo sie gefischt werden, viele tausend Kilometer nach Marokko verschifft, dort von den Marokkanerinnen gepuhlt, dann wieder nach Hamburg zurücktransportiert. Und dort verkauft. Die Marokkaner machen das so billig, dass die Hamburger Firma und sogar der Thalhammer noch was daran verdienen."

Er sah uns triumphierend an.

„Ach was, das versteht ihr Pfeifen ja sowieso nicht."

Er zündete sich eine Zigarette an. Und verließ maulend den Lagerraum.

Betört von den appetitanregenden Gerüchen, fing mein Magen zu grummeln an, Und ich war froh, als ich den Deckel über all die Köstlichkeiten klopfen durfte. Die ich noch nicht einmal in Saras üppig gefülltem Kühlschrank gesehen hatte. Köstlichkeiten, von denen ich mir nicht einmal vorstellen konnte, wie sie schmeckten.

Nach dem weihnachtlichen Alle-haben-sich-lieb-Getue erlosch die Bereitschaft der Firmen, Geschenke an ihre Kunden zu senden. Die Geschenkeabteilung der Firma Thalhammer musste schließen, würde bis zum nächsten Weihnachtsrummel geschlossen bleiben. Und ich war meinen Job los.

„Versuch's doch mal bei der Teesortierung," sagte einer meiner drei Kollegen, „das ist ein Deppenjob".

Ich nickte. Klar. Ein Deppenjob. Mehr trauten sie mir nicht zu.

„Versteh mich nicht falsch! Es ist ein Job," fügte er hinzu, da war das Wort aber bereits in mich eingedrungen. Und breitete sich in mir aus.

Auch das Teesortieren war keine vornehme Tätigkeit. Aber, wie mein Kollege in der Geschenkeabteilung schon sagte, es war ein Job.

Die Teebeutel mussten in aufzufaltende Schachteln geordnet werden. Die das Fließband ununterbrochen auf mich zurollte. Außer mir saßen nur Frauen am Band.

Eingekeilt zwischen zwei gesprächigen Münchnerinnen erfuhr ich alles, was in der Stadt passierte. Und auch das, was nicht passierte. Sie schubsten mich zwischen sich hin und her. Überschrien mit ihrem Geschnatter das ratternde Fließband. Und ich hatte Mühe, mich zwischen ihren klobigen Unterarmen zu bewegen. Und mich auf das unerbittlich weiterlaufende Band zu konzentrieren.

Mit meinem dicht am Körper gehaltenen Oberarmen versuchte ich die zweimal drei Teebeutel versetzt in die vorgefaltete Sechserschachtel zu schichten.

Auch damit hatte der Kollege von der Geschenkeabteilung recht: Es war ein Deppenjob. Trotzdem blieb ich schon nach wenigen Tagen mit einem Finger im Fließband hängen. Vielleicht weil ich wiedermal von Saras Kühlschrank geträumt hatte. Oder abends zu viele Biere getrunken und zu wenig geschlafen hatte. Vielleicht auch, weil mich die links und rechts von mir sitzenden Damen ständig anrempelten und pausenlos auf mich einquatschten.

Ich schrie auf. Blut spritzte. Eine laut kreischende Klingel ertönte. Das Band wurde gestoppt.

Die Kolleginnen, die noch eben gelacht hatten, hielten sich die Hände vor ihre Münder. Schauten entsetzt auf meinen Finger. Den ich mittlerweile aus der Förderkette gezogen hatte. Mutmaßlich der linke Zeigefinger, jetzt nur noch ein blutiger Klumpen.

Kaum war der erste Schock vorüber, setzte ein stechender Schmerz ein.

Die Kolleginnen schleppten rollenweise Klopapier heran. Bis mein Finger dicker war als meine ganze Hand. Ich schlotterte am ganzen Körper. Nur mein Finger kochte. Und pochte.

Die Damen legten immer neue Klopapierverbände über meinen blutenden Finger.

Dreilagig sei es, sagte eine von ihnen und zeigte es mir, bevor sie zu wickeln anfing. Das würde genügend Blut aufsaugen.

So wie hier das Blut herausspritze, sei ein fünflagiges nötig, meinte eine andere. Doch das könne sich der feine Thalhammer ja nicht leisten.

Mein Blut pulsierte immer weiter aus meinem Finger. Und das dreilagige Klopapier war nach kurzer Zeit durchweicht.

„Wie ich euch gesagt habe," triumphierte die Befürworterin des fünflagigen Klopapiers.

Auf dem Zementboden der Halle hatte sich eine beachtliche Blutlache gebildet.

Die Frauen redeten weiter wild durcheinander. Wie zuvor am Fließband. Nur dass ich jetzt nicht mehr zwischen ihnen eingeklemmt saß. Und mich nicht mehr auf die Teebeutel konzentrieren musste.

Erst als ich in die Blutlache kotzte, hielten die Damen inne. Und riefen nach dem Abteilungsleiter. Der sofort angerannt kam.

Er brüllte, warum verdammt nochmal das Fließband stillstehe. Die Damen deuteten auf Blut und Kotze. Der

219

Abteilungsleiter schaute an mir auf und ab. Bis sein Blick bei meinem mit Klopapier umwickelten Finger angekommen war. Und hörte auf zu brüllen. Und weil das Fließband stillstand, war es plötzlich ungewöhnlich leise in der sonst recht lärmigen Arbeitshalle.

Ohne ein Wort zu sagen, holten einige der Fließbanddamen Putzeimer und Lappen. Wischten den Boden. Während die beiden Münchnerinnen, die mich eingekeilt hatten, Hautreste aus der Mechanik des Fließbands entfernten.

„Komm mit!" sagte der Abteilungsleiter.

Ich folgte ihm aus der Halle.

Während der Fahrt ins Krankenhaus hielt ich meinen immer noch mit Klopapier umwickelten Finger nach oben. Die Damen hatten mir eine Plastiktüte und noch zwei zusätzliche Rollen mitgegeben. Wenn sich die äußeren Lagen rot zu färben begannen, entfernte ich sie. Stopfte sie in die Plastiktüte. Und wickelte weiteres Klopapier um meinen verletzten Finger. Das Blut pochte gegen meine Fingerspitze. Oder das, was von ihr noch übriggeblieben war.

„Versau mir ja nicht das Leder!" knurrte der Abteilungsleiter, während er mich zur Notaufnahme fuhr.

Mein Finger musste genäht werden. Die Fingerkuppe blieb dran.

In den Wochen meiner Krankschreibung hatte ich viel Zeit nachzudenken. Und in mich hineinzuspüren.

Auf ausgedehnten Spaziergängen durch das Hartelholz und unter dem sich weitenden Himmel der angrenzenden Panzerwiese, glaubte ich ihn wieder zu erkennen. Ihn, der mein Leben lebte. Und aus mir herauswinkte. Und ich ahnte, dass ich zerrieben werden würde, wenn ich ihn aus mir herauslockte. Und dass ich es dennoch tun musste, wenn ich mein Leben leben wollte.

Als der Arzt feststellte, dass meine Hände wieder einsatzfähig waren, schrieb er mich gesund. Doch ich ging nicht mehr zu den Fließbandfrauen zurück.

Der Termin der Prüfung zum Begabtenabitur näherte sich. Ich verkroch mich abwechselnd in der Staats- und Unibibliothek. Als mein erspartes Geld ausgegeben war, fand ich einen Job bei einer Baustofffirma. Und ich musste die Vorbereitungen auf meine Prüfung in die Nachtstunden verlegen.

Der Job ruinierte ein weiteres Mal meine Hände. Denn vom Schleppen der Zementsäcke riss die Haut zwischen meinen Fingern. Als ich es mit Arbeitshandschuhen versuchte, verlachten mich die Bauarbeiter. Nannten mich „das Studenterl mit den Seidenhänden". Und ich legte die Handschuhe wieder beiseite. Hievte weiter Kalk- und Zementsäcke auf die bereitstehenden Laster. Tröstete mich damit, schon bald in den Hörsälen der Universität zu sitzen. Wo es weder Kalk- und Zementsäcke, noch spottende Bauarbeiter geben würde.

Ich ignorierte meine blutenden Hände so lange, bis sie zum Schleppen der Zementsäcke nicht mehr zu gebrauchen waren. Und der Vorarbeiter mich nach Hause schickte.

8.

Ich verschlief am Morgen der Reifeprüfung. Schaffte es gerade noch, in den Prüfungssaal zu gelangen, bevor die Türen geschlossen wurden. Meine Hände waren noch immer wund. Und ich hoffte, meine rechte würde mich beim Schreiben nicht im Stich lassen.

Die erste Stunde der schriftlichen Prüfung gelang es mir, den Stift so zu führen, dass mein Handgelenk nicht auf der Tischplatte auflag. Blut sickerte durch den Verband und tropfte auf die vor mir liegende Seite. Als ich die Flecken wegzuwischen versuchte, verschmierte ich mein Blatt nur noch mehr. Man brachte mir neue Blätter, die auch wieder Blutflecken abbekamen. Was den Prüfern nichts auszumachen schien. Und ich bestand den schriftlichen Teil des Begabtenabiturs.

Da ich der mündlichen Prüfung mit Grauen entgegensah, war ich erleichtert, als ich am Tag der Prüfung nicht diesen forschenden Blick auf mir ruhen sah, der herauszufinden suchte: Denkt der so, wie er spricht?

Ich saß vor einer im Halbkreis sitzenden Gruppe von etwa sieben Prüfern. Vielleicht waren es auch mehr oder weniger, ich erinnere mich nicht mehr. Sie stellten fortwährend Fragen stellten. Ließen mir kaum Pausen, um sie zu beantworten. Was mir entgegenkam, da ich sowieso wieder mal nichts aus mir herausbrachte.

Irgendwann schienen die Prüfer zu verstehen, dass sie mir mehr Zeit für eventuelle Antworten geben mussten. Das setzte mich dann erst recht unter Druck. Ich fühlte mich vollkommen überfordert. Ich wusste die Antworten. Musste aber fortwährend nach ‚Schuhlöffelbuchstaben‘, wie ich sie nannte, suchen. Buchstaben, die mir in die versperrten Wortanfänge verhülfen. Um zu den Sätzen zu formen, die die gewünschten Antworten an die Ohren der Prüfer transportierten.

Ich schwitzte. Verzerrte mein Gesicht. Bewegte meine beiden Fäuste rhythmisch nach unten. Um den Worten nachzuhelfen. Die sich in meinem Mund verschanzten. Und beobachtete aus verkniffenen Augen, wie die Prüfer geduldig warteten, bis ich einzelne Wortfetzen zu Sätzen zusammengebastelt hatte. Die ihnen als Antworten zu genügen schienen. Als erkannten sie ihn ihnen das Ungesagte. Denn es folgten keine weiteren Nachfragen.

Ich weiß nicht, wie lange ich so vor den Prüfern saß und Antworten auf ihre Fragen zusammenbastelte. Ich hatte das Gefühl, nicht einen einzigen vollständigen Satz ausgesprochen zu haben.

Doch irgendwann sahen sie einander an. Nickten sich zu. Und fragten mich, ob und wenn ja was ich zu studieren beabsichtigte. Als ich den Mund aufmachte, winkten sie ab. Schickten mich in den Vorraum hinaus. Hießen mich dort zu warten. Und ich war sicher, dass nun alles umsonst gewesen war.

Als sie mich wieder in den Prüfungsraum zitierten. streckten sie mir, einer nach dem anderen, die Hand entgegen, schielten auf meine verbundenen Hände. Wünschten mir viel Erfolg. Und verabschiedeten mich.

Am nächsten Tag gab ich Walter stolz seinen Studentenausweis zurück. Nun würde ich bald selbst einen haben. Auf dem mein eigenes Foto zu sehen war. Und mein eigener Name stand.

9.

Ich schrieb mich in Philosophie ein. Vielleicht weil Sara schon vorzeitig einen Philosophen in mir gesehen hatte. Begriff aber bald, dass einen ein Philosophiestudium noch nicht zum Philosophen machte.

Ich erschrak über all das, was sich die Philosophen in den vergangenen Jahrhunderten zusammengedacht hatten. Versank in der Fülle ihrer erdachten Systeme. Und als ich meine eigenen Gedanken dazugesellen wollte, ließ mich der Professor Spöckemann wissen:

„Sie sollen die gegebenen Texte lediglich interpretieren, Hofer. Zeile für Zeile. Wort für Wort. Und wenn Sie so wollen: Buchstabe für Buchstabe. Dann werden Sie feststellen, dass das Hinzufügen Ihrer eigenen Gedanken überflüssig ist."

In langen Seminarstunden saßen wir und käuten wieder, was zahllose Philosophen schon vorgekaut hatten. Dieses Wiederkäuen verstopfte den Zugang zu meinem eigenen Denken. Das, worauf man uns immer wieder hinwies, auch gar nicht erwünscht war.

Die Münchner Ludwig-Maximilians-Universität war voller Überraschungen und Enttäuschungen für mich. Die Professorinnen und Professoren wandelten nicht, wie gedacht hatte, mit würdevollen Schritten und entrücktem Blick durch die weiten Gänge der Universität auf den

Lichthof zu. Sie schlüpften mit gebeugten Köpfen und schweren Aktentaschen durch die mit Ornamenten verzierte Flügeltüren der Hörsäle. Hetzten über die geschwungenen Treppen nach oben und unten. Nickten sich kurz zu. Wenn sie sich begegneten. Und winkten ungeduldig ab. Wenn sie angesprochen wurden.

Während die Studentinnen und Studenten in kleinen Grüppchen, rauchend und miteinander plaudernd, hinter ihnen her schlenderten. Die Studentinnen keineswegs mit dicken Brillengläsern und pickeliger Haut. Wie ich sie mir im Gymnasium von Drebelsberg vorgestellt hatte. Gewiss, einige trugen Brillen, die ihre Augen jedoch nur noch mehr zum Strahlen brachten. Sie stolzierten wie Königinnen in die Hörsäle. Zwängten ihre schwingenden Körper durch die Sitzreihen. Schrieben, ihre wehenden Haare zurückwerfend, mit kratzenden Stiften in Spiralhefte. Schälten sich nach der Vorlesung wieder aus den Sitzreihen. Tänzelten in engen Hosen oder kurzen Röcken auf den Dozenten zu. Umkreisten ihn wie Satelliten. Und ich fragte mich, warum nur sie es waren, die die Dozenten nach jeder Vorlesung mit Fragen überhäuften? Hatten die Studenten keine Fragen?

Auch bei der nächsten Vorlesung schielte ich zu den Studentinnen. Während ich in den vor mir liegenden Block kritzelte. Ich bewunderte meine männlichen Kommilitonen. Die ihren Blick, über die in ihren Klappstühlen hin und her rutschenden Studentinnen hinweg, unbeirrt auf den Dozenten gerichtet hielten. Und was ich nach der Vorlesung in meinem Block vorfand, hatte nichts mit dem Thema der Vorlesung und auch sonst nichts mit Philosophie zu tun.

10.

Alles änderte sich, als ich Tim und Mike kennenlernte.

Sie fragten, ob ich nicht Lust hätte, ein Bierchen mit ihnen zu trinken. Und nach diesem Bierchen war es mit dem Studieren erstmal vorbei. Dabei hatte ich noch nicht einmal richtig damit angefangen.

Sie schleusten mich in eine Welt ein, die mir weiter und offener erschien, als die, von der ich in den Hörsälen erfuhr. Und ich tauchte gierig und ohne zu zögern in sie ein. Es war eine brodelnde Welt eines kompromisslosen Dagegenseins, die mir ungeahnte Freiheit versprach. Ich erkannte bald, dass sich diese Freiheit oft nur im programmierten Anderssein manifestierte. Aber das war mir egal. Und Tim und Mike war es egal, dass ich Fratzen schnitt und spuckte, wenn ich mich um Worte bemühte. Eine unbekannte Erfahrung für mich. Und ich dachte, vielleicht hatte meine Omi doch recht. Und die für mein Schicksal zuständigen Kräfte hatten sich nun verspätet erinnert, dass ich ein Sonntagskind war.

Tim kannte die halbe Stadt. Mike die andere Hälfte. Überall gab es jemanden, der ihnen einen Gefallen schuldete. Sie kamen zu einträglichen Jobs. Und schanzten mir einige davon zu.

Weil Tim einen 2CV hatte, wollte ich auch einen. Und es wurde zu meinem innigsten Wunsch, genauso abenteuerlich, den ‚Friedensengel‘ rauf und runter zu kurven, wie er es tat. Ich musste Monate für einen Spottlohn schuften, um mir eine dieser mausgrauen Wackelwannen kaufen zu können. Die mehr klapperte als sie fuhr. Sich aber immerhin aus eigener Kraft fortbewegte.

Als Tim sich nach meinem Führerschein erkundigte, winkte ich nur ab. Ich glaubte nicht wirklich, dass ich ohne Führerschein fahren durfte. Auch keinen 2CV. Wie klapprig er auch sei. Doch inzwischen hatte ich schon so viel von dieser Welt der scheinbar unbegrenzten Freiheit in mir aufgesogen. Es war mir egal, ob man einen Führerschein brauchte oder nicht. Wer würde mich schon kontrollieren? Und falls doch, dann hatte ich ihn eben vergessen. Oder verloren.

Mausgrau ging natürlich gar nicht. Also stellten wir den 2CV in einer von allen Seiten einsichtigen Parknische am

Herkomerplatz ab. Verklebten die Autoscheiben mit Zeitungspapier. Bauten Farbtöpfe und Pinsel darum herum auf. Und warteten.

Die meisten gingen uninteressiert oder kopfschüttelnd vorbei. Nur die Alternativen oder die, die sich dafür hielten, blieben stehen. Und die Kinder. Sie zupften an den Hosen, Röcken und Jacken ihrer Eltern. Bedrängten sie mit Fragen. Auf die die Eltern keine Antwort wussten. Oder keine geben wollten.

Schon nach kurzer Zeit hatte sich eine Traube von Kindern um meinen 2CV geschart. Sie schielten auf die Farbtöpfe und Pinsel. Näherten sich scheu. Wurden von ihren Eltern wieder zurückgerufen.

Erst als Tim und Mark und ich damit anfingen, verschiedene Pinsel in die Farbtöpfe einzutauchen und mit ausladenden Bewegungen auf die grauen Blechteile kleeksten, waren die Kinder nicht mehr zu bremsen. Kreischend stürzten sie auf meinen 2 CV los. Nahmen die Pinsel und begannen ihn mit allen möglichen Farben zu bewerfen und zu beschmieren.

Irgendwann schleuderte Tim die Pinsel beiseite und verteilte nun ganze Farbtöpfe über das Autoblech. Und jetzt warfen auch die Kinder ihre Pinsel von sich. Schütteten rote, gelbe und grüne Farbe über Motorhaube, Kotflügel und Kofferraumdeckel. Und über sich selber. Jauchzten und zitterten vor Vergnügen.

Einige der Eltern gesellten sich zu uns. Verwandelten die Kleckereien der Kinder in Blumen und harmonische Muster. Worauf die Kinder sie beiseite drängten und mit bloßen Händen neuerlich Farbe über die säuberlich gemalten Blümchen und Rosetten ihrer Eltern verteilten. Bis alle Farbtöpfe leer waren. Und mein 2CV wie eine Malerpalette aussah.

Tim machte es Spaß, Ärger heraufzubeschwören. Hoffte, dass ich mich an seinen Späßen beteiligte. Doch ich war noch nicht so weit. Hatte gerade erst einen Fuß in die Tür dieser neuen Welt gesetzt. Es gelang mir nicht die alte so loszulassen, wie Tim es mir vormachte. Wusste nicht einmal, ob ich es wirklich wollte.

Wir schmuggelten Bierflaschen in Geigenkästen auf Faschingsbälle. Um die teuren Getränke zu sparen. Tranken sie auf der Toilette heimlich aus. Die Kellner beäugten uns misstrauisch und wunderten sich, dass wir zunehmend betrunkener wurden. Obwohl wir nichts bei ihnen bestellten.

Nur einmal kam uns ein Kellner auf die Schliche. Bei einem Rosenmontagsball. Im ‚Haus der Kunst'. Als er nach dem Geschäftsführer rief, rannten wir davon. Und der Kellner hinter uns her.

Es hatte gerade frisch geschneit. Ich rutschte aus. Verlor meine Brille. Sah nur noch weiß. Während der Kellner an meinen langen Haaren zerrte, fingerte ich nach meiner Brille. Hörte plötzlich einen dumpfen Schlag. Wunderte mich, dass ich keinen Schmerz spürte. Beim zweiten Schlag hatte ich meine Brille wiedergefunden. Drehte mich um und sah, wie Tims Geigenkasten auf dem Rücken des Kellners landete. Und schaumige Flüssigkeit aus den Ritzen sprudelte.

„Weg hier!" rief Tim und deutete auf eine Gruppe Kellner, die ihrem Kollegen zu Hilfe eilten.

Ich rappelte mich hoch. Tim betrachtete den mit Bier besudelten Geigenkasten. Zögerte. Sagte „scheiß drauf!" Und ließ ihn dann neben dem Kellner liegen.

Er hätte nicht so zuschlagen müssen, ließ ich ihn wissen, als wir in Sicherheit waren.

„Meinst du? Hat dich dein sauberer Hauptlehrer gefragt, ob die Dosierung stimmte? Und dein Vater? Wenn er dich verprügelte? Hat er dich danach gefragt, ob er zu heftig zugeschlagen hat?"

Wir seien im Unrecht, sagte ich, der Kellner habe nur seine Pflicht getan.

„Jetzt kommst ausgerechnet du mir mit den Scheißpflichttuern, Heini!" ereiferte sich Tim, „die sind doch nur zu faul darüber nachzudenken, warum sie tun, was sie tun. Und dann tun sie, was sie nicht getan hätten, wenn sie nachgedacht hätten. Oder sie tun, was sie sich nie getraut hätten. Aber sich immer schon heimlich gewünscht haben. Und es nun tun dürfen, weil es ihnen die Pflicht erlaubt. Das sind Deine Pflichttuer, Heini!"

Wir stiegen die schneebedeckten Treppen zum Friedensengel hoch. Es fiel noch mehr Schnee. Die Flocken blieben auf dem goldenen Engel kleben. Hüllten ihn allmählich in einen weißen Mantel.

„Frag sie doch mal, alle diese sauberen Pflichttuer, wer ihnen diese Pflichten auferlegt hat! Der Präsident dem Minister. Der Minister dem General. Der General den Offizieren und der Offizier den Soldaten. Oder der Urgroßvater dem Großvater. Der Großvater dem Vater. Und der Vater dem Sohn.

Was glaubst du, was sie dir antworten?

Gar nichts. Weil Pflicht eben Pflicht ist. Die keiner weiteren Erklärung bedarf. Die getan werden muss. Ohne Widerrede. Oder sie kommen dir mit Traditionen. Diesem angehäuften Sammelsurium aus abgelebter, nicht begriffener oder unverdauter Vergangenheit. Vielleicht berufen sie sich auch auf die allzeit bequemen Scheißsachzwänge. Oder ihre ominöse Moral."

Ein Lieferwagen rutschte auf der im Halbkreis nach unten führenden Straße lautlos an uns vorbei. Verschwand hinter der Flockenwand.

Trotzdem seien wir es, die im Unrecht sind. Beharrte ich.

„Blödsinn! Das System ist im Unrecht. Und dein Kellner ist ein Lakai dieses Systems. Lass gut sein, Heini, du kannst eben nur so weit aus dir heraussehen, wie dein Blick reicht."

Ich sah ihn fragend an.

Tim winkte ab.

„Wenn du mit einem Hund pokerst, gewinnt immer er. Er hält sich nicht an die Spielregeln. Frisst einfach die Karten auf."

„Hund? Was für ein Hund?"

„Tja, was für ein Hund wohl?" sagte Tim vielsagend und ließ mich unter dem mit Schnee gepuderten Friedensengel stehen.

11.

Durch Tim lernte ich den Blues kennen.

Tim verschwand mit seiner Gitarre auf dem Klo. Klampfte. Furzte. Fluchte, dass wieder mal kein Klopapier auf dem ‚Scheißhaus' sei. Für dessen Bereitstellung er sich nicht verantwortlich fühlte, es nun aber dringlich entbehrte. Überhaupt sei alles Scheiße.

Sein Blues war ein Leck-mich-am-Arsch-Blues. Den er in Melodien verwandelte. Und auf der Gitarre begleitete. Und als ich mir auf einem Flohmarkt eine Mundharmonika erwarb, um mit ihm Blues zu spielen, sagte er nur „mit diesem Seemannsfotzhobel wirst du niemals einen Blues blasen. Das Ding reicht vielleicht um „Guter Mond, du gehst so stille..." zu winseln und wie diese bescheuerten Heileweltlieder alle heißen."

Und er zog seine Bluesharp aus der Hosentasche. Erklärte mir, wie ich die Lippen zu schürzen, die Mundhöhle zu formen hätte. Und wie man die Töne verbog.

Es klang anders, als das, was ich den Lappinger Fichten vorgespielt hatte. Und ich weiß nicht, ob es ihnen gefallen hätte.

Wir zogen von einer Party zur anderen. Schrien nun gemeinsam unseren Leck-mich-am-Arsch-Blues in die Welt hinaus. Und ich vergaß, dass ich mein Abitur nachgemacht hatte. Um studieren zu können.

Hinter der für Tim unverrückbaren Tatsache, dass alles Scheiße sei, lugte ein unstillbarer Durst nach Freiheit und Leben hervor. Von dem ich mich anstecken ließ.

Überall wo wir Grenzen sahen oder auch nur vermuteten, versuchten wir sie einzureißen. Oder zumindest zu durchbrechen. Als könnten wir im Bruchteil einer Generation stellvertretend in uns einsaugen, was unseren Eltern, Großeltern und Urgroßeltern vorenthalten worden war. Gegen die wir nun rebellierten.

Meist blieb unser Aufbegehren im Spaß am Provozieren stecken. Wir hatten viel Spaß zusammen.

Wir setzten uns mitten auf die Leopoldstraße, breiteten ein Handtuch zwischen uns aus. Ignorierten die hupenden, fluchenden und kopfschüttelnden Autofahrer. Und würfelten. Bis uns Polizisten, die wir nicht ignorieren konnten, unter Androhung von Strafe von der Straße verjagten.

Im Hofbräuhaus baggerten wir bierselige Amerikanerinnen an. Deren Partner sie vergessen hatten, weil sie ebenfalls im Bierdunst eingetaucht waren. Wir schleppten sie auf Partys. Irgendwo gab es immer eine Party. Was man so darunter verstand. Und irgendeiner wusste immer, wo es gerade das billigste Bier gab. Es wurde kistenweise herangeschleppt. Und in vollgelaufenen Badewannen notdürftig gekühlt. Wir setzten uns auf deren Ränder. Oder klemmten uns in die Korridore. Die einen soffen. Die anderen kifften. Die meisten taten beides.

Nach meinem ersten Kiffererlebnis wünschte ich mir kein weiteres mehr.

Ich spürte, wie das Blut durch meine Adern, in mein Herz und wieder herausgepumpt wurde. Als wäre ich gläsern. Das kleinste Geräusch um mich herum hallte wie eine Detonation in meinem Kopf wider. Mein Herzschlag dröhnte in mir wie eine riesige Trommel. Ein Beben ging durch meinen gesamten Körper. Ich sah, wie sich Faserstränge durch meinen Körper zogen. Befürchtete, sie würden jeden Moment reißen. Und mich einzelne Stücke zerfallen lassen.

Das hielt die ganze Nacht an. Bis in den nächsten Tag hinein. Danach fühlte ich mich, als hätte ein Staubsauger alles, meine Organe, mein Blut, meine Nerven und Knochen, aus mir herausgesaugt.

„Von dem bisschen Hasch willst du das alles in dir ge-spürt haben?" lachte Tim, als ich im von meinem Erlebnis erzählte, „das glaubst du ja selber nicht."

Ich hatte es so erlebt. Da gab es nichts zu glauben.

Von da an habe ich mich ans Bier gehalten, wenn ich mal aus mir heraustreten wollte, um über mich und die ganze Welt zu lachen.

Das Billigbier schmeckte wie Wasser mit Hopfenaroma. Tat aber seine Dienste. Wenn man nur genügend davon trank. Ich brauchte Unmengen, um diesen Schwebezu-stand zu erreichen, der mir dann auch das Gekicher der Bekifften erträglich erscheinen ließ.

Als wir mit unseren Amerikanerinnen auf der Party auf-tauchten, gab es großes Gejohle. Nur die Zugedröhnten dösten weiter in sich hinein. Balancierten an selbst erdach-ten Fäden wie Marionetten durch ihre eigene Welt. Der Rest buhlte um die Gunst der Mädchen. Die überfordert in alle Richtungen lächelten.

Das Billigbier verhalf uns zu mehr oder weniger witzi-gen Sprüchen. Aber nicht zum erhofften Erfolg. Die Mäd-chen kicherten über unsere Witze, waren aber nicht an uns interessiert. Auch nicht, als unsere Sprüche mit steigendem Bierkonsum kühner und, wie wir meinten, geistreicher wurden.

Die Mädchen nippten. Ließen sich hofieren. Blieben spröde und unnahbar. Tuschelten untereinander. Rückten unruhig auf dem Badewannenrand hin und her. Und wie gerne hätten wir ihnen mit untergelegten Händen das harte Sitzen erleichtert.

Als die Parole „es gibt was zu essen" ausgerufen wurde, liefen wir alle in die Küche. Wo gerade alle möglichen und unmöglichen Kreationen von Nudel- und Reissalaten aus einem wummernden Kühlschrank hervorgekramt und auf dem Küchentisch platziert wurden. Die Salate unterschie-den sich mehr in ihrer Farbgebung als in ihrem Ge-schmack.

Die vorbereiteten Schmuse-Ecken im Wohnzimmer blieben leer. Obwohl der Partygeber die Lampen mit rosaroten und bläulichen indischen Tüchern abgeschirmt hatte. Die einladend gedämpftes Licht auf die herumliegenden Kissen warfen. Doch die Party fand in Küche und Bad statt. Und vor allem im Korridor.

Als die Amerikanerinnen die Salate erblickten, machten sie sich heißhungrig darüber her. Während wir sehnsüchtig auf ihre Lippen schauten, durch die sie Gabel um Gabel Nudeln und Reis in ihre Münder stopften.

Dennoch fanden wir schnell heraus, wem von uns die Mädchen verhaltene Aufmerksamkeit schenkten. Belagerten den Auserkorenen. Keilten ihn zwischen uns ein, damit die Mädchen keine Gelegenheit hatten, ihn für sich zu beanspruchen. Was sie ohnehin nicht vorhatten.

Alle oder keiner. Das war unser bescheuertes Motto. Was natürlich hieß, dass keiner von uns an die Mädchen herankam.

Eine der Amerikanerinnen hatte glänzende braune Haut, mit weichen blonden Härchen. Und ich versuchte immer wieder in ihre Nähe zu rücken. Aber solcherlei Vorhaben wurden schnell durchschaut. Alle anderen rückten nach. Es gab keine Chance, sich ihr zu nähern.

Ich gab auf. Lief stattdessen zum Gaubenfenster der Mansardenwohnung. Kroch aufs Dach. Und schrie:

„Ich springe!"

Ich schrie es solange, bis alle Partygäste zum Fenster kamen und aufs Dach hinaus glotzten.

Auch die Amerikanerin mit den weichen blonden Härchen auf ihrer glänzend braunen Haut.

Die Bekifften rührten sich nicht aus ihren Ecken. Kicherten weiterhin in ihre von uns abgetrennte Welt.

An den gegenüberliegenden Häuserfassaden flammten Lichter auf. Fenster wurden geöffnet. Schlafanzüge und Nachthemden erschienen. Wütende Stimmen forderten uns auf, die gesetzlich geforderte Nachtruhe einzuhalten.

Gesetz hin oder her. Ihre Nachtruhe interessierte mich nicht. Mein Interesse galt ‚meiner‘ Amerikanerin. Der ich durch meine idiotische Aktion zu imponieren meinte. Und ich schrie weiter:

„Ich springe! Ich springe!“

Wahrscheinlich verstand sie mich gar nicht. Ich hätte es auf Englisch rufen müssen. Aber das fiel mir erst hinterher ein. Und natürlich wusste ich, dass ich nicht springen würde. Das wussten auch all die andern, die mich kannten. Aber die Amerikanerin, wenn sie mich denn verstanden hätte, wusste es nicht. Das redete ich mir jedenfalls ein. Hoffte, ihr Interesse auf mich zu lenken. Was mir zwar gelang. Mich aber ihr nicht näherbrachte.

Ich schrie immer weiter. Und weil immer mehr Leute an den Fenstern auftauchten und schimpften, fing mir meine Schreierei an Spaß zu machen. Ich vergaß die Amerikanerin.

Tim sagte:

„Ihr glaubt doch nicht im Ernst, der springt? Der will die blonde Amerikanerin bumsen. Habt ihr nicht gesehen, wie er sie anstiert? Er meint doch tatsächlich, das würde sie beeindrucken, wenn er einen auf Tarzan macht.“

Er schüttelte den Kopf.

„Wenn überhaupt, so kriegst du sie nicht ins Bett, Heini. Und das ist es doch, warum diesen Zirkus hier aufführst, oder?“

Das war deutlich. Ich kletterte in die Küche zurück. Hatte immerhin erreicht, dass mich die Amerikanerin verstört ansah. Das war aber auch schon alles. Ich starrte noch eine Weile auf die blonden Härchen auf ihrer glatten Haut. Dann klingelte es an der Wohnungstür. Wir kümmerten uns nicht darum. Wir waren sicher. Das konnten nur Nachbarn sein. Die sich beschweren wollten. Wir ließen sie einfach weiterklingeln.

Plötzlich wurde heftig an die Tür geklopft.

„Aufmachen! Polizei!“

„Ui! Toll! Wie in einem echten Krimi!" hörte ich einen von uns grunzen.

Tim öffnete die Tür. Zwei Uniformierte erschienen im Türrahmen.

„Guten Abend! Man hat uns angerufen, dass bei Ihnen jemand aus dem Fenster gesprungen ist."

Allgemeines Schweigen.

„Was ist? Wollt ihr, dass wir euch alle aufs Revier mitnehmen?" rief einer der beiden Beamten.

„Also, wer von euch war's?"

„Wie kommen die eigentlich dazu, uns zu duzen?" brummte Mike im Hintergrund.

„Wird's bald?" fügte nun der zweite Beamte drohend hinzu. Ohne auf Mikes Zwischenbemerkung einzugehen.

Wir saßen betreten herum und schauten auf unsere Füße oder Hände. Die Bekifften kicherten weiter. Die Amerikanerinnen wackelten unruhig hin und her.

„Wir können auch anders," sagten die beiden Polizisten fast gleichzeitig.

„Was sollen wir Ihnen denn sagen?" fragte Tim und kam einen Schritt auf sie zu, „dass Sie die Treppen umsonst hochgestiegen sind? Denn soweit ich mit den Gesetzen der Schwerkraft vertraut bin, müssten Sie den vermeintlich Gesprungenen unten suchen! Und nicht hier bei uns oben."

Die Beamten standen im Türrahmen. Sahen sich an. Und noch während sie darüber nachzudenken schienen, ob und von wem sie verarscht worden sind, schloss Tim ganz langsam die Wohnungstür.

Alle starrten ihn an. Und auf die Wohnungstür. Dann brach Gelächter los. Tim war der Held des Augenblicks. Aber eben nur des Augenblicks. Denn die Polizisten klopften natürlich kurz darauf wieder. Nahmen Tim mit. Und noch im Treppenhaus konnte ich jedes Wort hören, mit dem er sie beschimpfte. Seine Heldenrolle begann sich in eine Märtyrerrolle zu verwandeln.

Die Amerikanerinnen erinnerten sich plötzlich wieder ihrer im Bierglück verschollenen Partner. Wollten ins Hofbräuhaus zurückgebracht werden. Was wir dann auch taten.

12.

Unser Leben waren die Partys.

Die meisten kifften bis zur Bewusstseinsgrenze. Und darüber hinaus. Ich schüttete Biere und klebrigen algerischen Wein in mich hinein. Um auch meinerseits möglichst schnell die Ebene jenseits der Grenze zu erreichen. Wo sich der Horizont weitete. Es gab keine Party, auf die wir nicht eingeladen wurden. Tim und Mike. Und ihr neuer Freund Heini, der Philosoph. Über den man sich kaputtlachen konnte.

Sie fragten mich, wer denn mein Lieblingsphilosoph sei. Was sollte ich sagen? Ich hatte mein Studium ja noch nicht einmal richtig begonnen. Weil sie aber darauf bestanden und mich bedrängten, sagte ich Platon. In ihn hatte ich mich schon ein wenig eingelesen. Doch ich hätte genauso gut Marx, Schopenhauer oder Nietzsche sagen können. Namen, die jeder kannte, auch wenn er sich noch nie mit Philosophie beschäftigt hatte. Die Philosophen waren ihnen egal. Hauptsache ich sprach ihre Namen aus. Und sie bogen sich vor Lachen.

Denn ich sagte natürlich nicht Platon, sondern Pla-pla-pla-toton. Wie ich auch nicht Marx, sondern Ma-ma-marx gesagt hätte, was wahrscheinlich noch lustiger für sie gewesen wäre. Denn sie dachten, ich mache es absichtlich. Konnten gar nicht mehr aufhören zu lachen. Ich wusste nicht, was sie daran so komisch fanden. Freute mich aber, dass sie mich Heini, den Philosophen nannten. Spielte weiter den Deppen für sie, damit sie nicht merkten, dass ich gar nicht anders sprechen konnte. Und sie gar nicht erst auf die Idee kamen sich zu fragen, ob ich nicht tatsächlich einer sei.

Immerhin hatte ich mich von „Blutwurscht und Vogelscheiße" über „Leck mich am Arsch" zum Aussprechen
eines altehrwürdigen Philosophen hochgearbeitet. Ich
blieb bei Platon, der sich nun schon mal bewährt hatte.
Zerstückelte weiter seinen Namen. Spielte den Hanswurst
für sie. Damit sie nicht über mich lachten. Sondern über
den, in dem ich mich versteckte. Blödelte und trank immer
weiter. Bis sich meine Zweifel verflüchtigten, ob sie vielleicht doch nicht über Heini, den Philosophen lachten.
Sondern über Heini, den Deppen. Und ich die Grenze erreichte, hinter der mir alles wurscht war. Und ich ihr Gelächter nicht mehr wahrnahm. Auf den Partys liebten sich
alle. Jedenfalls glaubten sie das. Antonia liebte René. René
liebte Susan. Susan behauptete, mich zu lieben. Ich aber
hatte nur Augen für Antonia.

Statt uns aufeinander zuzubewegen, bewegten wir uns
im Kreis voneinander weg. Hätten wir uns immer so wei-
terbewegt, würden wir uns vielleicht irgendwann irgendwo
im All getroffen haben.

Aber soweit kamen wir nicht. Auch wenn wir uns auf
dem Gipfel unseres Rauschzustandes manchmal dort
wähnten.

In der steten Hoffnung, auf eine neue Bewusstseins-
ebene vorzustoßen, redeten wir wirres Zeug. Begrapschten
uns. Bis wir aus uns heraus kippten. Kehrten dann wieder
in unsere Körper zurück. Um enttäuscht festzustellen, dass
wir immer noch die waren, denen wir entronnen zu sein
glaubten.

Dann schielte Antonia wieder zu René hinüber. Der
Susan anschaute. Die mich anhimmelte. Und so tat, als
sähe sie nicht, dass ich Antonia begehrte.

In den Sommermonaten feierten wir in den Gärten rei-
cher Eltern. Die irgendwo in der Welt herumkurvten. Und
ihre Latifundien kontrollierten.

Wir zertraten ihre gepflegten Wiesen und trampelten
durch ihre Blumenbeete. In den Wohnzimmern entdeck-
ten wir hinter den Gesamtausgaben von Goethe, Schiller

und Lessing die Schnapsbar. Da standen Armagnacs, Cognacs, Malt Whiskeys, Beeren- und Obstdestillate säuberlich aufgereiht nebeneinander. Wir zogen die Flaschen hinter den Klassiker hervor. Bespotteten die heuchlerische Verklemmtheit ihrer Besitzer. Und kosteten die edlen Schnäpse, die sich uns hier in Fülle präsentierten. Suchten dann den Weinkeller auf. Um auch diesen zu plündern. Nach und nach entkrampfte sich meine Stimme. Und vor Freude darüber redete ich bis in die späte Nacht hinein. Bis sich längst alle mit ihren Schlafsäcken über Rasen und Blumenbeete verteilt hatten. Und mir keiner mehr zuhörte. Was mir egal war. Bis Tim mich davon erlöste und „halt endlich deinen Mund, wir wollen schlafen!" rief.

Natürlich gab es Ärger, wenn die Besitzer zurückkamen. Irgendwann war niemand mehr bereit, Garten und Wohnung seiner Eltern diesen Verwüstungen anheimfallen zu lassen. Und wir mussten auf Isarfeste ausweichen.

Die Kulisse änderte sich. Die Feste blieben die gleichen.

Weil die Mücken auf uns einstachen, errichteten wir riesige Lagerfeuer. Die die Mücken ignorierten. Wir grölten unseren immer gleichen Blues zum immer gleichen Geklampfe der Gitarren. Kifften. Tranken. Bis wir uns wieder da befanden, wo wir hinwollten. Jenseits der Grenze. Wo der Horizont sich weitete.

Dann starb Mike. Und alles änderte sich.

Als ich bei einem der Isarfeste Nachschubreisig für das Lagerfeuer suchte, roch ich plötzlich, was ich beim großen Brand von Lapping zum letzten Mal gerochen hatte. Ich erschrak. Ließ das bereits gesammelte Reisig fallen. Und rannte zum Lagerfeuer zurück.

Da sah ich Mike schon brennen. Lichterloh. Wie eine Fackel. Seine Schreie füllten den Platz um das Feuer. Blieben in den Büschen hängen. Und sofort kroch der Lappinggeruch in mich hinein. Bis mir schwarz vor Augen wurde.

Als ich wieder in mir auftauchte, standen die anderen immer noch um Mike herum. Der immer noch brannte. Und immer noch schrie. Während wir alle in angemessenem Abstand um ihn herumstanden. Gafften. Und nichts taten.

Wir waren so bekifft und besoffen, dass keiner von uns wirklich wahrnahm, was hier geschah. Und als wir es begriffen, wussten wir nicht, wie wir reagieren sollten.

Irgendwann zog Alex eine der Decken unter den darauf lagernden Mädchen heraus. Warf die Decke und sich selbst auf Mike. Und wälzte sich so lange mit ihm auf dem feuchten Uferboden hin und her, bis die Flammen auf Mike erstickt waren.

Doch wir hatten zu lange gezögert. Zuviel Zeit verloren.

Mike hatte aufgehört zu brüllen. Er wimmerte nur noch. Die Decke, mit der Alex sich auf ihn geworfen hatte, war verkohlt. Auch Alex' Hemd und Hose waren voller Brandlöcher. Und überall roch es nach Lapping.

Wir trugen Mike in meinen 2CV. Der oberhalb der Uferböschung parkte. Als wir mit Dauerhupen im Krankenhaus „Rechts der Isar" ankamen und Mike in die Notaufnahme trugen, hatte er auch zu wimmern aufgehört.

Keiner von uns sprach ein Wort.

Wir trippelten unruhig vor uns her. Während von allen Seiten Weißkittel an uns vorbei schwebten.

Später erfuhr ich, dass Mike versucht hatte, die glimmende Glut mit Spiritus zu entfachen. Und so viel davon hineingegossen hatte, dass sich der Spiritusdunst auf seiner Haut festgesetzt hatte. Als er dann in die Glut hineinblies, war eine Stichflamme auf ihn zugeschossen. Die seine Haut in Brand setzte.

Nach einer Woche durften wir Mike zum ersten Mal besuchen. Er lag unter einem keimfrei gehaltenen Glaskasten, dem Sauerstoff zugeführt wurde. Wir starrten aneinander vorbei durch die Scheiben. Mike erkannte uns nicht. Wir besuchten ihn jeden Tag. Gemeinsam. Keiner von uns dachte daran, sich aus dieser Schicksalsgemeinschaft heraus zu stehlen.

Er erkannte uns auch die nächsten Tage nicht. Die Ärzte versuchten, seine Schmerzen mit Morphium zu lindern.

Und am nächsten Morgen auf unserem Weg zur Intensivstation hielten uns die Schwestern zurück. Während eine mir unbekannte Frau mit verzerrtem Gesicht auf mich zu rannte und „du verfluchter Hippie" brüllte.

Die anderen wichen bestürzt zur Seite.

Die Frau brüllte immer weiter auf mich ein. Zerrte an meiner Kleidung. Und riss an meinen zotteligen Haaren

„Du verdammter langhaariger Lulatsch! Warum meinen Sohn? Meinen einzigen Sohn? Sag mir! Wa-rum meinen Sohn?"

Und sie hämmerte immer weiter mit ihren Fäusten auf mir herum. Riss Haare aus meiner Kopfhaut. Und weinte. Und kreischte.

Natürlich wusste ich, dass Mike eine Mutter hatte. Auch wenn er nie von ihr sprach. So als habe er keine. Jetzt stand sie vor mir. Und ich fragte mich, warum sie mich beschimpfte und auf mich einschlug. Auch ich hatte Mike verloren. Der mein Freund war.

Alex und die anderen standen an die Wand gedrückt. Sahen zu. Sagten kein Wort.

Irgendwann hörte die Frau auf, mich zu beschimpfen und auf mich einzuschlagen. Brach schluchzend zusammen. Als die um uns herumstehenden Schwestern sie wiederaufrichten wollten, stieß sie sie beiseite, strich ihr Kostüm glatt und verließ hocherhobenen Hauptes die Eingangshalle.

Wir standen noch lange vor dem Krankenhauseingang.

Die Sonne klebte bleiern am Himmel. Verkehrsrauschen drang von der Ismaninger Straße herauf. Ich suchte die Blicke der anderen. Die an mir vorbeischauten. Wir alle wussten, dass es nun auch keine Isarfeste mehr für uns geben würde. Es gab auch keine Partys mehr. Meine Partyfreunde habe ich nie wiedergesehen.

Auch Mikes Mutter habe ich nicht mehr gesehen. Aber plötzlich fand ich keine Jobs mehr. Kaum nannte ich meinen Namen, verschwand das Interesse der Anbieter. Mikes Mutter musste über Einfluss verfügen. Den sie gegen mich zu nutzen wusste. Oder den, den sie in mir vermutete. Und dem sie die Schuld am Tod ihres Sohnes zuschob.

Dabei war ich nicht einmal zugegen, als Mike Feuer fing. Selbst Tim wusste sie lange Zeit von mir fernzuhalten. Es gelang mir nicht, ihn zu treffen. Weder zu Hause. Noch sonst wo.

Erst nach Wochen traf ich ihn zufällig wieder. An der Wursttheke im Supermarkt. Wir standen nur da. Wussten nicht, was wir sagen sollten.

Schließlich sagte er: „Du siehst beschissen aus."

Ich sagte: „W-w-w-ie gggehts deden aaaanderen?"

Er hob die Schultern.

„Sie machen ihre Sachen. Ich mach meine."

Wir standen noch eine Weile so da. Schauten in alle Richtungen, um zu verhindern, dass sich unsere Blicke trafen. Bis er den linken Arm hob, als sähe er auf eine Armbanduhr, die er nicht trug.

Ich sagte: „I-i-ich dadadachte, wiwir sisisind Ffffreunde?" Tim sagte: "Sind wir doch."

Er schaute nochmal auf seine nicht vorhandene Armbanduhr. Brummelte dann:

„In diesem Sinne."

Und ließ mich an der Wursttheke stehen.

13.

Bisher war es mir geglückt, meiner Vermieterin auszuweichen, wenn sie auf mich zuzugehen versuchte. Die Miete für mein Zimmer war nicht hoch. Aber mein

Gespartes war aufgebraucht. Wenn ich nicht bald einen Job fand, würde ich wieder da angelangt sein, wo ich nach meiner Flucht aus Lapping begonnen hatte.

Die ersten Schneegestöber trieben durch die Straßenschluchten. Und weil ich keine andere Möglichkeit sah, überlegte, ich, ob ich es nochmal mit Betteln versuchen sollte. Sah mich in der Innenstadt um. Doch an allen Kaufhäusern und Ladeneingängen hatten sich bereits Bettelnde postiert. Sie wussten, dass der Winter heranrückte. Und hatten vorgesorgt. Auch als ich meine Suche auf die abgelegeneren Stadtteile ausweitete, musste ich feststellen, dass die erfolgversprechenden Standorte besetzt waren. Ich fing an, die für Bettler unattraktiven Nebenstraßen mit einzubeziehen, als mir ein Schild über dem Torbogen zu einem Hinterhof auffiel.

'Taxifahrer gesucht. Kostenlose Ausbildung.“

Ich ging unter dem Bogen durch. Aus einem ölverschmierten Fenster drang Neonlicht. Da ich keine Tür entdeckte, klopfte ich gegen das Glas.

„Die Tür ist offen,“ brummte eine Stimme, „du stehst davor.“

Das Fenster war eine Glastür. Ich schob sie auf. Unerwartete Wärme schlug mir entgegen. An einem mit Zetteln und Ordnern überhäuften Schreibtisch saß Walter.

„Je später der Abend, desto schöner die Gäste,“ säuselte er, „schau mal an, der Heiheihoho!“

Er stemmte sich an der Tischplatte hoch. Bewegte sich leicht schwingend auf mich zu. Aus seinem früheren Grinsen war ein Lächeln geworden.

„W-w-wa-wa-walter?“ stammelte ich überrascht.

Walter bewegte seinen Zeigefinger vor sich her.

„Joe! Nix mehr Walter. Walter war Maler. Joe ist Taxiunternehmer. Wie du siehst. Setz dich! Ich mach nur noch kurz die Abrechnung fertig.“

Er drückte meine Hand. Hielt sie fest. Fingerte mit der anderen Hand über sein Gesicht.

„Hab' mich noch nicht daran gewöhnt," sagte er, als er meinen Blick sah, „kraule immer noch in den nicht mehr vorhandenen Barthaaren."

Alles war anders an Walter. Der jetzt Joe hieß.

Walter hätte mich nicht zum Hinsetzen aufgefordert. Walter lächelte nicht. Walter hatte verklebte Haare. Walter bewegte sich stapfend wie ein Matrose vorwärts.

Joe dagegen hatte kurze, nach hinten drapierte Haare. War glattrasiert. Bewegte sich wie auf Watte. Und seine ehemals bellende Stimme hatte einen melodischen Klang angenommen.

Der, den ich als Walter kannte, hatte sich in Joe verwandelt.

Der Raum war schmuddelig und klein. Aber es gab einen Bullerofen, der wunderbare Wärme verteilte.

Walter, nein Joe, schaute mehrmals auf. Lächelte mir immer wieder zu. Während ich meine Hände rieb.

Als er das vor ihm liegende Heft zuklappte, musterte er mich nochmal ausführlich. Wie Walter es getan hätte. Sagte dann: „Du frierst ja." Was Walter nicht gesagt hätte. Warf ein paar Holzscheite für mich in den Ofen. Und sah mich besorgt an. Was Walter nicht getan hätte.

„Wie geht's dem Studium, Heiheihoho?"

„Heini," kam es ungebremst aus mir heraus.

„Okay. Okay. Heini."

Joe hielt seine Hände abwehrend von sich.

„Du siehst beschissen aus. Heini."

Das war nun wieder Walter. Und ich dachte an Tim. Fragte mich, warum plötzlich alle fänden, dass ich beschissen aussähe.

„Lass mich raten! Du studierst gar nicht. Hängst an der Uni rum. Verplemperst deine Energien mit dem Anstarren unerreichbarer Studentinnen. Und brauchst einen Job?"

Ich nickte.

Die Eigenschaft, mit wenigen Worten einen Gesamtzusammenhang herzustellen, hatte er bei seiner Verwandlung in Joe von Walter übernommen. Dachte ich. Und wie Walter, hatte er auch sofort eine Lösung für mich parat.

„Ich übernehme die Kosten für den Taxischein," sagte Joe, „deswegen bis du doch hier hereingekommen, oder? Einzige Bedingung ist, dass du nach bestandener Prüfung eines meiner Taxis fährst. Gib mir mal deinen Führerschein!"

Ich rieb meine Hände über dem Bullerofen.

„Verstehe," seufzte Joe, „okay, dann übernehme ich auch den Führerschein."

Ich rieb weiter meine Hände. Ohne aufzusehen.

„Was ist?" fragte Joe lauernd, „gibt es noch ein Hindernis? Hast du vielleicht eine ansteckende Krankheit?"

Nun kam auch er an den Ofen und rieb sich die Hände.

„Oder bist du gar nicht deswegen hier? Willst gar nicht Taxifahren?

Ich schüttelte den Kopf und nickte. Merkte, dass sich die Gesten widersprachen. Und öffnete meinen Mund.

„Herrje! Du bist pleite," lachte Joe, „kein Problem, mein Lieber."

Er ging zu seinem Schreibtisch zurück, nahm ein paar Scheine aus seiner Kasse. Hielt sie mir hin. Lächelte wieder.

„Hier ein kleiner Vorschuss. Du weißt, ich bin ein Menschenfreund."

Ich sah ihn fragend an.

„Ja, ja, ich weiß, was du denkst. Vom Künstler zum Unternehmer… Aber ich bin kein Künstler. War es nie. Ich bin ein pragmatischer Bauernsohn, in den sich der Hauch einer künstlerischen Seele verirrt hat. Nicht mehr. Du lachst? Es ist auch eine Kunst, einen zuverlässigen Fahrer für eines meiner Taxis zu finden."

Er zwinkerte mir zu.

„Auf dich kann ich mich doch verlassen?"

Ich streckte meine Hand aus. Nahm die Scheine und steckte sie in meine Hosentasche.

„Du dagegen bist ein von Dorftrotteln zertrampelter Feingeist, der sich aus dem Schlamm zu erheben versucht. Ich kann dich doch nicht einfach darin liegen lassen."

Und als ich die Tür aufmachte, seufzte er hinter mir her: „Wird schon keine Fehlinvestition sein."

Walter war in Joe aufgegangen, aber er lugte noch aus Joe heraus.

Nach ein paar Wochen hatte ich den Führerschein. Ich weiß nicht, wie Joe es schaffte mich gleich nach Erhalt meines Führerscheins zur Taxiprüfung anzumelden. Aber er schaffte es. Und da ich inzwischen in München viel herumgekommen war, bestand ich die Prüfung auf Anhieb. Ich hatte wieder einen Job. Und fuhr Joe und mir reichlich Geld ein. Seine Investition hatte sich gelohnt. Er war zufrieden. Und ich auch.

Aber auch beim Taxifahren war es nicht vorteilhaft für mich, dass ich die Antworten auf die Fragen meiner Fahrgäste in zerhackte Silben verschleppte. Die meisten Fahrgäste nahmen es einfach hin. Wünschten nur zügig von da nach dort kutschiert zu werden. Wollten nur selber reden. Und fanden einen wehrlosen Zuhörer in mir.

Aber es gab auch die, denen man nichts recht machen konnte. Sie kannten eigene Abkürzungen. Auf denen sie beharrten. Die sich dann als Umweg herausstellten. Für den sie mich nun verantwortlich machten. Und um den Fahrpreis feilschten.

Es gab Pärchen, die, kaum eingestiegen, auf den Rücksitzen herumturtelten. Sich halb entkleideten und brunftige Laute von sich gaben. Als existierte ich für sie nicht.

Und es gab jene, die bei Ankunft am Zielort den Betrag, der deutlich auf dem Taxameter zu lesen war, als frei erfunden erklärten. Mich in ein Gespräch über die Ungenauigkeit technischer Messgeräte verwickelten. Aber nichts davon hören wollten, dass ein Taxameter ein Präzisionsgerät sei das sich jeder Willkür entzöge, völlig außerstande, Zahlen frei zu erfinden. Sie bezichtigten mich weiter hartnäckig böswilliger Manipulation. Und interpretierten meine stammelnden Erklärungen als ein Indiz für mein schlechtes Gewissen.

Manche bellten mir ihr gewünschtes Fahrziel schon entgegen, bevor sie ganz eingestiegen waren. Sprachen dann während der gesamten Fahrt kein Wort mehr. Starrten überrascht in ihre leeren Geldbeutel, wenn wir am Fahrziel angekommen waren. Und warfen mir einen hilfesuchenden Blick zu.

Einigen sah ich es schon beim Einsteigen an, dass eine Taxifahrt ihr Budget überstieg. Amüsierte mich über ihre stümperhaften Versuche, es sich nicht anmerken zu lassen. Nahm sie dennoch mit. Kutschierte sie an den gewünschten Zielort. Winkte ab, wenn sie zu Erklärungen ansetzten. Dachte, Joe würde das schon verkraften. Und ich auch.

Es gab solche, die betrunken von Zechgelagen heimkehrten. Sie lallten, grölten. Oder hielten Ansprachen. Beschimpften mich. Mokierten sich über die Taxifahrer und die Welt im Allgemeinen. Mit der sie nicht zurechtkamen. Oder nicht zurechtkommen wollten. Versuchten, Streit mit mir anzufangen. Und erbrachen sich über die Sitze, die Joe voraussehend mit Schutzbezügen ausgerüstet hatte.

Und es gab die Kollegen. Die Berufstaxifahrer. Die keine Gelegenheit ausließen, ihrem Ärger über die nichtsnutzigen Studenten Luft zu machen. Die ihnen ihren Job wegnahmen. Und ihr Berufsethos beschädigten.

Alles in allem war Taxifahren kein schlechter Job.

Joe behandelte mich wie einen langentbehrten Freund. Drückte oft meine Hand. Hielt sie lange fest. Schenkte mir Blicke. Die ich nicht zu deuten wusste.

Ich fuhr so lange Taxi, bis ich meinen zusammengebrochenen bunten 2CV durch einen etwas weniger zusammengebrochenen ersetzen konnte. Und hatte sogar noch Geld übrig. Auch dieser weniger zusammengebrochene 2CV war mausgrau. Und diesmal Mal blieb er es auch. Er hatte ein paar PS mehr. Und wenn man die Gänge bis zum Äußersten ausfuhr, war er dank seiner unschlagbaren Kurvenlage ein recht flottes Gefährt. Auch wenn ich öfter ölverschmiert vor der geöffneten Motorhaube als auf dem schunkelnden Sitz vor dem Lenkrad saß. Aber im Gegensatz zum vorhergehenden, trug er mich, wie sehr er auch schepperte, stets dorthin, wohin ich wollte.

Dann ging das Taxigeschäft plötzlich schlechter. Oder Joe verlor die Übersicht und hatte sein Geschäft nicht mehr im Griff. Er teilte mir mit, er würde seine alten Daimler verkaufen. Und da sie ziemlich heruntergefahren waren, musste er sie für wenig Geld verscherbeln. Auch den, den ich bisher gefahren hatte.

„Tut mir leid," sagte er nur. Schob mich aus seinem Hinterhofbüro. Sperrte die Glastür ab. Warf den Schlüssel in den daneben hängenden Briefkasten. Tätschelte meine Schulter. Suchte wieder nach meiner Hand. Schaukelte sie. Schien sie gar nicht mehr loslassen zu wollen. Wandte sich dann brüsk von mir ab. Und trabte durch den Torbogen davon.

Am nächsten Tag klopfte meine Zimmerwirtin an meine Tür. Und reichte mir einen an mich adressierten Brief. Es war der erste Brief, den ich erhielt, seitdem ich in München lebte. Der Brief kam aus Lapping. Aus Lapping konnten keine guten Nachrichten kommen.

Meine Mutter schrieb, wie sehr sie sich freue, dass ich es nun doch geschafft habe, was mein Vater sich für mich gewünscht hatte. Und was ihm selbst nicht vergönnt gewesen sei. Ich fragte mich, was ich geschafft hatte. Und ob es wirklich das war, was mein Vater sich für mich gewünscht hatte. Und las weiter.

„Der Herr Graf hat seinen Hof beim Pokern verspielt. Sagen die Leute." Schrieb meine Mutter. „Dein Vater will es nicht wahrhaben, dass er nun die Aufsicht über diesen Hof verlieren soll, den er, wie ich wisse, immer gern den seinen genannt und ihn entsprechend geführt hat. Der Herr Graf verfüge doch noch über etliche andere Gutshöfe. Und auch ich frage mich, warum der Herr Graf für sein verlorenen Pokerspiel ausgerechnet den Hof einsetzen musste. Den dein Vater über all die Jahre gewissenhaft und zum Vorteil des Herrn Grafen bewirtschaftet hat.

Als der Anwalt mit der Nachricht bei uns vorfuhr, die persönlich zu überbringen der Herr Graf offenbar nicht imstande war, sagte dein Vater wie immer nichts. Ich konnte nicht erkennen, ob er begriff, was ihm der Anwalt mitteilte. Auch am nächsten Tag sagte dein Vater nichts. Auch nicht, als ich ihn fragte, wie es nun mit uns weitergehen soll. Du weißt ja, wie er ist, mein Junge.

Ich weiß, du hast jetzt bestimmt andere Sorgen, mein Junge, ich wollte dir nur kurz berichten, wie es um deinen Vater bestellt ist.

Wir wohnen jetzt in einem dieser Aussiedlerhäuser, du erinnerst dich, am anderen Ende des Dorfes, wo dein sauberer Freund Habereder wohnt. Und dieses ganze Gesindel, wie es dein Vater nennt.

Dein Vater ließ sich, ohne zu murren, mit den Möbeln zusammen in den Umzugswagen pferchen. Und ließ sein Leben auf den Feldern und bei seinen Viechern zurück.

Mach dir keine Sorgen um uns, mein Junge! Dein Vater ist sehr stolz auf dich. Auch wenn er es nicht zeigen kann. Geh du deinen Weg! Dein Vater muss seinen gehen. Und ich tue, was ich immer getan habe, ich folge ihm. Wohin sein Weg auch führt. Gott segne dich, mein lieber Junge!'

Ich wusste es, aus Lapping konnten keine guten Nachrichten kommen. Und prompt fiel mir die Geschichte von der warmgestellten Milch wieder ein. Ich zerriss den Brief in winzig kleine Fitzelchen. Warf sie in die Kloschüssel. Doch so viel ich auch spülte, sie kamen immer wieder hoch. Erst am nächsten Morgen gelang es mir, sie mit meinen Exkrementen runterzuspülen.

14.

Um den Stolz meines Vaters nicht zu enttäuschen, näherte ich mich wieder meinem Philosophiestudium. Irrte durch die Hörsäle. Hörte auch in andere Fachrichtungen hinein. Konnte mich einfach nicht entscheiden, wie ich mein Studium gestalten sollte. Erst recht nicht, als ich mich im Vorlesungsverzeichnis zu orientieren versuchte. Das mir wie das Münchner Telefonbuch im Kleinformat erschien. Und mich in seiner Fülle verwirrte. Doch weil ich mich nicht damit begnügen wollte, den wippenden Studentinnen nachzuschauen, die anzusprechen ich mich ohnehin nie getraut hätte, schrieb ich mich in verschiedene Seminare und Vorlesungen ein.

Nachts wanderte ich durch die Münchner Straßen. Suchte nach Bars mit schummriger Beleuchtung. Um zu verbergen, dass sich mein Mund beim Bestellen verzerrte. Suchte nach Getränken, die mit Buchstaben anfingen, die sich meiner Erfahrung nach nicht sofort an meinen Lippen verfingen. Doch es blieben kaum Getränke übrig, deren Anfangsbuchstaben zu einem von mir gewünschten Getränk führten.

Eine Halbe Helles zu bestellen war ganz unmöglich. Zwei H hintereinander hätten zu einem Desaster geführt. Wie schon beim Aufsagen meines Namens. Ein Bier zu bestellen, wurde mir durch das verdammte B vereitelt. Und auf Underberg hatte ich keine Lust. Wollte auch weder Limonade noch Rhabarbersaft trinken. Aber irgendwas würde ich bestellen müssen, wenn das bedienende Mädchen an meinen Tisch kam.

Dann kam das Mädchen.

Ob ich einen Wunsch hätte?

Ich sah auf ihren schön geformten Mund. Ja, ich hatte einen Wunsch. Aber es war nicht der, den sie von mir hören wollte. Das schien nun auch sie zu ahnen. Und sie formulierte ihre Frage um.

Was sie mir denn zum Trinken bringen darf?

Während ich sie weiter anschaute und meinen Kopf nach einem Getränk mit einem für mich günstigen Anfangsbuchstaben durchwühlte, spürte ich ihre Ratlosigkeit. Und öffnete meinen Mund. Aus dem natürlich wieder nichts herauskam. Ich sah, wie sie mit ihren weichen Lippen die Worte für mich zu formen versuchte. Die sich zwischen meinen Lippen verkanteten. Und während ihre Worte melodisch aus ihrem Mund strömten, blieb mein Mund weiter offen, ohne dass ihm auch nur ein Wort entströmte. Das bedienende Mädchen wandte sich achselzuckend von mir ab. Da leuchtete es plötzlich in mir auf.

Ich sagte „Rum, bibitte!"

Sie nickte erleichtert. Ging zur Theke zurück. Kam lächelnd auf mich zu. Und stellte ein Glas Rum vor mich hin. Den ich, ohne ihn anzurühren, bezahlte. Und eilig die Bar verließ.

Die Sonne zitterte durch die schaukelnden Blätter der Alleebäume, als ich am nächsten Morgen durch die Leopoldstraße spazierte. Kleine Schatten hüpften über die Gesichter der Spaziergänger.

Ich lehnte mich an einen der Bäume. Beobachtete die Schlendernden. Die miteinander sprachen. Sah fasziniert zu, wie sie scheinbar mühelos ihre Münder bewegten, wenn sie redeten. Und in diesem Augenblick fiel mir der Zettel wieder ein. Den Joe mir zugesteckt hatte. Als er noch Walter war.

Ich kramte in meiner rechten Hosentasche. Fand dort nur Tempotaschentücher. Die ich stets bei mir trug. Falls meine Nase wieder zu bluten anfing. Wühlte dann in der linken. Auch in ihr fand ich keinen Zettel. Und als ich plötzlich laut auflachte und mir an die Stirn schlug, sahen mich die Vorbeigehenden an, lächelten mir ermunternd zu, als freuten sie sich, dass jemand mitten auf der Leopoldstraße allein vor sich hin lachte.

Es waren Monate vergangen, seit Walter mir den Zettel zugeschoben hat. Inzwischen hatte ich meine Hosen schon mehrmals gewaschen und gewechselt. Der Zettel konnte gar nicht in meinen Hosentaschen sein. Ich fand ihn schließlich in meinem Zimmer. Er steckte als Einmerker in Platons ‚Politeia'.

„Solltest du mal die Schnauze vollhaben von deinem Stottern..." hatte Walter mit geschwungenen Buchstaben auf den Zettel gemalt. Ich drehte den Zettel um. Fand dort eine Adresse. Und ich machte mich sofort auf den Weg. Ja, ich hatte die Schnauze voll. Übervoll.

Auf dem Messingschild stand, wie Walter es aufgeschrieben hatte:

'Dr. Alfred Kreuzlinger, Psychoanalyse und Verhaltenstherapie. Sprechstunden nur nach Vereinbarung.'

Die Frau an der Anmeldung war sehr dünn und hatte einen Vogelkopf. Ihre Brille war größer als ihr Gesicht. Ihre graumelierten Haare waren in einem Dutt zusammengefasst.

Sie erklärte mir, dass Dr. Kreuzlinger verstorben sei. Und Dr. Fischer nun die Praxis übernommen habe. Sie wartete, bis ich alles gesagt hatte, was ich sagen wollte. Ohne ein einziges Mal aufzusehen. Fragte dann:

„Wie sind Sie denn versichert, Herr Hofer?"

Als ich nichts sagte, sah sie zu mir hoch. Und warf einen prüfenden Blick auf mich.

„Student," entschied sie, ohne auf eine Antwort zu warten. Und setzte sich an einen halbrunden Minischreibtisch. Auf dem ein Stapel säuberlich geschichteter Formulare lag. Sie leckte mit ihrer Zungenspitze über Daumen und Mittelfinger. Pflückte eins der Formulare herunter. Und legte es vor mich hin.

„Sie werden was zuzahlen müssen, Herr Hofer."

Ich nickte. Vom Taxifahren war noch Geld übriggeblieben.

„Füllen Sie das Formular aus! Und reichen Sie es bei Ihrer Kasse ein!"

Wochen später erschien ich pünktlich zur vereinbarten Zeit in Dr. Kreuzlingers Praxis. Die Dr. Fischer mitsamt der dünnen Sprechstundenhilfe übernommen hatte.

Sie teilte mir mit, dass Dr. Fischer in Urlaub sei. Nahm mir Onkel Theodors Lodenmantel ab. Schüttelte ihn ein paarmal. Hängte ihn umständlich auf einen Bügel an der

Garderobe. Und verschwand wieder hinter der Anmeldetheke.

„Beunruhigen Sie sich nicht, Herr Hofer," sagte sie, während sie den vor ihr liegenden Stapel Formulare zu einem Rechteck zusammengeklopfte, „bei Dr. Sunleitner sind Sie in guten Händen."

Ich beunruhigte mich nicht. Kannte ja weder Dr. Sunleitner. Noch Dr. Fischer. Hauptsache, der anwesende Psychologe war in der Lage, mir dabei zu helfen, die aufgestauten Buchstaben in meinem Mund zu verständlichen Wörtern zu vereinen.

Dr. Sunleitner war so klein, wie die Sprechstundenhilfe dünn war. Er trug eine runde Nickelbrille mit dicken Gläsern, die seine Augen so groß machten, als wollten sie den Metallrahmen sprengen.

Er reichte mir die Hand.

Eine Piepsstimme sagte „Sunleitner," und ich schaute erschrocken in dem großen und fast leeren Zimmer herum. Ob sich nicht noch jemand in ihm befand, dessen Präsenz mir entgangen war.

Er deutete auf eine speckige Ledercouch mit erhöhtem Kopfteil auf einer Seite. Forderte mich auf, es mir dort bequem zu machen.

Ich war nicht hierhergekommen, um es mir bequem zu machen. Folgte aber seiner Aufforderung. Stellte dann fest, dass es ohnehin nicht möglich war, es sich bequem zu machen. Die Couch war hart. Spiralfedern drückten gegen meinen Rücken.

Dann bat mich Dr. Sunleitner, die Augen zu schließen und die Fragen zu beantworten, die er mir stellen werde.

Bereits nach der dritten Frage merkte ich, dass Dr. Sunleitner meine Antworten nicht wirklich hören wollte. Denn ich hatte seine erste Frage noch nicht beantwortet, als bereits die vierte Frage hinter meinem Kopf ertönte. Und während ich mit meinen Antworten immer mehr in Rückstand geriet, folgten immer weitere Fragen.

Ich erinnerte mich schon nicht mehr an die erste. Die noch immer unbeantwortet war. Und mit jeder neuen

Frage, vergaß ich auch die weniger weit zurückliegenden. Bis ich es irgendwann ganz aufgab, antworten zu wollen.

In meinen Kopf drehte sich alles. Und als ich meine Augen öffnete, stellte fest, dass es ein Tonbandgerät war, das die Fragen stellte. Und sich Dr. Sunleitner gar nicht im Zimmer befand.

Ich stand auf.

Dr. Sunleitner habe die Praxis schon verlassen. Sagte die dünne Frau an der Anmeldung gegen ihre Schreibtischplatte. Und auch ich verließ die Praxis. Und kam nicht wieder. Obwohl noch eine lange Reihe von Terminen vereinbart worden war.

Als ich von der Isabellastraße in die Hohenzollernstraße einbog, nahm ich mir vor, Joe alias Walter aufzusuchen. Um ihm mitzuteilen, dass Dr. Fischer die Praxis von Dr. Kreuzlinger übernommen hatte. Den nun Dr. Sunleitner vertrat. Der sich seinerseits durch ein Tonbandgerät vertreten ließ. Das mir Fragen stellte. Ohne mir die Zeit für Antworten einzuräumen.

Nun stellte ich mir die Frage, was es denn eigentlich war, das mich so beharrlich zwang, reden zu wollen. Es wurde eh zu viel geredet.

Glaubte ich, Botschaften für meine Mitmenschen bereitzuhalten? Die ohnehin an den Außenwänden ihrer Schädel abprallten. Und ins All hinaus wehten. Um mit den in die Umlaufbahn der Erde geschossenen Satelliten bis zum Zusammenbruch des Universums dort zu kreisen. Im Idealfall, vielleicht einen Bewohner ferner Welten erreichten, der dann vermutlich feststellte, dass meine Botschaften für das Leben auf seinem Stern genauso wertlos waren, wie für das Leben auf unserem?

Der Grund, warum ich reden wollte, war ein anderer.

Ich wollte reden, weil auch sie redeten. Um zu ihnen zu gehören. Wollte es nicht wahrhaben, dass ich mich erst recht von ihnen abkoppelte, wenn ich meinen Mund aufmachte. Und nur Zerstückeltes dabei herauskam. Und ich die Frage in ihren Augen überdeutlich las: Denkt der so, wie er spricht?

So würde ich es niemals schaffen, zu ihnen zu gehören. Doch die Worte einfach in meinem Kopf zu belassen. Mich nicht länger damit abzuquälen, sie zu verständlichen Sätzen zu vereinen. Einfach nichts zu sagen. Und auch nichts sagen zu wollen. Das schaffte ich auch nicht.

15.

Wie jede Nacht eilte ich auch in dieser stürmischen Novembernacht zum „Platz der Münchner Freiheit". Um die letzte stadtauswärts gehende Straßenbahn noch zu erwischen.

Beißender Ostwind blies durch die leere Feilitzschstraße. Verfing sich heulend in den Häuserschluchten. Fegte aus allen Richtungen Blätter um mich herum. Ich verkroch mich in meiner Jacke. Zurrte den Schal um meinen Hals.

„Der Platz der ‚Münchner Freiheit' ist eigentlich kein Platz," hatte Walter gesagt. Als er sich schon Joe nannte, „eher ein verkehrsumspültes, ausgefranstes Loch im Münchner Häusermeer. Das durch einen Meteoriteneinschlag entstanden sein könnte." Und so ähnlich sei es ja auch gewesen. Nur, dass das Bombardement nicht von fernen Sternen aus dem All herrührte. Sondern von irdischen Bombern. Die München während des zweiten Weltkriegs attackierten.

Die Haltestelle war verwaist. Keine Straßenbahn in Sicht.

Ich begann auf der Stelle zu trippeln. Bis ich plötzlich angerempelt wurde.

Vor mir stand ein Mann. Mit Hut. Er grummelte vor sich hin. Schwankte hin und her. Und roch.

Als er ein weiteres Mal auf mich zu taumelte, wich ich aus. Er rammte mit seiner Schulter die Eisenstange des Haltestellenschilds. Schlingerte. Ruckelte seinen Hut zurecht. Plierte mich aus wässrigen Augen an. Sein Kopf wackelte. Ein Windstoß riss den Hut von seinem Kopf.

Der Mann drehte sich um. Sah seinem Hut nach. Der um ihn herumhüpfte. Und jedes Mal, wenn er sich bückte, neuerlich von einer Böe hochgelüpft wurde.

Nach einer Weile verlor der Mann das Interesse an seinem Hut. Er trat ihm noch einmal hinterher. Wandte sich dann wieder mir zu. Musterte mich aufdringlich.

Irgendwo hatte ich gelesen, dass man gewissen Tieren nicht in die Augen schauen dürfe. Gorillas, wenn ich mich recht erinnere. Da sie sonst wild und aggressiv würden. Auch Pferde mögen es angeblich nicht. Ich dachte auch an unseren ersten Wampo, der immer einen wütenden Veitstanz aufführte, wenn ich in seine Augen schaute. Also wandte ich meinen Blick auf meine Schuhe. Spähte aus dem Augenwinkel nach einer Straßenbahn. Aber es kam keine. Auch Autos fuhren jetzt nicht mehr.

Soll ich weglaufen? dachte ich. Es wäre das, was ich immer getan hatte.

Der Mann torkelte an mich heran. Zupfte an meinem Schal. Der unten aus meiner Jacke heraushing.

„Dein Schwanz hängt ja nach vorne raus."

Er schien seine Bemerkung spaßig zu finden. Denn er brach in Gelächter aus.

Ich ging einen Schritt zurück.

Der Mann lachte weiter. Es war kein gutes Lachen.

Er wankte noch einmal auf mich zu. Ich wich wieder aus. Diesmal verfehlte er den Mast des Haltestellenschilds. Stürzte. Schlug auf den Randstein. Und als ich Blut aus seiner Nase rinnen sah, musste ich wieder an unseren ersten Wampo denken. Und an unseren Schweizer, der ihn mit blutigem Fleisch gefüttert hatte.

Der Mann beobachtete, wie das Blut von ihm weg rann. Bemühte sich, auf die Füße zu kommen. Fing an, in seiner Hosentasche zu kramen. Als er seine Hand wieder herauszog, ließ er ein Stilett aufschnappen, das mir bedrohlich entgegenblitzte.

Ich hatte noch immer nicht ganz begriffen, was hier geschah. Da spürte ich plötzlich, wie an meiner Jacke gezupft wurde.

Gab es noch so einen Verrückten? Der es auf mich abgesehen, und den ich übersehen hatte?

Ich ballte meine Fäuste. Und fuhr herum.

Vor mir stand eine junge Frau mit Bubikopf. Sie hielt ihre Hände schützend vor sich. Ihre schwarzen Augen funkelten mich an.

„Komm! Oderrr willst du dich stechen lassen?"

Ihre gutturale fast männliche Stimme rollte über die ‚Rs' in den Worten hinweg nach unten und hob sich am Ende des Satzes wieder.

Noch einmal hielt ich nach der Straßenbahn Ausschau. Der Platz war leer. Da stand nur diese Frau hinter mir. Und der Mann mit dem Messer vor mir.

Die Frau zog fordernd an meiner Jacke. Zog mich in den Hauseingang eines Altbaus Ecke Haimhauserstraße. Die große Eingangstür fiel ins Schloss. Und sie sagte mit ihrer dunklen Stimme:

„Ich bin Ljubi. Dein Schutzengel."

Sie grinste nicht. Sie lachte nicht. Sie sah mich nur an.

Sie war ungewöhnlich groß. Ihre Pupillen glommen wie glühende Kohlen. Sie trug eine bunte, zerfetzte Hose. Durch die ihre weiße Marmorhaut schimmerte. Ihr Kopf thronte hoch über ihren Schultern. Ihre Lippen hielt sie fest aufeinandergepresst. Als wolle sie jede Möglichkeit eines Lächelns ausschließen. Und als wäre alles, was zu sagen war, gesagt.

Doch dann öffnete sie ihren Mund. Und ich sah große weiße Zähne. Und viel Zahnfleisch. Es war wie das Fletschen eines wilden Tieres.

„Hab' von Fenster aus gesehen. Wie Kino."

Ihre Stimme rollte durch den leeren Hausgang.

„Dann sehe ich Messer und denke, kein Film. Musst du helfen."

Als ich „Ddd--ddanke!" sagte, geschah das Unvermeidliche.

Ljubi lachte.

Ihr Lachen gefiel mir. Dass sie über mich lachte, gefiel mir nicht.

„Du hast immer noch Angst! Wie heißt du?"

Was hat meine angebliche Angst mit meinem Namen zu tun? Dachte ich.

Mein Name sei Heini, sagte ich. Und ich hätte keine Angst. Ich spräche immer so.

„Macht nichts, wenn du Angst hast, Cheini," sagte sie und ignorierte meine Gegendarstellung, „wenn Mann mit Messer kommt, besser haben Angst."

Sie sah mich prüfend an. Schritt durch die mit Stuck verzierte Eingangshalle. Drehte sich auf der breiten Treppe nochmal zu mir um. Und winkte mir zu.

„Komm!" sagte sie, „ich bin Russin, du musst wissen."

Ich verstand nicht, warum mich das dazu veranlassen sollte, ihr zu folgen. Stieg aber trotzdem ihren hüpfenden Schritten hinterher.

„Leider es gibt kein Aufzug! Aber ist gut für Figur."

Bevor ich dazu kam, den zweiten Teil ihres Satzes zu überprüfen, waren wir im vierten Stock angekommen. Sie drückte mit ihrer Schulter gegen die zweiflügelige Wohnungstür. Bis einer der Flügel aufsprang.

„Altes Haus, alte Tür," kommentierte sie in ihrer aphoristischen Sprechweise. Und zog mich wie einen Schoßhund hinter sich her.

Vor mir sah ich ein Sammelsurium von unbeschreiblicher Geschmacklosigkeit. Die Wohnung war vollgestopft mit Sperrmüllmöbeln und allerlei undefinierbarem Krimskrams. Überall standen mit blauen Tüchern behängte Stehlampen. Die ein eigentümlich sakrales Licht über mehrfach geschichtete Teppiche verteilten. Ein riesiger in eine Lampe verwandelter Samowar thronte neben ihrem Bett.

„Bruder arbeitet, wie heißt gleich wieder? In Hausratsammelstelle."

Sie schien dem Wort nachzulauschen.

„Deutsche Sprache hat lustige Worten."

Sie kaute noch einmal auf dem Begriff herum. Es klang, als säße eine Grimmhexe auf ihren Bronchien und räusperte sich.

Von ihrem Fenster aus sah ich, wie der Mann, dem ich nun nicht mehr zur Verfügung stand, nach jemand anderem Ausschau hielt, um seine Streitlust zu befriedigen. Da sich keiner dafür anbot, trat er immer wieder gegen das Haltestellenschild. Fuchtelte mit seinem Messer um sich. Das im Laternenlicht aufblitzte.

Ljubi hatte Recht, von hier oben sah es wie eine Filmszene aus.

Während ich über meine wundersame Rettung nachgrübelte, umfassten mich Ljubis Arme. Pressten meinen Brustkorb zusammen.

Ich bewegte mich nicht. Hatte plötzlich das Gefühl, vom Regen in die Traufe gekommen zu sein.

Während ich den Platz unter ihrem Fenster weiter beobachtete, gab Ljubi meinen Brustkorb wieder frei. Und ihre Hände krochen nun unter meinen Pullover.

Der Mann an der Haltestelle tobte weiter. Stach wie besessen auf Blätter ein. Die um ihn herumstrudelten. Es gelang ihm nicht, auch nur eins von ihnen aufzuspießen.

Ljubis Hände wühlten sich durch meinen Pullover abwärts.

Seit Wochen streunte ich nun durch die Münchner Nachtwelt, in der Hoffnung einem Mädchen zu begegnen. Das ich anzusprechen wagte. Ohne eine Vorstellung davon zu haben, was ein Mädchen an sich haben müsste, dass ich meine Scham, mich lächerlich zu machen, überwände. Scham vor dem Blick, wenn ich ansetzte, zu sprechen. Und ich fragte mich, warum hatte ich diese Scham bei Sara nicht gespürt?

Und nun stand diese Russin hinter mir, fummelte unter meinem Pullover herum. Und ich stand hölzern in ihrer zugemüllten Wohnung. Wusste nicht, warum ich das Gefühl nicht loswurde, in eine größere Falle getappt zu sein als der, der ich durch sie entronnen war.

Sie nahm mein Zögern wahr. Schien meine Verwirrung zu spüren. Und zog ihre Hände aus meinem Pullover.

„Du musst nicht Angst haben! Ljubi frisst dich nicht!"

Ich drehte mich um.

Ihr Mund war verschlossen. Und ich wunderte mich, wie es ihr gelang, die Worte durch ihre aufeinandergepressten Lippen zu schieben. Lauschte ihrer tiefen Stimme. Und sagte:

„Ich hahabe keikeine Aaangst.

Sie lachte laut auf. Und ich erklärte ihr noch einmal, dass dies meine Art zu sprechen sei.

Sie sagte nichts. Wir sahen gemeinsam aus ihrem Fernsehfenster. Das sie dann doch als Guckloch in die Wirklichkeit erkannt hatte.

Der Mann war nirgendwo mehr zu sehen.

„Ist in Ordnung, Cheini," sagte sie nach einer Weile, „Jeder hat eigene Sprache. Ich Russisch. Und schlecht Deutsch. Du deine Sprache. Für Ljubi ist egal, wie Mann spricht. Sprechen nicht so wichtig."

Sie stand auf. Hüpfte durch ihr Möbellabyrinth. Kramte zwischen den Teppichen herum. Und kam mit einer Zigarette wieder zurück. Während ich Zeit hatte, ihren Körper zu betrachten.

„Ljubi macht dich nicht gefangen. Du kannst gehen. Dort ist Tür."

Meine Blicke entgingen ihr nicht. Sie warf die noch unangezündete Zigarette in einen der herumstehenden Messingkrüge. Schlich wie ein Raubtier auf mich zu. Und als ich gerade laut auflachen wollten, blieb mir mein Lachen im Hals stecken. Das war kein Spiel. Ljubi war ein Raubtier. Ihre Bewegungen waren fordernd und hart. Was auch ihr geschmeidiger Körper nicht auszugleichen vermochte.

Sie drückte ihre Fingernägel in meine Haut. Umschlang mich, als wolle sie sich in mir auflösen. Vibrierte von einem Höhepunkt zum andern. Ohne, dass ich das Geringste dafür tat.

Ich musste an Sara denken, die mir nach den ersten missglückten Versuchen Höhepunkte vorgaukelte, die sie nicht hatte. Und als ich sie damals darauf ansprach sagte sie nur „mach dir keinen Kopf, mein Philosoph! Es liegt nicht an dir." Warum sie mir dann was vortäusche. „Um dich nicht zu enttäuschen". Dabei lachte sie, freute sich offenbar über die Ähnlichkeit der Worte, sah mich forschend an und fügte hinzu: „Das ist mein Job. Hast du das vergessen?"

Ljubi dagegen war ganz und gar in ihrem Körper. Und sie benutzte meinen. Alles in mir und um mich herum wurde zu Ljubi. Die unaufhörlich weiterdrängte. Bis nichts mehr von mir übrig war.

Und als meine Kraft erlahmte, flüsterte sie „komm! Fick Ljubi!"

Die Worte verschreckten mich nicht. Sie waren mir aus Lapping wohlbekannt. Auch Sara und ihre Kunden hatten damit nicht gegeizt. Aber irgendwie ging mir das alles zu schnell und hart aufeinander. Meine Lust erschlaffte.

Sie stand auf, kramte neuerlich eine Zigarette aus den Falten ihrer Teppiche. Setzte sich neben mich. Und erst jetzt entdeckte ich, wie schön sie war. So schön, dass es wehtat.

Sie kuschelte sich an mich heran. Stieß mich dann wieder von sich und sagte:

„Eigentlich ich mag nur Frauen."

Die Worte rollten an dem umfunktionierten Samowar vorbei, zwischen den Stehlampen hindurch, durch den sakral beleuchteten Raum. Als verschiebe jemand Möbel, um sie in die richtige Position zu bringen. Ich war viel zu erschöpft, um sie aufzunehmen. Sie rollten um mich herum. Hängten sich dann irgendwo in den Teppichen fest.

Doch Ljubi hakte nach.

„Man merkt nicht. Nicht wahr, Chansi!"

Sie presste die Worte durch ihre Lippen, bevor sie ihren Mund öffnete und ihr Raubtierlachen freigab.

„Heinrich!" korrigierte ich sie aus weiter Ferne.

„Chansi, Cheini, Cheinrich! Was bedeutet das schon in so einer Liebesnacht?"

Liebesnacht?

Ich war doch erst eine Stunde bei ihr.

Und Ljubi hakte ein weiteres Mal nach.

„Ljubi ist froh, dass du hast keine Probleme mit Frau, die Frauen mag."

Jetzt kamen ihre Worte bei mir an. Aber es kamen wiedermal keine aus mir heraus.

Ihre Pupillen glühten. Wieder entblößte sie viel Zahnfleisch.

„Ich bi-bin kei-keine Fffrau."

Sie ließ ihren Blick über mich gleiten und sagte:

„Ja, das stimmt, Cheini. Bist du nicht."

Sie ging einmal um mich herum und begutachtete mich von allen Seiten.

„Wollte Mann probieren," kicherte sie.

„M-mann?" erkundigte ich mich.

Ein Verrückter, der mich abstechen will. Ein rettender Schutzengel in Gestalt einer Frau, die auf Frauen steht und es mal mit einem Mann treiben will. Das was war ich da hineingeraten?

Dann verlor sich ihr Blick irgendwohin, wo ich sie nicht mehr erreichen konnte.

Sie sagte: „War schön mit dir, Cheini." Und nach einer Pause fügte sie träumerisch hinzu: „Fast so schön wie mit Rita."

16.

In den Monaten mit Ljubi gab es nur Ljubi. Sonst nichts.

Ich wusste, dass da draußen noch eine andere Welt existierte. Aber sie ging mich nichts an. Ich dachte nicht an mein Studium. Nicht an meinen Vater, dessen Stolz ich nicht enttäuschen wollte. Ljubi füllte mein Leben aus. Und ich ließ es bereitwillig geschehen.

Dabei gab es kaum Interessen, die wir miteinander teilten.

Wir gingen nicht ins Kino. Nicht ins Theater. Auch Konzerte besuchten wir nicht. Es gab keine gemeinsamen Spaziergänge. Und wir sahen nicht fern. Wir interessierten uns nicht für Spiele. Außer mit unseren Körpern. Wir lasen uns nichts vor. Hörten nicht Musik miteinander. Redeten wenig. Was mir entgegenkam. Und wenn die Sprache unserer Körper mal verstummte, entzog sich Ljubi in ihre eigene Welt. In der ich sie nicht mehr aufzuspüren vermochte. Dann verloren sich ihre Augen in Abwesenheit. Tauchten in Weiten ein, die mir nicht zugänglich waren.

Schon als ich Ljubis Raubtierhöhle zum ersten Mal betrat, war mir ein Bild aufgefallen, das ikonengleich über ihrem Bett hing. Aus einem bombastischen goldlackierten Rahmen lächelte ein Mädchen auf uns herunter. Und auch ihr Lächeln zeigte viel Zahnfleisch.

„Deideine Totochter?"

Schon beim Aussprechen der Frage merkte ich, dass ich sie schon einmal gestellt hatte. Erinnerte mich aber nicht, an wen und warum.

Ljubis Blick verfinsterte sich.

„Lesbischen Frauen kriegen keine Kinder! Weißt du das nicht?"

„Außer wenn sie Mann probieren," äffte ich sie nach, um ihren finsteren Blick zu verscheuchen. Doch als ich sah, wie ihre Augen verschwammen, ihre Schultern herunterfielen und ihr Körper in sich zusammensackte, bereute ich meine Frage. Und jetzt fiel es mir wieder ein.

Was will ein Barmädchen mit einer Tochter? Es war Sara, der ich dieselbe Frage gestellt hatte.

Barmädchen kriegen keine Kinder

„Geh jetzt, Cheini, geh! Geh endlich!"

Ich hatte mich daran gewöhnt, dass sie mich übergangslos wegschickte. Und ging.

Ljubi kannte weder Hemmungen. Noch Grenzen.

Und das war wohl auch der Grund, warum sie mich immer wieder drängte, mir ihre Freundinnen vorstellen zu
dürfen.

Ihre Freundinnen waren Kolleginnen. Sie arbeiteten al-
lesamt in der Wäscheabteilung im Kaufhof am Stachus.

Ich wehrte mich dagegen. Was interessierten mich ihre
Freundinnen? Ich wollte die abgeschottete Welt, in der wir
uns eingerichtet hatten, nicht verlassen. Und schon gar
nicht mit anderen teilen.

„Du wirst sehen, Cheini, lohnt sich! Freundinnen sehr
hübsch!"

Die Vorstellung, mich mit ihren lesbischen Freundinnen zu verwirren, schien sie ganz offensichtlich zu erregen.
Und weil sie beharrlich nachbohrte, gab ich nach. Das war
ein Fehler. Der alles zwischen uns zerstören sollte.

Am nächsten Tag verabredete ich mich mit ihr in der
Cafeteria im Kaufhof.

Ljubi hatte nicht zu viel versprochen. Die Mädchen waren wirklich attraktiv. Ich sah, wie sie nach meinen begeh-
renden Blicken Ausschau hielt. Wie jemand, der voller
Stolz seinen Besitz vorzeigt. Ljubi fletschte ihre Zähne.
Strahlte mir ihr Raubtierlachen entgegen. Sie wusste, dass
ich all meine Kraft für sie aufbrauchte.

Eine ihrer Freundinnen hatte ungewöhnlich aufgewor-
fene Lippen. Ljubi beobachtete mich.

„Du hättest gern, dass Rita dich bläst, gib zu, Cheini!"
sagte Ljubi mit ihrer tiefen Stimme. Und sie sagte es laut
und vernehmlich. Liebkoste dabei Ritas lockiges Haar mit
ihren langen Fingern.

Das also war Rita, dachte ich.

Sie führte sie mir vor, wie ihr bestes Pferd im Stall.

Die Gespräche in der Cafeteria verstummten. Alle Blicke schossen zu unserem Tisch herüber. Verweilten dort. Ich fühlte, wie mein Gesicht rot anlief.

„Du kannst ruhig zugeben, Cheini! Alle Männer wollen das! Nicht wahr, Rita?"

Rita sagte nichts. Zeigte auch sonst keine Reaktion.

Spielte ihre Rolle als Vorzeigeobjekt bravourös. Und ich sann nach einer Möglichkeit, diesem peinlichen Auftritt souverän zu entrinnen. Während Ljubi fortfuhr, Ritas blondlockiges Haar zu kraulen.

Die Einkäufer und Angestellten, die in der Cafeteria ihren Imbiss hielten und durch Ljubis Stimme aufgeschreckt worden waren, wendeten sich wieder ihren Tellern, Tassen und Gläsern zu. Tuschelten noch eine Weile. Aßen dann weiter.

Doch Ljubi war noch nicht fertig.

Ich hatte nicht das geringste Interesse an Rita. Doch das schien Ljubi nur noch mehr anzustacheln, mich in Verlegenheit zu bringen. Was hatte sie vor?

„Was ist, Cheini? Gefällt dir Rita nicht?"

Ihre Augen brannten.

„Oh ja, Rita gefällt dir! Du willst, dass sie dich bläst."

Wieder polterten die Worte durch die Cafeteria. Das überschüssige Blut wich aus meinem Kopf. Floss in meinen Körper zurück. Um sich neuerlich in meinem Kopf zu sammeln.

Wenn ich jetzt ging, würde ich tun, was ich immer getan habe. Mich noch lächerlicher machen. Und ich wusste, wenn ich sie zur Rede stellte, wie sie dazu käme, mich hier öffentlich zur Spottfigur zu machen, würde ich sie nur noch mehr dazu reizen, mich bloßzustellen.

Ich saß in der Rolle fest, die Ljubi mir zugedacht hatte.

Ich sah wie die anderen Gäste auf den langhaarigen Lulatsch starrten. Der wie ein Schoßhund zwischen den gutaussehenden Verkäuferinnen saß.

Noch lachte niemand. Sie schienen den Worten nachzulauschen. Ob sie sie vielleicht doch nur missverstanden hatten?

Ljubi stichelte weiter.

„Was ist, Cheini? Willst du nun, oder willst du nicht? Rita wartet auf Antwort."

Als sei diese Szene vorher genau abgesprochen worden, saß Rita, ohne jeden Ausdruck in ihrem Gesicht, bewegungslos da. Ließ sich weiter von Ljubi die Haare zerzausen. Als wäre sie ihre Puppe.

Ich senkte meinen Blick. Ließ ihn dann in Kreisbewegungen von meinen Knien zu Rita, zu Ljubi, über die auf mich gerichteten Augen der Cafeteriagäste streifen. Und jetzt brach das Gelächter los.

Und wie schon so oft in meinem Leben, wünschte ich mir eine Tarnkappe. Um einfach nicht da zu sein.

Die Mittagspause war zu Ende.

Die Mädchen gingen in ihre Abteilung zurück. Das Lachen verstummte.

Noch ehe ich fragen konnte, was sie sich dabei gedacht habe, hakte sich Ljubi bei mir unter. Zog mich in Richtung Verkaufsräume. Zerrte mich in eine Umkleidekabine. Öffnete meinen Gürtel. Und flüsterte:

„Komm! Ljubi macht wieder gut."

Ich stieß sie wütend zurück. Zog meinen Gürtel wieder fest. Ging mit schnellen Schritten, ohne nach links und rechts zu sehen, durch die Verkaufsräume dem Ausgang zu. Hörte noch, wie Ljubi hinter mir herrief:

„Ich bin natürlich nicht Rita."

Als ich mich in die Reihen der Fußgänger einfädelte, fragte ich mich, warum Ljubi das Band, das uns so fordernd zueinander gezogen hatte, so sehr überspannt hatte, dass es nun gerissen war. Und ich begriff, dass das Verlangen, das uns zueinander zog, mehr als die Gier unserer Körper war. Wir begegneten uns in einer tieferen Schicht unseres Seins. Tauschten Sehnsüchte und tief in uns eingedrungene Verletzungen miteinander aus. Für die es keine Worte gab.

Ich war wütend auf Ljubi. Wütend, dass sie diese beschämende Begegnung herbeigeführt hatte. Ich suchte sie nicht mehr in ihrer Wohnung auf. Vermied es, ihr zu begegnen. Dachte, sie damit zu bestrafen. Bestrafte mich jedoch nur selbst. Wie ich bald merkte.

Ich warf ihr innerlich vor, meinen Körper benutzt zu haben. Damit er in zerstörerischer Gier stets mehr nach ihrem verlangte. Plötzlich schienen sie mir anmaßend, ja lächerlich, unsere fordernden Bemühungen, mit unseren Körpern eine Nähe zueinander zu finden, die sich auf dieser Ebene nicht erreichen ließ. Gleichzeitig schwelte mein Verlangen nach dem, was wir miteinander gespürt hatten, in mir weiter.

Ich fand mich nicht mehr in mir zurecht. Ohne Ljubi war alles nichts.

Zuerst flüchtete ich, wie gewohnt, in Cafés und Kneipen. Aber auch dort konnte ich dem sengenden Schmerz nicht entrinnen, den ihre Abwesenheit in mir hinterließ.

Ich weiß nicht, ob ich Ljubi zu finden hoffte, als ich durch die Münchner Straßen irrte. Oder nur dem Feuer entfliehen wollte, das in mir tobte. Und jeden klaren Gedanken aus mir herausätzte.

Eines Nachmittags sah ich sie auf der Leopoldstraße auf mich zukommen. Die Abendsonne zitterte durch die leichtbewegten Blätter der Bäume. Warf ihr letztes warmes Gold auf die dicht bevölkerten Gehwege. Und inmitten eines Lichtstrahls ging sie. Groß. Stolz. Mit federnden Schritten.

Ich suchte nach Worten, deren Anfangsbuchstaben mir ermöglichten, sie spontan anzusprechen. Meine Handflächen brannten. Mein Blut war in Aufruhr.

Sie hielt im Strom der Spaziergänger inne. Winkelte einen Oberschenkel an. Platzierte ihre Handtasche darauf. Kramte in ihr herum. Die Handtasche passte nicht zu ihr.

Auch nicht die Art, wie sie die Zigarette in den Mund steckte. Und als sie näherkam, war es ein fremdes Gesicht, in das ich blickte.

Ich bereute jetzt, sie nicht aufgesucht zu haben.

Doch ich hatte zu lange gezögert. Sie hatte ihre Wohnung an der Münchner Freiheit aufgegeben. Und obwohl alle im Haus sie gekannt hatten, konnte mir keiner sagen, wo sie hingezogen war.

Auch im Kaufhof kam ich zu spät.

Sie und ihre Freundinnen arbeiteten nicht mehr dort. Niemand wusste etwas über ihren Verbleib. Und da ich ihren Nachnamen nicht kannte, wusste ich auch nicht, wie ich weitersuchen sollte. Vermutlich war Ljubi nicht einmal ihr wirklicher Vorname. Es schien, als habe es sie nie gegeben. Dennoch suchte ich weiter.

17.

Zum Sommersemester machte ich noch einmal einen Versuch, mich meinem Studium zu widmen.

Ich schleppte mich über die marmornen Treppen zum Lichthof der Ludwig-Maximilian-Universität hinauf und hinunter. Schlich hinter den Professorinnen und Professoren her. Verfolgte sie in ihre Hörsäle. Besuchte die Vorlesungen von Professor Spöckemann, der über Hegel referierte. In der Hoffnung, dieses Mal über die Einleitung der Phänomenologie hinauszukommen. Doch Professor Spöckemann hatte sich in diesem Semester Hegels ‚Vernunft in der Geschichte' zugewandt. Das Thema erinnerte mich an die Unterrichtsstunden vom Lehrer Feigl. Und machte mich neugierig.

Da Hegel, so Spöckemann, behauptete, dass der Weltgeist die Welt mit Vernunft bewege und sich hierzu historischer Persönlichkeiten bediene, machte ich deren Lebensläufe in der Bibliothek ausfindig. Spürte jedoch, wie meine Zweifel an der Vernunft in der Geschichte stiegen, je mehr ich mich in sie vertiefte.

Bei Professorin Hilmer erfuhr ich, dass der dänische Philosoph Kierkegaard selbigen Hegel als einen Mann herabwürdigte, der sich einen gewaltigen Palast aufgebaut habe, selbst jedoch im Schuppen nebenan wohne. Hegel, so Kierkegaard, habe nicht begriffen, dass das Drama des Denkens darin beruhe, über sich hinausdenken zu wollen. Was eben nicht möglich sei. Nur durch einen Sprung, so Kierkegaard, gelinge es, sich über das in sich selbst kreisende und sich selbst zu Tode denkende Denken zu erheben. Dieser Sprung vollziehe sich allein im Glauben. Was für Kierkegaard den christlichen Glauben bedeutete.

Als ich nach zahlreichen Springversuchen immer und immer wieder gegen die Wand des sich und mich begrenzenden Denkens prallte, legte ich auch Kierkegaard beiseite.

Professor Steinlein dozierte, dass der vornamenlose griechische Philosoph Platon die Idee des Guten über alle anderen Ideen stellte. Schloss dann einen Bogen zum deutschen Philosophen Immanuel Kant. Der in seinem berühmten kategorischen Imperativ forderte, dass dieses Gute auch unser Handeln bestimme. Und während ich darüber nachdachte, was und wo dieses Gute nun sei, nach dem, laut Platon, alles strebe, fühlte ich mich abgetrennt von all jenen, die miteinander tuschelten, sich die Haare rauften und was auch immer in ihre aufgeschlagenen Hefte schrieben. Fühlte mich von einer unsichtbaren Glaswand umgeben, die mich von ihnen absonderte. Mir verwehrte, ein Teil der Gesamtheit in diesem Hörsaal zu sein. Und ich wandte mich auch von Platon ab.

Bei Professor Leitner erfuhr ich, dass ein anderer Philosoph, Johann Gottlieb Fichte seines Namens, den Menschen zur Krone der Schöpfung erhob. Das ließ mich an die Präfekten von Drebelsberg denken. An die Lappinger Jungen. An den Hauptlehrer Kager.

Auch sie sind Menschen, dachte ich. Und Ernst Ferstl. Und ich, der ich aus Lapping geflohen bin. Ich, dem sich nach einem mühsam erworbenen Schulabschluss der Zugang zur Universität geöffnet hat. Der den Vorstellungen seines Vaters nicht gerecht zu werden vermag. Und sich immer noch zum Spielball der Umstände machen lässt. Selbst ich bin ein Mensch.

Die Krone der Schöpfung konnte ich darin nicht erkennen.

Ich verkroch mich noch eine Weile bei den Vorsokratikern. Suchte mit ihnen nach dem Sinn des menschlichen Lebens. Den ich auch aus ihren Ausführungen nicht herauszulesen wusste. Und ich bekam immer mehr den Eindruck, dass das Studium der Philosophie etwas für diejenigen war, die ihre Freude daran hatten, nachzudenken, was andere schon vorgedacht hatten. Leute, die gern Denksportaufgaben lösten. Und ich unternahm noch den Versuch, mit Friedrich Nietzsche hinter seinem Zarathustra her zu klettern. Um im Hochgebirge verschachtelter Gedanken vielleicht den einen oder anderen Ausblick zu erhaschen. Der den Horizont über mich hinaus weitete.

Doch mir schien, dass auch Nietzsche seinen durch schwindelnde Höhen wandelnden Zarathustra aus gesicherter Talsenke betrachtete. Was ihm nicht gelingen konnte, weil dieser sich hinter den über dem Tal schwebenden Nebeln verlor. Und Nietzsche nicht wirklich teilnahm an dem, wohin sein Zarathustra ihn zu entführen versuchte.

Und ich sackte wieder in den Nebel meiner eigenen Gedanken zurück. Bis mich die Studentinnen mit ihren auf und ab hüpfenden Stimmen und wehenden Haaren ins Licht zurückholten. Und meine Aufmerksamkeit auf sie umlenkten.

War ich dafür aus Lapping geflohen? Hatte gebettelt? Meinen Finger im Fließband gequetscht? Meine Hände mit Zementsäcken zerschunden? Und mein Abitur nachgeholt? Was war es, das ich hier auf der Ludwig-Maximilian-Universität suchte? Wollte ich vielleicht selbst dort stehen, wo die Dozenten stehen? Um mich von den Studentinnen umschwirren zu lassen?

Oder war es dieser unvermeidliche Blick, der sich immer wieder auf meinen Mund heftete, dem ich zu entkommen meinte, wenn ich studierte? Dieser Blick, in dem ich überdeutlich las: Denkt der so, wie er spricht?

War es die Hoffnung, mein Gegenüber würde begreifen, dass ein Studierender kein Depp, kein Trottel, kein Hanswurst sein kann.

Ich erschrak.

Sollte mein Wunsch zu studieren, nur auf dieses eine kümmerliche Ziel hinführen? Zu beweisen, dass ich nicht der war, den ich in den Blicken der anderen immer wieder zu sehen bekam?

18.

Ein paar Bummelstudenten versuchten mich zum Pokern zu verführen. Ich wehrte ab. Erklärte ihnen, das mein Vater seine Stelle als gräflicher Gutsverwalter verlor, weil der gräfliche Besitzer seinen Hof beim Pokern verspielt hatte.

Die Kommilitonen lachten:

„Wir spielen nicht mit so hohen Einsätzen."

Um nicht weiter nachts durch Straßen und Bars zu irren, ließ ich mich überreden. Ich hatte ja keinen Hof zu verlieren.

Zu ihrer und meiner Überraschung gewann ich Spiel um Spiel. Die anderen machten verdrossen weiter, raunzten etwas von ‚typischem Anfängerglück' während sich die Münzen vor mir häuften.

Es fing an, mir Spaß zu machen. Bald warf ich auch Scheine auf die Tischmitte. Wenn meine Glückssträhne anhielt, könnte ich vielleicht einen Hof für meinen Vater kaufen. Einen kleineren natürlich. Aber immerhin. Dachte ich. Und spielte weiter.

Die Kommilitonen grummelten, als sie die Scheine sahen. Waren dann doch einverstanden. Vermutlich hofften sie, ihr verlorenes Geld so schneller wieder zurückzugewinnen. Aber ich gewann weiter. Spürte ein nie gekanntes Prickeln in meinen Handflächen, wenn ich die Karten verteilte. Das sich in meinem ganzen Körper fortsetzte. Während der Stapel Scheine neben mir höher und höher wurde.

Doch meine Mitspieler hatten recht. Es war Anfängerglück. In einem einzigen Spiel verlor ich nicht nur alles, was ich gewonnen hatte, sondern mehr als ich hatte. Mein Gewinn hätte zwar nicht ausgereicht, um meinen Vater einen Hof zu kaufen. Aber ich hätte doch einiges mit dem Geld anfangen können.

So muss es dem Grafen ergangen sein. Dachte ich. Nur dass ich keinen Hof hatte, den ich einsetzen konnte. Und nun Schuldscheine unterschreiben musste. Und jetzt merkte ich, wie müde ich war. Ich stand auf, wollte gerade die Pokerrunde verlassen, da glitt die Schiebetür zum Hinterzimmer der Kneipe beiseite. Ich erkannte ihn sofort. Walter hatte sich seit seiner Verwandlung in Joe nicht verändert. Er wippte grinsend auf mich zu.

„Unsere Wege scheinen uns immer wieder zusammenzuführen, Heiheihoho. Oh, verzeih! Heini, natürlich, „sagte er fast singend. Und umarmte mich.

Seine Umarmung hielt länger an, als mir nötig schien. Und als ich mich aus ihr zu befreien versuchte, griff er nach meiner Hand und wiegte sie zwischen seinen Handflächen hin und her.

Wie früher schon erriet er meine Frage, bevor ich sie gestellt hatte.

„Immer noch Joe," lachte er, „der Name gefällt mir. Du gehst schon?"

Ich zog das Innenfutter meiner beiden Hosentaschen nach außen.

„Ich verstehe," sagte Joe fröhlich, „dann bring mir jetzt so viel Glück, dass es für uns beide reicht! Komm, setz dich neben mich!"

Ich? Glück? Dachte ich. Sagte aber nichts.

Er rückte einen Stuhl für mich heran.

„Aha, ich sehe, ihr seid schon bei den Scheinen angekommen. Umso besser!" rief er.

Joe hatte von Anfang an schlechte Karten. Verlor ein Spiel nach dem anderen. Und hatte er mal gute Karten, konnten es alle in seinen Augen lesen. Stiegen aus, wenn er den Einsatz erhöhte.

Joe winkte ab.

„Mit euch kann man nicht gewinnen. Komm, Heini, lass uns von hier verschwinden! Es macht keinen Spaß, mit diesen Kleingeistern zu spielen."

Ich war ihm dankbar, dass er seine Pechsträhne nicht auf mich schob. Und als er aus dem Nebenzimmer trippelte, stellte ich fest, dass sich doch etwas an ihm verändert hatte. Joe ging nicht. Er tänzelte. Und er sang, statt zu sprechen.

Singend lud er mich zum Wochenende zu einer Party bei sich ein.

Die Party bestand aus einem Dutzend Paaren, die kein Interesse aneinander zeigten. Unbeteiligt herumstanden. Wie Puppen in einem Schaufenster.

Joe bewegte sich schwingend zwischen seinen Gästen hin und her. Bewirtete sie mit Wein. Sekt. Kleinen Häppchen. Erzählte Anekdoten. Über die niemand lachte. Ging immer wieder zum Plattenspieler. Hantierte daran herum. Sichtlich bemüht, seine Gäste in Stimmung zu bringen. Doch ob Blues, Folk, Rock, Jazz oder Funk. Die Party wollte nicht in die Gänge kommen.

Joe schaute fragend zu mir herüber. Hob die Schultern. Warf seine Hände nach oben.

Was wollte er von mir hören? Es war nicht meine Party.

Ich dachte an die Partys von früher. In denen ich den Depp spielte, um sie in Schwung zu bringen. Ich hatte keine Lust mehr, den Depp zu spielen. War mir auch sicher, dass nicht einmal meine Deppenrolle diese festgefahrene Stimmung aufgelockert hätte. Und während ich noch darüber nachgrübelte, löste sich die Party auch schon auf. Die geladenen Gäste verließen Joes Wohnung so gelangweilt, wie sie gekommen waren. Und hier herumgesessen hatten.

Ich hatte viel zu viel getrunken. Torkelte zur Garderobe. Kämpfte mit meiner Jacke. Und während ich noch nach den Ärmellöchern suchte, schlug Joe vor, noch ein letztes Glas zusammen zu trinken. Ein „Absackerbierchen", wie er es nannte.

Die Öde der Party klemmte noch zwischen Möbeln und Wänden. Aber es zog mich nirgendwo anders hin. Ich legte meine Jacke wieder ab. Was Joe dazu veranlasste, an mir herumzunesteln. Ich nahm nur verzögert wahr, was da an mir stattfand. Und bewegte mich wieder auf meine Jacke zu.

„Sei kein Spielverderber, Heini!" sang Joe. Und baute sich zwischen mir und meiner Jacke auf.

„Was für ein Spiel?"

„Jetzt komm! Tu nicht dümmer als du bist!"

Er tätschelte meine Schulter.

Dümmer als ich bin? Was wollte er damit sagen?

Wie schon damals Walter, hörte auch Joe Sätze, die ich noch gar nicht ausgesprochen hatte. Und sagte „ich bin schwul." Und „das hast du doch längst mitbekommen, Heini."

Und weil ich nichts darauf zu sagen wusste, fuhr er fort:

„Mit anderen Worten, ich steh auf Männer."

„Mmmänner?" blubberte ich hinterher.

„Ich dachte, du wüsstest das."

Ich wusste es nicht. Woher auch? Wollte es auch gar nicht wissen. Doch als die Worte in mich eindrangen, hörte ich plötzlich Ljubi sprechen. Hatte sie mich nicht mit einem ähnlichen Bekenntnis überrumpelt? Bilder zogen an mir vorbei. Die nicht ineinanderpassten. Und sich dennoch   ineinanderschoben.

„Und wenn Du's noch genauer wissen willst, ich stehe auf dich."

Ich wollte es nicht genauer wissen. Griff wieder nach meiner Jacke. Und tastete nach dem Türgriff.

„Ich spüre es schon lange, dass es mich zu Männern hinzieht. Habe es nur nicht wahrhaben wollen," fing Joe wieder zu singen an, „jetzt komm, Heini! Zier dich nicht! Es ist nichts anderes, als zwischen Mann und Frau. Nur schöner."

Ich schüttelte meine Jacke.

Mann und Frau, echote es in meinem Kopf. Anders. Nur schöner. Warum erzählte er mir das?

Und wo waren die Löcher für meine Arme geblieben?

„Hast du's denn schon probiert?" fing Joe wieder an.

Er hat die Ärmellöcher zugenäht. Damit ich nicht weggehen kann. Dachte ich. Was hat er vor?

„Du weißt nicht, was dir entgeht," sagte Joe. Und zupfte an mir herum.

Ich war immer noch mit meiner Jacke beschäftigt. Jetzt fiel auch noch mein Sonnenbrillenetui aus einer der Taschen. Wozu hatte ich eigentlich die Sonnenbrille mit auf die Party genommen?

Als ich mich bückte, kam mir Joe zuvor. Steckte das Etui in meine Jacke zurück. Und begann wieder, an mir herumzugrapschen.

„Nnni-nimm dei-deine Fi-fi-finger vovon mmmir!" brachte ich schließlich aus mir heraus.

„Die Finger?" feixte Joe, „okay!" Kniete vor mir nieder. Und zog den Reißverschluss an meiner Hose auf.

Ich wehrte mich nicht. Ich wunderte mich nicht. Und ich erschrak nicht. Spürte weder Entrüstung noch Ekel. Sah aus angemessener Entfernung zu. Was da zwischen meinen Beinen und meinem Bauch geschah. Und ehe ich begriffen hatte, was geschah, war alles vorüber.

„Das ging aber schnell," sagte Joe.

Ich schaute an mir herunter. Beobachtete, wie er meinen Reißverschluss hochzog.

„Und? War's so schlimm?"

Sein Mund erschien vor meinem Gesicht. Ich beobachtete, wie Joe den unregelmäßigen Flaum über seiner

Oberlippe streichelte. Meine Jacke nahm. Vor mich hinhielt. Und lächelte.

‚Wenn dich jemand anlächelt, schau hindurch, ob er sich dahinter versteckt!' hatte mir mein Onkel Hans mal gesagt.

Also starrte ich mitten in Joes Lächeln hinein. So, wie es mir der Onkel Hans geraten hatte. Ich sah Joes gefältelte Stirn. Den Flaum auf seiner Oberlippe. Kleine Fältchen um seinen Mund. Und einen suchenden Blick, der sich in mir zurecht zu finden suchte. Sonst konnte ich nichts hinter diesem Lächeln erkennen.

„Wolltest du nicht gerade gehen?" fragte Joe und hielt mir meine Jacke entgegen.

Ich griff daneben. Taumelte auf ihn zu. Die Jacke fiel wieder zwischen uns auf den Boden. Und ich fiel in seine offenen Arme.

In diesem Augenblick wurde mir bewusst, was geschehen war. Und irgendwas oder irgendwer bäumte sich in mir auf und rief:

„Das hast du ja wunderbar eingefädelt. Die Langweiler als Kulisse mit einzuladen. Um dich an mich heranzumachen. Du bist ein Schwein, Joe!"

Ich erschrak. Nicht so sehr über das, was ich gesagt hatte. Sondern wie ich es gesagt hatte. Die Worte waren ohne aneinander festzuhängen aus mir herausgeflossen. Wie damals das ‚Leck mich am Arsch' vor ‚Papas' Altar im Internat von Drebelsberg.

Ich fühlte mich schlagartig nüchtern.

Da Joe weder auf den Inhalt noch auf den freien Fluss meine Worte reagierte, fragte ich mich, ob meine Worte tatsächlich aus mir herausgekommen waren. Vielleicht hatte ich mir nur vorgestellt, was ich sagen wollte. Und hatte gar nichts gesagt. Oder ich hatte sie nur in mir drinnen gehört?

„Weil ich schwul bin?" fragte Joe. Federte mich, auf den Fußballen wippend, mit beiden Handflächen von sich ab.

„Oder weil es ein Männermund war, der dir einen geblasen hat?"

Während er mit dem Daumennagel über die Ränder seiner Lippen strich, ging ich rückwärts auf seine Wohnungstür zu. Horchte weiter in mich hinein. Ob sich nicht noch mehr Worte aneinanderreihten.

„Ach, Heini! Gib es doch wenigstens zu! Du hast dir doch nichts sehnlicher gewünscht, als ein Mädchen auf meiner Party aufzugabeln."

Ich gab nichts zu. Hatte nichts zuzugeben. Fühlte mich überrumpelt. Getäuscht. Gleichzeitig schuldig. Und wusste nicht warum.

Joes Lippen bewegten sich in alle Richtungen.

„Dass sie dir noch auf der Party einen bläst, hättest du dir nicht einmal zu erträumen gewagt. Jetzt habe *ich* getan, was Du gewünscht hast. Und du nennst mich ein Schwein?"

Ich fingerte am Türgriff herum. Meine Hand rutschte ab. Und ich fiel wieder in Joes Arme.

„Es schien dir nicht missfallen zu haben. Du hast dich mit keiner Geste dagegen gewehrt."

„Ich. Bin. Betrunken. Joe. Und du hast das ausgenützt."

Ich sah ihn erschrocken an. Als wären die Worte aus seinem Mund gekommen.

Aber es war meine Stimme, die sie ausgesprochen hatte!

Schon wieder! Dachte ich. Schon wieder waren Worte über meine Lippen geflossen.

Warum merkte Joe das nicht? Hörte wirklich nur ich sie?

„Na und?" sagte Joe, „trinken wir uns nicht alle Mut an, wenn wir uns an jemanden heranmachen wollen? Ja. Ich brauchte diese Langweiler als Publikum. Oder sagen wir, als Vorwand. Ohne Party wärst du doch nicht gekommen. Zugegeben, das war vielleicht nicht ganz fair. Verzeih mir!"

Ein paar Minuten standen wir schweigend an der Eingangstür. Ich wartete auf weitere Worte aus meinem Innern. Vermutlich wartete auch Joe auf irgendwas.

„Die meisten Partys sind doch nichts anderes als eine Legitimation, die eigenen Hemmungen zu ertränken," sagte er schließlich mit müder Stimme, „um das zu erreichen, wozu man nüchtern nicht in der Lage gewesen wäre."

Warum er mir einen Vortrag über Partys halte? Sagte ich. Wieder fließend. Auf seiner Party jedenfalls habe niemand jemanden kennenlernen wollen. Das habe wohl auch er bemerkt.

„Ich sagte es doch gerade. Einen gab es," sang Joe.

Und während ich wieder nach der Türklinke suchte, fügte er hinzu:

„Was habe ich dir denn Schlimmes angetan, Heini? Du hast meinen widerlichen Männermund nicht einmal anschauen müssen!"

„Darum geht es nicht," sagte ich, „und dabei bleibt es wohl auch nicht."

„Und worum, bitteschön, geht es? Sag du es mir! Du scheinst es ja genau zu wissen. Ach so! Du meinst, erst der Mund, dann der Arsch? Das wolltest du doch sagen? Schwule sind Arschficker. Das denkst du doch?"

„Ich denke gar nichts. Ich bin nicht schwul," sagte ich, ohne ein einziges Mal zu stocken.

„Außerdem," sagte Joe, ohne auf meine Antwort einzugehen, „wird dies bekanntlich auch bei Heteros praktiziert. Der Unterschied ist nur, dass die Mädchen meist nicht gefragt werden, ob es ihnen Spaß macht. Oder ob es wehtut."

Er wandte sich von mir ab. Zog ein Taschentuch aus seiner Hose. Wischte sich über seine Lippen Und sah mich mit leeren Augen an.

„Ja. Verdammt nochmal. Ich bin schwul. Aber ich würde dir niemals gegen deinen Willen Schmerz zufügen, Heini."

„Schmerz zufügen? Ich weiß nicht, wovon du redest. Will es auch nicht wissen. Feststeht, dass du dich im betrunkenen Zustand über mich hergemacht hast. Als ich praktisch wehrlos war."

„Auch ich habe getrunken," sagte Joe.

„Das macht es nicht besser," sagte ich.

Ich war so verblüfft über den sprudelnden Fluss meiner Worte, dass ich vor Freude lachen musste.

Es saß ein anderer in mir, der unbeschwert aus mir herausredete. Der Heini Hofer verdrängt zu haben schien. Er bediente sich zwar meiner heiseren Stimme. Löste jedoch die Buchstaben aus ihren Verkantungen. Reihte sie fließend aneinander. Verband sie zu Worten und Sätzen.

„Lach nur. Ich mag dein Lachen. Auch wenn du über mich lachst."

Als ich weiterlachte, schien es auch Joe zu bemerken. Er starrte mich an. Als sei ich nicht der, der vor ihm stand.

„Was ist denn mit dir los? Du sprichst fließend wie ein Prediger. Ein Wunder ist geschehen."

Ich weiß nicht, was ich noch alles redete. Misstrauisch verfolgte ich die aus mir heraus flutenden Sätze. Wartete darauf, dass sie sich sperrten.

Das Wunder hielt an. Die Worte strömten.

Erst nach einer Weile drang wieder in mein Bewusstsein, wo und mit wem ich hier stand und was geschehen war.

„Du hast die ganze Party nur veranstaltet, um –"

„- um dir einen zu blasen?" unterbrach mich Joe, „ist es das, was du sagen wolltest? Aber entschuldige, ich habe dich unterbrochen. Du kannst deine Sätze ja jetzt selber zu Ende bringen."

Ich redete einfach weiter. Nur um etwas zu sagen. Die Sätze flossen aus meinem Mund. Ich spürte ihnen nach. Stets auf der Hut, sie könnten sich doch noch an einem inwendigen Stacheldraht verhängen. Und als ich zu reden aufhörte, geschah dies aus eigenem Entschluss. Und nicht, weil sich die Worte in meinem Mund verschanzt und mich zum Schweigen gebracht hatten.

Die Stille, die irgendwann eintrat, war eine von mir selbst gewollte, wunderbare Stille. In der ich meine eigenen Worte nachhallen hörte.

„Habe ich auch nur mit einer Silbe angedeutet, dass ich eine Gegenleistung von dir erwarte, Heini?" tönte Joes Stimme in diese Stille hinein, „dass du *mir*, zum Beispiel...- ach, was auch immer... oder sonst irgendwie zärtlich zu mir bist?"

Ich weiß nicht, warum ich in diesem Moment kotzen musste. Ich fand mich in meinen Gedanken und Gefühlen nicht zurecht. Vor mir stand Walter. Der mir ein Freund geworden war. Der in schwierigen Situationen für mich da war. Vor mir stand aber auch Joe. Der mehr als nur mein Freund sein wollte. Was ich nicht zu erwidern vermochte. Weil Walter zu Joe geworden war, verlor ich ihn als Freund. Und da ich Joe nicht geben konnte, was er über von mir wollte, verloren wir uns gegenseitig.

Ich sah auf. Traf auf Joes umherirrenden Blick. Und musste noch mehr kotzen. Kotzte und kotzte. Mehr als ich in den letzten Tagen gegessen haben konnte. Bis ich alles rund um Joes Garderobe vollgekotzt hatte.

Joe sagte nichts. Sah mich nur an. Trippelte dann in sein Bad. Kam mit Putzlumpen und Eimer zurück. Fing an in ruhigen ausladenden Bewegungen mein Erbrochenes mit dem Lappen aufzunehmen. Und in den Eimer zu wringen.

Ich stand da. Beobachtete, wie Joe meine Kotze vom Parkettboden über den Wischlappen in den Putzeiner beförderte.

„Ich mochte dich vom ersten Tag an. Als ich noch Walter war. Da wusste ich noch nicht, dass ich dich begehrte," sagte Joe vor sich hin und wischte weiter, „es macht mir nichts aus, dein Erbrochenes wegzuwischen. Auch wenn es das Resultat deines Ekels vor mir ist. Es ist von dir."

Ich öffnete meinen Mund.

„Nein, sag jetzt nichts!" unterbrach er mich, „ich weiß, dass du dich jetzt, wo du erfahren hast, dass ich schwul bin, vor mir ekelst. Wie gesagt, ich mochte dich vom ersten Tag an. Als ich dich vor dem Tabakladen kauern sah. Und du Heiheihoho für mich wurdest."

Ich klappte meinen Mund wieder zu. Ich ekelte mich nicht vor ihm. Dass ich nicht schwul war, wusste er ja nun.

Und dass ich keinen Ekel gegenüber ihm empfand, würde er mir nicht glauben. Was sollte ich also sagen?

Endlich gelang es mir, in meine Jacke zu schlüpfen.

Die Diele knarzte, als ich einen Fuß über die Türschwelle hob und dort absetzte. Ich zuckte zusammen, als wäre ich auf eine Mine getreten. Verharrte mit meinem anderen Fuß in der Wohnung. Und balancierte mich hin und her.

„Es ist zum Lachen. Wenn es nicht zum Weinen wäre,“ sagte Joe, „ausgerechnet auf dem Gipfelpunkt deines Ekels vor mir gelingt dir, was du dir vermutlich am meisten gewünscht hast. Fließend zu sprechen.“

Er breitete den Putzlappen über den Eimer und stellte ihn hinter seine Garderobe.

„Und ich? Ich verliere …naja, reden wir nicht mehr darüber.“

Ich war bereits im Treppenhaus, als er mir nachrief:

„Du warst beim Kreuzlinger. Stimmt's? Er scheint ja wirklich ein Wunderdoktor zu sein.“

Laut singend schwebte seine Stimme die Treppen hinunter. Ich drehte mich nochmal um. Er lächelte jetzt wieder.

„Er wechselt die Namen wie du,“ rief ich zurück, er heißt jetzt Sunleitner. Vorher Fischer. Aber Kontakt hatte ich nur mit einem Tonbandgerät.“

Dann ließ ich die Eingangstür hinter mir ins Schloss fallen.

Ein neuer Morgen kroch zögerlich in die noch leeren Straßen, als ich die nächstgelegene Bäckerei aufsuchte. Die Verkäuferin trug einen weißen Kittel. Sah sehr bleich aus. Und schob Brote hin und her. Sortierte Semmeln in verschiedene Körbe. Erst nach einer Weile merkte sie, dass ich vor ihr stand. Und nichts sagte. Sah mich fragend an. Beobachtete meinen Mund. Neue Kunden kamen in den Laden. Scharrten ungeduldig mit den Füßen.

Ich presste meine Lippen aufeinander. Spürte, wie Spucke über mein Kinn lief. Deutete auf den Korb, in dem die Mohnsemmeln lagen. Die Verkäuferin starrte auf meinen Finger. Hob die Schultern. Und wandte sich den hinter mir Wartenden zu.

Ja, ein Wunder hatte mich berührt. War dann an mir vorübergezogen.

Warum waren die Sätze für eine Weile aus mir herausgeströmt? Und verhakten sich nun wieder? Und plötzlich musste ich an den Internatsdirektor von Drebelsberg denken. Der mir in der Internatskapelle, unmittelbar unter dem Kruzifix ein „leck mich am Arsch" entlockte. Während alle anderen Worte in mir festklemmten.

War es auch damals ein Wunder, das mich gestreift hatte? Um dann wieder weiterzuziehen? Oder war es weder jetzt noch damals ein Wunder, das meine in mir feststeckenden Worte zum Fließen brachte? War es die Konfrontation mit dem Ungeheuerlichen, die einen Schock in mir auslöste? Und den Damm, hinter dem sich meine Worte verschanzt hielten, zum Brechen brachte?

19.

Ich wartete bis zum nächsten Pokerabend. Ich weiß nicht, was ich dort wollte. Aber die Kommilitonen wussten es. Sie saßen zu viert um den runden Tisch herum. Taten als konzentrierten sie sich auf ihr Spiel. Aber ich merkte sofort, dass sie sich nur hinter ihren Karten versteckten.

„Der sucht Joe," sagte einer von ihnen. Ohne aufzusehen.

Ich blieb an der Schiebetür zum Nebenraum stehen.

Ihre Köpfe hingen, in Rauchschwaden gehüllt, über der Tischplatte.

„Joe kommt nicht," sagte ein anderer, in einem Tonfall, als sei ich schuld daran, dass Joe nicht kam, „er hat sich aufgehängt. Am Ast einer alten Buche. Im Englischen Garten."

Er sagte es, als läse er es von seinen Karten ab.

Joe tauchte in mir auf. In einem gerasterten Schwarz-weißbild. An einem Ast hängend. Über meine Kotze gebeugt. Unwirklich. Weder als Joe zu erkennen. Noch als Walter.

„Mann, liest du denn keine Zeitungen? Im Lokalteil steht ein ganzer Artikel darüber."

Was hat er gesagt? Aufgehängt? Joe?

Er habe das schon öfter getan, sagte der erste wieder.

Ein geschmackloser Scherz, dachte ich und wollte gerade die Schiebetür wieder zuzuziehen, da sagte einer der Kommilitonen, der bisher geschwiegen hatte:

„Immer wieder im Englischen Garten, das scheint ihm der angemessene Ort für sein Vorhaben gewesen zu sein. Merkwürdig ist allerdings, dass der Ast jedes Mal vorzeitig abgebrochen ist."

„Es war wohl ein Ritual für ihn," sagte der erste wieder, „eine Art Russisch-Roulette. Joe, alias Walter, ist ein Spieler. Und auch wieder nicht. Ich kenne ihn seit unserer gemeinsamen Schulzeit. Er spielte schon immer gern. Aber ein Spieler will gewinnen. Joe, alias Walter, jedoch, suchte die Niederlage. Sie war es, die ihn mehr als alles andere faszinierte."

Alle drei ließen ihre Blicke über mich wandern.

„Wusstest du, dass er schwul war?"

Ich sagte nichts.

Die mir zugewandten Gesichter nickten.

„Er wusste es übrigens selbst nicht Bis er Joe wurde."

Irgendetwas fing an, sich in mir abzutrennen. Doch ich war nicht sicher, ob es wirklich zu mir gehörte.

„Auch dieses Mal sei der Ast, an den er sich gehängt hatte vorzeitig abgebrochen," sagte der Kommilitone, der Joe schon kannte, als er noch Walter war, „dieser Ast war aber wohl schwerer als die bisherigen. Er hat ihm den Schädel zertrümmert. Spaziergänger haben ihn gefunden. Sollte Joe durchkommen, kommt er in die Klapsmühle. Zu viele Selbstmordversuche. So oder so hat er sein Spiel verloren. Wie er es immer gewollt hatte."

Diesmal hatte Joe alias Walter Glück. Er musste nicht in die Klapsmühle.

Außer mir und den Pokerkumpanen erschien niemand unter der Buche im Englischen Garten. Wo die kleine Trauerfeier stattfand. Keiner von uns wusste, ob Joe evangelisch oder katholisch gewesen war. Ob er überhaupt einer Religion angehört hatte. Wir erfuhren auch nicht, was mit Joes Körper geschah. Ob er verbrannt oder irgendwo begraben wurde. Und ob es noch irgendwelche Familienangehörigen gab, die sich darum kümmerten.

Symbolisch verstreuten wir Asche, die nicht die von Joe war. Ich holte meine Mundharmonika aus der Schachtel. Doch schon als ich sie an die Lippen führte, spürte ich, dass es mir nicht gelingen würde, herauszublasen, was sich in mir eingelagert hatte.

20.

Als mich das Telefon aus dem Halbschlaf riss, wusste ich weder, an welchem Wochentag, noch in welcher Jahreszeit ich mich befand. Auch nicht, wie lange ich geschlafen hatte.

Nach und nach erkannte ich mein Zimmer wieder. Erinnerte mich, dass ich in München an der Ludwig-Maximilian-Universität in Philosophie eingeschrieben war. Hörte aus entlegenen Winkeln meines Kopfes die Stimme von Professor Spöckemann. Die aus einer anderen unerreichbaren Welt zu mir herübertönte.

Es musste sehr früh sein. Oder sehr spät. Denn es war dunkel. Und erst als die Dämmerung einsetzte, wusste ich, dass es früh am Morgen war.

Ich fingerte nach dem Hörer.

„Ich bin."

Ich erkannte ihre dunkle Stimme sofort. Trotzdem fragte ich:

„Ljubi?"

Sie schwieg. Auch ich wusste nicht, was ich sagen sollte. Hatte ja auch niemanden angerufen.

Es kratzte in der Leitung, als schabte sie mit ihren Fingernägeln über die Hörmuschel.

Wie sie mich denn gefunden habe, fragte ich hölzern.

„Du stehst in Telefonbuch."

Ich setzte mich im Bett auf. Gähnte. Fühlte mich temperaturlos. Lauschte mit einem Ohr in den Hörer. Mit dem anderen in die Welt vor meinem Fenster. Weil keine Vögel zwitscherten, schloss ich, dass es spät im Herbst oder vielleicht schon Winter war.

Wieder kratzte es im Hörer.

Ich hätte sie überall gesucht. Sagte ich.

„Überall? Du vergisst, wo ich wohne? Und wo Kaufhof ist?"

Ihr Ausatmen klang wie das Zischen eines fernen Vulkans. Ihre Stimme schien über eine defekte Leitung zu mir zu gelangen.

Sie sei weder hier noch dort anzutreffen gewesen.

„Vielleicht du hast spät suchen angefangen, Cheini."

Was war aus ihrer kraftvollen Stimme geworden, die verzerrt aus dem Hörer knisterte?

Sie habe noch drei Monate danach im Kaufhof gearbeitet, sagte die Stimme.

Danach? fragte ich.

Ja, danach, sagte sie, und ihre Wohnung habe sie erst einen Monat nach ihrer Kündigung aufgegeben.

„Das sind vier Monate, Cheini! Das ist viel Zeit, mich zu finden. München nicht Moskau."

Sirrende Geräusche überlagerten das Knistern im Hörer.

Von wo sie denn anriefe? Aus dem Weltall? Die Verbindung ließe darauf schließen.

„Rita ist neben mir," sagte sie wie eine Nachrichtensprecherin, die für morgen Regen in Aussicht stellt.

Was ging mich Rita an? Und wo sie gerade lag?

Es wurde nun zügig heller. Erste Verkehrsgeräusche drangen zu mir herauf. Und als die Vögel nun plötzlich mit wildem Gezwitscher einsetzten, wusste ich, dass es weder spät im Herbst, noch Winter war. Selbst den Vögeln war es noch zu früh gewesen, als das Telefon klingelte.

Ob sie mir nichts anderes zu erzählen habe, fragte ich.

Die Vögel vor meinem Fenster piepsten wild durcheinander. Ich kroch mit dem Telefonhörer unter meine Bettdecke. Zog sie von allen Seiten fest um mich herum. Es roch miefig. Aber es war still.

„Erzähl nicht, du hast Rita vergessen!"

Wollte sie ihr entwürdigendes Spiel nach all den Monaten nun per Telefon weitertreiben?

Die Luft unter meiner Bettdecke wurde immer stickiger. Trotzdem verharrte ich dort. Versteckte mich vor dem, was sich in mein Zimmer zu schleichen begann.

Ich fragte sie, warum sie mich mitten in der Nacht anriefe, um mir dies zu sagen?

Sie sagte, es sei schon Morgen.

Ich sagte, gut, dann sei es eben schon Morgen, aber ziemlich früh am Morgen. Und warum sie nicht herüberkomme, da sie ja wisse, wo ich wohne. Mein Name stünde klein auf dem Klingelschild unter dem Namen Schneider. Meine Hauswirtin.

Sie sagte, sie habe lange auf mich gewartet. Ich sagte, auch damals sei mein Name schon im Telefonbuch gestanden.

„Ich dachte, du hast genug von Ljubi."

Genug von ihr? fragte ich mich.

Sie sei ein Teil von meinem Leben gewesen, sagte ich.

„Und jetzt?"

„Jetzt fehlt mir dieser Teil."

Im Hörer zischte wieder der Vulkan.

Nur dafür habe sie mich aufgeweckt? Um mir mitzuteilen, dass Rita neben ihr liege?

Die Luft unter meiner Decke war nun endgültig verbraucht. Ich musste sie lüpfen. Wenn ich nicht ersticken wollte.

„Ja. Weiß nicht warum ich dir erzähle. Tut mir leid, Cheini. Hab' alles kaputt gemacht. Damals. Tut mir sehr leid."

„Tutut mmmir auch…" brachte ich noch heraus. Doch Ljubi hatte schon aufgelegt.

21.

Auch am nächsten Tag weckte mich das Telefon. Und ich bereute, meine Zimmerwirtin um die Erlaubnis für einen eigenen Anschluss in meinem Zimmer gebeten zu haben. Ich wusste ohnehin niemanden, den ich anrufen konnte. Und es war selten Erfreuliches, was mir der Apparat entgegenklingelte.

Der Anruf kam aus Lapping. Und natürlich war es wieder keine gute Nachricht.

„Wenn du unsere Mutter noch einmal sehen willst, dann komm!" tönte meine Schwester aus dem Hörer.

Ein langgezogenes Piepen folgte. Ich hielt den Hörer so lange an mein Ohr gedrückt, bis es überall in mir pfiff. Dann zerfiel das Piepen in rhythmische Detonationen, die in meinem Kopf widerhallten. Doch alles war besser, als der fröhliche Gesang der Vögel. Die vor meinem Fenster einen neuen Tag begrüßten.

Als ich wieder aufwachte, piepte es nicht mehr aus dem Hörer. Mein linker Kiefer schickte einen stechenden Schmerz in mein Bewusstsein. Ich hatte den ganzen Tag auf dem Hörer geschlafen.

Die Sonne sank gerade hinter die Dächer. Aber es lastete immer noch schwüle Hitze auf der Stadt, als ich meinen 2CV durch die Leopoldstraße nach Nordosten rollen ließ. Vorbei an den Cafés, Bars und Restaurants, die sich bis auf die Gehwege hinaus ausweiteten.

Der gräfliche Gutshof war in vollkommene Dunkelheit gehüllt, als ich in Lapping ankam. Am Himmel gab es weder Mond noch Sterne. Ich war froh, dass ich nichts wiedererkennen musste.

Verwundert stellte ich fest, dass in den schmiedeeisernen Riegeln, die beide Hoftorflügel miteinander verbanden, ein riesiges Vorhängeschloss steckte. Mein Vater hatte die beiden Torflügel stets nur zugezogen. Warum hängte er jetzt ein Schloss davor? Als ich an den Torflügeln ruckelte, heulte eine Alarmanlage los. Erst jetzt erinnerte ich mich, dass der Gutshof nicht mehr gräflich war, der neue Besitzer seinen Hof nun selbst bewirtschaftete, und meine Eltern in diesem Aussiedlerhäuschen am Dorfrand wohnten.

Meine Schwester kam mir weinend entgegen. Mein Bruder umarmte mich. Klopfte auf meinem Rücken herum. Wie es Männer tun, wenn sie nach Gefühlen zueinander suchen.

„Komm!" sagte meine Schwester.

Sie schoben mich durch die Eingangstür in ein schmales Zimmer. In dem eine Frau lag. Die ich nicht kannte.

Ich weiß nicht, warum ich der fremden Frau erzählte, dass ich bei der berühmten Münchner Firma Thalhammer gearbeitet hatte. Verschwieg ihr, dass ich nur Kisten zunageln und Teebeutel abfüllen durfte. Ich erzählte ihr auch, dass ich ein erfolgreicher Bettler gewesen war. Und obwohl das Wenige, was ich ihr zu sagen hatte, wiedermal lange dauerte, hörte die Frau geduldig zu. Ohne mich ein einziges Mal zu unterbrechen.

Das spornte mich an, ihr noch mehr zu erzählen.

Ich berichtete ihr von meinen Taxifahrten. Von den Studentinnen an der Universität. Die viel hübscher seien, als ich sie mir vorgestellt hatte. Ich erzählte von Joe, alias Walter. Der sich aufgehängt hatte. Obwohl der Dr. Vilber damals behauptet hatte, dass es stets nur Frauen seien, die sich aufhängten.

Und weil die Frau, die vor mir in den aufgestellten Kissen lag, immer noch nicht antwortete, beugte ich mich zu ihr hinunter. Und ich sah, dass sie tot war. Und ich fragte meine Schwester, wer die tote Frau sei, die mir so geduldig zugehört habe. Und dass ich endlich meine Mutter zu sehen wünsche. Derentwegen sie mich hierher beordert habe.

Meine Schwester fing wieder zu weinen an. Sagte etwas von Cortison, das auf Gesicht und Körper einwirke. Und beides bis zur Unkenntlichkeit zu entstellen vermag.

Ich sagte, dass mich ihr Cortison nicht interessiere. Auch nicht wie und auf was es angeblich einwirke. Ich wolle nur einfach meine Mutter sehen. Sonst nichts.

„Ich lass dich jetzt mit ihr allein, Heini," beharrte meine Schwester, die schon immer stur sein konnte. Und verließ den Raum. Und ich folgte ihr.

Ich wollte nicht mit dieser toten Frau allein sein. Hatte ihr schon viel zu viel von mir erzählt. Wollte nur endlich zu meiner Mutter. Wiederholte nochmal, dass ich wegen ihr und nur wegen ihr nach Lapping gekommen sei.

Meine Schwester weinte nun immer heftiger. Und ich ging hinter ihr her über den dunklen Korridor auf einen Lichtschein zu, der unter einer Tür hervorschimmerte.

Der alte Johann Hofer saß in der Küche. Die genauso aussah, wie die, die ich vor Jahren an einem ersten Advent verlassen hatte. Die Umzugsleute schienen alle Möbel mitgenommen zu haben. Und nach dem alten Vorbild wieder aufgestellt zu haben. Selbst von der kugelförmigen Deckenlampe hatte sich mein Vater nicht zu trennen vermocht. Sie hing auch hier mittig über dem Küchentisch. Warf ihr unfreundliches Licht auf sein erloschenes Gesicht. Und wahrscheinlich lag auch noch der zerbrochene Kochlöffel in der obersten linken Schublade des Küchenschranks. Eine Reliquie meines Widerstands. Und seiner Niederlage.

Und obwohl alles so war, wie in unserer alten Küche, passte mein Vater nicht in sie hinein. Wirkte wie ein überflüssiger Gegenstand. Den man beim Einrichten zu entsorgen vergessen hatte.

„Du wirst mal zu deinem eigenen Begräbnis zu spät kommen," brummte er gegen mich hin und starrte auf die Küchenlampe. Seine Stimme war nicht die, die ich kannte. Es war eine Stimme, die niemandem mehr gehörte. Die nichts mehr zu sagen hatte. Und trotzdem redete.

Ich blieb bis zum nächsten Abend im Aussiedlerhäuschen am Ortsrand von Lapping. Ohne meine Mutter gesehen zu haben. Weil mein beharrliches Nachfragen nur mit Weinen beantwortet wurde, setzte ich mich wieder in mein Gefährt. Und fuhr nach München zurück.

22.

Riesige Pappeln werfen lange Schatten auf die leere Landstraße. Die Sonne steht jetzt so tief, dass sie unter der Blende hindurch in meine Augen sticht. Ich strecke eine Hand durch das geöffnete Faltdach. Warmer Wind drückt meinen Arm nach hinten. Die Erde dreht sich unter mir. Mit ihr kreisen meine Gedanken. Umzingeln mich in immer enger werdendem Radius. Verlachen mich. Verspotten meine Versuche, sie loszuwerden. Und verflüchtigen sich, wenn ich sie zu halten versuche.

Landshut rückt näher.

Nur ab und zu kommt mir ein Auto entgegen. Ein Lastzug drängt lichthupend in meinem Rückspiegel heran. Rollt dann mit blökender Fanfare an mir vorüber. Der Fahrer beugt sich aus dem Fenster, wendet sich zurück. Fuchtelt mit der linken Hand. Ich sehe seinen aufgerissenen Mund. Seine Stimme wird vom Fahrtwind weggespült. Der 2CV schnurrt weiter der sinkenden Sonne entgegen.

Ich sehe der Straße zu, wie sie unablässig unter den Rädern durchschlüpft. Und in Rückspiegel und Seitenspiegeln wieder neu auftaucht.

Bewege ich mich überhaupt von der Stelle?

Ich sitze in mir drin. Beobachte, wie meine Hände das Steuerrad umfassen. Meine Füße zwischen drei Pedalen hin und her wechseln. Und ich den Schalthebel hineindrücke und herausziehe.

„Denk an deine Mutter!" sagt eine vertraute Stimme in mir. Dabei denke ich an nichts anderes. Bin ich doch ohne sie noch einmal gesehen zu haben wieder von Lapping abgefahren.

„Erinnere dich, wie oft sie mit ihrem Wäschekorb vom Speicher zurückkehrte! Froh, dass sie die Kraft gefunden hatte, nicht zu tun, was sie sich vorgenommen hatte. Und gleichzeitig verzweifelt, dass sie auch diesmal nicht den Mut dazu aufgebracht hatte. Sich nun weiterhin zwischen dem demütigenden Schweigen deines Vaters und seinen zermürbenden Predigten einrichten musste."

Ich presse meine beiden Hände auf meine Ohren. Es nützt nichts. Die Stimme krächzt weiter. Mein Auto driftet auf die Gegenfahrbahn. Ich werfe meine Hände aufs Lenkrad. Steuere auf die rechte Fahrspur zurück.

„Sie wusste aber auch," sagt die Stimme, „stähle sie sich aus dem Leben, käme die ungelebte Leere, die sie zurückließ, einem Einverständnis gleich, Jahrzehnte eigenen Lebens im Schatten deines Vaters versäumt zu haben. Ohne die Gewissheit dafür zu erhalten, dass der, dem sie sich opferte, und der sich hinter seiner Schweigemauer verbarg, wenigstens selbst sein Leben lebte."

Ich reiße meinen Mund auf. Schreie. So laut ich kann. Brülle mich durch die Vokale. Bis meine Stimmbänder wehtun.

Die monotone Stimme spricht unbeirrt weiter auf mich ein.

„Und es gab dich. Deine Schwester. Deinen Bruder. Wie sollte sie euch in ein Leben führen, das sie selbst für unzumutbar hielt? So harrte sie aus. Zwischen Nichtgesagtem und Zuvielgesagtem. Und allmählich erlosch sie."

Ich klappe mein Seitenfenster hoch. Schreie auf die Landstraße hinaus.

Die mittelalterlichen Fassaden von Landshut schwimmen an mir vorüber. Die Burg Trausnitz ragt darüber hinaus in den leuchtenden Abendhimmel. Das Fenster fällt immer wieder nach unten. Der Haltebügel ist defekt. Bei jedem Hin-und-Her-Schwenken schwappt ein Schwall heißer Stadtluft zu mir herein.

Die Farben verblassen an den Häuserwänden. Schatten kriechen über den Stadtplatz. Laternen glimmen auf. Ich schalte die Scheinwerfer ein.

Nach Landshut ist die Straße wieder leer.

Wie auf einem Fließband ziehen Bilder an mir vorüber.

Ich sehe Saras einladenden Kühlschrank. Sehe Tim, wie er mit dem Geigenkasten auf den Kellner über mir eindrischt. Ich sehe Mike. Der wie eine Fackel brennt. Und Walter, der zu Joe geworden war. Und vor mir niederkniet. Ich sehe Ljubi, die in mein Leben eindringt und einen Teil davon mit sich fortnimmt. Ich sehe meinen Onkel Hans, der mehr sagt, als er weiß. Den Hauptlehrer Kager, der nicht einmal weiß, was er sagt. Meinen Onkel Theodor, der mich auf seine unwahrscheinlichen Reisen auf und unter den Weltmeeren mitnimmt. Ich sehe die herrische Frau Kagereit. Meine Omi. Die jetzt im Irrenhaus ist. Und ich sehe meinen Bruder, mit dem ich unser Haus vergeblich aufs Meer hinaus zu bewegen versuche.

Ich sehe Lapping. Den gräflichen Vierkanthof. Den vor Angst bibbernden Heini Hofer. Der vor den Schweinen, Hunden und Gänsen davonläuft. Und sich mit Runkelrüben bewerfen lässt. Und in diesem Augenblick begreife ich, dass es meine Mutter war, die in den aufgestellten Kissen des Aussiedlerhäuschens lag.

Die Erkenntnis trifft mich mit einer solchen Wucht, dass ich von der Straße abkomme. Zwei Baumstämme auf dem Seitenstreifen schramme. Und den 2CV erst kurz vor der abfallenden Böschung zum Halten bringe.

„Wie ist das möglich?" brülle ich den Baumstamm an, „ich habe meine Mutter für unsterblich gehalten. Und nun sollte sie für immer tot sein?"

Der Baum schüttelt sich. Und lässt ein paar Blätter fallen.

Irgendwann muss ich wieder losgefahren sein. Denn plötzlich bemerke ich heranwachsende Scheinwerfer in meinem Rückspiegel. Die bedrohlich hin und her schwanken. Und immer wieder aufblenden. Der zugehörige Wagen schlingert über beide Fahrbahnen. Rückt näher. Bleibt dann wieder zurück. Hupt und blinkt ununterbrochen.

Warum überholt er mich nicht? Es gibt keinen Gegenverkehr.

Ich drücke aufs Gaspedal. Der 2CV reagiert mit vermehrtem Scheppern. Und schnurrt unverdrossen in seinem gewohnten Tempo weiter.

Jetzt leuchtet das Innenlicht im hinter mir fahrenden Wagen auf. Ich erkenne schemenhaft Arme. Die wild herumfuhrwerken.

Dann schießt der Wagen an mir vorbei. Bremst ruckartig ab. Und bleibt vor mir stehen.

Wie alles an meinem Gefährt, sind auch die Bremsen nur eingeschränkt funktionstüchtig. Ich hatte nicht mit diesem Manöver gerechnet. Stemme meinen Fuß aufs Pedal. Kann dennoch nicht verhindern, dass mein Auto die hintere Stoßstange des vor mir stehenden Opel Manta rammt.

Die Rücklichter am Manta zersplittern. Mein Brustkorb prallt gegen das eiserne Lenkrad. Ich schaukele einmal nach vorne und wieder zurück.

Stille.

Nichts geschieht.

Nach einer Weile springt jemand aus dem Manta. Wankt auf meine Autotür zu. Reißt sie auf.

Das von der Innenbeleuchtung schwach beleuchtete Gesicht riecht nach Vergorenem. Kleine grüngelbe Augen fixieren mich. Der Mund verzieht sich zu einem Grinsen. Entblößt zwei fleckige Zahnreihen.

Nachdem ich die einzelnen Teile des Gesichtes zusammengesetzt habe, erkenne ich meinen Freund Johnny. Der nicht mein Freund sein wollte. Er öffnet den Mund. Fäulnisgeruch gesellt sich zum Vergorenen.

Johnny leuchtet mit einer Stabtaschenlampe auf meinem Gesicht herum. Ich schließe meine Augen.

„Wenn ich euch jetzt sag, was für einen Vogel wir hier eingefangen haben, dann glaubt ihr mir's nicht," ruft er fröhlich.

Als lasse sich nur eine der Autotüren am Manta öffnen, klettern zwei weitere Burschen hintereinander aus der Fahrertür. Schlendern gemächlich näher. Ziehen in leicht versetzter Reihenfolge ihre Hosen über ihre herunterhängenden Wänste. Ruckeln an ihren Gürteln.

Fehlen nur noch die baumelnden Revolver an ihren Gürteln, denke ich.

Als die Blendung durch Johnnys Taschenlampe nachlässt, hebe ich meinen Blick. Milliarden von Sternen blinken durch das offene Faltdach auf mich herunter. Sie scheinen sich einander zuzublinzeln. Weiter oben, in der endlosen Tiefe des Himmels, sehe ich den Schleier der Milchstraße.

Seine zwei Kumpane bauen sich hinter Johnny auf. Haken ihre Daumen in ihre Gürtel. Sie müssen viele Western gesehen haben, denke ich.

„Das glaub ich jetzt nicht! Das ist ja unser Dorfdepp," sagt der, der direkt hinter Johnny steht. Er hat eine Schlabberlippe und lockiges Haar, das sich wie bei einem Stier um seine niedrige Stirn kräuselt.

Ich sollte einfach losfahren, denke ich. Und lege den Rückwärtsgang ein.

Doch als ich auf das Gaspedal trete, stottert der Motor. Und stirbt ab.

„So ist's recht!" sagt Sigi, ihn erkenne ich sofort. Sein Kopf sieht immer noch aus wie ein plattgedrückter Schweinskopf mit Eselsohren. Aus seinen hellblauen Augen fließt die gesammelte Niedertracht von Lapping.

„Wegen der Umwelt und so," fügt er hinzu.

„Umwelt?" fragt der mit der Schlabberlippe. Und dann erkenne ich auch ihn. Der Sepp. Der Sohn von unserem früheren Traktorfahrer Raglkofer. Der Sepp, der stets als erster zur Stelle war, mich festzuhalten, wenn der Hauptlehrer Kager auf mich eindrosch.

„Dieser Nachtwächter hat tatsächlich noch nie was von der Umwelt gehört," sagt Johnny, „Umwelt, das ist das, wo du drinstehst."

„Ja und?"

„Ja und, ja und. Du scheißt dir doch auch nicht ins eigene Wohnzimmer."

„Hä?" sagt der Sepp.

Johnny macht eine wegwerfende Handbewegung und wendet sich von ihm ab.

„Wollen wir jetzt weiter herumquatschen? Oder unseren Heinischweini gebührend begrüßen. Wenn er es schon nicht für nötig hält, auszusteigen und uns zu begrüßen," fragt der Raglkofer Sepp, beugt sich zu mir herunter. Zerrt mich aus dem Sitz. Und schubst mich gegen die offene Wagentür.

„Jetzt ist er ausgestiegen," stellt Sigi fest.

Johnny steht im Hintergrund. Betrachtet mich. Hält meine Füße im Lichtkegel seiner Taschenlampe gefangen. Sagt nichts.

Sigi geht um die Motorhaube von meinem 2 CV herum. Kickt gegen die Kotflügel. Die sofort einknicken.

„Das soll ein Auto sein?" fragt er. Spuckt auf jeden der Kotflügel. Bis sich die Spucke in den entstandenen Dellen sammelt. Und bei jedem Fußtritte zittert.

Der Raglkofer fängt schallend zu lachen an. Als ich Johnnys Blick trifft, hört er abrupt auf. Und schaut betroffen vor sich hin.

Ich schaue wieder in den nächtlichen Himmel hoch, der aus unzähligen Augen auf uns herunterschaut.

Ein Lieferwagen rast auf der Gegenspur an uns vorbei.

Zu schnell, um Hoffnung zu schöpfen. Und obwohl ich weiß, dass es sinnlos ist, spähe ich nach weiteren vorbeikommenden Fahrzeugen. Niemand würde auf einer nächtlichen Landstraße anhalten, wenn er eine Menschengruppe sichtet.

„Ehrlich, Heini, ich finde das nicht nett von dir!" sagt Johnny sanft, „verschwindest hinterrücks aus Lapping. Ohne Servus, ohne alles. Kümmerst dich einen Scheißdreck darum, wie wir ohne Dorfdepp zurechtkommen."

Er tritt gegen die herunterhängende Stoßstange von seinem Manta. Und schüttelt seinen Kopf.

„Und jetzt beschädigst du auch noch meine Limousine."

„Limousine," prustet Sigi und presst die Hand auf seinen Mund.

Um Johnnys Worten Nachdruck zu verleihen, rammt er seinen Ellenbogen in meinen Brustkorb. Der noch vom Aufprall aufs Lenkrad schmerzt.

„Wie hattest du dir das vorgestellt?" fährt Johnny fort, „wo sollten wir auf die Schnelle einen neuen Dorfdepp hernehmen?"

Als Sigi mich nun gegen die Wagentür drückt, stößt Johnny sein Knie in Sigis Bauch.

„Lass ihn in Ruhe! Wie soll er denn antworten, wenn du ihm die Rippen eindrückst?"

„Scheiiiiße," stöhnt Sigi. Und spuckt vor meine Füße.

„Du weiß doch, unser Heini tut sich beim Reden a bisserl schwer, gell Heini?" sagt Johnny. Und mustert mich.

Ich spüre die Notwendigkeit, etwas zu sagen. Mache den Mund auf. Vergeblich.

Inzwischen hat sich Sigi wieder hochgerafft. Sein Gesicht ist voller Wut. Die Johnny gilt. Und die er jetzt an mir auslassen will. Ahne ich.

„Weiß du was, Sepp? Ich halt ihn, und du haust ihm einfach eine rein, in sein Deppengesicht." sagt er zum Raglkofer hin.

Packt mich von hinten. Umklammert meinen Brustkorb.

Als die Faust vom Sepp wie in Zeitlupe auf mich zukommt, schaue ich noch einmal zum sternenübersäten Himmel hoch. Frage mich, ob ich den Schmerz überhaupt spüren werde, wenn seine Faust in meinem Gesicht aufschlägt. Denn, und das fühle ich jetzt mit großer Klarheit, ich bin ja gar nicht der, für den sie mich halten. Und der hier vor ihnen steht. Und während mein Blick staunend von Lichtpunkt zu Lichtpunkt hüpft, berührt mich die Erkenntnis, dass wir alle zusammengehörende Teile eines auseinander gefallenen Ganzen sind. In das wir uns zurücksehnen. Und dass diese Sehnsucht uns alle verbindet. Und plötzlich scheint es mir unmöglich, dass die Faust mich überhaupt erreicht. So sehr fühle ich mich durch ein übergreifendes Leben mit dem Sepp verbunden.

Der Sepp jedoch scheint an diesem Wissen um ein uns verbindendes Leben nicht teilzuhaben. Seine Faust trifft mich krachend. Die Wut weicht aus seinem Gesicht, als er von mir zurückprallt. Als sei er gegen eine Mauer gerannt. Er betrachtet seine Hand, die lose an seinem Unterarm baumelt. Stöhnt. Stolpert in mein Auto. Und schaut verwundert zu mir hoch.

Tatsächlich spüre ich keinen Schmerz.

Als nun auch Sigi mit geballten Fäusten auf mich zu torkelt, weiß ich bereits, dass ich auch seine Fäuste nicht spüren werde.

Der Nachthimmel legt sich wie ein Lichtermantel um mich. Hüllt mich schützend ein.

Der Aufprall ist so heftig, dass Sigi das Gleichgewicht verliert. Sich an mir festzuhalten versucht. Abrutscht. Und durch die offene 2CV-Tür auf den Raglkofer Sepp plumpst.

Der 2CV schaukelt ein paar Mal hin und her.

Johnny steht wortlos da. Wie ein Kapitän, der die Gewalt über sein Schiff verloren hat.

Eine Weile spüre ich noch den kühlen Türholm, an dem ich lehne. Dann fängt mein Körper an, unter mir wegzusacken.

Johnny reißt sich vom Anblick seiner vor ihm aufgestapelten Burschen los. Sieht mich an, als sei er überrascht, mich hier zu sehen. Und noch einmal spüre ich das mich umgebende Ganze, in das auch wir beide mit hineingewoben sind.

Johnny öffnet langsam den Mund.

Und ich sehe, wie die andern auf seinen Mund starren. Darauf warten, dass er ihnen mitteilte, was nun zu tun sei. Doch diesmal sind es seine Worte, die ungesagt in ihm verharren.

Aus dem dunklen Loch, das seine Lippen umschließen strömt Stille. Stille, die ihn ummantelt. Und von seinen Kumpanen abtrennt. Und als plötzlich doch Worte in diese Stille fallen, kommen sie nicht aus Johnnys Mund.

Ich spüre, wie eine nie gekannte Kraft sich in mir aufbäumt. Und sich in gesprochene Sätze verwandelt. Die aus mir herausfließen.

„Du hast deinen Spaß gehabt," höre ich mich sagen, „es ist vorbei. Es gibt ihn nicht mehr, den Heini, euren Dorfdepp. Es hat ihn nie gegeben. Du hast es nur nicht gemerkt. Oder nicht merken wollen. Hau einfach ab! Und nimm deine Figuren mit!"

Ist das meine Stimme?

Diese Stimme habe ich noch nie gehört.

Ich lausche ihr nach. Wie sie aus mir herausdrängt. Wie der Geist aus einer entkorkten Flasche. In der sie bisher eingesperrt war. Immer mehr Worte rollen über meine Lippen. Die wie Pfeile auf Johnny zuschießen. Johnny stiert mich wie einen Dämon an. Und weicht bei jedem neuen Wort, das aus mir herausströmt, einen Schritt zurück.

Misstrauisch staune ich meinen Sätzen hinterher. Sie schwimmen wie Boote aus mir heraus.

Und ich schaue noch einmal argwöhnisch zum Nachthimmel hoch.

Nein, die Stimme wurde mir nicht von einer fremden Macht geschickt. Es ist **meine** Stimme, die sich in mir erhoben hat. Und Raum für sich einfordert.

„Das bin ich," rufe ich in die die Nacht hinaus, „das bin ich, der aus mir heraus spricht."

Ich sehe wie der Raglkofer Sepp unter dem völlig verdutzten Sigi hervorkriecht. Dann stemmt sich auch Sigi hoch. Sie taumeln auf Johnny zu. Der immer noch wie versteinert vor mir steht. da. Alle drei schauen auf mich herunter. Wie Jäger um einen Hasen. Den sie erlegt zu haben glauben.

"Warum schaut der denn so?" fragt der Raglkofer Sepp.

"Das is es ja grad, der schaut nicht," sagt Sigi.

"Was willst du damit sagen?"

"Nix will i damit sagen. Nur, dass er nicht schaut."

Johnny steht immer noch unbeteiligt vor ihnen.

"Dann sollten **wir** schauen, dass wir von hier wegkommen!" schlägt Sigi vor.

"Wir?" fragt Johnny tonlos, „was habe ich damit zu tun?"

Seine Kumpane starren ihn an.

„Ah so lauft dös," sagt der Raglkofer Sepp, „jetzt kapier ich's."

Er wendet sich Sigi zu.

„Aber net mit uns! Net mit uns, Johnny! Auf geht's Sigi! Mir hau'n ab!"

Sie klettern wieder durch die Fahrertür ins Wageninnere. Und der Manta fährt mit quietschenden Reifen, ohne Rücklichter, ohne Stoßstange und ohne Johnny, in die Richtung, aus der er gekommen war.

Ich kauere an der offenen Fahrertür meines 2 CV. Sehe den Lichtkegeln nach. Bis sie von der Dunkelheit verschluckt werden. Nach und nach verebbt das Motorengeräusch in meinen Ohren. Jetzt höre ich nur noch die

Grillen auf den abgeernteten Feldern zirpen. Dann höre ich auch sie nicht mehr.

Epilog

Ich sitze in der hintersten Reihe des Auditorium Maximum.

Gemurmel und Qualm füllen den Hörsaal. Überall umgeben mich vertraute Gesichter. Doch die ihnen zugehörigen Namen wollen mir nicht einfallen.

Durch das allgemeine Murmeln bahnen sich Worte an mein Ohr. Sie treiben wie zusammenhanglose Inseln auf dem See des Raunens dahin. Als versuchten sie, sich zu Sinnfäden zu verknüpfen.

Das Gemurmel geht plötzlich im anschwellenden Klopfen unter.

Der Dozent ist eingetreten.

Er stellt eine abgegriffene Aktentasche neben sich. Entnimmt ihr einen Stoß gebündelter Seiten. Die er vor sich auf dem Pult ausbreitet. Mit leicht gesenktem Kopf schaut über seine Brille hinweg in den Hörsaal.

Das Klopfen flaut ab.

Stille tritt ein.

"Nachdem ich Sie, meine Damen und Herren, in den letzten Semestern in die verschiedenen philosophischen Systeme unserer abendländischen Kultur einzuführen versucht habe..."

"Kultuuur!" kichert es hinter mir.

Ich zucke zusammen. Wage nicht, mich umzudrehen.

„Aaaabendländische Kultur!" verbessert eine andere Stimme.

„Eben!" kichert die erste Stimme.

„...will ich Ihr Interesse, meine Damen und Herren, in diesem neuen Semester für die östlichen Weisheitslehren erwecken," fährt der Dozent fort.

„Hört! Hört! Jetzt sind wir dran," sagen beide Stimmen gleichzeitig, „na endlich, wurde auch Zeit!"

"Wenden wir uns zunächst dem Haiku zu," fährt der Dozent fort, „es ist, meines Dafürhaltens, die wohl vollendete Form eines Gedichts. Es ist Philosophie und Lyrik, Melodie und Rhythmus in einem. Unsere Kultur hat nichts Gleichwertiges anzubieten, meine Damen und Herren."

„Sag ich doch!" gluckst es hinter mir.

"Und was ist mit meinen Elegien?" näselt eine gekränkte Stimme direkt hinter meinem Rücken.

"Du hast ja gehört, was der Professor gesagt hat, lieber Rainer Maria. Hier geht es um Haiku. Hast du denn auch nur ein einziges Haiku geschrieben, Verehrtester?"

Ooch," sagt der mit Rainer Maria Angesprochene.

"Nehmen wir zum Beispiel einen der bekanntesten Verse des wohl größten Haikudichters Japans," ist nun wieder die Stimme des Dozenten hinter dem Pult zu hören.

"Bingo, nun bin ich an der Reihe," sagt eine bauchige Stimme.

"Von wegen, lieber Bashò, wie kannst du nur so selbstgefällig sein?"

"Ach, Issa, lass uns nicht wieder streiten! Wir sind beide die Größten. Das wissen wir doch längst! Und die Welt weiß es auch. Jedenfalls der bedeutendere Teil von ihr." Pause. „Naja, vielleicht bin ich ein klitzekleines Bisschen mehr der Größte als du!"

"Höchstens äußerlich, geschätzter Basho, höchstens äußerlich."

"Noch hat der Dozent niemanden erwähnt!"

"Aber er wird, Issa, er wird."

Der mit Issa Angeredete schnaubt.

"Ich bin schon gespannt, was er mir diesmal wieder andichten wird, der gute Professor."

„Dir, Basho? Warum dir?"

„Also gut: was er uns beiden andichten wird. Sei doch versöhnlich, Issa!"

„Ist gut, aber warum denn andichten?"

„Nun, die nicht zu dichten vermögen, müssen eben andichten."

„Och," lässt sich die Stimme von vorhin wieder vernehmen.

„Wir haben doch nicht dich gemeint, werter Rainer Maria!"

Vergnügtes Gekicher im Hintergrund.

„Denkt doch nur an den grundguten Georg Wilhelm Friedrich!"

„Du meinst den mit dem Weltgeistgesülze?"

„Vorsicht! Nicht alles, was du nicht begreifst, ist Gesülze, mein Gutster! Das ist Dialektik vom Feinsten!"

„Naja. Aber wie kommst du jetzt auf den Georg Wilhelm Friedrich? Der schreibt weder Gedichte noch Haiku."

„Es lässt sich eben nicht alles in Versen sagen, mein lieber Basho."

"Och," sagt nun wieder die näselnde Stimme, „ich finde, er hätte sich kürzer fassen können. Wenn ich nur an seine Phänomenologie denke! Himmel!"

"Nun, es ist eben nicht jedem gegeben, in wenigen Versen alles zu sagen, lieber Rainer Maria. Sieh das alles Kompliment!"

"Was nun, Issa? Dialektik? Poesie? Oder Polemik?"

In diesem Augenblick meldet sich der Dozent wieder zu Wort.

"*Diesen Weg / geht niemand / an diesem Herbstabend.*"

Er hält inne und schaut erwartungsvoll in den Hörsaal.

"Hab ich's euch nicht gesagt?" triumphiert Bashô.

"Dieses großartige Haiku von Bashô zeigt sich auf den ersten Blick, wie viele Haiku, als alltäglich, ja nichtssagend. In Wahrheit liegen tiefgreifende Schicksalserfahrungen Bashôs darin verborgen."

"Von wegen tiefgreifende Schicksalserfahrung!" braust der mit Basho Angesprochene auf, „ich begreife nicht, warum alle Welt diese paar kümmerlichen Zeilen immer wieder als ein Haiku missinterpretiert?

Es war schlicht das Postskriptum in einem Brief an meine Tante. Wie heißt sie gleich wieder? Ich wollte sie warnen. In jenen Novembertagen sind die Nebel in unserer Gegend oft sehr dicht. Und Oko, jetzt fällt mir ihr Name wieder ein, war schon recht kurzsichtig. Sie verirrte sich leicht. Und ich hatte nicht die geringste Lust, sie bei dem Mistwetter überall zu suchen."

"Immerhin hast du's ihr in wenigen Worten zu sagen versucht," lobt der mit Rainer Maria Angesprochene.

"Ja, danke, lieber Rainer Maria. Sie hat's aber nicht kapiert. Ich musste sie trotzdem im Nebel suchen."

„Entschuldige, Basho, war Oko nicht deine Nichte?"

„Ich werde doch wohl meine Tante von meiner Nichte unterscheiden können, Issa!" schnaubt der mit Basho Angesprochene.

Als sich der Dozent in seinen Interpretationen verliert, erlahmt das Interesse im Hörsaal. Mit einem neuen Namen versucht er die Aufmerksamkeit wieder zurückzugewinnen.

"Nehmen wir jetzt noch den späteren Issa..."

"Siehst du, mein lieber Bashò! Jetzt bin ich dran."

"Aber eben erst an zweiter Stelle," sagt der mit Basho Angesprochene.

Der Dozent hebt seinen Blick aus seinen Aufzeichnungen. Schau erstaunt nach vorne, als habe er am Ende der sanft aufsteigenden Sitzreihen des Hörsaals etwas Unerwartetes gesichtet. Mit ihm drehen sich auch alle ihm zugewandten Gesichter um. Schauen über mich hinweg.

Hüsteln und Tuscheln breiten sich aus.

Jetzt drehe auch ich mich um. Sehe, wie sich ein weiterer riesiger Hörsaal nach hinten zu öffnet. Ich schaue in die vertrauten Gesichter, die mir zu schmunzeln. Die meisten haben Bärte. Einige sind ihres Kopfhaares verlustig gegangen.

Die Reihen nach hinten scheinen kein Ende zu nehmen.

Und plötzlich, wie auf ein geheimes Kommando, braust Gelächter los. Poltert auf mich herunter. Bis auch aus mir Gelächter heraus bricht.

Von tosendem Gelächter umgeben, schaue ich mich nach allen Seiten um. Und ducke mich. Und frage kleinlaut.

"Wer seid ihr?"

„Was heißt hier *ihr*?" antwortet eine vertraute Stimme, „ich bin's."

„Johnny?"

„Wer denn sonst? Die anderen sind abgehauen. Mit meiner Limousine.

„Ja, Limousine. Ich erinnere mich."

„Ich dachte, du wärst hinüber," sagt Johnny.

Höre ich Erleichterung in seiner Stimme?

„Hinüber? Wo denn hinüber?"

„Hinüber halt."

Wir fahren durch die abgemähten Kornfelder der Gäubodenebene. Erste Sonnenstrahlen berühren die Stoppeln.

„Warum sitzt du in meinem Auto?"

„Auto?" sagt Johnny.

Dann hebt er seine beiden Hände vom Lenkrad. Hält die Handflächen hoch. Und zuckt mit den Schultern.

„Okay, okay! Auto! Ich fahr dich ins Krankenhaus nach Strutzing."

„Nach Strutzing? Ins Krankenhaus? Was soll ich denn im Krankenhaus von Strutzing?"

„Das sollen die in Strutzing feststellen."

„Was redest du da? Was sollen die dort feststellen?"

„Wie soll ich das wissen?" brummt Johnny, „ich fahr dich jetzt jedenfalls da hin."

Der 2 CV furcht mit leichtem Schaukeln durch die vergoldeten Felder. Nebelschwaden schweben um uns herum. Sanfte Böen flüstern durch die Stoppeln, wie schlürfende Wellen.

Wellen? Hier über dem Gäuboden?

Und jetzt sehe ich vor dem Hintergrund der aufgehenden Sonne, wie sich schäumende Wellenberge vor uns aufbäumen. Als würden Millionen von Kieseln eingeschlürft und wieder ausgespuckt, brandet die glitzernde Gischt auf heran.

Das Meer?

Das Meer, das mein Bruder und ich immer wieder vergeblich mit unserem Hausschiff angesteuert haben? Und das, wie heftig wir auch an den Flügelschrauben unserer Küchenfenster kurbelten, stets geblieben war, von wo wir es wegbewegen wollten. Mit der Frontseite zu unserem Garten hin. Rechts zum Hof. Und links von den Viehweiden umschlossen.

Es war immer schon da?

Und inmitten der glänzenden, horizontlosen Weite spüre ich, was ich nie zuvor gespürt und wonach ich mich immer gesehnt habe:

Heimat.

Dank

an Volker Michels, Fritz Widmer, Anoukh Foerg, Eva Schrecklinger, Dr. Rudolf Walter, sowie Elisabeth Müller, die mich bestärkt haben, weiterzuschreiben – und vor allem an Kim, die mich während meiner Schreibphasen ertragen musste.

Mein besonderer Dank geht an Helmut Blumbach, der mir mit seiner Geduld und seinen wertvollen Anregungen geholfen hat, mein Buch fertigzustellen.

R. Daniel Roth,

geboren in Niederbayern.

Internatsschüler am Naturwissenschaftlichen Gymnasium in Deggendorf.

Begabtenabitur am Bayrischen Kultusministerium.

Studierte in München Philosophie, Psychologie, Germanistik, Russisch, Spanisch, Chinesisch und Zeitungswissenschaften.

Arbeitete als Teebeutelabfüller. Geschenkekistenzunagler. Christbaumverkäufer. Vereidigter Briefträger. Bierfahrer. Nachtwächter. Taxifahrer. Lagerarbeiter. Polsterreiniger. Interviewer. Bauarbeiter. Nachhilfelehrer. Koch. Barmann. Gründete und führte die Studentenkneipe ‚Randstein‘ und die ‚Osteria Baal‘ in München.

Lebte über 25 Jahre in der Toskana, unter anderem auf der Insel Elba.

Führte zusammen mit seiner Frau 11 Jahre ein Gästehaus in einer ehemaligen Abtei in der toskanischen Maremma.

Lebt jetzt als freier Schriftsteller in Landshut.

*

www.daniel-roth.eu

Weitere Bücher von R. Daniel Roth:

„Der Überfall in der Türkenstraße" (Roman)
Ein hanebüchener Überfall. Die Befreiung von einer
Obsession. Und eine Liebesgeschichte.

„Fliegende Mütter" (Geschichten)

„Der Gesang der Nachtigallen" (Roman)
An einem ungewöhnlich heißen Augustsonntag be-
schließen die Einwohner eines kleinen toskanischen Berg-
dorfs für immer zu schweigen. Sie ahnen nicht, dass sich ein
schreckliches Geheimnis hinter ihrem Entschluss verbirgt.

„Eine elegante Lösung"
(Geschichten aus dem italienischen Alltag)

„Warum man den Bäcker grüßen sollte"
(Begegnungen im Alltag)

„Der Große Wagen" (Roman)
(Als der kauzige Philipp auf seinen Nachtfluchten die Anhal-
terin Anna mitnimmt und mit ihr in die große Ebene hinaus-
fährt, ahnt er nicht, dass er in einen Sog gerät, der ihn aus sich
selbst herauszuzerren droht…Eine Roadstory zwischen Traum
und Wirklichkeit.)

„Am Bildrand" (Roman)
(Carl verliebt sich in Jimmis Freundin Catrin. Eine Liebesgeschichte?)

„Weltverlierer" (Gedichte)